Double Merveille

© 2018 Zoé Davide
Tous droits réservés

Mise en page par Audrey Keszek
www.lesbeauxebooks.com

Image de couverture : PIXABAY

Édition : BoD-Books on Demand
12/14 rond point des Champs Élysées – 75008 Paris, France
Impression : BoD-Books on Demand, Norderstedt, Allemagne

ISBN : 978-23-22146-86-4
V2

Dépôt légal : juillet 2018

ZOÉ DAVIDE

Double Merveille

*« Aimer, ce n'est pas se regarder l'un l'autre,
c'est regarder ensemble dans la même direction »*

Antoine de Saint-Exupéry
Artiste, Aviateur, écrivain

1
Merveille

À mon grand désarroi, mon quotient de stupidité grimpe en flèche quand je suis sous pression. Ligne blanche franchie, clignotants en mode option et rétroviseur mal réglés…. Carton plein pour Merveille ! L'examinateur me jette un regard qui en dit long sur ce qu'il pense de ma dextérité au volant. Bon, pas la peine de tergiverser : j'ai encore foiré mon examen… C'est la troisième fois. Je suis désespérée ! Cette fois-ci, mon moniteur adoré va me clouer au pilori. Sans compter qu'il va encore me falloir débourser je ne sais combien de billets pour avoir enfin la satisfaction de prendre le volant du petit cabriolet que je me suis offert pour mes vingt ans. Bon ok, j'ai mis la charrue avant les bœufs mais jamais je n'aurais pensé que je rencontrerais autant de difficultés à obtenir mon permis de conduire. Bon sang, c'est vraiment rageant ! Dépitée, je décide malgré tout de raconter mon parcours peu glorieux à mon moniteur et propriétaire de l'auto-école dans laquelle je suis inscrite depuis un an. Rien que ça ! Les épaules voûtées comme si je supportais toute la détresse du monde sur mes épaules, je pousse la porte, penaude, et me heurte directement au regard anthracite de Noah Brémond. Il m'observe un instant, puis secoue lentement la tête, d'un air affligé avant de déclarer :

— Quelque chose me dit que notre demoiselle Merveille n'en a pas fait cette fois encore.

Pfff... Il y a des jours où je déteste vraiment mon prénom. Avec ma jumelle Armonie, car oui, c'est ainsi qu'elle se prénomme, nous nous sommes souvent demandé ce qui avait bien pu passer par la tête de nos parents lorsqu'ils ont décidé de nous affubler de prénoms aussi originaux. Je me concentre à nouveau sur mon moniteur et tente de me défendre :
— Les automobilistes avaient tous les nerfs aujourd'hui et puis il faut dire aussi que l'inspecteur ne m'a pas fait le moindre cadeau.
— C'est pas le père Noël ! grince-t-il en me jetant un regard en biais.
— N'empêche, il aurait pu se montrer plus cool.
— Et prendre le risque de mettre un danger de plus sur les routes ? Mais bien sûr !
Noah se montre vraiment très dur et j'ai bien envie de lui claquer le beignet mais je prends sur moi. Je suis parfaitement consciente que je l'exaspère et je ne veux surtout pas courir le risque de l'entendre me dire qu'il va confier la pire élève de son auto-école à un autre moniteur.
— Je ne sais plus quoi faire avec toi, Merveille, poursuit-il. Peut-être que tu devrais te résoudre à prendre un abonnement pour les transports en commun.
Mon cœur rate un battement. Ce n'est pas parce qu'on fait tout pour éviter une catastrophe qu'elle ne finit pas par arriver, la preuve !
— Tu ne vas pas me laisser tomber Noah... Allez quoi... J'ai eu mon code du premier coup et je sais conduire déjà ; alors je vais bien finir par l'obtenir, ce fichu permis.
— Peut-être... Ou pas ! m'assène-t-il d'une voix cassante.
— Oui eh ben, tu peux te brosser si tu penses que je vais baisser les bras ! Et puis c'est ton job de m'apprendre, non ? Je vais prendre quelques heures de plus et la prochaine fois, ce sera la bonne.
— Tu sais ma grande, il y a des personnes qui ne sont pas faites pour prendre le volant et il se pourrait bien que tu entres dans cette catégorie-là. Penses-y !
Là, il commence à devenir vraiment désagréable et je suis à deux doigts de l'envoyer au diable ; mais malgré le magma de colère qui

bouillonne dans mon ventre, je me raisonne.

— Je n'ai pas du tout envie d'y penser puisque j'ai déjà acheté ma voiture, dis-je en ravalant ma bile.

Il me regarde comme s'il me voyait pour la première fois et il n'a pas l'air content du tout.

— Tu as fait ça ?

— Mais oui, j'ai fait ça ! Et si je l'ai fait, c'est parce que MOI, contrairement à toi, je m'imagine parfaitement derrière son volant.

— Putain Merveille, tu te rends compte que tu es ma seule élève à avoir foiré son exam' trois fois de suite ?

— Et alors, je paye mes cours, non ? Je paierai également les prochains si c'est ce qui t'inquiète.

— Ce n'est pas le problème.

— Eh ben je suis désolée, mais je n'en vois aucun autre !

Il pousse un long soupir.

— Le problème ma jolie, c'est que ça commence à te coûter cher et je sais parfaitement que tu ne roules pas sur l'or.

Il a raison et s'il le sait, c'est parce que je suis trop bavarde. Mais je refuse catégoriquement de me miner le moral avec ce... détail.

— Et voilà que j'apprends que tu t'es offert une bagnole avant même d'avoir obtenu le sésame qui te permettra de rouler avec. Tu ne pouvais pas attendre que tes finances se portent mieux, non ?

— D'abord, je ne vois pas en quoi l'état de mes finances te regarde ; et puis pour ta gouverne, sache qu'il s'agit d'une voiture d'occasion et que le crédit que j'ai contracté est tout petit.

— Un crédit reste un crédit, et petit ou grand, il faut pouvoir en assurer les mensualités de remboursement. Écoute Merveille, les heures de conduite sont chères et je te conseille de faire une pause. Ça te fera le plus grand bien, et à moi aussi !

— Hors de question ! J'ai envie de changer de boulot et ça sera beaucoup plus simple une fois que je pourrai prendre ma guimbarde. Trouve-moi de la place sur ton planning, je t'en supplie Noah.

Il m'envoie une œillade sévère et soupire bruyamment ; mais malgré son air excédé, je sens qu'il n'est pas complètement insensible à mon désespoir. J'en profite pour lui lancer un regard de chien battu, joignant mes mains sous mon menton en signe de prière. Il lâche un juron et les mots qui sortent de sa bouche quelques secondes plus tard me font bondir de joie dans ses bras.

— Hé ! Calme-toi ! me réprimande-t-il en me repoussant gentiment. J'accepte de continuer avec toi à l'unique condition que cette fois, tu t'investisses à fond. Si tu te plantes encore, tu iras voir ailleurs si j'y suis, c'est bien compris ?

— Reçu cinq sur cinq.

Un nouveau soupir accueille ma bonne humeur et je le vois s'asseoir derrière son bureau et ouvrir son agenda.

2
Noah

Cette fille m'épuise le cerveau… et le cœur, je dois bien l'avouer. Sous son air de petite malheureuse se cache la nana la plus nocive qui soit. En tous cas pour moi ! Merveille dégage une aura de sensualité qui me fout carrément sens dessus dessous chaque fois qu'elle s'approche de moi. Dès le premier regard, elle m'a plu. Ça fait un an qu'elle squatte mon auto-école dans l'espoir d'obtenir son permis. C'est le genre de fille à ne pas s'inquiéter si on lui dit qu'elle a un pneu crevé puisque seul le bas est à plat… (misère !) Elle est devenue la plaie des inspecteurs et je n'en suis pas étonné, car elle manque effroyablement de concentration. Tout est bon pour distraire son attention. Lors de sa dernière leçon de conduite, en apercevant un motard casqué d'une réplique du masque de l'armure portée par les extraterrestres du film de science-fiction *Prédator*, elle n'a pas hésité à écraser la pédale de frein alors qu'elle venait de s'engager sur une voie d'accélération. Heureusement pour moi, ma ceinture de sécurité était bouclée mais j'ai dû faire un effort surhumain pour ne pas la renvoyer illico chez elle ou pire, lui administrer la fessée de sa vie ! Seulement voilà, quand Merveille Delorme me regarde avec ses grands yeux couleur émeraude, je ravale presque toujours la mauvaise humeur qu'elle déclenche chez moi et je me contente de souffler en me traitant de con. C'est une évidence ; cette fille est non seulement un véritable danger sur les routes, mais en plus de ça, elle l'est également pour moi. Elle m'attire et ça me fout les jetons. Quand je l'ai vue franchir le seuil de mon auto-école pour la première fois, mon regard a fait un arrêt sur image. C'était la première fois que je voyais une nana avec des cheveux aussi longs. Blonds et raides, ils ruisselaient jusqu'à mi-cuisses comme une cascade vaporeuse de fils de soie. Elle semblait si déterminée à obtenir son permis que j'ai pensé (un peu vite) après son heure d'évaluation qu'elle l'aurait en quelques mois. Quelle mauvaise analyse de ma part.

— Bon, je peux te proposer cinq nouvelles leçons de conduite la semaine prochaine, je marmonne sans lever la tête de mon agenda, troublé par le souvenir de notre rencontre.

— Je te promets que cette fois, tu seras fier de ton élève, sourit-elle en posant ses mains à plat sur mon bureau.

J'attrape une feuille et lui note mes disponibilités avant de la lui tendre. Elle me l'arrache littéralement des mains et sans même jeter un œil sur les dates que je lui propose, l'enfouit dans son espèce de besace qui lui sert de sac à main. Si le look bohème peut parfois virer au déguisement sur certaines femmes, il sied à merveille à cette blonde qui me dévisage à cet instant avec adoration. Son regard me fait fondre. Pour ne pas trahir mon émoi, je prends alors un ton sévère.

— Je préfère te prévenir que si tu es recalée au prochain exam, je jette l'éponge !

— Je vais le réussir, croix de bois, croix de fer, clame-t-elle en posant une main sur son cœur dans un geste solennel. Puis elle ajoute toute guillerette : Je t'offre un café ?

Sa proposition est loin de me laisser indifférent, mais mieux vaut pour ma santé mentale que je garde mes émotions à distance.

— Non merci, j'ai une élève qui ne devrait plus tarder.

— Bon eh bien dans ce cas, passe me voir un soir au Boomer, je t'offrirai un verre pour te remercier de la patience dont tu fais preuve à l'égard de ta pire élève, lance-t-elle joyeusement avant de s'en aller, laissant dans sillage un doux parfum de fleur d'oranger.

Je pousse un énième soupir en la regardant s'éloigner à travers les portes vitrées, ses longs cheveux tourbillonnant autour d'elle. Fasse le bon dieu qu'elle obtienne enfin son permis pour qu'elle fiche le camp de mon auto-école et surtout de ma vue ! Cette nana me rend vraiment marteau.

En fin de journée, après avoir passé l'après-midi confiné dans l'habitacle confiné de ma voiture-école en compagnie de mes élèves, je ne suis pas mécontent de fermer boutique. Antony, le moniteur que j'ai engagé il y a quatre ans et qui est également mon meilleur pote, fait irruption dans le bureau au moment où je m'apprête à enfiler mon blouson.

— La p'tite Émilie Gérard est prête pour son examen, jeudi prochain, m'annonce-t-il d'un air réjoui en posant ses clés de voiture sur le bureau. Elle a fait un parcours sans faute cette fois encore. Et avec Merveille, ça s'est passé comment ?

— Sans commentaires, grogné-je en levant les yeux au plafond.

Il laisse éclater un petit rire.

— Putain, c'est à croire qu'elle le fait exprès, se marre-t-il.

Antony sait depuis longtemps que je craque pour Merveille et vu son air, je devine qu'il va me chatouiller un peu.

— Quand est-ce que tu vas te décider à lui avouer qu'elle te plaît ?

Bingo.

— Fait pas chier, Antony !

— T'es loin d'être frileux avec les femmes, pourtant t'as l'air d'un petit puceau face à cette nana. J'ai beau chercher, je me demande encore pourquoi tu ne te décides pas à lui demander de sortir avec toi.

— Si je savais...

Il croise ses bras musclés sur ses pectoraux de body-builder et m'observe d'un air amusé avant de me lancer :

— Eh ben cherche, dans ce cas ! Invite-la à dîner et cuisine-la à petit feu... mais surtout, ne la mange pas tout de suite.

— T'as avalé un clown aujourd'hui ?

— Ok, je plaisante, mais ça me fait franchement de la peine de te voir te transformer en vieux loukoum chaque fois qu'elle pousse la porte de l'auto-école.

— En vieux loukoum ? Sympa !

— Mais c'est vrai quoi ! Depuis que Victoire t'a laissé tomber pour son vieux millionnaire, cette fille est la seule à te faire bander, alors qu'est-ce que t'attends ?

— Putain Antony, lâche-moi la grappe avec cette nana ! C'est encore une gamine et je te rappelle que j'approche les trente balais.

— Neuf ans d'écart avec elle ne feront jamais de toi un vieux pédophile, si c'est ce qui t'inquiète pépère ! Mais à mon avis, ce n'est pas ces petites années qui t'empêchent de la voir en-dehors de ses leçons de conduite. Ose dire le contraire !

Je ne réponds pas. À quoi bon ? Il a raison. Je me protège, planqué sous le masque du contrôle. La fin de ma relation avec Victoire m'a laissé un goût amer. Ça fait presque deux ans qu'elle m'a quitté pour un mec plein aux as qui a l'âge d'être son père. Je l'aimais comme un fou et j'aurais fait n'importe quoi pour elle, mais elle a semblé plus intéressée par un homme à qui tout a réussi et qui lui offre un train de vie sur lequel je ne pourrai jamais m'aligner. Quand elle m'a annoncé qu'elle me quittait, ça a été un véritable cataclysme dans ma tête et dans mon cœur. Dépression, dévalorisation, perte de goûts, d'envies, et d'espoir sont venus frapper à ma porte et je les ai laissé entrer. J'ai sabré le champagne en compagnie de l'autodestruction pendant des mois et puis un soir, je suis tombé de moto, un accident heureusement sans gravité, mais qui m'a finalement fait prendre conscience de la chance que j'avais d'être là, de profiter des instants simples de la vie. Victoire est toujours dans mes pensées, mais plus de la même façon. J'ose dire avec sarcasme que grâce à elle, en amour, j'ai développé de véritables exigences. Pas de promesses, rien de sérieux et tant que ça roulera comme ça, ça ira.

Antony me sort soudain de mes réflexions.

— Il vaudrait mieux que Merveille réussisse son examen la prochaine fois, parce dans le cas contraire, elle risque de prendre plus cher que le cabriolet qu'elle conduisait tout à l'heure.

— Qu'est-ce que tu racontes ?

Je sens mes pulsations cardiaques augmenter sérieusement.

— Apparemment, notre adorable blondinette roule sans permis, m'explique-t-il d'un air gêné.

— Tu es certain que c'était elle ?

— Oh oui ! Je la reconnaîtrais entre mille avec sa tignasse à rendre jalouse Barbie Raiponce.

— Quelle petite idiote ! Mais qu'est-ce qu'elle a dans le crâne ?!

— Tu devrais aller lui remonter les bretelles, souffle-t-il en me jetant un regard par-dessus son épaule. Je l'aurais bien fait, seulement quand je l'ai croisée, j'étais coincé avec Émilie.

— Elle aura de la chance si je ne décide pas de la virer de l'auto-école, grogné-je de mauvais poil.

— Va lui faire la leçon avant de rentrer chez toi. Tu sais où elle travaille ?

Oh ça oui, je sais parfaitement où elle travaille et ça m'empêche même de dormir la nuit. Le Boomer, un pub du quatrième arrondissement de Paris est un lieu très animé et pas très bien fréquenté. L'idée qu'elle y travaille, et la nuit qui plus est me tord le ventre et je préférerais vraiment la savoir ailleurs. Malgré mon envie de me rendre là-bas sur-le-champ, je réponds :

— Elle est assez grande pour se gérer toute seule, Antony. Je ne suis ni son père, ni son frère et encore moins son petit ami, alors…

— Ok, c'est toi qui décides. Mais tu ne peux plus faire comme si tu ignorais qu'elle conduit un cabriolet jaune canari sans permis.

J'écarquille les yeux.

— Jaune canari, tu dis ?

— Bah, on peut dire jaune cocu si tu préfères. Toujours est-il qu'il est impossible de ne pas la remarquer sur la route. Écoute, si tu ne fais rien pour éviter qu'elle ait des problèmes, moi je vais aller lui parler. Cette gamine a déjà investi trop de fric dans l'espoir d'obtenir le St Graal, et on ne peut pas la laisser risquer de tout foutre en l'air. Si elle se fait serrer par les flics, elle aura déboursé tout cet argent pour rien, tu le sais aussi bien que moi.

Je pousse un soupir de mécontentement. Merveille m'exaspère, c'est une véritable mine à conneries, mais Antony a raison, et comme je ne suis pas un salaud, je vais agir.

3
Merveille

Le pub est bondé, comme chaque soir. Et comme d'habitude, dès que je sortirai de derrière le bar pour aller servir une table, je vais encore me faire peloter les fesses par les mains baladeuses de quelques mecs qui mériteraient que je leur balance la mienne en pleine figure. Mais c'est une pulsion que je dois absolument refréner si je veux garder mon job. Mon compte en banque est dans le rouge et mon patron, Franck Santorio, m'a bien recommandé de prendre sur moi et d'éviter les scandales. Comme il n'est jamais sur place, forcément, il ne risque pas de se faire mettre la main au cul, lui ! Cependant, je suis convaincue que si cela lui arrivait, et à condition que ce geste déplacé vienne d'une femme, il aimerait ça, le bougre ! Franck n'est pas le genre d'homme à ignorer les avances de la gent féminine, bien au contraire. Il les aime toutes… un peu trop sans doute. Si on m'avait dit, il y a un an, que je serais barmaid au Boomer, je ne l'aurais pas cru. N'étant pas très douée pour les études, j'ai dû me lancer dans le monde du travail pour ne pas rester sans rien faire. Et puis malgré le fait que je me sentais bien chez mes parents, j'ai ressenti le besoin de prendre mon indépendance à ma majorité. Cela n'a pas été facile de faire accepter ma décision à mes parents mais ils ont fini par capituler. Avec leur aide, j'ai pu très vite m'installer dans un petit studio de la butte Montmartre. Ma sœur Armonie me demande souvent comment je fais pour supporter un logement pas plus grand qu'un placard à balais, et je lui réponds à chaque fois la même chose : Vaut mieux un petit chez-soi qu'un grand chez les autres.

Malgré notre gémellité et notre ressemblance frappante, Armonie et moi sommes très différentes. Si je suis le genre de fille qui se contente de peu pour être heureuse, qui trouve son bonheur dans les petites choses simples de la vie, Armonie ne croit et ne fait confiance qu'au pouvoir de l'argent, au grand dam de nos parents. Quand ma chère sœur daigne faire un tour au Boomer, ce n'est certes pas pour passer un peu de temps avec moi, mais plutôt pour y rencontrer des mecs pleins aux as. Mais ici, il n'y a que de la mauvaise graine. Des fils de riches indisciplinés, ignares et malpolis. Là où elle voit un terrain de chasse, je vois un salaire en fin de mois pour continuer à profiter de ma nouvelle indépendance. J'ai eu de la chance de trouver cet emploi. J'étais vraiment désespérée à l'idée de devoir retourner chez mes parents et puis un soir, en parlant avec un ami, j'ai appris qu'une place se libérait au Boomer. Le lendemain, apprêtée et maquillée comme un camion volé, je m'y suis présentée avec un CV attestant d'une expérience de barmaid que je n'ai pas le moins du monde. Mais ne dit-on pas que la fin justifie les moyens ? Après m'avoir reluquée sous toutes les coutures, Franck a finalement décidé de me donner ma chance, tenaillé par l'urgence de trouver une remplaçante à celle qui venait de jeter l'éponge, lassée de faire du baby-sitting pour adultes. Servir ma première bière n'a pas été une réussite et Terry, le chef barman, ayant très vite compris que je n'avais aucune expérience, j'ai bien dû lui avouer la vérité. Nous avons sympathisé très vite et il m'a offert une véritable formation sur le tas. Aujourd'hui, je suis même capable d'inventer des cocktails pour les clients qui me demandent de les surprendre. Malgré tout, si je m'amuse bien, être obligée de côtoyer une clientèle transpirante et souvent saoule pour apporter les boissons ou ramasser les verres en salle, je déteste ça. Éviter les bousculades et les mains aux fesses, c'est tout un art et c'est épuisant.

Cela fait un peu plus d'une heure que j'ai pris mon service. Il est encore tôt et pour l'instant, tout est calme. Les haut-parleurs diffusent une playlist plutôt sympa. Terry, le chef barman est en grande conversation avec une élégante brune qui de toute évidence ne le laisse pas indifférent. Il faut bien avouer que ce grand blond d'un mètre quatre-vingts dix aux traits réguliers et à la silhouette athlétique est plutôt beau garçon. Même si ça fait un bail que j'ai arrêté de lorgner sur l'enveloppe pour me concentrer sur son contenu, jusqu'à ce jour, Terry ne m'a jamais déçue. Dans deux heures, ce sera le grand rush du vendredi soir. Louise et Anja, les deux serveuses, viennent d'arriver, et leur présence va bien nous soulager. Je m'attends déjà à ce qu'un client un peu lourdingue choisisse ce moment pour venir s'avachir au comptoir et se taper l'incruste avec moi. Ils sont difficiles à gérer, ceux-là. Surtout quand une trentaine d'autres sont en attente d'être servis. Je suis en train de préparer trois mojitos en essayant de me rappeler les quatre autres commandes à suivre lorsque je le vois entrer, un casque de moto à bout de bras. Sa vue éveille chacun de mes sens, le différenciant de tous les hommes présents dans la salle. C'est la première fois que Noah vient ici, alors qu'il sait depuis des mois que je bosse au Boomer. Sans doute a-t-il décidé de venir se faire offrir un verre comme je le lui ai proposé tout à l'heure. L'idée de passer un petit moment en sa compagnie m'enchante clairement, et puis se voir en dehors de l'auto-école serait une première. Je le vois scanner la salle du regard et se diriger vers le bar d'une démarche assurée. À cet instant, je ne peux m'empêcher de penser que si je l'ai toujours trouvé beau, j'ai complètement craqué pour lui il y a six mois. J'ai soudain remarqué que ses yeux pétillent quand son humeur est au beau fixe, que son sourire en coin fait vibrer mon âme un peu plus fort à chaque fois que je me retrouve seule avec lui, que son air énigmatique ne me laisse plus aussi indifférente que je veux le lui laisser croire. Oui, quelque chose a changé, comme sa façon de me regarder parfois. Dans ces instants-là, la noirceur de son regard me laisse penser qu'il a peut-être une épine enfoncée dans le cœur et qu'il en crève à petit feu. Il arrive à ma hauteur et me dévisage un instant en silence. J'ai immédiatement la désagréable impression que quelque chose le chiffonne.

— Salut, dit-il en posant son casque sur le zinc.

Sa voix, capable de faire fondre une armé de nonnes est à moitié recouverte par les décibels de la musique et le brouhaha des clients. Je le vois alors lever les yeux au plafond d'un air exaspéré.

— Je suis désolée mais il va falloir parler un peu plus fort, braillé-je avec un sourire légèrement taquin. Je t'offre un verre ?

— Non merci. Je suis venu te parler d'une chose importante.

Au moins c'est clair ! Il n'est pas ici pour la rigolade. Intriguée, je me penche en avant et lui demande :

— Quelle chose importante ?

— Il vaudrait mieux qu'on se parle à l'extérieur.

Son air contrarié n'augure rien de bon. J'ai soudain peur qu'il ait changé d'avis et qu'il ne souhaite plus assurer mes leçons de conduite.

— Mais tu peux au moins me dire si ça concerne mon permis ?

— Pour quelle autre raison serais-je venu te voir ?

Naturellement, quelle question ! OK, l'idée qu'il ait pu avoir envie de passer un petit moment en compagnie de son incorrigible élève m'a effleuré l'esprit un court instant, mais la bulle d'espoir qui flottait au-dessus de ma tête vient d'éclater, m'éclaboussant au passage d'une dure réalité. Je lui fais signe de s'approcher et glisse à son oreille :

— Attends-moi dehors, je te rejoins dans un instant.

Quelques secondes plus tard, après avoir obtenu l'aval de Terry, je vais le retrouver. Assis sur la selle de sa moto, il consulte son téléphone portable.

— Je t'écoute, dis-je en me plantant face à lui, les bras croisés sur ma poitrine.

Il me fixe droit dans les yeux et quelque chose dans son expression me conforte dans mon idée que ce qu'il est venu me dire ne va pas me faire bondir de joie.

— Antony t'a aperçue au volant d'une bagnole tout à l'heure, lâche-t-il alors en soudant son regard au mien. Qu'est-ce que tu as à dire pour ta défense ?

Aïe ! Je m'attendais à tout sauf à m'être fait pincer par Antony. Mais quel sale petit rapporteur ! J'aurai vraiment préféré que ce soit lui qui vienne me faire la leçon. Je lui aurais fait mes yeux de biche en lui promettant de ne pas recommencer, les choses en seraient restées là et Noah ne serait pas devant moi à m'assassiner de son regard noir. J'en reste muette. Faire les yeux de biche avec Noah, c'est évident que ça ne marchera pas.

— J'en conclus donc que tu roules sans permis, poursuit-il froidement. On a piraté ton cerveau ou quoi ?

Bien sûr, je pourrais nier, mais ce serait peine perdue. Je sens bien que le sang s'est retiré de mes joues et que j'affiche un air de gamine prise en faute.

— Tu te rends compte des sanctions que tu encours, Merveille ? Sans parler du fait que si tu as un accident et que tu blesses quelqu'un... ou toi-même... Je te savais un peu cinglée, mais pas d'un tel degré de stupidité.

Il a l'air vraiment très en colère. J'éprouve soudain une peur bleue qu'il m'annonce qu'il ne veut plus de moi comme élève. Ce serait une méchante punition et même si au fond de moi, je sais que je la mérite, je tente de me justifier en lui mentant sans vergogne.

— J'ai raté mon bus aujourd'hui et je ne peux pas me permettre d'arriver en retard au boulot alors oui, j'ai pris ma voiture. Mais rassure-toi, je ne l'ai conduite qu'aujourd'hui. Je suis parfaitement consciente de ce que je risque si je me fais pincer.

Insensible à ma plaidoirie, son regard se fait encore plus dur et scrutateur. Puis il pousse un long soupir, enfile son casque sans dire un mot et enfourche sa moto. Il met le contact, relève la visière, me fixe droit dans les yeux et me demande :

— Tu termines ton boulot à quelle heure ?

— Deux heures. Pourquoi ?

— Quelqu'un peut te ramener chez toi ?

— Mais ma voiture...

— Elle restera sur le parking ce soir et si j'apprends que tu la conduis encore, je te ferme les portes de mon auto-école. Est-ce que tu as bien imprimé ça dans ta petite cervelle de moineau ? Alors, quelqu'un pourra-t-il te ramener chez toi, oui ou non ?

Je me contente de hocher la tête, incapable de répliquer quoi que ce soit. Noah fait rugir le moteur de sa moto et me plante là, honteuse et passablement énervée. Honteuse de m'être fait engueuler comme une gamine de quinze ans et énervée parce que je sais parfaitement que la soufflante qu'il vient de m'administrer est totalement justifiée. La minute suivante, je reprends ma place derrière le bar et après deux ou trois maladresses, dont une qui vient de nous coûter six verres à pied d'un coup, Terry me jette un regard en biais et comprend immédiatement que quelque chose me déconcentre.

— Bon allez, c'est quoi le problème au juste ? demande-t-il en remplissant distraitement une pinte de bière. Je peux peut-être t'aider.

— Ma voiture ne démarre plus.

Je ne vais quand même pas lui avouer que j'ai encore raté mon examen de conduite et qu'un vilain moniteur m'a pincé en plein délit de connerie. De quoi j'aurais l'air !

— Tu veux que j'aille jeter un œil ?

— C'est gentil de me le proposer, mais je ne veux pas t'ennuyer avec ça et si tu veux bien me raccompagner chez moi après la fermeture, je préférerais m'en occuper demain matin.

— Pas de problème, dit-il avec un haussement d'épaule.

Je le remercie d'un sourire et reprends mon travail, préoccupée par l'idée de devoir abandonner ma précieuse voiture toute la nuit sur le parking, mais également par la piètre opinion qu'a dû se faire de moi Noah.

4
Merveille

Je n'ai pas beaucoup dormi cette nuit. Depuis hier je suis inquiète à l'idée de reprendre mes leçons de conduite avec Noah. Je sais que je n'ai plus droit à l'erreur. Il ne laissera rien passer, ne me fera pas le moindre cadeau. Il me l'a promis et je suis convaincue qu'il tiendra sa promesse. Depuis son passage au Boomer, ma voiture est restée garée à quelques rues de chez moi et l'âme en peine, je me contente de lorgner dessus en croisant les doigts pour décrocher mon permis au prochain examen. La sonnerie de la porte d'entrée me fait brusquement relever la tête du bol de café dans lequel vont s'échouer quelques mèches de mes cheveux. Mince ! La journée démarre vraiment de travers. Dehors, Armonie s'impatiente et me le fait savoir en s'excitant comme une damnée sur la sonnette. Il faut dire que la patience n'est pas son fort et mieux vaut ne pas la faire attendre une seconde de plus. Lorsque je lui ouvre la porte, elle me fonce littéralement dessus.

— Eh ben, tu en mets du temps à ouvrir ! s'exclame-t-elle avec cette humeur qui lui est propre.

— Excuse-moi, j'ai eu un problème avec…

— Je ne suis pas aveugle, me coupe-t-elle d'un air narquois en fixant mes cheveux enroulés dans une feuille de Sopalin dégoulinante de café. J'espère que quand tu auras trouvé un petit ami, tu ne lui infligeras pas un tel spectacle au réveil.

Dieu qu'elle m'énerve !

— Et à ce propos, tu as quelqu'un en ce moment ou bien est-ce que tu es à nouveau en phase de casting ? je riposte, moqueuse.

— Garde ton ironie, Merveille ! Je ne suis pas comme toi et je déteste perdre mon temps avec des gens inintéressants et qui ne m'apportent rien.

Je hausse les épaules, contrariée par la mentalité de ma jumelle. À vingt ans à peine, elle est déjà sortie avec plus d'hommes que je n'en connaîtrai jamais dans toute ma vie. Son idéal masculin ressemble à s'y méprendre à une vache à traire. Il doit être plus âgé qu'elle, posséder un (très) solide patrimoine, être beau, grand et costaud, et le plus important : monsieur doit régulièrement lui offrir des jolis cadeaux.

— Ce n'est pas parce qu'on n'a pas le portefeuille de Bill Gates qu'on est forcément inintéressant ! maugrée-je en lui tournant le dos pour lui préparer un café, tandis qu'elle part s'installer au salon.

— Si les hommes préfèrent les blondes, les femmes préfèrent les riches, dit-elle en ôtant son manteau de marque dégriffé. Je veux une belle vie, Merveille. Je n'ai aucune envie de ramer pendant trente ans pour me payer une maison comme l'ont fait papa et maman. Je veux profiter de ma jeunesse, m'amuser et voyager. Tu crois vraiment qu'un petit cadre sans envergure pourrait m'offrir cette vie de rêve ?

Je tourne la tête et l'observe un instant par-dessus mon épaule avant de pousser un profond soupir d'exaspération. C'est ma sœur, mais franchement, elle me fait honte. Je n'ai jamais supporté les personnes comme elle ; intéressées, captivées par le pouvoir que procurent l'argent et la célébrité. Je contourne l'îlot qui sépare la cuisine de la pièce de vie et lui tend un mug de café… non sucré évidemment, parce que ça fait grossir.

— Et si tu me donnais plutôt la raison de ta présence dans ma modeste demeure à huit heures du matin ?

— Ma voiture est en panne et je voudrais t'emprunter celle qui pourrit à deux rues d'ici en attendant que tu te décides à avoir ton permis ! Quand je pense qu'il m'a à peine fallu quatre mois pour décrocher le mien, soupire-t-elle en secouant la tête.

— Oui, eh ben tu es tombée sur un examinateur sympa, ce qui n'a pas été mon cas, malheureusement.

— Trois fois d'affilée ? Oh ma pauvre, c'est la faute à pas de bol, je comprends.

Son air moqueur commence à me taper sur le système et je me retiens de lui montrer la porte. Je me demande si elle réalise à quel point elle peut être blessante parfois. Je ravale ma rancœur et me lève pour aller lui chercher les clés de mon cabriolet.

— Ramène-la moi dans le même état que celui dans lequel je te la confie ou tu entendras parler du pays ! dis-je en les lui tendant.

Elle n'attend pas une minute de plus et se lève pour enfiler son manteau.

— Tu ne termines pas ton café ?

— Non merci. Honnêtement, il est sacrément dégueulasse. Du premier prix, je présume.

— Figure-toi que je fais avec les moyens du bord, MOI ! Tu as beau avoir des goûts de luxe, te montrer dans ma vieille bagnole jaune cocu, ça ne te dérange pas tant que ça apparemment.

— Tu vois bien que je fais, moi aussi, avec les moyens du bord et si on me demande, je dirai que c'est la voiture de la femme de ménage. Bye bye soubrette… euh… pardon, je voulais dire sœurette.

La garce ! Elle claque la porte avant même que je n'aie eu le temps de répliquer. De mauvaise humeur, je saisis la tasse de café encore pleine et la vide dans l'évier. Armonie a de la chance d'être ma sœur, autrement je lui aurais montré de quel bois je me chauffe ! Non mais quelle saleté ! Après avoir laissé ma bouche déblatérer une bonne dose de grossiéretés, je me calme enfin et fonce sous la douche. Dix minutes plus tard, ma montre m'indique que je n'ai plus le temps de me sécher les cheveux, alors je les essore du mieux possible, puis les peigne en vitesse. Ils sécheront à l'air libre pendant le trajet. Je termine de me préparer et fonce vers l'arrêt de bus.

Il fait un temps magnifique et le soleil brûle déjà ma peau. Nous sommes au mois de juillet et Paris est tellement plus belle sous le soleil… Si j'aime toutes les saisons, l'été est quand même celle que je préfère. C'est toujours avec une certaine excitation que je ressors mes tenues estivales de leur placard. Armonie déteste mon look bohême chic. Elle dit que ça fait négligé. N'importe quoi franchement ! Je ne vois pas en quoi une garde-robe composée de vêtements souples, vaporeux et doux peut paraître négligé. Mon style est indémodable et je compte bien continuer à remplir ma garde-robe de petites robes en dentelle, de maxi-jupes à fleurs et de tout ce qui me passera par la tête. Je me rends compte qu'à chaque fois que ma jumelle s'immisce dans mon esprit, ma mauvaise humeur prend le dessus sur la tolérance que je m'exhorte à maintenir à son encontre.

Pendant le trajet jusqu'à l'auto-école, je ne cesse de m'encourager en priant pour qu'aujourd'hui, j'exécute sans la moindre faute le parcours que m'aura réservé Noah. Je suis bel et bien déterminée à lui prouver que je suis capable de me dépasser. De toute façon, il ne me laisse pas d'autre choix que celui de ne pas le décevoir. Je le trouve assis derrière son bureau, le nez plongé dans son planning. Mon cœur se met à battre plus vite. Je le trouve terriblement sexy avec son tee-shirt noir dévoilant sa peau légèrement mate et les muscles puissants de ses bras. Si je m'écoutais, je me jetterais dans ses bras en priant pour qu'il ne me lâche plus jamais. Je ne comprends toujours pas ce qui s'est produit chez moi pour que j'en arrive à ne plus penser avec cohérence quand je le regarde et surtout, s'il s'en est rendu compte.

— Salut Merveille, dit-il en relevant la tête.

Même l'intonation de sa voix me chamboule encore plus que d'habitude.

— Salut Noah, tu vas bien ?

— Disons que pour le moment, ça va. On va éviter de perdre du temps et partir tout de suite. J'espère que tu es en forme et que tu vas assurer.

— Si je vais assurer ? Oh mais alors là, c'est clair ! Tu peux me faire confiance, je vais tous les éclater sur la route ! je réponds sans réfléchir… à mon grand désarroi. Bon sang, je me ficherais bien quelques baffes.

Noah fronce les sourcils et me fixe un instant avec un drôle d'air avant de marmonner :

— Les éclater, c'est justement ce qu'on va s'efforcer d'éviter.

Je me sens stupide et cette sensation désagréable décuple mon envie de bien faire. Malheureusement, rien ne se déroule comme je l'espérais. Noah intervient sur les commandes à deux reprises, la première pour m'empêcher de griller un feu rouge et la seconde, lors d'un démarrage en côte où sans sa vitesse de réaction, j'aurais embouti l'Audi derrière nous. Autant dire que mes espoirs de lui en mettre plein la vue s'effondrent lamentablement et que le trajet du retour est plutôt morose, encore une fois...

5
Noah

Pour achever de me réveiller complètement, commencer la journée avec une Merveille derrière le volant, c'est plus efficace que les deux cafés hyper corsés que je m'inflige chaque matin. En comparaison, les élèves suivants m'ont fait l'effet de puissants somnifères et cet état a duré jusqu'à la fin de la journée. Après avoir débriefé avec Antony sur l'avancée de nos candidats au permis, je lui confie la mission de fermer la boutique puis je rejoins ma bécane. Si pour le commun des mortels, le meilleur moyen de décompresser après une longue journée de labeur, c'est encore de quitter le travail et de rentrer au bercail, pour moi il n'existe pas meilleur antistress qu'une petite bourre à moto. De toute façon, personne ne m'attend à la maison. Depuis que Victoire m'a largué, mon grand loft, une ancienne manufacture entièrement réhabilitée, me sert uniquement de dortoir. Un achat lourd de conséquences qui va encore me coûter les yeux de la tête pendant quelques années, mais Victoire était le genre de filles qui aime les belles choses, je l'aimais comme un fou et puis si on savait à l'avance de quoi demain sera fait… Il faudrait que je songe sérieusement à en refaire toute la déco pour effacer l'empreinte qu'elle y a laissé, ou bien le mettre en vente, ce qui me semble être de loin la meilleure solution. Tourmenté par mes pensées, j'essore la poignée des gaz et ma bécane bondit en avant. L'adrénaline qui inonde alors mes veines me procure un apaisement immédiat. La vie continue, bordel !

Au feu rouge où je m'arrête la minute suivante, mon sang ne fait pourtant qu'un tour lorsque sur ma droite, j'aperçois Merveille au volant de son cabriolet jaune. Elle est occupée à se repoudrer le nez et ne fait pas attention à ce qui l'entoure. Suis-je étonné ? Absolument pas ! Il ne doit pas être loin de 21 heures et je suppose qu'elle se rend à son travail. Agacé qu'elle n'ait pas pris ma menace au sérieux lorsque je lui ai promis de la virer de l'auto-école si elle persistait à conduire sans permis, je décide de la suivre pour lui administrer une soufflante dont elle se souviendra longtemps ! Si la première n'a pas suffi, la seconde fera mouche à coup sûr. Je sais bien que je devrais décrocher, mais c'est plus fort que moi.

À quelques voitures derrière la sienne, j'observe sa conduite et remarque avec étonnement qu'elle n'oublie jamais de mettre son clignotant pour signaler un changement de file ou de direction. Un bon point pour elle mais ça ne suffira pas à lui sauver la mise. Je réalise qu'elle ne prend pas le chemin de son travail et du coup, je suis vraiment curieux de découvrir où elle va. Le cabriolet s'arrête devant *La Table des Insolents*, un restaurant chic du quinzième arrondissement. Juste devant, il y a une place pour se garer mais elle est à peine plus grande qu'un pot de yaourt et je me surprends à rire sous mon casque. Merveille n'a jamais été fichue de faire un créneau sans s'y reprendre à vingt fois, alors là… Je détourne la tête un instant pour vérifier qu'un flic ne traîne pas dans la zone et lorsque mon regard revient se poser sur la voiture, de stupeur, j'en relève la visière de mon casque. Le cabriolet est garé dans les règles de l'art. Rien ne dépasse. La portière s'ouvre et Merveille en sort, vêtue d'un tailleur pantalon bleu pétrole et d'un chemisier blanc. Le tout forme un ensemble bon chic bon genre, raffiné certes, mais qui ne ressemble pas le moins du monde à ce qu'elle a pour habitude de porter. Je la vois entrer à l'intérieur de l'établissement et la raison première de ma mauvaise humeur devient tout autre lorsque je me mets en tête qu'elle a peut-être rendez-vous avec un homme. Un pic de jalousie me perfore soudain le bide. Avant ce soir, je ne m'étais jamais dit qu'elle pouvait avoir un mec dans sa vie et cette idée me fiche un sacré coup. Pourtant, les filles comme elle, belle et chiante à souhait, sont rarement célibataires. Tout le monde sait que les hommes préfèrent les chieuses, non ? Pour quelle raison est-ce que j'ai pu penser un seul instant que Merveille pouvait faire exception à cet état de fait ? Dépité, je rabats la visière de mon casque d'un geste brusque et mets le contact pour reprendre le chemin de mon « dortoir ». C'est alors que je les vois sortir, main dans la main, riant comme des gamins. Le type qui l'accompagne est châtain, grand, élancé, habillé d'un costume sombre très classe et qui à vue d'œil doit coûter un mois de salaire au commun des mortels. Leurs gestes ne laissent planer aucun doute sur leur degré d'intimité et la colère et la déception que je ressens me font serrer les dents. Un Range Rover dernier cri stoppe devant eux et un jeune gars en descend. En homme galant, Costume Chic aide Merveille à s'installer sur le siège passager et contourne le SUV pour prendre le volant. Putain, mais c'est qui ce branquignol ? je me demande en m'insérant à mon tour dans la circulation pour leur filer le train.

Nous arrivons ainsi au treizième arrondissement. La bagnole ralentit et emprunte l'accès d'une gigantesque propriété que j'ai le temps d'entrevoir juste avant que les panneaux en aluminium du portail se referment. L'endroit pue le pognon à plein nez et j'étais vraiment loin d'imaginer qu'une fille aussi simple que Merveille se plaise à fréquenter intimement le beau monde. Enfin, le beau monde… ça je n'en sais rien, mais une chose est sûre ; l'imaginer seule, en compagnie de ce type me file des méchantes aigreurs d'estomac.

6
Merveille

J'ai eu une nuit agitée et tartiner l'éponge en pensant que c'est mon toast en témoigne. Je dors debout, j'ai une migraine de tous les diables et en plus de ça, j'ai attrapé un rhume qui m'oblige presque à remettre tous les meubles en place chaque fois que j'éternue. J'oublie parfois qu'au Boomer, lorsqu'on quitte un local surchauffé pour la fraîcheur du dehors sans prendre la peine d'enfiler une petite laine, la pause clope de minuit peut avoir des conséquences négatives sur la santé.

Si je suis entraînée à l'humour graveleux de certains habitués du Pub, la soirée d'hier a atteint des sommets. Merde ! Certains mecs veulent avoir toutes les filles à leurs pieds, seulement voilà, la seule chose qu'ils peuvent se vanter d'avoir, c'est leurs chaussettes ! Bouffons ! Le seul homme pour qui je me damnerais si j'avais une chance qu'il me propose de sortir un soir avec lui est certainement le seul qui ne le fera pas. Noah ne me verra jamais autrement que comme une élève à qui il s'est donné la mission de faire obtenir son permis de conduire. C'est rageant. Je continue de penser à lui, mais plus les jours passent, et plus je suis obligée de me rendre à la triste évidence que je ne suis pas son genre. Je me demande d'ailleurs souvent quel est son type de femmes. Il est célibataire, je le sais parce que j'ai eu le courage de le lui demander un jour au détour d'une conversation. Il a très vite éludé le sujet, mais j'imagine qu'elles doivent défiler dans son lit. Ça marche comme ça les célibataires, non ? Moi en revanche, je suis plutôt du genre à traîner mon célibat comme un boulet, certes, mais si je suis encore vierge à bientôt 20 ans, c'est uniquement par choix et non par manque d'occasions. Je suis une vraie romantique. Je rêve d'une belle relation basée sur l'amour et pas uniquement sur l'attraction physique, alors personne ne m'obligera à avoir des relations sexuelles simplement pour ne plus être regardée comme une extra-terrestre. Même si Armonie se moque souvent de moi, la virginité n'est pas une anomalie que je sache ! Ma sœur a eu sa première expérience à 17 ans. Elle s'est donnée à un homme beaucoup plus âgé qu'elle qui lui a tout appris de l'acte sexuel. Bon ou mauvais souvenir, elle ne s'est pas appesantie dessus. Moi, je veux simplement choisir le bon moment avec la bonne personne. Et cette personne-là, je voudrais tellement que ce soit Noah...

Un éternuement bruyant me sort de mes pensées romantico-psychologiques. J'avale le reste de mon café en écoutant les informations à la radio puis je file sous la douche. Il me tarde de retrouver mon Noah à l'auto-école, seul endroit où je peux passer un peu de temps en sa compagnie. J'éprouve alors un pincement au cœur lorsque je me dis qu'une fois mon permis en poche, je ne le reverrai sans doute plus. J'ai beau penser qu'il est la bonne personne pour moi, lui en revanche ne semble pas le moins du monde captivé par son amoureuse secrète. Limite, je devrais me sentir offensée par autant de désintéressement. Au Boomer, les mecs me draguent, me font des tonnes de compliments, lui, rien, jamais !

Pendant le trajet en bus, je m'applique à tresser mes cheveux et lorsque j'en descends, je parcours les derniers mètres qui me sépare de l'auto-école en enroulant un élastique au bout de ma longue natte. Ce matin, il s'en est fallu de peu pour que les pointes aillent faire une petite trempette dans la cuvette des WC. Bon sang ! Je ne me suis jamais redressée aussi vite de toute ma vie ! Un de ces jours, je vais finir par les couper. Je l'aurais déjà fait si ma mère ne m'en avait dissuadée en me disant qu'ils étaient un véritable atout de séduction et qu'ils faisaient de moi une sirène des temps modernes. Depuis, je résiste à l'envie qui me tenaille de les couper pour ensuite les vendre à un perruquier du 16ème. En arrivant à destination, j'aperçois Antony qui s'apprête à partir avec un élève et je lui fais un signe de la main.

— Tiens, voilà notre Raiponce plus vraie que nature ! sourit-il.
— Salut Antony. Noah est arrivé ?
— Pas encore, mais il est sur la route. Installe-toi à l'intérieur, il ne devrait plus tarder.
— Tu me fais confiance pour garder la boutique ?
— Évidemment. Et puis tu fais presque partie des murs, se moque-t-il gentiment.

Je hausse les épaules, pas vraiment fan de sa plaisanterie. Il esquisse un sourire et invite son élève à prendre le volant de la voiture-école avant de s'installer à son tour. Je n'ai jamais conduit avec lui, je me suis toujours débrouillée pour prendre mes leçons avec Noah. Au début parce que je le trouvais super canon, ensuite par habitude et enfin parce que mes sentiments pour lui se sont soudainement révélés et que c'est la seule façon que j'aie trouvée pour continuer à passer du temps seule avec lui.

Confortablement installée à la place du patron, je feuillette son planning lorsque j'entends le vrombissement d'une moto qui déboule pleins gaz au coin de la rue. Je me doute que c'est Noah alors je prends sagement place de l'autre côté du bureau, la tête tournée vers la porte vitrée pour guetter son arrivée. La seconde suivante, sa Suzuki apparaît dans mon champ de vision. Il béquille son imposante sportive et ôte son casque qui libère une tignasse brune en désordre dans laquelle je glisserais volontiers mes doigts. Si je n'ai pas eu le coup de foudre lorsque je l'ai rencontré la première fois, aujourd'hui, je me prends une décharge chaque fois que mes yeux se posent sur lui. Je craque devant son sourire, je déprime quand je le déçois, j'ai des papillons dans le ventre, les mains moites et le cœur qui s'emballe à tel point que j'ai parfois l'impression d'entendre ses battements dans mes oreilles ou qu'il va bondir hors de ma cage thoracique. Bref, je suis amoureuse.

— Excuse-moi, je suis en retard, dit-il en faisant irruption dans le bureau. J'ai passé une nuit de merde et j'ai eu du mal à émerger ce matin.

Il n'avait pas besoin de me le dire car j'ai immédiatement remarqué les marques de fatigue sur son visage. Un pli assez profond s'est formé entre ses sourcils et il semble tourmenté.

— Et toi, comment vas-tu ? poursuit-il sans me regarder. Est-ce qu'au contraire de moi, tu as passé une bonne soirée ?

— Tu sais, j'ai travaillé et au Boomer toutes les soirées se ressemblent.

— Tu n'étais pas de repos hier soir ?

Sa question me fait hausser les sourcils, ainsi que son regard qui se fait soudain scrutateur. J'ai envie de lui balancer qu'il le saurait s'il s'intéressait un peu à moi et à mon emploi du temps. Mais je m'abstiens et préfère lui répondre simplement :

— Non, malheureusement.

— Rassure-moi sur un point, ta voiture, tu ne l'as plus conduite ?

— Oh que non ! J'ai bien retenu la leçon, tu peux me croire.

Les muscles de sa mâchoire se contractent et il me dévisage d'un air sévère sans que j'en comprenne la raison.

— Ok ! finit-il par dire au bout de quelques secondes qui m'ont pourtant paru une éternité. Va t'installer dans la voiture, j'arrive.

J'obtempère, légèrement mal à l'aise. Bon sang, mais qu'est-ce qu'il a ce matin ? S'il a passé une mauvaise nuit, ce n'est pas à moi d'en supporter les conséquences tout de même ! Est-ce que je lui fais des reproches, moi, quand je passe des nuits entières à me demander ce qu'il peut faire et surtout avec qui ?! C'est dans le même état d'esprit qu'il me rejoint et me demande de démarrer. Je sens que j'ai intérêt à ne pas faire la moindre petite erreur, aussi je revérifie la position des rétroviseurs après avoir bouclé ma ceinture et je mets le contact, le ventre noué. Je prie pour que tout aille bien et je n'ouvre la bouche que lorsqu'il me pose une question. Je sens soudain qu'il m'observe et mes doigts serrent plus fort le volant.

— Décrispe-toi un peu, et prend la prochaine à droite, dit-il en redirigeant son regard sur la route.

J'acquiesce en silence, réduis ma vitesse et active le clignotant au moment où la sonnerie de son téléphone annonçant l'arrivée d'un SMS se fait entendre. Il en prend connaissance et après quelques secondes me dit :

— J'ai un élève qui vient de me prévenir qu'il ne pourra pas venir ce matin alors si ça te branche, tu peux prendre sa place.

— Bien sûr que ça me branche, tiens ! je m'exclame aussitôt. Ça veut dire que je vais pouvoir conduire deux heures d'affilée ?

— C'est exactement ce que ça veut dire.

— Eh bien ça me va tout à fait.

Sans m'en rendre compte, j'ai accéléré un peu et Noah est obligé d'intervenir.

— Lève le pied !

J'obtempère aussitôt en jetant un regard sur le compteur de vitesse.

— Je me suis laissé distraire, excuse-moi.

— Ta capacité à te laisser distraire par tout et n'importe quoi va finir un jour par te jouer des vilains tours, bougonne-t-il. Allez, on va s'arrêter un petit moment au Starbucks qui se trouve à deux rues d'ici.

— On va prendre un café ?

— Tu préfères peut-être une bière ...

— Très drôle ! riposté-je d'un ton bourru mais néanmoins très emballée à l'idée de sortir des sentiers battus. Puis j'ajoute : J'adore leur latté.

— Et moi, j'ai besoin d'un expresso en urgence pour me remettre d'aplomb après la sale nuit que j'ai passée.

— Elle a été si mauvaise que ça ?

Il ne répond pas. L'espace d'une seconde, j'ai espéré qu'il se confie à moi sur ce qui le tourmente, mais c'est mal le connaître. Tandis qu'il se rend au comptoir pour commander nos boissons, je m'installe à l'extérieur, sur une jolie petite terrasse nouvellement aménagée. Quelques minutes plus tard, il me rejoint avec deux mugs remplis pour moi d'un délicieux café latté et pour lui, d'un pur expresso.

— Attends, je vais te rembourser, dis-je en furetant dans ma besace pour y dénicher mon porte-monnaie.

— Laisse tomber. Ce n'est pas un latté qui va me mettre sur la paille, rassure-toi.

— Merci, c'est gentil et puis c'est vraiment super de pouvoir bavarder un peu sans avoir à…

— Fixer ton attention sur la route ? m'interrompt-il en souriant.

Un sourire qui me désarme et entraîne instantanément le mien.

— Oui, c'est exactement ce que j'allais dire. Tu sais, ce permis, je compte réellement le décrocher au prochain passage. D'accord, je suis consciente qu'il m'arrive encore de faire des erreurs mais une fois que j'aurai enfin le bonheur de m'élancer seule sur les routes, je sais déjà que tout se passera pour le mieux. Je suis une personne très responsable et…

Il laisse échapper un rire, un peu vexant je dois bien l'avouer.

— Ok, j'ai merdé une fois et tu m'as remis les idées en place mais depuis, je me tiens à carreau. Fais-moi confiance un peu !

— Est-ce que je suis censé t'accorder ma confiance simplement parce que tu le souhaites ?

Son regard se fait inquisiteur, limite soupçonneux.

— Je préfère penser que c'est parce que je la mérite, dis-je un peu déboussolée. La confiance est la base de toute relation durable, tu n'es pas d'accord ?

— Bien sûr que si. Mais tu dois savoir une chose importante me concernant ma petite Merveille, c'est que je ne l'accorde jamais à l'aveugle et encore moins à quelqu'un qui ne respecte pas ses engagements.

— Tu vas continuer à faire tout un pataquès de cette histoire ? J'ai conduit ma voiture avant d'y être autorisée, mais je n'ai pas recommencé. Est-ce que tu vas me laisser clouée au pilori à cause de cette petite erreur ?

— Tu parles d'une énorme connerie irresponsable comme d'une petite erreur, mais elle aurait pu te coûter bien plus cher que ce que ton petit cerveau de moineau sera un jour en mesure de réaliser ! Et qui me dit que tu n'as pas remis ça depuis ?

— Moi je le dis !

— Tu es donc une menteuse.

— Une menteuse ? répété-je les yeux écarquillés. Je ne te permets pas de me traiter de menteuse !

— Pourtant, c'est ce que tu es.

Une colère subite fait monter le sang à ma tête Mais c'est quoi son problème ? Vexée et terriblement déçue par le tour inattendu que vient de prendre notre conversation, j'attrape mon sac et me lève.

— Où comptes-tu aller comme ça ? me lance-t-il en arquant les sourcils.

— Je vais prendre le bus pour rentrer chez moi. Je refuse de rester là, à faire les frais de ta mauvaise humeur une minute de plus. Je n'ai pas signé pour ça ! Finalement, tu n'as pas tort de m'encourager à m'inscrire dans une autre auto-école et je vais m'empresser de suivre ton conseil sur-le-champ.

Sur ses paroles, je tourne les talons et le plante là. J'entends alors le raclement d'une chaise sur le sol et la seconde d'après, une main m'empoigne par le bras, m'obligeant à faire une volte-face qui manque de me déséquilibrer. L'expression de Noah me cloue sur place. Ses yeux sont réduits à d'étroites fentes noires et sa mâchoire est crispée.

— Tu vas sagement remonter dans la bagnole et nous allons poursuivre la leçon tranquillement, dit-il en m'entraînant de force vers la voiture. Je te garantis que tu vas l'avoir, ce foutu permis, et que c'est à moi que tu le devras.

— Lâche-moi, crié-je en me débattant derrière lui.

Quelques passants curieux s'arrêtent pour nous observer et Noah presse le pas. Il m'oblige à me réinstaller derrière le volant et claque la porte violemment, me faisant sursauter. L'instant suivant, il est près de moi.

— Démarre avant que je perde patience ! m'ordonne-t-il en bouclant sa ceinture.

Secouée par sa réaction, je mets quelques secondes à lui obéir.

— Vas-y, roule ! Démerde-toi pour rentrer sans instructions. Fais comme si t'étais seule au volant, après-tout, t'es habituée.

Je ne riposte pas. Je ne comprends pas ce qu'il a d'un seul coup.

Quelques larmes que je ne parviens pas à retenir brouillent soudain ma vue et mes mains se crispent sur le volant. Je n'arrive pas à croire ce qui vient de se passer et roule lentement vers la sortie du parking. Noah s'est muré dans le silence. Impassible, il observe la route devant nous, les bras croisés sur sa poitrine. Ça tombe bien car je ne ressens plus la moindre envie de lui parler. L'idée qu'il s'est fait de moi me fait terriblement mal. Je ne suis pas une menteuse.

7
Noah

Sale petite peste ! Ce matin, je me lève d'humeur massacrante, comme ça m'arrive de plus en plus souvent. Merveille Delorme continue à faire son petit chemin dans ma tête et dans mon cœur sans que rien ne parvienne à freiner son incursion envahissante et j'en ai plus qu'assez de la voir venir polluer mes nuits et mon sommeil. C'est une jolie fille doublée d'une menteuse, voilà ce qu'elle est ! Une espèce à fuir, à oublier, à effacer de mon espace vital si je ne veux pas me retrouver en enfer. J'ai déjà donné bordel ! Qu'est-ce qui m'a pris de lui faire tout ce cinéma ? J'avais pourtant là, l'occasion rêvée de m'en débarrasser une bonne fois pour toutes. Pourtant, lorsqu'elle m'a menacé d'aller s'inscrire dans une autre auto-école, je me suis senti malheureux comme si elle venait de m'annoncer qu'elle me plaquait pour un autre alors qu'il n'y a rien entre nous. Franchement, l'ambiguïté des sentiments que j'éprouve pour elle me fout grave les boules. Elle me rend complètement dingue.

Aujourd'hui, la journée s'annonce assez calme à l'auto-école et Antony assurera les cours pendant que je me rendrai dans une agence immobilière. Pour me changer les idées, et puis surtout parce qu'il est temps de changer certaines choses dans ma vie, j'ai décidé de me débarrasser ce loft trop grand et encombré de souvenirs dont je me passerais volontiers. La vente me permettra de finir de rembourser le crédit contracté à l'époque pour satisfaire les caprices de mon ex et je pourrai ensuite acheter un bien en-dehors de la capitale. Je m'imagine parfaitement à la campagne, propriétaire d'un corps de ferme que je rénoverais selon mes propres goûts.

L'agent immobilier avec qui je me m'entretiens donc ce matin s'empresse de prendre rendez-vous pour visiter le bien que je lui propose. Il parait très emballé par les photos que je lui montre et d'après lui, mon loft ne devrait pas tarder à trouver des acquéreurs attirés par son emplacement et sa qualité ; lumière traversante, poutres en acier apparentes mises en valeur par des meubles ultra design, cuisine ouverte au centre de l'appartement et accessible de tous les côtés, il est clair que tout avait été remarquablement pensé par mon ex pour y recevoir nos proches… mais plus précisément les siens. Espérons seulement que les futurs propriétaires auront plus de chance que je n'en ai eu, me dis-je un peu amer en remontant sur ma bécane. Je pensais que les femmes comme Victoire, vénales et matérialistes, ça existait juste dans les films. J'ai longtemps cru avoir en face de moi une personne douce, compréhensive et désintéressée mais la réalité était tout autre et je l'ai compris à mes dépens. J'ai terriblement souffert de cette rupture parce que j'étais fou d'elle. Je me suis accordé le temps de souffrir, le temps de laisser la douleur s'estomper et puis le temps de renaître. En me quittant pour son millionnaire, j'ai cru qu'elle avait blindé mon cœur contre ce sentiment si puissant et incontrôlable qu'est l'amour, pourtant, une petite blonde semble s'être donné pour mission de faire craquer mon armure.

C'est dans un état d'esprit chaotique que je m'aperçois que ma balade m'a emmené dans le quartier de Montmartre et plus précisément… jusqu'à la rue où se trouve l'immeuble où habite Merveille. Je coupe le contact de ma bécane en me demandant ce que je suis venu foutre ici puis je me surprends à observer les alentours à la recherche d'une voiture couleur jaune canari. Comme je n'en vois aucune, je me dis que sa propriétaire doit se balader à son volant quelque part dans la ville et plutôt que la colère, c'est un sentiment de profonde déception mêlé d'inquiétude qui s'empare de moi. Non seulement, Mademoiselle continue à prendre des risques malgré mes mises en garde mais surtout, elle continue à se foutre de ma gueule et ça…

Je m'apprête à faire demi-tour lorsque j'aperçois la décapotable jaune tourner au coin de la rue. Trop tard pour l'esquiver et je me sens tout à coup très stupide car j'imagine la tête de sa conductrice lorsqu'elle va me voir. Qu'est-ce que je vais bien pouvoir lui dire ? Je ne sais même pas de quelle façon, je suis arrivé ici ! Putain, mais c'est vraiment n'importe quoi tout ça ! Au moment où la voiture passe près de moi, Merveille me jette un regard distrait et quelques mètres plus loin, entame un créneau qui me laisse admiratif. À croire qu'il n'y a qu'avec moi qu'elle doit s'y reprendre à dix fois pour réussir à se garer à peu près convenablement. C'est à n'y rien comprendre et ça me fout les boules ! Intrigué, j'attends qu'elle arrive à ma hauteur. On verra alors si elle a l'impudence de monter sur ses grands chevaux lorsque je l'accuserai à nouveau d'être une menteuse ! Elle descend de la voiture balayant d'un revers de la main sa longue chevelure de princesse et je m'étrangle de stupeur, à la fois subjugué et effrayé par ce que je vois. D'où est-ce qu'elle revient, fagotée comme une poule de luxe ? Pantalon de cuir ajusté comme une seconde peau, petit top argenté dévoilant plus qu'il n'en faut une poitrine parfaite et talons-aiguilles vertigineux. Des idées, plus inavouables les unes que les autres éraflent soudain mon cerveau et me font serrer la mâchoire. Tandis qu'à chacun de ses pas se réduit la distance qui nous sépare, je sens une irrépressible jalousie s'emparer de tout mon être quand je l'imagine servir la clientèle du Boomer habillée de manière aussi aguicheuse. Elle est à présent toute proche et je débouche mon casque, prêt à en découdre avec elle lorsque je la vois soudain dégainer son téléphone portable puis appuyer sur une touche.

— Alessandro, c'est moi trésor, dit-elle d'une voix cristalline. Oui, je suis bien arrivée, tu peux respirer… Bien sûr bébé, tu sais parfaitement que je suis incapable de te refuser quoi que ce soit. On se voit plus tard, ciao amore, ciao.

J'aurais préféré être ailleurs plutôt que d'entendre ça ! Alessandro ? C'est qui ce type ? Costume Chic, sans doute ! Et puis c'est quoi cette intonation de voix enjôleuse ! Espèce de petite allumeuse. Qu'est-ce que tu es donc incapable de lui refuser ? Dans ma tête, c'est soudain un gros bordel. Elle est à présent à deux pas de moi et range son portable avec un sourire qui s'étire d'une oreille à l'autre. J'hésite alors entre l'empoigner par les cheveux pour la secouer comme un prunier ou lui adresser un bonjour poli et dénué d'animosité avant de lui raconter la première connerie qui me passera par la tête pour lui expliquer ma présence devant chez elle. Seulement voilà, elle passe devant moi sans m'adresser le moindre regard et s'engouffre sous le porche de son immeuble, laissant dans son sillage non pas le doux parfum de fleurs d'oranger auquel mon odorat est habitué, mais celui, plus puissant de la fleur de lys qui me déplaît instantanément. J'ai l'air d'un con. Elle m'a carrément ignoré et je suis tellement stupéfait par sa réaction que je reste planté là, comme deux ronds de flan. Je suis d'accord qu'elle m'en veuille encore pour mon comportement d'hier, mais si elle ne souhaitait pas me parler, elle aurait quand même pu me saluer. L'idée d'aller frapper à sa porte pour lui dire ma façon de penser me taraude quelques minutes mais finalement, je préfère rebrousser chemin. Demain, lorsqu'elle se présentera pour son heure de conduite, nous verrons bien dans quel état d'esprit elle sera et si elle veut continuer à la jouer comme ça, eh bien soit ! Je peux être plus fort qu'elle à ce petit jeu. Il est temps que je me ressaisisse, que je regarde la vérité en face et que je me rende à l'évidence que Merveille porte en elle deux personnalités bien distinctes. M'y résoudre m'évitera de continuer à patauger dans l'imbécillité et je suis bien déterminé à m'injecter cette réalité à haute dose. Merveille Delorme est le genre de femmes avec qui je ne veux rien avoir à faire… sauf peut-être pour m'amuser un peu.

* * *

Le lendemain, j'arrive à l'auto-école avant Antony. Son élève, une petite brune aux yeux verts fait le pied de grue devant la porte, une cigarette fichée au coin des lèvres.

— Salut Jessy. Tu ne devrais pas fumer, c'est mauvais pour ta santé.

— Bah à quoi ça sert que j'arrête de fumer si l'air pollué que je respire est tout aussi dangereux ? me défie-t-elle en souriant. La vérité, c'est que fumer ne fait du mal qu'à mon porte-monnaie.

— C'est donc une raison supplémentaire pour arrêter. Il doit me rester quelques capsules de café dans le tiroir de mon bureau, je t'en offre un en attendant qu'Antony arrive ?

— Avec plaisir.

Au bout d'une demi-heure, la jolie Jessica commence à donner d'évidents signes d'impatience et je tente à nouveau de joindre Antony sur son portable. Toujours la messagerie. Ce genre de retard ne lui ressemble pas et j'espère qu'il ne lui est rien arrivé de fâcheux.

— Il va bientôt être 10 heures 30 et je vais devoir aller travailler, ronchonne la gamine en consultant l'écran de son téléphone portable. Je viens de perdre un temps précieux de sommeil et si j'avais su qu'Antony allait me zapper comme ça, je serais restée sous la couette. C'est pas cool du tout ça.

— Tu sais bien que ce n'est pas son genre, Jessy. Il doit y avoir une bonne raison à son retard.

Je suis très ennuyé. Autant qu'elle, sinon plus. Antony a intérêt à me fournir une explication valable pour expliquer son absence. En attendant, je décide d'assurer l'heure de conduite, ou le peu qu'il en reste, de la gamine. Merveille est supposée se pointer dans une trentaine de minutes et ça me laisse juste le temps d'emmener Jessy faire quelques créneaux et un démarrage en côte (sa faiblesse d'après Antony) aux alentours de l'auto-école.

8
Merveille

Tiens, comment ça se fait que le bureau soit fermé à cette heure-ci ? je me demande en jetant un coup d'œil à ma montre. Je ne suis pas en avance et en plus, la moto de Noah est béquillée devant l'auto-école. Ce matin, j'ai terriblement mal à la tête et j'ai déjà avalé je ne sais combien de grammes de paracétamol. Noah a hanté ma nuit sans m'accorder le moindre répit et j'ai failli ne pas venir à ma leçon tellement je me sens mal. Je ne parviens pas à chasser ses paroles de mon esprit. Elles ont été si dures, si injustes. Quant au comportement inexcusable qu'il s'est permis d'avoir avec moi, je devrais me dire que c'est un connard fini, qu'il ne mérite pas l'intérêt que je lui porte, mais j'en suis incapable. Affligeant. Ce que je ressens pour lui est tout simplement impossible à contrôler. C'est le sentiment le plus terrible qu'il m'ait à ce jour donné de ressentir. Merveilleux et excitant, il est aussi une réelle source de douleur, du genre de celle que qui me ravage ce matin.

Noah arrive enfin et je remarque aussitôt sa sale mine. Pas rasé, les cheveux en bataille et sa chemise froissée dépassant de son jean. On dirait qu'il a dormi tout habillé ou peut-être bien qu'il n'a pas dormi du tout. Malgré sa dégaine négligée, il demeure à mes yeux, l'homme le plus sexy de la planète. Je sens mes mains devenir moites et mon cœur se mettre à tambouriner contre ma poitrine au fur et à mesure qu'il se rapproche de moi.

— Antony n'est toujours pas arrivé ? me demande-t-il en guise de bonjour.

Sympa ! me dis-je avant de répondre :

— Je ne l'ai pas encore vu et ça fait déjà plus de dix minutes que je poireaute devant la porte.

Il semble surpris, inquiet même.

— C'est bizarre, je n'ai aucune nouvelle de lui depuis hier et je commence sérieusement à me demander s'il ne lui serait pas arrivé une grosse galère, dit-il en sortant son téléphone portable de la poche arrière de son jean.

— Il est peut-être malade.

— Si c'était le cas, il m'aurait appelé pour que je puisse réorganiser le planning. Sa boîte vocale est pleine, dit-il ensuite en glissant ses doigts dans ses cheveux hirsutes. C'est pas normal tout ça !

— Si tu veux, on annule ma leçon et toi, tu passes chez lui pour voir s'il va bien.

Il me regarde un instant, semblant réfléchir puis me demande de m'installer au volant de la voiture-école.

— On va y aller ensemble, m'annonce-t-il. Comme ça, tu ne perdras pas ton heure de cours.

— Mais...

— Ces heures de rattrapage sont importantes pour toi, non ? me coupe-t-il en prenant place sur le siège passager.

— Oui, mais...

— Alors dépêche-toi de sauter dans cette bagnole, nous avons perdu assez de temps comme ça !

— Peut-être, mais je te rappelle que ce n'est pas ma faute hein ! riposté-je, irritée par sa mauvaise humeur.

— Démarre !

J'obtempère en retenant une pique cinglante et la voiture cale d'un coup sec.

— Essaie de canaliser ton stress, Merveille.

— Putain, mais c'est toi qui me stresses !

Il me lance un regard hostile, mais garde le silence. Et heureusement pour lui. Merde à la fin ! S'il est si pressé, pourquoi n'y va-t-il pas tout seul chez son pote ?! Je suis tellement anxieuse et chamboulée par son humeur que je risque de perdre les pédales et faire un tas de maladresses au volant, ce qui va me valoir encore des remontrances que je risque d'avoir du mal à digérer.

— On va où ? bougonné-je en bouclant ma ceinture.
— Clichy la Garenne, tu connais ?
— De nom seulement.
— Je vais te guider, concentre-toi.
— Bien mon capitaine !

Le trajet jusqu'au domicile d'Antony n'est pas une partie de rigolade. Super stressée par l'humeur de Noah, les grands axes qu'il me fait prendre me collent la frousse de ma vie. Des milliers de voitures qui déboulent de n'importe où, l'indiscipline des conducteurs impatients, les coups de klaxon intempestifs… Il m'apparaît évident que je manque d'entraînement pour affronter tout ça. Malgré la peur que je ressens, je me retiens plus d'une fois d'arrêter la voiture sur le bord de la route pour courir vers la gare la plus proche et retourner chez moi. Arrivés à Clichy la Garenne, chercher une place pour garer la voiture me fout les nerfs en pelote et Noah doit prendre le volant pour m'éviter la crise d'hystérie. Tandis qu'il fonce chez son ami, j'en profite pour observer les environs. Beaucoup d'immeubles abritent ici bureaux et sièges sociaux dont celui de Monoprix qui se trouve de l'autre côté de la rue. Tandis que mon regard continue à balayer le paysage urbain, j'en profite pour me faire une natte, car avoir les cheveux longs quand il fait plus de 30 degrés, c'est vraiment l'enfer. Lorsque Noah reparaît, il est pâle comme la mort. Il semble anéanti. L'idée qu'il soit arrivé quelque chose de grave à Antony me perfore soudain le ventre.

— Est-ce qu'il va bien ? demandé-je aussitôt, les sourcils froncés par l'inquiétude.

Il glisse ses doigts tremblants dans ses mèches indociles pour les ramener vers l'arrière puis plonge son regard dans le mien avant de m'annoncer d'une voix éteinte :

— C'est Alice, sa sœur, qui était là-haut. Elle vient de m'annoncer qu'hier soir, Antony a fait une sortie de route après avoir été percuté par un poids lourd. Il... il a été tué sur-le-coup.

Prostrée, je sens mon cœur dégringoler. Non, c'est impossible... Une telle chose n'a pas pu se produire. Noah se laisse glisser sur le trottoir. De ses bras, il encercle ses jambes et pose le front sur ses genoux. Je suis effondrée et il doit l'être au centuple. Antony et lui étaient très liés. Leur amitié allait bien au-delà de la relation patron employé et à cet instant, je sais qu'il n'existe pas de mots magiques pour atténuer la souffrance qu'il ressent. Je sors de la voiture et m'assois à ses côtés. Nous restons ainsi de longues minutes, silencieux et choqués. Et puis Noah se lève et me tend sa main pour m'aider à me mettre debout. Il ne me laisse pas prendre le volant sur le chemin du retour et de toute façon, j'en suis vraiment incapable. Durant le trajet, il ne dit pas dit un mot, moi non plus. Je suis comme anesthésiée. Je n'arrive pas à croire que je ne reverrai plus jamais Antony.

— Je vais fermer l'auto-école quelques jours, dit-il en tirant le frein à main devant chez moi.

— Bien sûr, c'est normal. Est-ce que je peux faire quelque chose ? Veux-tu que j'appelle tes élèves pour les prévenir ?

— Non, c'est inutile, je vais leur envoyer un mail et mettre un mot sur la porte. Rentre chez toi Merveille et repose-toi.

J'hésite à sortir de la voiture. Je n'ai aucune envie de rester seule et je ne vois pas d'un bon œil l'idée qu'il le soit lui aussi, après le choc terrible qu'il vient d'encaisser. Je lui propose donc de monter à la maison prendre un café. Ses yeux se posent à nouveau sur moi et une lumière douce vient réchauffer ses prunelles ténébreuses.

— C'est gentil, mais je vais plutôt passer voir les parents d'Antony pour leur apporter un peu de soutien, déclare-t-il.

— Oh... Oui, bien sûr, je comprends. Bon eh bien surtout n'hésite pas à venir me voir ou à m'appeler si tu ressens le besoin de parler avec une amie, dis-je en ouvrant la portière.

Est-ce que je suis au moins ça pour lui ? Ne me considère-t-il pas simplement comme une de ses élèves parmi tant d'autres... Des amis, il doit en avoir à la pelle. Plantée sur le trottoir, je regarde sa voiture s'éloigner et tourner au coin de la rue. Des images d'Antony s'imposent à mon esprit et je laisse libre cours à mon chagrin. Je n'ai qu'une envie : hurler au monde entier combien cette vie est injuste !

L'après-midi s'est étiré en longueur et je n'ai eu la tête à rien. J'ai passé le reste de la journée à attendre l'heure de me rendre au Boomer pour m'occuper l'esprit afin de ne pas sombrer. Là-bas, je suis heureuse de retrouver Terry.

— Fais-gaffe, le boss traîne dans le coin, m'avertit-il en remplissant un shaker de glace pilée.

— Pff… Je suppose que sa dernière copine l'a laissé tomber et qu'il est en chasse d'une nouvelle paire de nibards !

— Alors espérons qu'il trouve son bonheur très vite car je préfère quand il est occupé ailleurs. Au moins, il ne vient pas me les briser toutes les dix minutes.

— Ouais ben moi aussi ! Tu sais, j'ai beau me creuser la cervelle, je me demande ce que les filles lui trouvent d'intéressant à Santorio.

— Je suis mal placé pour éclairer ta lanterne, mais je sais qu'il y a des tas de nanas très sensibles à l'importance du portefeuille d'un homme et le sien déborde si tu vois ce que je veux dire, pouffe-t-il en me lançant un regard entendu.

— Oh que oui, je vois même très bien, je réponds en songeant aussitôt au caractère intéressé de ma propre sœur.

D'ailleurs, je me demande où elle en est avec son nouveau Casanova, Alessandro Bennelli, un Franco-italien de 40 ans particulièrement sexy, d'après ses dires. Il serait à la tête d'une multinationale spécialisée dans le textile et absolument pas près de ses sous. En clair, tout à fait le genre d'homme dont elle raffole. Elle a fait sa connaissance dans une galerie de peinture des Champs-Élysées il y a quelques jours à peine, et déjà mademoiselle tire des plans sur la comète. Génial ! Bennelli a 20 ans de plus qu'elle mais cela n'a pas l'air de la décourager. Aujourd'hui c'est lui, demain ça sera peut-être un autre, plus beau, plus riche, moins vieux… J'ai du mal à imaginer qu'on puisse choisir d'aimer quelqu'un uniquement sur la base de son salaire, sa propriété ou sa bagnole. Je suis incapable de papillonner de bras en bras, pour moi, l'amour doit être une magie qui surgit dans l'existence de deux êtres. Armonie me rabâche que je suis trop naïve, que le prince charmant n'existe en vérité qu'au rayon biscuits et que pour à peine quelques euros, je peux m'en gaver du matin au soir. Oui eh bien je les adore, moi, les Prince choco, et je ne suis jamais déçue chaque fois qu'ils me font de l'œil. Combien de temps avant qu'elle ne vienne sonner chez moi en pleurs parce que son prince à elle l'aura jetée comme un paquet vide ?

9
Noah

Je me sens aux trente-sixième dessous depuis ce matin et le temps que j'ai passé chez les parents d'Antony n'a fait qu'empirer cette sensation de vide que je ressens. Et à cause de ça, j'ai bien failli me foutre en l'air à mon tour. Après avoir quitté les parents d'Antony, sur le chemin du retour, j'ai roulé comme un dingue, comme si j'espérais semer sur le bitume toute la colère et de la détresse que je ressentais. Mes yeux étaient perdus sur la route quand les phares d'un camion qui arrivait en face m'ont ébloui. L'image d'Antony s'est imprimée dans mon esprit et j'ai fermé les yeux. Heureusement, le klaxon puissant du poids lourd m'a ramené à moi et je l'ai évité à la dernière seconde. J'ai arrêté ma bécane et senti le sang battre à mes tempes à m'en faire serrer les dents. Là, sur le bord de la nationale, le temps s'est soudain suspendu au visage de Merveille. J'ai ressenti un besoin incontrôlable de plonger mon regard dans le sien, si expressifs et pleins d'espoir, j'ai souhaité respirer son parfum, je me suis imaginé l'enlacer, l'embrasser… Et puis je me suis traité de con en me rappelant que si la douce Merveille est devenue mon fardeau quotidien depuis qu'elle a fait son apparition dans ma vie, elle est aussi le genre de femme que j'exècre. J'ai donc repris le chemin de mon dortoir, le cœur en déroute et plus que jamais perturbé par les sentiments contradictoires qui m'agitent dès que je pense à elle. Seulement voilà, même le shoot d'adrénaline qu'a provoqué un nouvel essorage de la poignée des gaz n'a pas suffi à me libérer de mon obsession et me voilà devant le Boomer. J'attends quelques minutes à l'extérieur en essayant de me raisonner, mais c'est plus fort que moi : il faut que je la voie ! Lorsque Merveille m'aperçoit, elle me fait un signe de la main et je la rejoins au bar. Je suis soulagé de la voir vêtue d'un jean et d'un petit tee-shirt rose tout ce qu'il y a de plus girly. Une tenue bien loin d'être aussi tape-à-l'œil que celle qu'elle portait hier matin, mais qui lui confère cependant une allure carrément sexy. Je prends place sur l'unique tabouret libre, en bout de bar et la jolie barmaid se penche vers moi pour me demander comment vont les parents d'Antony.

— Comme tu peux l'imaginer, je réponds en passant ma main plusieurs fois sur mon menton en songeant qu'il serait temps que je me rase.

Je la vois plisser ses magnifiques yeux bleu cobalt. Je suis incapable de détacher mon regard du sien, si triste à cet instant. Elle penche légèrement la tête sur le côté et reste là, à m'observer, puis, au bout de ce qui m'a semblé durer une éternité, elle me demande ce que je veux boire.

— Ce que tu veux, étonne-moi, je réponds avec un petit haussement d'épaules.

— Pff... comme si c'était possible !

— Et pourquoi ne réussirais-tu pas à me surprendre ? Croire en soi est une grande force Merveille, et nous avons tous en nous une puissance capable de changer les choses. Tu as envie de m'étonner ou pas ?

— La seule chose qui pourrait t'étonner de ma part serait que je réussisse mon examen au permis.

— Eh ben c'est simple ma belle, décide une bonne fois pour toutes que tu l'auras à la prochaine présentation et puis commence à y croire.

— À ton avis, qu'est-ce que tu crois que j'ai fait jusqu'à maintenant ?

— Alors tu feras mieux à partir de maintenant et puis c'est tout ! À présent, étonne-moi, je suis certain que tu peux y arriver.

Et c'est arrivé bien avant ce soir. Pour dire l'exacte vérité, elle a même réussi à me surprendre au-delà de tout ce que j'aurais pu imaginer. Elle me regarde à présent comme si elle était en train de se poser des questions, puis ses yeux s'illuminent en même temps que je vois ses joues se colorer. Elle sourit imperceptiblement et pose sur le comptoir une bouteille de soda et un verre. Je grimace. Forcément, je m'attendais à tout, sauf à ça.

— Est-ce que je te surprends ? demande-t-elle en s'accoudant au bar.

— Je t'avoue que je m'attendais plutôt à quelque chose de plus… enfin de moins… Tu n'aurais pas quelque chose d'un peu plus fort à m'offrir, car tel que tu me vois là, j'ai réellement besoin d'un peu de réconfort.

— On ne trouve pas de réconfort dans l'alcool, Noah ! Tu boiras quelque chose de plus fort quand tu seras rentré chez toi.

Exaspération.

— Non mais tu es sérieuse, là ? Tu refuses de me servir un verre ?

— Un verre non, mais un verre d'alcool, ça oui !

— J'irai donc le boire ailleurs.

Mécontentement.

— Écoute Noah, tu n'es pas en état de boire de l'alcool. Tu viens de perdre ton meilleur ami et… et un verre en entraîne souvent un autre et puis un autre, jusqu'au verre de trop et je ne tiens pas à ce qu'il t'arrive malheur sur le chemin du retour avec ta machine du diable.

J'ai presque envie de lui dire que ça a failli se produire quelques minutes plus tôt, mais je préfère garder ça pour moi. La connaissant, elle serait bien capable de sauter par-dessus le bar pour venir vérifier que je suis encore en un seul morceau. Et je préfère vraiment qu'elle ne s'approche pas trop de moi parce qu'à cet instant, je n'ai qu'une envie : lui coller la fessée de sa vie.

— D'ailleurs, je suppose que tu as dû t'enfiler quelques verres avec le père d'Antony, je me trompe ? poursuit-elle en me défiant du regard.

— Tu ne te trompes pas.

— Ah ! s'écrit-elle en pointant sur moi un index accusateur. Donc, tu vois bien que j'ai raison de…

— J'ai bu un verre ou deux et tel que tu me vois, j'ai l'air bourré ?

— Non, mais…

— Tu t'inquiètes de la même façon pour chaque client du Boomer ? l'interromps-je d'un ton ironique. Dans ton contrat, est-il stipulé quelque part que tu dois prendre soin des clients éméchés ?

— Non, bien sûr. Mais j'agite quand même un drapeau rouge sous leur nez quand je vois qu'il y a un réel risque de dérapage. Tu sais Noah, ils sont tous majeurs et vaccinés et je ne peux rien faire d'autre que les encourager à rentrer chez eux ou bien refuser de les servir quand je vois qu'ils vont prendre le verre de trop.

— Et ceux-là, ils ne t'emmerdent pas trop ?

— Bah si et ça plombe bien l'ambiance d'ailleurs. Mais je savais parfaitement à quoi m'en tenir quand j'ai signé mon contrat d'embauche car quand on bosse dans un endroit qui vend de l'alcool, on sait à l'avance que ça va avoir des conséquences sur le comportement de certains.

— J'imagine que bon nombre de ces boit-sans-soif ont déjà dû te confondre avec un bonbon qu'on donne avec l'addition, non ?

Elle se raidit et me regarde droit dans les yeux avant de répondre :

— Effectivement, c'est déjà arrivé, mais rassure-toi, je sais parfaitement remettre ce genre de gougnafier à leur place et il se trouve qu'elle n'est pas dans ma culotte !

Son air offusqué me fait sourire. Je me damnerais pour une rasade de whisky. Est-ce qu'elle l'a compris ? Toujours est-il qu'elle finit par accéder à ma demande en dosant prudemment un verre d'un fameux *Chivas* qu'elle pousse vers moi, non sans me jeter un regard sévère de maîtresse d'école. Je la remercie d'un signe de la tête et elle attrape ensuite un shaker sous le comptoir pour se lancer dans la préparation de différents cocktails qu'une serveuse va ensuite apporter à une bande de petits trous-du-cul peu discrets.

Savourant avec délice le 12 ans d'âge servi par Merveille, je ne peux m'empêcher d'observer le barman qui œuvre à ses côtés. Tous deux semblent très proches, mais n'est-ce pas normal étant donné qu'ils travaillent ensemble toutes les nuits ? À cette pensée, j'évacue un soupir de contrariété et vide le reste de mon verre d'un trait. Merveille me foudroie du regard. Je lui fais signe de s'approcher.

— Qui est-ce qui te ramène ce soir ? lui demandé-je dès qu'elle se penche vers moi.

— Je ne suis pas venue avec ma voiture, si c'est ce que tu veux savoir. C'est Terry qui me ramène chez moi.

— Et je peux savoir qui est Terry ?

— Oh pardon, c'est vrai que je n'ai même pas penser à te le présenter. C'est lui, dit-elle en pointant son index vers le roi du cocktail. C'est un garçon en or, tu sais. Il me propose souvent de me raccompagner pour m'éviter de prendre le bus, trop hasardeux la nuit. Je serai vraiment plus à l'aise une fois mon permis en poche, ajoute-t-elle avec un long et bruyant soupir.

— Un mec en or, hein !

— Oui, il est vraiment formidable.

— Ton petit copain est constitué d'un métal moins précieux si je comprends bien. Pourquoi est-ce qu'il ne prend pas la peine de venir te chercher après le travail ?

Elle pose ses avant-bras sur le comptoir et me dévisage en battant exagérément des paupières. À cet instant, ses yeux brillent d'une lueur indéfinissable et mon cœur gonfle sous l'émotion qu'elle m'inspire. Quelle petite diablesse !

— Mais qu'est-ce qui te fait croire que j'ai un petit copain ? me demande-t-elle en arquant les sourcils.

— Parce que ce n'est pas le cas ?

— Eh ben non, ce n'est pas le cas. Je suis une célibataire qui s'assume, répond-elle fièrement, sans se douter de l'agacement que son mensonge provoque chez moi.

— Mais il t'arrive bien de craquer de temps à autre pour un mec, non ?

Son corps part en arrière à toute vitesse, comme si ma question l'avait brûlé ou plus sûrement, comme si elle venait de se retrouver prise en faute. Forcément, puisqu'elle me ment. Célibataire… Mon œil, oui !

— Tu ne dois pas avoir honte Merveille, dis-je en épiant l'impact de mes paroles sur son beau visage. Je suis bien placé pour savoir que même à temps partiel, avoir quelqu'un, c'est plutôt appréciable.

Elle semble complètement décontenancée.

— Oui eh ben, en ce qui me concerne, je pense qu'il est tout à fait possible d'exister et de s'épanouir en-dehors de la vie de couple, même à mi-temps ! rétorque-t-elle en m'adressant une œillade furibonde. Puis elle ajoute avec de la moquerie dans la voix : Mais je sais parfaitement que pour les mecs, c'est une autre limonade.

Je ne peux m'empêcher de sourire malgré mon envie de la secouer comme un prunier pour qu'elle arrête de me prendre pour un con.

— Tu veux que je te ramène chez toi ce soir ? lui proposé-je, sans réfléchir.

— C'est sympa, mais...

— OK, tu préfères rentrer avec ton lingot d'or, je comprends.

— Non, non, ce n'est pas ça, dit-elle très vite.

— Alors c'est quoi ?

— C'est juste que je ne veux pas t'embêter.

— Si ça m'embêtait, je ne te le proposerais pas.

— Mais le pub ne ferme que dans deux heures et tu souhaites vraiment rester là jusqu'à la fermeture ? demande-t-elle en remplissant une pinte de bière.

— Ma présence t'emmerde ?

— Je... non, pas du tout ! Je disais ça juste pour toi.

Je ne réponds pas. Elle a raison, putain ! Si je ne peux même pas boire un autre verre sans qu'elle me mette à l'amende, qu'est-ce que je vais bien pouvoir faire dans ce fichu pub ?

— Je ne t'en voudrai pas si tu changes d'avis, dit-elle comme si elle venait de lire dans mes pensées.

— Je n'ai aucune intention de changer d'avis. Personne ne m'attend chez moi, j'ai tout mon temps.

— Je trouve super étonnant qu'un beau gosse comme toi soit célibataire. Tout le monde a besoin de se sentir aimé. Personne n'aime être seul, alors comment ça se fait que toi tu le sois ?

— Je me sens bien comme ça, je suppose, mais je ne suis pas en manque tu sais.

— Tu es plutôt du genre histoire d'amour en CDD, c'est ça ?

— C'est ça, oui, avoué-je avec un haussement d'épaule. Tu parles de mon célibat, pourtant, d'après ce que tu dis, toi aussi tu es seule et tu ne t'en plains pas.

Elle fronce le nez et d'un geste gracieux de la main, balaye ses longs cheveux vers l'arrière. Le barman, qui jusqu'à présent avait eu la bonne idée de ne pas intervenir dans notre discussion vient lui glisser je ne sais quel secret à l'oreille et je dois attendre qu'il s'en retourne à ses bouteilles pour entendre Merveille me répondre :

— Disons que je suis très sélective, alors je suppose que c'est pour cette raison que je n'ai pas encore trouvé chaussure à mon pied.

— Chaussure à ton pied, comme Cendrillon ? Waouh ! Je peux savoir quels sont tes critères de sélection en matière de prince charmant ? Le genre beau mec, fortuné de préférence, non ?

— Pas forcément ! répond-elle vivement.

— Alors dis-moi, que cherches-tu chez un homme ?

— Eh ben l'intelligence et la simplicité par exemple.

— Quoi d'autre ?

Elle fait mine de réfléchir, tout en essuyant un verre.

— J'apprécie les hommes qui ont la capacité de se remettre en question quand ils ont tort, j'aime voir une attention permanente dans leur attitude, qu'il soit virils, mais pas trop quand même.

— C'est-à-dire ?

— Eh ben par exemple, je déteste le genre bulldozer avec un pois chiche en guise de cerveau. Tu vois ce que je veux dire ?

— Je vois tout à fait, gloussé-je.

Je me demande si Costume Chic possède toutes les qualités requises pour la contenter. Mais ça n'a pas l'air d'être l'extase, car si c'était le cas, pourquoi ne parle-t-elle jamais de lui ? Remarque, si elle l'a rencontré il y a peu de temps, elle préfère peut-être creuser un peu le personnage avant d'en faire des éloges. À moins qu'il n'y ait une autre raison. C'est peut-être un homme marié, un père de famille. Mais pourquoi Merveille du haut de ses vingt ans aurait-elle choisi de souffrir et de faire souffrir toute une famille pour un homme déjà engagé quand elle a encore toute la vie pour aimer ? J'ai beaucoup de mal à l'imaginer prendre ce risque, cette mauvaise place. Une chose est sûre : Costume Chic doit être détenteur de la MasterCard World Elite ou l'une de ses semblables et nul doute que Victoire l'aurait trouvé très à son goût. Putain, le fric ! Je conviens qu'en avoir, c'est réconfortant, mais pour ma part, s'enrichir ne doit jamais passer par la corruption de l'âme. La voix chantante de Merveille me sort soudain de mes réflexions saumâtres.

— Et toi ? Quels sont les critères de sélection ?

Je ne m'attendais pas à sa question, mais je sais que je vais devoir y répondre. Je le vois à la façon qu'elle a de m'observer. L'émotion que je vois passer dans son regard me chamboule totalement et mon ventre se contracte.

— Ça t'intéresse vraiment de le savoir ? je lui demande, troublé.

— Ça t'intéressait vraiment de connaître les miens lorsque tu m'as posé la même question ?

— Si ce n'étais pas le cas, pourquoi te l'aurais-je posée ?

— Bon, alors à ton tour de me répondre.

— Eh bien je dirais qu'elle doit être une amoureuse fidèle, une amante fougueuse et une confidente attentive. Mais le plus important pour moi, c'est qu'elle soit une mère attentionnée pour nos futurs marmots.

— Et tu voudrais en avoir combien… des marmots ?

— J'en sais rien. Deux ou trois, peut-être plus, mais pas moins.

— Et physiquement, les femmes, tu les aimes comment ?

— Pour te dire la vérité, le physique n'a pas la moindre importance à mes yeux du moment qu'elles me font vibrer.

— J'ai toutes mes chances, alors ! s'exclame-t-elle une lueur malicieuse scintillant au fond de ses prunelles.

— Parce que je te plais ?

— Qui sait ! lance-t-elle, rieuse, en repartant à l'autre bout du bar pour satisfaire les demandes de deux bobos parisiens qui viennent de se présenter au comptoir.

Provocation de gamine ou aveu ? Comment savoir avec elle ? Je continue à l'observer et je sens bien qu'elle prend le contrôle de mon destin. C'est une évidence que je ne peux pas nier. Tous mes efforts, les barrières protectrices que j'ai mis en place pour tenter de me protéger des émotions qu'elle provoque en moi volent en éclats les unes après les autres. Avec elle, je ne sais pas réellement à quoi je m'expose et ça me fiche une trouille de tous les diables. Quand je plonge mes yeux dans les siens, j'y vois parfois la liberté, parfois un puits sans fond à l'intérieur duquel je refuse d'être à nouveau propulsé. Je me sens complètement paumé. Putain, fait chier !

10
Merveille

Après avoir souhaité une bonne nuit au staff du Boomer, je tresse mes cheveux à la va-vite et rejoins Noah qui m'attend sur le parking. J'ai le cœur qui bat à cent à l'heure lorsque j'arrive près de lui. Sa moto ronronne doucement et il est en train d'enfiler ses gants.

— Euh… je n'ai pas de casque, je lui fais remarquer, ennuyée.

— Tu vas prendre le mien. C'est bien que tu aies pensé à faire une natte.

— Oui, je me suis dit que ça serait plus pratique. En revanche, je ne trouve pas que ce soit une bonne idée que tu roules la tête nue, c'est dangereux.

— Ne te fais pas de souci, je vais y aller tranquillement.

— Et si on croise la police ? T'es le premier à me rappeler qu'il faut toujours boucler sa ceinture de sécurité et…

— Putain, mais t'es vraiment chiante toi, gronde-t-il en enfourchant sa machine.

— Hé oh ! Je ne veux pas que tu aies des problèmes à cause de moi et ça fait de moi une chieuse ? Eh ben merci ! Je vais plutôt essayer de rattraper Terry.

— Écoute Merveille, ton copain doit être déjà loin, alors tu vas te dépêcher de poser ton joli petit cul sur cette selle si tu ne veux pas que je perde patience. Allez, grimpe et plus vite que ça.

Le ton cassant de sa voix et le regard qu'il me lance me font plier. Et puis de toute façon, il a raison, Terry n'est pas le genre à s'attarder après la fermeture du Boomer, trop pressé d'aller se coucher. J'obtempère donc et après avoir enfilé son casque, je me hisse sur la selle de la moto en priant de toutes mes forces pour ne pas tomber. Quand la Suzuki commence à avancer, mon cœur fait un bond dans ma poitrine et mon premier réflexe est de jeter mes bras autour de la taille de son pilote.

— C'est la première fois ? glousse-t-il.

— Oui, et tu as plutôt intérêt à ne pas me semer en route !

— Ce n'est absolument pas mon intention, alors tu peux profiter de la balade en toute sérénité.

Je n'ai pas besoin de voir l'expression de son visage pour savoir qu'il arbore à coup sûr son petit sourire en coin qui d'ordinaire me fait craquer, mais qui à cet instant m'agace un peu. Quant à profiter sereinement de la balade, alors là, oui ! Elle me procure une sensation indéfinissable. C'est agréable et tellement intense. Mieux ! Je ne me suis jamais sentie aussi proche de Noah qu'à cet instant et j'aimerais qu'il puisse durer toute la vie. Mon pilote tient parole et roule paisiblement, m'offrant ainsi le plaisir de redécouvrir Paris sous un autre angle. Lorsque nous arrivons à destination, je descends prudemment de ma monture d'acier et plonge mon regard dans le sien. Je me sens soudain incapable de lui dire au revoir et lui propose de monter chez moi prendre un café. Son front se plisse légèrement et il secoue la tête.

— C'est gentil, mais il vaut mieux que je rentre chez moi, dit-il.

— Pourquoi ? Je ne vais pas te manger, tu sais.

— Mais imagine que moi, je décide de te manger.

À ces mots, d'étranges frissons me traversent. Noah n'a pas prononcé ces paroles uniquement pour me provoquer. Malgré mon inexpérience, je peux parfaitement voir quand je fais de l'effet à un homme et là... Il attrape doucement ma main et sans que je m'y attende, m'attire contre lui. Mon cœur part à la dérive. Je plonge mon visage dans son cou et lui propose à nouveau d'une petite voix timide de m'accompagner chez moi. Il secoue la tête et lâche un long et profond soupir.

— Je pense qu'il est vraiment préférable que tu ailles te coucher, souffle-t-il ensuite contre ma tempe.

— On pourrait dormir ensemble.

Là, c'est sûr, je fais fort… Un peu trop même. Mais qu'est-ce qui m'a pris de lui balancer ça de but en blanc ? Noah arque un sourcil et affiche un air amusé. Moi, en revanche, je me sens soudain terriblement stupide.

— Sérieusement Merveille, quel genre de foin tu manges ? se marre-t-il en me fixant avec une lueur de défi au fond des yeux. Tu ne penses pas que tu mérites mieux qu'une nuit de baise ? Parce que je n'ai que ça à t'offrir, alors ne te fais surtout pas d'illusions.

J'ouvre la bouche pour répliquer mais les mots restent bloqués au fond de ma gorge. D'un mouvement brusque, je me dégage de son étreinte. Une déception n'est jamais agréable mais celle qu'il vient de m'infliger est du genre ultra-violent. Une nuit de baise ? Merde alors ! Ses paroles me choquent clairement, pourtant, sa proximité continue à me faire tourner la tête alors que je devrais le détester de toute mes forces. Je dois être maso ou quelque chose du même genre. Ce n'est pas d'une nuit de baise dont j'ai envie, non, c'est d'une nuit d'amour. Mais apparemment, Noah ne semble pas disposé à réaliser mon rêve. Il ne m'aime pas… en tous cas, pas de la façon dont moi, je l'aime. J'ai carrément envie de pleurer, là !

— Ok, c'est bon, tu as raison et c'est vrai que je vaux beaucoup mieux que ça ! finis-je par dire un peu sèchement. Mais tu sais, quand je t'ai proposé de monter chez moi, je ne pensais à rien d'autre qu'à…

— Boire un café en compagnie de ton moniteur préféré, je sais, dit-il d'un air sarcastique.

— Eh ben oui, quoi d'autre à ton avis ! riposté-je d'une horrible mauvaise foi.

Comme si je pouvais effacer ma rocambolesque proposition d'un simple battement de cil. Malheureusement, il prend un malin plaisir à me la rappeler et c'en est trop pour ma fierté. Bon sang que j'ai honte.

— Allez, oublions tout ça, dis-je en essayant de reprendre contenance. Et puis de toute façon, ce genre de relation avec toi, c'est totalement exclu. Tu l'as dit toi-même, tu n'as rien à m'apporter et quelque chose me dit que c'est évident.

Son visage se ferme d'un coup et il me balance un regard noir. Ah, je l'ai vexé ?! Eh bien tant pis ! Qui sème, récolte. Un point partout, la balle au centre.

— Je ne rentre pas dans les critères de mademoiselle Delorme. Pas assez intéressant je présume, lance-t-il d'une voix méprisante.

Son attitude me déconcerte carrément, mais je ne veux pas lui faire voir. Je suis trop vexée et puis surtout, je veux avoir le dernier mot.

— Non, effectivement ! Je ne te trouve pas intéressant et puis les aventures sans lendemain, très peu pour moi vois-tu.

— Ah oui, c'est vrai. J'avais oublié que Mademoiselle rêve du prince charmant et du grand amour, ricane-t-il en enfilant son casque.

— Parfaitement, oui ! Et je trouve triste que tu m'estimes puérile de préférer ce genre de relation à une nuit de baise.

— Ne me fais pas dire ce que je n'ai pas dit, Merveille.

— Tu ne l'as pas dit, mais tu le penses clairement et ta petite réflexion à deux balles en est la preuve ! Eh bien je suis désolée pour toi Noah, mais je ne suis pas le genre de fille à coucher avec le premier venu, prince ou pas d'ailleurs ! Mais je ne doute pas une seule seconde qu'en un claquement de doigts, tu réussisses à trouver une « amante fougueuse » pour finir la nuit !

Je suis hors de moi et ça se voit.

— Calme-toi, enfin ! grogne-t-il. À t'écouter, on pourrait penser que tu es le genre de nana à préserver sa virginité jusqu'au mariage.

Je déteste le silence gênant qui s'installe entre nous tandis qu'il me transperce du regard. Je sens mes joues virer à l'écarlate et j'ai l'impression d'entendre les battements de mon cœur résonner autour de nous. Noah me regarde à présent d'un air étrange.

— Attends un peu, dit-il d'une drôle de voix en me fixant avec une intensité qui incendie mes joues. Ne me dis pas que tu es encore pucelle ?

Pucelle... Dieu comme je déteste ce qualificatif ! Si à mes yeux, la virginité ne représente ni une faiblesse, ni une monstruosité ou une tare sociale, si d'ordinaire, je me plais à revendiquer mon choix, ce soir, face à Noah, je me sens pourtant comme une fille anormale et les mots restent bloqués au fond de ma gorge.

— Hé, tu veux bien me répondre ? s'impatiente-t-il en m'empoignant le bras.

— N'importe quoi ! je réplique, en me dégageant vivement. À notre époque, quel genre de nana pourrait bien être encore vierge à 20 ans ?

Si Armonie m'entendait, elle hurlerait de rire. Bon sang, je me sens si stupide.

— Eh ouais, les bonnes choses se font rares de nos jours, rit-il en débéquillant son monstre d'acier.

— Ah bon, parce que tu coucherais avec une vierge, toi ? je demande en croisant mes bras sur la poitrine.

— Si elle me plaît, pourquoi pas. Mais à la seule condition qu'elle ne s'amourache pas de moi. Je n'ai absolument pas l'étoffe d'un prince charmant et le mieux est donc de les éviter.

Oh le salaud !

— Tu comptes peut-être lui faire signer un contrat stipulant l'interdiction formelle de tomber amoureuse ! Je ne te savais pas aussi cynique, mais me voilà renseignée.

— Je ne suis pas cynique, Merveille, soupire-t-il. Le premier rapport sexuel de la femme est un acte sérieux, une grande décision qui marquera sa vie et je ne suis pas certain d'être l'homme de la situation si je devais tomber sur une…

— Sur une pucelle, ouais je sais !

Je n'ai rien d'autre à offrir à une femme qu'une partie de jambes en l'air et du bon temps sans prise de tête et à… une vierge, encore moins, si tu veux la vérité. Je n'ai aucune envie de la voir s'agripper à moi comme une moule à son rocher et c'est ce qui arriverait.

— Une QUOI ?

Je suis sur le cul ! Furax, vexée, déçue.

— Bon d'accord, je reconnais que la métaphore n'est pas très glorieuse, mais elle est assez représentative, déclare-t-il, aggravant son cas.

— J'imagine que pour en arriver à faire une telle comparaison, tu as dû vivre une mauvaise expérience avec une pucelle inconsciente, grincé-je en le défiant du regard.

Il penche légèrement la tête sur le côté et me dévisage avec une telle intensité que je suis obligée de détourner les yeux, mal à l'aise. Si ça continue, il va comprendre et m'ignorer jusqu'à la fin de ma vie.

— Tu ne comprends décidément pas ce que je cherche à te dire, Merveille. Je refuse simplement qu'une innocente regrette par la suite d'avoir bradé ce trésor si précieux pour un mec qui n'en valait pas la peine. Mon célibat me convient tout à fait.

— Quelle grandeur d'âme, monsieur Brémond ! Mais je suppose que tu n'es pas sans savoir que rares sont les femmes qui se marient avec l'homme avec lequel elles ont eu leur première expérience. Ça prouve bien qu'elles sont beaucoup moins obstinées que la moule qui s'agrippe désespérément à son rocher et certainement plus intelligentes. Alors tes métaphores de mauvais goût, tu peux les rengainer au fond de ta poche !

— Et ta première fois à toi, c'était comment ?

— Ne compte pas sur moi pour te la raconter ! Salut !

Je n'attends pas qu'il me réponde et tourne les talons, agacée par le petit rire que j'entends s'échapper de sa gorge. Je suis tellement déçue par la tournure qu'a fini par prendre notre discussion que je préfère courir me réfugier chez moi le plus vite possible. J'entends le vrombissement de sa moto au moment où j'atteins le hall d'entrée et je fais un effort surhumain pour ne pas me retourner. En grimpant les escaliers, je m'imagine déjà en train de passer le reste de la nuit à sangloter dans mon lit, une boîte de chocolats dans une main, une boîte de mouchoirs dans l'autre, en regardant pour la centième fois mon film préféré : Orgueil et préjugés.

11
Noah

L'enterrement d'Antony a eu lieu la veille au cimetière de Varennes, le village où il est né, à quelques kilomètres de Paris. Lui dire au revoir a été une véritable épreuve et pour tenter de noyer mes sombres pensées, j'ai passé le reste de la journée à picoler, seul chez moi… comme un con. Ce matin, j'ai une gueule de bois comme je n'en souhaite à personne, sauf peut-être à mon banquier. Je me traîne jusqu'à la cuisine et jette deux comprimés effervescents dans un verre d'eau puis me force à avaler la mixture, cul sec. Mon pote me manque. Après avoir maudit le destin, je suis à présent à bout de mots pour exprimer la colère et la douleur que je ressens. Demain, je suis supposé rouvrir l'auto-école et je n'en ressens ni la force, ni l'envie. Pourtant, je suis obligé de reprendre le travail et l'idée de trouver un autre formateur pour remplacer Antony m'est extrêmement douloureuse. Je vais contacter les boîtes d'intérim dès aujourd'hui car je ne peux pas faire attendre plus longtemps les élèves. Les cours doivent reprendre. J'ai une entreprise à faire tourner, des factures à payer… La vie continue, aussi injuste soit-elle.

Sous la douche, je laisse dériver mes pensées vers la blonde innocente qui empoisonne mon existence. Merveille a fait le déplacement jusqu'à Varennes pour les funérailles d'Antony mais nous avons à peine eu le temps d'échanger quelques mots avant qu'elle ne prenne son train pour Paris. Je lui ai proposé de la ramener chez elle, j'avais même demandé l'autorisation aux parents d'Antony d'emprunter l'un de ses nombreux casques, mais elle a préféré décliner mon offre. J'ai donc compris qu'elle ne souhaitait pas se retrouver seule avec moi. Est-ce que ça m'a fait chier ? Ouais ! Salement, même ! Lors de notre dernière joute verbale, en bas de chez elle, j'ai compris une chose qu'il aurait mieux valu pour moi que je continue à ignorer. Bien qu'elle s'en soit défendue, Merveille est vierge et la savoir sur le point de s'offrir à un autre me rend fou. C'était déjà difficile pour moi de l'imaginer avec Costume chic, mais là ça frise tout bonnement la souffrance. Est-ce qu'il sait seulement qu'elle est vierge ? Est-ce qu'il en tiendra compte ? Il sera peut-être tellement pressé de prendre son plaisir qu'il ne se souciera même pas de ce qu'elle ressentira. J'ai envie de me foutre des baffes quand je repense à ce que je lui ai fait entendre. À cette heure, je l'ai peut-être directement jetée dans son lit. Quel con je suis ! La sonnerie de mon téléphone m'offre l'occasion de mettre en suspens mon auto-flagellation. C'est l'agence immobilière à qui j'ai refilé le mandat qui souhaite faire visiter mon loft à un couple fortement intéressé. Je n'hésite pas une seconde et leur propose de venir dans l'heure. Le rendez-vous pris, je m'habille à la hâte et me mets en devoir de mettre un peu d'ordre dans les pièces. Si je pouvais me débarrasser de cette épée de Damoclès dans les plus brefs délais, ça arrangerait bien mes affaires. L'espoir de conclure l'affaire en une seule visite, de pouvoir enfin dégager de cet endroit rempli de souvenirs me galvanise à tel point que j'en oublie mon mal de tête. Une heure plus tard, le carillon de l'interphone me signale l'arrivée de mes visiteurs. J'ouvre la porte et suis instantanément frappé de stupeur. Face à moi, planquée derrière une grosse paire de lunettes noires, Merveille me regarde avec un sourire vissé jusqu'aux oreilles. À ses côtés, Costume Chic. Alors ce sont eux, les hypothétiques acheteurs ? C'est une blague ou quoi ? L'agent immobilier, tiré à quatre épingles se racle discrètement la gorge et me tend sa main.

— Bonjour monsieur Brémond, pouvons-nous entrer ?

Sans un mot, je m'efface pour leur permettre de fouler le sol de ma demeure.

— Permettez-moi de vous présenter monsieur et madame Bennelli, poursuit-il avec le même sourire commercial que celui qu'il arborait lors de notre entretien à son agence. Peut-on débuter la visite ?

Dans un état second, ses paroles mettent quelques secondes à atteindre mon cerveau. Costume chic m'observe d'un air impatient. L'agent immobilier réitère sa demande et je lui réponds d'un ton cinglant :

— Vous êtes venu pour ça, non ?

— Nous avons eu un véritable coup de cœur sur photos, monsieur Brémond, et je suis persuadée que la réalité est encore plus belle, intervient alors Merveille d'une voix séductrice. Une tonalité chaude et suave à laquelle je ne suis pas habituée, et qui vient de me donner un coup de chaud phénoménal.

À quel genre de jeu joue-t-elle, bon sang ! La réalité ? Mais de quelle réalité parle-t-elle au juste ? Elle fait comme si c'était la première fois qu'on se voyait alors qu'il y a quelques jours à peine, elle était prête à m'ouvrir son lit. Elle mériterait que je la balance à son… mari ? J'ai pas rêvé ! Elle est donc mariée et ça signifie que je me suis planté sur toute la ligne. Putain, je ne sais pas ce qui me retient de la jeter hors de chez moi, elle et son compte en banque à visage humain. De près, Bennelli est encore plus classe, faut bien l'avouer, mais il est aussi plus âgé qu'elle. À vue de nez, je lui donne la quarantaine. Le bel âge pour un homme, paraît-il.

— Vous semblez confus, quelque chose ne va pas, monsieur Brémond ? me demande-t-elle en remontant ses Dolce Gabanna sur le haut de son crâne, dévoilant ainsi ses yeux trop maquillés. Nous pouvons reporter la visite à plus tard si vous le souhaitez. Mais par pitié, ajoute-t-elle avec une petite moue, ne nous dites pas que vous avez changé d'avis et que vous ne souhaitez plus vendre cet incroyable loft.

La colère et l'incompréhension m'envahissent. Qu'est-ce qui lui prend de venir me narguer chez moi ? Qu'est-ce qu'elle cherche à me faire comprendre exactement ?

— Faites ce que vous avez à faire et claquez la porte en sortant, lancé-je en attrapant mon casque sur la console de l'entrée.

Il faut que je sorte prendre l'air, que je m'éloigne d'elle, de son mec trop silencieux et de cet enfoiré d'agent immobilier qui me regarde à cet instant comme si j'avais des comptes à lui rendre.

Avec la mort d'Antony et la trahison de Merveille, j'ai l'impression de glisser dans un schéma de pensées négatives qui sèment le chaos dans mon crâne. Le moteur de ma bécane fait moins de bruit que le grondement qui pulse à mes tympans. Aujourd'hui, rouler à tombeau ouvert ne me calme pas et je ferais bien de ralentir si je ne veux pas finir en mille morceaux éparpillés aux quatre coins de l'autoroute. Je ne peux m'empêcher de me demander pour quelle raison cette petite garce se force à travailler au Boomer alors que de toute évidence, elle n'a pas à craindre pour ses fins de mois, ni pourquoi elle loue un petit appartement à Montmartre. Sans doute, un baise-en-ville qu'elle réserve à des mecs comme moi, des mecs un peu cons qui essaient d'avoir une relation sincère et honnête. Ne dit-on pas un mari pour le chic, un amant pour le choc ? Rien que de penser que je l'ai crue pure et innocente alors qu'en vérité elle... Putain, mais quel con je suis.

En arrivant devant l'auto-école, je béquille ma furieuse et déboucle mon casque rageusement. Il va me falloir une sacrée dose de self-control pour affronter la suite des événements, et j'ai besoin de trouver rapidement un remplaçant à Antony. Ça risque de créer du remous parmi les élèves, habitués à la cool attitude de leur ancien moniteur, mais ils finiront par se faire au changement. Mieux que moi, en tout cas. Quant à Merveille, plus vite elle aura son permis, plus vite elle sortira de ma vie ! Assis derrière mon bureau, je pousse un soupir et décroche le téléphone pour appeler les boîtes d'intérim. Plus tard dans la journée, j'ai la surprise de voir débarquer une nana au look peu ordinaire. Ses cheveux mi-longs sont teints en rouge, son jean noir est troué aux genoux, un petit top blanc met sa poitrine somptueuse en valeur et une chemise à carreaux rouge est nouée autour de sa taille. Quant à ses bottes style armée, elle ne s'est même pas donné la peine d'en faire correctement les lacets. Je me dis qu'il doit s'agir d'une nouvelle candidate au permis de conduire et je m'apprête à lui signaler que l'auto-école est fermée lorsqu'elle se présente.

— Salut, dit-elle avec un petit geste de la main. Je m'appelle Adéliane, c'est la boîte d'intérim qui m'envoie. Vous trouverez mon CV là-dedans, m'explique-t-elle en plaquant sur mon bureau une chemise cartonnée rose fluo.

WAOUH ! Grosse surprise. Mais je crois que c'est la journée.

— Salut Adéliane…

— Lili, je préfère, sourit-elle. On peut se tutoyer ?

— Bien sûr, j'allais te le proposer. Assieds-toi, je t'en prie. Personne ne m'a prévenu que tu allais te présenter aujourd'hui.

— Ah ! Je suis désolée, tu veux que je repasse plus tard ?

— Pas la peine puisque tu es là, je réponds en consultant son CV.

Mignonne et de compagnie agréable, je ne vois pas le temps passer avec elle. Elle est simple, sans chichis et semble très motivée en plus d'être particulièrement sexy. Comme son CV est intéressant et que je ne me sens pas le courage de recevoir d'autres candidats au poste, je décide de la prendre à bord. Elle semble ravie. Lorsque je lui demande d'où lui est venue son envie de se teindre les cheveux en rouge, elle me répond en souriant :

— Oh eh bien, j'ai fait ce que beaucoup de femmes font après une séparation douloureuse. J'ai ressenti le besoin d'un changement fort dans ma vie, alors étant donné qu'il m'est carrément impossible de m'expatrier au Canada, j'ai opté pour une nouvelle tête. Je suis blonde à l'origine. Est-ce que ma couleur de cheveux risque de poser un problème ?

— Aucun, rassure-toi. Je pars du principe qu'il faut vivre avec son temps, et puis ça te va très bien. Alors si je comprends bien, tu nourris le rêve de partir vivre au Canada ?

— Nos rêves sont là pour nous faire avancer dans la vie, tu n'es pas d'accord ?

— Tout ce que je peux dire, c'est que même s'il est important de garder les pieds sur terre, il ne faut jamais les perdre de vue.

— Et tu as raison. Je sais, au plus profond de moi qu'un jour je recommencerai ma vie au Québec. Et avant que tu ne me poses la question, oui, je suis célibataire et non, ça ne me fait pas peur de partir seule à l'aventure.

Honnêtement, l'idée de lui demander si elle avait quelqu'un dans sa vie ne m'a pas effleuré une seconde, mais après tout, peut-être était-ce important pour elle que je sache qu'elle est libre comme l'air. Cette pensée me fait légèrement sourire.

— Je te souhaite vraiment de réaliser ton rêve ma chère Lili. Bien, puisque tu sembles de posséder toutes les qualités que je recherche chez mes moniteurs, si tu es d'accord, je t'attends demain matin à 9 heures pétantes.

— Cool ! s'exclame-t-elle. Je sens qu'on va faire du bon boulot ensemble. Je connais parfaitement mon métier et sois sûr que mon objectif prioritaire est de former de bons conducteurs.

— Tu m'en vois ravi et je compte sur toi pour ne pas me décevoir. Qu'est-ce qui t'a poussé à devenir formatrice ?

Elle pousse un petit soupir et coince une mèche flamboyante derrière son oreille avant de me répondre :

— Mon père a été tué dans un accident de la route à cause d'un chauffard qui avait dû avoir son permis dans une boîte de céréales.

— Je suis désolé de l'apprendre.

— Ça fait longtemps maintenant, dit-elle en haussant une épaule. J'avais seize ans à l'époque, j'en ai vingt-huit à présent. Sa disparition a été l'une des expériences les plus pénibles qu'il m'ait été donné de vivre. J'ai cru que je ne m'en remettrais jamais. Pourtant, la douleur a une fin et peu à peu, je me suis habituée à son absence avant de finir par l'accepter complètement. Depuis, j'ai entamé une véritable croisade pour tenter de rendre les gens plus responsables sur la route et j'ai naturellement pensé que ce métier était fait pour moi. Chacun se reconstruit comme il peut.

— Je viens de perdre mon meilleur ami il y a à peine quelques jours. Un accident de la route causé lui aussi par un chauffard. Antony était moniteur ici.

— Oh mince... Je suis sincèrement désolée. Si je comprends bien, je suis ici pour le remplacer. J'imagine à quel point ça doit être douloureux pour toi.

— Oui, ça l'est, je ne vais pas te le cacher. Mais la vie continue, le passé est le passé et on ne pourra pas réécrire l'histoire. Et puis je suis ravie de t'accueillir.

— Merci, sourit-elle. Est-ce que ça te dirait qu'on aille prendre un café quelque part ? Pour l'avoir vécu, je sais qu'il est difficile de confier ses angoisses et sa tristesse à son entourage. Moi je débarque dans ta vie, ça sera plus facile et parler fait du bien.

Elle me regarde droit dans les yeux. Ses pupilles sont dilatées et elle maintient ce contact visuel jusqu'à ce que j'acquiesce à sa proposition. Sa compagnie ne me déplaît pas, et me changer les idées ne risque pas de me faire de mal.

12
Merveille

Depuis mon retour de Varennes, où j'ai fait mes adieux à Antony, je me sens triste et vide. Si je pouvais, je travaillerais du matin au soir pour avoir l'esprit occupé. Noah me manque et j'attends désespérément que l'auto-école rouvre ses portes pour avoir enfin le bonheur de le revoir. Je me bats comme une furie contre mon envie de lui téléphoner. Pourtant, je doute fortement qu'il souhaite me voir, sinon il serait certainement passé prendre un verre au Boomer. Je n'arrive pas à m'ôter de l'esprit la terrible détresse qui émanait de ses yeux lors de la cérémonie d'adieux à son meilleur ami. Je n'ose même pas penser à l'état dans lequel il doit se trouver à l'heure actuelle. La veille, au Boomer, j'ai vu entrer une bande de motards et j'ai espéré l'espace d'une nanoseconde qu'il serait peut-être parmi eux, mais non. Je commence même à me dire qu'il a mal pris mon refus de rentrer avec lui de Varennes. Mais je ne pouvais pas, je n'en ai pas eu le courage. J'avais besoin de me retrouver seule, de pleurer dans mon coin en me remémorant les moments passés avec Antony. Terry, qui n'en peut plus de mon humeur maussade, m'a sévèrement fait comprendre qu'il fallait que je me ressaisisse et pour la première fois depuis que nous nous connaissons, nous avons frisé la grosse dispute. J'ai boudé dans mon coin jusqu'à ce que je comprenne qu'il avait entièrement raison de m'avoir remonté les bretelles. Je suis la première à clamer que nos problèmes personnels, existentiels ou autres n'ont pas leur place au travail, que personne et encore moins la clientèle, n'a à subir nos états d'âme et qu'est-ce que j'ai fait ? Je lui ai fait tout un foin pour un verre ébréché qu'il avait placé par inadvertance dans le lave-vaisselle. Tout ça, simplement parce que j'avais besoin de me défouler sur quelqu'un et qu'il était là. Et pour bien faire les choses, je m'en suis pris à lui devant une demi-douzaine de paires d'yeux braqués sur nous, de l'autre côté du bar. Ma réaction n'a été ni sympa, ni professionnelle et heureusement pour moi, Terry ne m'en a pas tenu rigueur. Ça m'aurait vraiment fait de la peine si je l'avais blessé au point qu'il ne supporte plus de travailler avec moi.

En début d'après-midi, je suis toujours en pyjama et j'en suis encore à me morfondre sur l'indifférence de Noah. Ma tasse de café serrée entre mes doigts, je repense à ce qu'il m'a dit sur les vierges et un brutal sursaut de bon sens m'oblige à admettre à quel point je suis naïve. Naïve de continuer à envisager une histoire avec lui. Ça fait mal de me l'avouer, mais je sais aujourd'hui que s'il me prend à nouveau la folle idée d'inviter mon beau moniteur chez moi, il ne viendra pas avec l'idée de regarder la dernière saison d'une série à succès sur Netflix, mais plutôt celle de me baiser. La réalité est dure mais pourtant évidente et il est vraiment temps que j'arrête de me bercer d'illusions. Pour lui, je ne suis ni une amie, ni même une future petite amie et il a beau être canon au point de me faire perdre le ciboulot, je refuse ca-té-go-ri-que-ment de devenir un plan cul. La sonnerie de la porte d'entrée me tire de mes sombres réflexions.

— Armonie, quelle surprise, dis-je d'une voix de fausset en découvrant ma jumelle sur le pas de ma porte.

Je me demande ce qu'elle est encore venue me demander. Parce qu'elle n'est pas là uniquement pour mes beaux yeux, ça au moins j'en suis certaine. Comme à son habitude, elle est tirée à quatre épingles et d'un coup, mon vieux pyjama en flanelle me fiche encore plus le moral à plat. Ma jumelle affiche un sourire auquel je ne suis pas habituée car d'ordinaire, j'ai surtout droit à une vilaine soupe à la grimace. Mais pas cette fois. Alléluia ! Elle entre en trombe, me claque au passage une bise retentissante sur la joue et file chercher deux flûtes à champagne dans le placard de la cuisine. Les bras croisés sur la poitrine, je la regarde faire, les yeux écarquillés. Il y a quelque chose de nouveau dans sa vie ou je ne connais pas ma sœur. Quand je la vois faire jaillir de son sac une bouteille de champagne haut de gamme, je n'ai aucun doute sur le fait qu'elle est venue m'annoncer une grande nouvelle. Et là, je ne sais pas pourquoi, je me mets à craindre le pire. Le bouchon saute et elle daigne enfin ouvrir la bouche.

— Figure-toi sœurette, qu'il m'arrive un truc de dingue ! s'exclame-t-elle tandis qu'elle remplit nos verres.

C'est à ce moment que mon regard tombe sur le gros caillou scintillant de mille feux qui brille à son annulaire. Si le diamant impressionne depuis la nuit des temps les femmes par sa beauté, pour moi il n'est qu'un minéral qui coûte cher… et celui qu'elle arbore à son doigt a dû coûter très très cher.

— Euh… c'est un vrai ? je demande malgré-tout, en enfilant rapidement un vieux gilet trop large qui me couvre les jambes jusqu'à mi-cuisses.

Elle me jette un regard mi-outré, mi-désolé.

— Mais bien évidemment qu'il s'agit d'un vrai. Tu as vraiment de ces questions ! C'est une bague de fiançailles, elle est splendide, n'est-ce pas ? s'extasie-t-elle en me collant sa main sous le nez.

Eh ben merde alors ! Si je m'attendais à quelque chose, ce n'était vraiment pas à apprendre les fiançailles de ma sœur. J'avale le contenu de mon verre d'une seule traite et le remplit à nouveau. J'ai vraiment besoin d'un remontant, là.

— Et c'est ton Italien plein aux as qui t'a payé ce machin ? je demande ensuite en essuyant mes lèvres du revers de la main.

— Ce machin, comme tu l'appelles, coûte une blinde, s'agace-t-elle en caressant la pierre des yeux. Et naturellement que c'est Alessandro qui me l'a offert hier soir, pendant le dîner.

— Et ce mariage, il est prévu pour quand ?

— Nous avons décidé de nous marier juste après Noël, à Vérone.

Ah, la belle Vérone... J'ai appris l'existence de cette ville grâce à la comédie musicale Roméo et Juliette, et dès lors, je me suis promis de la visiter. On raconte que le destin du couple mythique a bel et bien été lié à cette ville, alors forcément, pour une romantique comme moi... Mais là n'est pas le sujet et Noël, c'est à peine dans quatre mois !

— Mais enfin, tu le connais à peine, ce type ! Tu l'as rencontré quand déjà ? Allez... il y a deux ou trois semaines et tu m'annonces que tu envisages de te marier avec ce parfait inconnu. Mais t'as franchement les neurones qui font des nœuds, toi !

— Je le connais suffisamment pour savoir qu'il est ambitieux et très riche. Il sera un très bon mari, déclare-t-elle, guillerette en trempant ses lèvres rouge carmin dans son champagne.

— Et tu peux l'affirmer simplement parce qu'il est riche et ambitieux ? C'est du grand n'importe quoi, ma vieille !

— Tu préférerais sans doute qu'il soit pauvre et médiocre ? rétorque-t-elle en haussant les épaules d'un air agacé.

— Non, mais l'idée que tu puisses vouloir unir ta vie à celle d'un inconnu juste parce qu'il a beaucoup d'argent m'inquiète plus qu'elle ne me déçoit, si tu veux savoir.

— Oh mais rassure-toi sœurette, Alessandro a aussi d'autres qualités, déclare-t-elle en allumant une cigarette.

— Tiens, tu fumes maintenant !

— Oui. Je fume, je bois et je baise ! Tu devrais essayer les trois, ça te décoincerait certainement un peu.

— Je ne suis pas coincée !

Je sens la moutarde me monter au nez.

— Tu es romantique, et je trouve que c'est encore pire ! Laisse-moi te dire une chose, frangine : à force d'espérer la venue du beau prince sur son destrier blanc, tu vas finir par fêter sainte Catherine. Il serait peut-être temps que tu vives un peu, non ? Tu te rends compte que tu es toujours vierge à ton âge.

— Et alors ? grogné-je, les mains sur les hanches. Y'a pas écrit « PUCELLE » en rose fluo sur mon front que je sache ! Ça viendra quand ça viendra et puis si tu veux savoir, j'assume totalement mon romantisme d'une autre époque et ce, même si je dois continuer à subir tes perpétuelles railleries et celles de toute la planète. Mon célibat est mûrement réfléchi et ne représente en rien une défaite. Je ne vais quand même pas me forcer pour faire plaisir. Et puis quoi encore !

— Ne te fais pas d'illusions Merveille, l'homme idéal relève du fantasme, déplore-t-elle en expirant la fumée de sa cigarette. Dans la vraie vie, ils sont tous pareils et ton prince charmant tant espéré ne fera pas exception à la règle. Il fera son affaire et t'abandonnera sur le lit avec tes remords et tes regrets et tu découvriras alors le vrai visage des hommes. Entre ceux qui ne sont pas prêts, ceux qui en ont trop vu, les blessés, les menteurs, les lâches, crois-moi, la liste est longue. Et puis qu'est-ce que tu crois ?! Que les mecs se soucie réellement de la virginité d'une femme ? Pfff... Détrompe-toi vite sœurette. Les filles dans ton cas sont rarement des amantes subtiles ou expertes capables de les faire rêver.

— Peut-être, mais je ne suis pas d'accord quand tu dis qu'ils sont tous pareils. Regarde papa, Maman l'a choisi lui, elle n'a jamais ressenti le moindre regret d'avoir attendu le bon moment pour sauter le pas et ils sont toujours ensemble après toutes ces années. Et je voudrais aussi te rappeler qu'ils n'ont jamais eu besoin de posséder des millions pour être heureux ensemble. C'est d'un amour comme le leur dont je rêve, moi. Je ne suis pas comme toi Armonie, je suis incapable de faire semblant, de joindre ma vie à celle d'un homme uniquement pour ne plus être seule… et encore moins dans le seul but de pouvoir passer mes journées à faire du shopping et voyager aux quatre coins du monde !

Ma sœur pousse un soupir et me regarde d'un air affligé. De toute façon, je ne m'attends pas à ce qu'elle me comprenne. Je cherche l'amour avec un grand A, elle, elle recherche principalement la sécurité financière. Je me demande si elle l'aime quand même un peu, son millionnaire et je réalise que je ne sais même pas à quoi il ressemble.

— Et tu comptes me le présenter quand, mon futur beau-frère ?

— J'allais y venir. Alessandro et moi allons prochainement organiser un dîner pour faire les choses bien.

— Rassure-moi, papa et maman sont déjà au courant de ce mariage ?

— Euh... Non, pas encore.

— Je vois ! Tu peux d'ores et déjà te préparer à recevoir un bon sermon de leur part.

— Tout se passera bien puisqu'ils connaissent déjà Alessandro.

— Eh ben, je suis contente de l'apprendre. Est-ce qu'au moins tu lui as parlé de ta jumelle ou bien ne suis-je pas invitée à vos noces ?

— Bien sûr que tu es invitée, sœurette, et évidemment je lui ai parlé de toi, quelle question ! Si je ne suis jamais venue chez toi avec lui, c'est simplement parce que...

Je devine immédiatement à son air embarrassé et à la façon qu'elle a de regarder autour d'elle ce qu'elle va me dire et je la devance, plus blessée que vexée.

— Si mon appart' n'est pas assez bien pour recevoir ton futur mari, moi au moins, je ne suis dépendante de personne !

— Grand bien te fasse, ma belle. C'est ton choix, si tu préfères trimer comme une folle dans ton bar plutôt que de te chercher un homme financièrement solide pour te faire la vie belle. Et puisqu'on parle logement, j'en profite pour t'annoncer que je vais très prochainement m'installer dans un magnifique loft qu'Alessandro s'apprête à acquérir à Paris. Je vais y poser mes valises aussitôt que l'ancien propriétaire aura fait les siennes, m'explique-t-elle avec des étoiles dans les yeux.

— Ravie pour toi !

— D'ailleurs, tu pourras venir passer du temps à la maison. Alessandro s'absente très souvent pour ses affaires, je vais donc souvent m'y retrouver seule et il y a tellement de place... Ça te changera un peu de ton... petit chez toi.

Son air condescendant me donne juste envie de la baffer ! C'est peut-être petit chez moi, mais j'ai la fierté de me dire que c'est moi qui paye le loyer.

— Tu pourrais voyager avec lui, non ? Ce n'est pas ce que tu souhaites, voyager et profiter ?

— Je l'accompagnerai bien sûr, mais peut-être pas à chaque fois. Nous verrons bien… Bon, je vais devoir te laisser. Je vais voir les parents. Peut-être qu'ils se montreront plus heureux que toi d'apprendre que je vais faire un beau mariage. Est-ce que tu veux que je leur transmette un message de ta part ?

— Dis-leur simplement que je les aime fort.

— Très bien. Ah au fait, j'ai oublié de te dire que je veux que tu sois mon témoin, alors tu peux commencer à chercher une tenue adaptée. Et par pitié, ne fais pas trop dans l'original comme à ton habitude.

— Et je peux savoir qui sera l'autre témoin de « Ses Majestés » ?

— Alessandro a choisi son meilleur ami Luigi. Gigi est adorable, tu verras.

Je ricane :

— Gigi comme… Gigi l'Amoroso ?

— Ne te moque pas d'un homme qui possède l'une des holdings les plus puissantes d'Italie, Merveille ! D'ailleurs, il est célibataire et affiche un goût particulier pour les blondes, tu devrais peut-être t'en faire un ami, qui sait où cela pourrait te mener…

— Laisse tomber ! grogné-je en la raccompagnant à la porte.

Une fois seule, je pousse un énorme soupir de soulagement. Les conversations avec ma sœur me saoulent et déclenchent à chaque fois chez moi une mauvaise humeur qui disparaît sitôt qu'elle sort de mon champ de vision. Le lien qui unit des jumelles est généralement très fort, mais celui qui nous lie Armonie et moi semble se désagréger au fil du temps. Qu'est-ce que ça va être dans dix ans…

Une fois douchée et habillée, je descends donner un coup de clé à ma voiture afin de vérifier que la batterie ne s'est pas déchargée. Comme une place vient juste de se libérer devant l'immeuble, j'en profite pour l'y garer et mon petit bolide jaune se trouve à présent juste sous mes fenêtres où je pourrai l'avoir à l'œil. Le temps est magnifique. J'ai presque envie d'aller faire une petite balade jusqu'à la place du Tertre et m'installer ensuite à la terrasse d'un café pour siroter une menthe à l'eau bien fraîche.

13
Noah

Deuxième surprise pourrie de la journée ! Je ne m'attendais pas à ce que Costume Chic se décide si rapidement. Je raccroche le téléphone et pousse un grognement de mauvaise humeur. Lili me jette un regard surpris.

— Un problème ? me demande-t-elle en reposant son verre de grenadine.

— J'ai des acheteurs pour mon loft.

— Et tu as changé d'avis concernant la vente, sourit-elle face à mon air bougon.

— Non. Je suis même très pressé de m'en débarrasser.

— Pourtant, tu n'as pas spécialement l'air ravi. C'est quoi le problème, Noah ? demande-t-elle doucement.

Mes doigts se crispent autour de la bouteille de Coca que je porte à mes lèvres pour faire descendre une nouvelle gorgée de la boisson gazeuse dans ma gorge.

— C'est une histoire un peu compliquée, soufflé-je en la reposant sur la table.

Elle me jette un regard interrogateur et attends manifestement que je lui en dise plus sur ce qui me contrarie, mais je reste obstinément silencieux. Elle pousse un léger soupir et décide d'orienter le débat sur sa nouvelle prise de poste. J'apprends ainsi qu'elle habite à quelques rues de l'auto-école, ce qui m'arrange bien, pour des raisons de timing.

— Je t'avoue que si tu ne m'avais pas donné ma chance, j'aurais été très déçappointée, sourit-elle. Un travail à deux rues de chez moi, c'est juste le top du top. Sans parler du fait que mon patron est le genre de patron que toutes les femmes rêveraient d'avoir ; beau, sexy et sympa…

— Sympa lorsque tout se passe bien, Lili. Mais je serais intransigeant si tu ne te montres pas à la hauteur de ce que j'attends de toi. Je suis particulièrement satisfait du taux de réussite de ma boîte et je ne veux pas que ça change. Est-ce que tu comprends ?

— Bien sûr, et c'est normal, mais le taux de réussite ne reflète pas forcément le niveau d'une auto-école, je suppose que tu le sais.

— Oui, mais dans la mesure où il est pris en compte pour calculer les places aux examens, les futurs élèves auront tendance à favoriser une auto-école affichant un bon taux de réussite pour être présentés rapidement.

— Tu marques un point, déclare-t-elle en levant son verre. Sois certain que je ne te décevrai pas et je te propose de porter un toast à notre future collaboration.

Je m'apprête à trinquer avec elle lorsque j'aperçois Merveille s'installer à la terrasse du café jouxtant celui ou je suis attablé avec ma nouvelle recrue. Je sens aussitôt la flamme du désir carboniser mon cœur. Elle ne m'a pas vu et semble perdue dans ses pensées. Elle a changé de vêtements et sa longue jupe blanche lui va à ravir. Bien mieux que les fringues qu'elle portait ce matin lorsqu'elle s'est présentée chez moi ce matin avec son « mari ». D'une blancheur immaculée, sa chemise fluide, dont elle a noué les pans sur sa taille fine, laisse entrevoir une bande de peau légèrement bronzée, et ses cheveux tombent en cascade dans son dos. Elle est magnifique. J'ai même l'impression de sentir son doux parfum de fleur d'oranger chatouiller mes narines. Les regards flatteurs que les badauds posent sur elle me procurent un sentiment de jalousie que j'ai bien du mal à réprimer. Mon cœur se serre. À l'idée de la perdre, j'ai l'impression que mon cœur se transforme en boule de plomb et qu'il va dégringoler au fond de mon estomac. C'est vraiment une journée de merde, je murmure pour moi-même. Lili me sort brutalement de ma contemplation douloureuse.

— Merci pour moi, dit-elle avec une petite moue réprobatrice.
— Ne te sens pas concernée.

Je lui décoche un clin d'œil auquel elle répond par un sourire.

— Tu la connais cette fille qui capte ton attention depuis cinq minutes ?

Je m'oblige à sourire.

— Pardon Lili, je suis désolé. Si je la regarde, c'est parce que c'est l'une de mes élèves. Elle s'appelle Merveille.

— Elle fait de la pub pour les shampoings ou quelque chose dans ce genre ? C'est la première fois que je vois une fille avec des cheveux aussi longs.

— Non, rien de tout ça. Elle est serveuse au Boomer.

— Le Pub ? s'étonne-t-elle.

— Oui.

— J'y suis déjà allée, mais je ne l'y ai jamais vue. Bizarre, car avec une chevelure comme la sienne, elle ne passe pas inaperçue et n'importe qui se souviendrait d'elle, même moi.

— Tu as dû t'y rendre pendant ses jours de repos.

— Oui, tu as raison, ça doit être pour ça. Merveille… quel drôle de prénom, tu ne trouves pas ? Mais je dois avouer qu'elle le porte somptueusement. Cette fille est sublime et quel look ! Elle me fait penser à Barbie Raiponce, sourit-elle.

— C'est le surnom que lui donnait Antony, dis-je en déglutissant laborieusement ma salive au souvenir de mon pote.

— Et à quel stade Raiponce en est-elle du permis ? Code ou conduite ?

— Code OK et quatrième tentative pour la conduite en cours. Je pense pouvoir affirmer que cette dernière sera la bonne.

— Rassure-toi, je vais m'en occuper et je t'assure qu'elle réussira son examen haut la main.

— Laisse tomber, Lili, elle ne veut conduire qu'avec moi.

— Elle aurait donc un petit faible pour son beau moniteur ? Remarque, je ne devrais pas m'en étonner, car tu es extrêmement attirant.

— Tu trouves ?

— Oh je t'en prie Noah, pas de fausse modestie, glousse-t-elle. Quelle femme pourrait résister à cette enveloppe si sexy ?

Ses yeux brillent et son sourire s'élargit. De toute évidence, je lui plais et nul doute que je me laisserais volontiers prendre dans ses filets si seulement…

— Est-ce que par hasard, tu serais en train de me draguer ? je lui demande en me faisant violence pour ne pas laisser mon regard dériver vers Merveille.

— Est-ce que tu serais choqué si je te disais que c'est exactement le cas ? lâche-t-elle avec un regard sans équivoques.

— Choqué, non. Je me sentirais même flatté, seulement je ne suis pas libre.

Un mensonge ? Pas tant que ça… Lili est le genre de nana qui d'ordinaire me fait bander. Elle respire la confiance, elle va à l'essentiel pour faire passer les messages. Elle est mignonne, drôle, énergique et elle a un sourire à tomber. J'imagine aisément qu'il me serait très agréable de passer du bon temps en sa compagnie. Seulement voilà, il ne se passe rien. Je découvre avec angoisse que si mes yeux sont capables de se diriger vers d'autres femmes, mon corps et mon cœur, eux, ne sont réceptifs qu'à Merveille. Le pire, c'est que je ne peux rien y changer. À ce moment précis, elle tourne la tête dans notre direction et mon palpitant rate plusieurs battements lorsque mes yeux accrochent ses prunelles couleur de cobalt et ils lancent des éclairs. Je me demande pourquoi elle est si furibarde. L'instant d'après, elle glisse quelques pièces dans la coupelle laissée sur la table par le serveur, puis se lève et quitte la terrasse d'un pas pressé. Je suis déconntenancé. J'ai juste envie de courir pour la rattraper et lui avouer ce que j'ai sur le cœur. La voix modulée de Lili me sort alors de mes pensées agitées et je m'oblige à détourner le regard de la silhouette qui s'éloigne.

— Tu sais Noah, même quand on est en couple, il n'est pas interdit de s'offrir du bon temps, et ce qui ne se sait pas ne peut pas faire de mal.

Pour être direct, elle l'est au-delà de ce que je pouvais imaginer. Comme je la regarde sans répondre, elle me dévisage un instant en silence.

— Je ne voudrais pas me mêler de ce qui ne me regarde pas, mais tu ne serais pas un peu amoureux de cette jolie blonde ?

Sur mon front, il n'y a certainement pas écrit : vous pouvez me poser des questions indiscrètes. Aussi, j'élude sa question.

— Il est temps d'y aller, dis-je alors en faisant signe au serveur pour qu'il m'apporte l'addition. Je dois repasser à l'agence immobilière et j'ai encore un tas de choses à faire avant la réouverture de l'auto-école.

— Bon, j'ai compris que mademoiselle Delorme est un sujet sensible, soupire-t-elle en souriant souement, je n'insisterai donc pas. Puis elle ajoute avec une flamme teintée d'espièglerie au fond des yeux : mais si tu as besoin de te changer les idées, rappelle-toi que je suis libre.

— Songe plutôt à profiter du reste de cette belle journée au lieu de dire des bêtises, parce que dès demain, elles te paraîtront moins cool.

— Aucun danger, j'adore mon boulot et j'ai de la patience à revendre.

— Tant mieux, parce que si tout se passe bien, je suis prêt à te faire signer un CDI.

— Sans rire ? s'exclame-t-elle, ravie.

— J'aime bien ton genre un peu décalé et quelque chose me dit qu'il va faire quelques émules parmi les élèves. Donc, si tu me convaincs de ton professionnalisme, je suis prêt à t'engager à long terme.

— Je te promets que je ne te décevrai pas.

— Parfait ! Allons-y, maintenant.

De retour chez moi, en fin de journée, je décide d'appeler les parents d'Antony pour prendre de leurs nouvelles. Ça risque de ne pas être de la tarte, car mon pote me manque effroyablement et j'ai encore beaucoup de mal à l'évoquer. Comme je m'y attendais, ce nouveau coup de fil s'avère être un véritable supplice et une fois le téléphone raccroché, je cours m'asperger le visage d'eau froide. Le miroir devant moi reflète une gueule blafarde. Je ferme les yeux et apparaît alors dans le ciel orageux de mes pensées, l'image d'un visage qui me hante du soir au matin. Que peut-elle bien faire à ce moment précis ? Avec qui est-elle ? Costume Chic porte à présent un nom et l'idée d'ouvrir mon ordinateur pour me renseigner sur le compte de cet Alessandro Bennelli me traverse l'esprit. Il ne me faut que quelques secondes pour apprendre qui il est. J'avais raison, ce quadragénaire est riche à millions et fait partie des célibataires les plus convoités du moment. Merveille et lui ne sont donc pas mariés et cette découverte me procure un profond soulagement. D'après différents articles relatant les hauts et les bas de sa vie amoureuse, ce type semble être une véritable machine à séduire. De multiples noms féminins connus et moins connus sont associés au sien, mais rien sur Merveille Delorme. Pourtant, ils ont bel et bien une aventure. Et si ce millionnaire avait acheté mon loft uniquement pour l'y installer afin de pouvoir disposer d'elle selon son bon vouloir ? Elle ne serait pas la première à bénéficier de ce genre de largesses de la part d'un homme intéressé. L'idée qu'elle se laisse entretenir par un homme riche et qu'elle puisse s'en réjouir me révulse. À l'instar de la créature vénale que s'est révélée être mon ex, bon nombre de femmes nourrissent des perspectives d'oisiveté en espérant accrocher une cible fortunée ; et que Merveille puisse faire partie de cette catégorie me fait serrer les dents. Quant à penser qu'elle est réellement amoureuse de Costume chic, ça m'est tout franchement intolérable. Putain, j'ai besoin de me calmer les nerfs ! La mâchoire serrée, je décapsule une bière et sort prendre l'air sur la terrasse pour tenter de calmer ma colère. Si j'ai pensé un jour que m'éloigner d'elle suffirait à me faire retrouver la sérénité, je me suis fichu le doigt dans l'œil jusqu'à l'omoplate. Imaginer l'avenir sans elle me rend dingue et en même temps, je la hais d'être de qu'elle est : une séductrice manipulatrice et à trop espérer me tromper sur son compte, je vais sans doute finir par me faire vraiment mal, mais une irrépressible envie de la voir me fait pourtant claquer la porte de chez moi pour aller la retrouver au Boomer.

14
Merveille

Ce soir, l'ambiance survoltée du Boomer ne semble pas vouloir m'accorder le moindre répit. Le pub est bondé et à l'extérieur, la terrasse est surchargée. Je ne sais plus où donner de la tête, les commandes affluent de toutes parts et Anja et Louise, courent dans tous les sens, fatiguées et crispées par la clientèle pressée qui ne leur épargne aucune remarque. J'ai l'impression que le Tout-Paris s'est donné rendez-vous ici pour y refaire le monde autour d'une bouteille de vin ou d'un mojito. Si d'un côté, toute cette agitation m'évite de trop ressasser mes idées noires, elle m'occasionne surtout une migraine de tous les diables. Forcément, mon humeur s'en ressent et je dois serrer les dents pour m'empêcher de remettre à leur place bon nombre de clients. J'ai beau tenter de me raisonner, je n'arrive pas à chasser Noah de mon esprit. C'est tellement difficile de continuer à fonctionner normalement alors que je voudrais tout simplement rester chez moi et pleurer toutes les larmes de mon corps. Je n'arrête pas de penser à cette fille aux cheveux rouges qui l'accompagnait tout-à-l'heure. Sûrement une nouvelle conquête, un coup d'un soir, peut-être même deux si affinités ! Est-ce qu'au moins, elle sait que Noah n'envisage pas de relation à long terme ? Est-ce qu'elle est prête à accepter ça ? À force de me morfondre en attendant qu'il daigne s'intéresser un peu à moi, j'en arrive à me dire que si c'était à refaire, je l'encouragerais certainement à monter chez moi tout en sachant pertinemment ce qui se passerait entre nous. Ce type me rend dingue ! Je pense à lui comme au tison ardent qui enflammera chaque parcelle de mon corps et de mon âme. Mon cœur vibre à la seule pensée de sa peau contre la mienne, mes hormones se mettent en ébullition, tous mes sens sont en éveil et une boule de désir se forme insidieusement dans mon bas-ventre. Armonie m'a dit un jour qu'on pouvait parfaitement ressentir du désir pour homme sans être amoureuse de lui, sans parfois même apprécier sa valeur humaine. Comment c'est possible, ça ? J'aime Noah du plus profond de mon cœur, et si j'ai compris que je lui faisais de l'effet, force m'est d'admettre que malheureusement, c'est avant tout mon corps qui l'excite vraiment.

Il est minuit passé et la salle est plus calme. Je profite de ce moment d'accalmie pour aider Anja à débarrasser les tables extérieures et surtout pour m'aérer un peu. L'air est doux, le ciel étoilé. Les trottoirs sont presque déserts. J'ai tellement mal aux jambes que je décide de m'asseoir un instant à une table pour fumer une cigarette et observer les promeneurs de la nuit, les couche-tard ou les lève-tôt qui passent à proximité. Combien d'entre eux sont seuls et sont encore à la recherche de l'âme sœur. Combien pensent comme moi l'avoir trouvée et ne savent pas comment s'y prendre pour la séduire ? Le vrombissement puissant d'une moto me fait soudain tourner la tête et en reconnaissant Noah, je sens mon cœur chuter au fond de mes Converse. Tandis qu'il stationne sa Suzuki le long du trottoir, je gonfle la poitrine et me prépare mentalement à cette rencontre. Je crois qu'entre lui et moi, il est temps de débloquer un niveau.

— Quelle surprise, dis-je en essayant de contrôler les pulsations désordonnées de mon cœur.

— J'espère qu'elle est bonne, rétorque-t-il en s'installant en face de moi.

— Pourquoi tu dis ça ? Tu sais bien que je suis toujours heureuse de te voir.

— Pourtant, ce n'est pas l'impression que tu m'as donnée cet après-midi. Tu avais même l'air super contrariée vu que tu t'es aussitôt sauvée en m'apercevant.

— Si je suis partie un peu vite, c'est uniquement pour ne pas vous déranger toi et ton amie aux cheveux rouges. D'ailleurs, tu pourras lui dire que j'ai trouvé son look carrément cool.

Là oui, il pourrait me traiter de menteuse. Bien sûr que j'étais très contrariée de le voir en compagnie de cette nana au look mi- rock, mi-gothique, mais je ne vais quand même pas le lui dire !

— Lili a pensé la même chose du tien. Tu ne devrais pas fumer, c'est mauvais pour la santé.

— Je sais, mais ça me détend et puis c'est occasionnel. Vous avez donc parlé de moi, toi et… Lili. Qu'est-ce que tu lui as raconté à mon sujet ?

— Pas grand-chose. Il faut dire qu'hormis le fait que tu sois inscrite chez moi pour passer ton permis, je ne sais rien te concernant.

— Ben il faut dire aussi que tu ne fais rien pour y remédier.

Et toc ! Il croise ses bras sur la table et me considère un instant en silence.

— Ça sonne comme un reproche, je me trompe ? demande-t-il enfin.

— C'était simplement une constatation. Qu'est-ce que tu veux boire ? J'ai le feu vert pour t'étonner ?

— Oh pour ça, tu te débrouilles très bien, alors je t'en prie, fais-toi plaisir.

— Je dois reprendre mon service, je viens te servir ici ou bien comptes-tu venir au bar ?

— Je suis venu pour te voir, je vais donc aller m'asseoir au bar. Comment va Alessandro ? demande-t-il une fois à l'intérieur.

Sa question me stupéfie. Est-ce qu'il évoque le petit copain de ma sœur ?

— Tu parles d'Alessandro Bennelli ? lui demandé-je, intriguée, en posant devant lui une bouteille de Carolus Classic et un verre. Fruitée et bien maltée, tu m'en diras des nouvelles.

Il semble en colère tout à coup. La façon qu'il a eue de réagir au nom de Bennelli, me laisse à penser qu'il ne semble pas lui porter une grande estime, mais qu'est-ce que cela a à voir avec moi ? J'ignorais totalement qu'ils se connaissaient, ces deux-là. Sans un mot, et sans me quitter des yeux, qu'il a orageux, il saisit la bouteille et boudant le verre, la porte à ses lèvres.

— Noah, pourquoi me demandes-tu des nouvelles d'Alessandro ?

— Tu veux vraiment me faire croire que tu l'ignores ? rétorque-t-il d'une voix cassante.

— Mais je ne le connais même pas, c'est le mec de ma sœur.

— Ta sœur jumelle alors.

— Oui, c'est exactement ça. Armonie est ma jumelle et elle vient de se fiancer à Alessandro.

— Armonie ? Comme c'est charmant. Tu dois avoir des parents très inspirés, grogne-t-il en me fusillant d'un regard noir.

Son attitude m'agace et je monte en pression.

— Mais qu'est-ce que t'as encore ?

J'ai élevé la voix sans m'en rendre compte et Terry s'approche de moi pour me demander si tout va bien. J'acquiesce de la tête et il repart à l'autre bout du bar, non sans avoir lancé un regard menaçant à Noah.

— Il m'a presque fait peur le blondinet, lance celui-ci en secouant doucement la tête d'un air amusé.

— Tu devrais te méfier de l'eau qui dort, riposté-je agacée. Terry pratique les arts martiaux et il en a déjà sorti plusieurs à coups de pied dans le cul !

— Je m'en contrefous que ce type soit un mélange de Bruce Lee et Batman ! En venant ici ce soir, mon intention n'était pas de le défier un dragon ou une chauve-souris en duel. Je veux juste essayer de comprendre la raison qui te pousse à me jouer cette comédie ridicule et sans intérêt. Tu ne peux même pas imaginer à quel point je déteste les menteuses, et on dirait bien qu'avec toi, je suis tombé sur une véritable championne, seulement je n'ai plus envie de jouer.

Je suis tellement surprise et décontenancée par sa tirade que j'en reste sans voix. Mais ça ne dure pas longtemps. Une colère sans nom m'irradie avec la violence d'une nuée de flèches s'abattant sur moi.

— Ce n'est pas la première fois que tu me traites de menteuse,

Noah, et ça commence à bien faire, maintenant ! Dis-moi une bonne fois pour toutes ce que tu me reproches ou tire-toi d'ici si tu ne veux pas que je perde le peu de patience qu'il me reste !

— OK, je vais partir, mais je reviens dans deux heures et je te ramènerai chez toi où nous aurons une sérieuse conversation, dit-il en jetant un billet de 20 euros sur le bar. Puis il ajoute d'un air narquois : tu peux garder la monnaie, chérie.

— Mais c'est quoi ton problème ? Et pourquoi est-ce que tu me parles comme si j'étais une pute ?

Ces derniers mots qui sortent de ma bouche ne l'atteignent pas. Il est déjà loin. J'ai envie de hurler, de pleurer et tout casser. Qu'est-ce que j'ai bien pu faire pour qu'il m'en veuille à ce point, et que vient faire le mec de ma sœur dans cette histoire ?! J'ai l'impression de manquer d'air et ma respiration est si irrégulière que je suis obligée de sortir prendre l'air quelques minutes. Je sors mon téléphone portable de la poche arrière de mon jean et décide d'appeler Armonie. Après tout, Alessandro est son futur mari et elle saura peut-être me dire de quoi il retourne. Mais au moment d'appuyer sur la touche d'appel, je me ravise. Il est minuit passé et si elle n'est pas couchée, elle est sans doute en compagnie de son Italien au beau milieu d'un cocktail en train d'exhiber fièrement sa bague à je ne sais combien de milliers d'euros ! Même s'il m'en coûte, je préfère attendre le retour de Noah pour découvrir ce qu'il a à me dire. Il a dépassé les bornes cette fois, mais je n'ai pas pour habitude de me laisser insulter sans réagir et il a tout intérêt à me fournir une bonne explication à la scène ridicule qu'il vient de me faire.

Une heure plus tard, je suis loin d'avoir retrouvé mon calme, mais je fais en sorte de ne pas me laisser submerger par des pensées intrusives. Le boulot d'abord. Pourtant, malgré tous mes efforts, mon semblant de sérénité vole en éclats quand je vois s'installer au bar, la fille aux cheveux rouges. Décidément, c'est ma soirée !

— Salut Raiponce, dit-elle en croisant ses bras sur le zinc.

Bon, elle connaît mon surnom et je comprends que Noah lui a effectivement parlé de moi, mais en quels termes ? Comme d'une fille sympa, d'une élève irresponsable, d'une menteuse peut-être ? Cette dernière hypothèse me hérisse le poil. C'est la première fois que je la vois au Boomer et je la trouve vraiment gonflée de se montrer si familière à mon égard.

— Je préférerais que tu ne m'appelles pas comme ça, dis-je d'un ton grinçant en prenant appui sur le bar. Qu'est-ce que je te sers ?

— Je voudrais une Despé, c'est possible ?

Sans répondre, le visage fermé, je lui sers sa Despérados et lui tourne ensuite le dos afin de préparer deux expressos qu'un jeune couple vient de commander. Je sens son regard peser sur moi et je retiens la furieuse envie que j'ai de me retourner pour lui demander ce qu'elle me veut.

— Je m'appelle Lili. Toi, c'est Merveille, c'est ça ?

Sans me retourner, je réponds :

— Si tu es au courant qu'on me surnomme Raiponce, je suppose que tu connais également mon prénom, non ?

— Oui, c'est vrai. Et comme je le disais encore à Noah tout à l'heure, c'est un prénom qui te colle vraiment au corps.

— Il va repasser dans une heure si c'est lui que tu attends.

— Je n'attends personne, je passais simplement à proximité et j'ai eu envie de boire une bière. Puis elle ajoute avec un petit rire dans la voix : mais je t'avoue que je serais très contente de le voir.

La question qui tourne en boucle dans ma tête a du mal à franchir la barrière de mes lèvres, mais je finis par me lancer, les doigts crispés autour des tasses de café que je m'apprête à servir.

— Tu connais Noah depuis longtemps ?

— J'ai fait sa connaissance aujourd'hui. Nous allons travailler ensemble à partir de demain. Je vais remplacer Antony. C'est très triste ce qui lui est arrivé.

— Oui, très triste, soufflé-je avec une boule dans la gorge.

— Il paraît que tu as loupé ta conduite trois fois déjà ?

— Je vois que tu es bien renseignée.

— Je me renseigne toujours sur les élèves avec qui je vais bosser. Tu ne trouves pas ça normal ?

— Eh bien je suppose que ça doit l'être, réponds-je en dissimulant mon agacement, car lorsque nous avons évoqué Lili, Noah n'a pas jugé utile de me dire qu'il s'agissait de sa nouvelle monitrice.

— Bientôt la quille ? sourit-elle quand elle me voit consulter ma montre.

J'acquiesce d'un signe de tête. Terry vient nous rejoindre et après avoir fait les présentations, je m'esquive pour ne plus avoir à supporter Lili et j'en profite pour aider Anja et Louise à débarrasser quelques tables de la terrasse. Si je m'écoutais, je filerais en douce avant l'arrivée de Noah. J'ai un mauvais pressentiment, et plus l'heure de son arrivée approche, plus je redoute cette nouvelle confrontation.

15
Noah

J'ai perdu le contrôle. Je l'ai dans la peau. C'est viscéral, Merveille agit sur moi comme un aimant et le plus étrange dans tout ça, c'est que je ne l'ai jamais sautée. Je ne peux envisager de me passer de sa présence et encore moins de la perdre. L'idée de ne plus la voir, de l'imaginer avec un autre m'assomme comme une enclume. Je la veux dans mon lit mais plus encore, je la veux dans ma vie. Depuis Victoire, elle est la première fille à m'obséder au point que je ne dors plus la nuit, la seule pour qui je ressens cet élan incontrôlable qui me met KO. Plus le temps passe, plus ma frustration grandit. Son histoire de sœur jumelle est loin de m'avoir convaincu. Ça fait un an que je la connais, qu'elle me parle de ses parents, de son travail, de ses galères mais jamais encore elle ne m'avait parlé d'une jumelle. Elle me prend vraiment pour un con ! Ce que je n'arrive pas à comprendre, c'est pourquoi elle joue ce double jeu avec moi. Putain, elle a quand même osé se pointer chez moi au bras du type qui a acheté mon loft tout en faisant comme si on ne s'était jamais vus. Et si elle était dingue ? Elle souffre peut-être d'un dédoublement de la personnalité. Cette hypothèse me fait froid dans le dos, mais à la limite, je préférerais ça à l'idée qu'elle se fiche de moi. Elle a presque failli me faire croire qu'elle était vierge. Bordel ! Quand j'y pense ! Un coup d'œil sur ma montre m'indique qu'il est l'heure d'aller la chercher. Elle n'aura certainement pas envie que je la ramène chez elle, vu la façon dont je lui suis tombé dessus tout à l'heure, mais je ne suis vraiment pas décidé à lui donner le choix. J'attrape deux casques et les clés de ma bécane avant de claquer rageusement la porte.

En franchissant le seuil du Boomer pour la seconde fois de la soirée, je la découvre en train de servir ce qui doit être une dernière tournée de shooters à quelques rares clients qui s'attardent encore. Plutôt que de la rejoindre au bar, je décide de m'installer à une table. J'ai encore une quinzaine de minutes devant moi avant la fermeture et je vais en profiter pour boire un café. Quelque chose me dit que la nuit va être longue et pénible. Merveille me regarde du coin de l'œil, elle ne semble pas rassurée. Forcément, son petit jeu est terminé et elle le sait parfaitement. J'ai hâte de découvrir de quelle façon elle va s'y prendre pour tenter de se rattraper. Une serveuse, je crois qu'il s'agit de Louise, vient prendre ma commande. J'allais demander un double expresso quand je me ravise.

— Demande de ma part à la jolie barmaid de m'étonner, elle comprendra, dis-je en lui décochant un clin d'œil.

Elle me sourit et repart vers le bar, son plateau sous le bras. Je la vois glisser un mot à Merveille qui tourne ensuite sa tête dans ma direction. Nos regards se heurtent à nouveau et je vendrais mon âme au diable pour savoir ce qu'elle pense à cet instant. Il semble y avoir tellement de choses derrière ses yeux. Quelques secondes plus tard, elle me rejoint et pose sur la table deux expressos.

— Tu as senti que j'avais besoin d'un peu de caféine ? je lui demande tandis qu'elle s'assoit face de moi.

— Je commence à te connaître, tu vois ! Au fait, pendant que j'y pense, tu as manqué ta nouvelle recrue, dit-elle en assurant sa voix, mais je vois bien qu'elle flippe à mort.

— Lili ? J'ignorais qu'elle allait passer.

— Elle t'a attendu ce qu'elle a pu, mais elle commençait à s'endormir sur mon comptoir, alors elle a préféré rentrer se coucher, m'explique-t-elle en repoussant nerveusement une mèche de cheveux derrière son oreille. Elle m'a dit que tu l'avais engagée pour remplacer Antony, c'est vrai ?

— Pourquoi t'aurait-elle menti, Merveille ? Tout le monde n'est pas frappé du syndrome de Pinocchio, tu sais.

Elle se raidit et les jointures de ses doigts frêles blanchissent tant elle serre fort sa tasse de café.

— Comme moi, tu veux dire...

— Je pense que c'est plus grave que ça chez toi, car on observe plutôt ce syndrome chez les jeunes enfants. Les gamins modifient un peu la vérité afin de se protéger, d'éviter une punition ou tout simplement pour transformer la réalité en un monde imaginaire. Et à la différence des menteurs pathologiques comme toi, leurs mensonges ne sont pas destinés à faire du mal aux autres.

— Je ne t'ai jamais menti, Noah, dit-elle d'une petite voix chevrotante.

— Tu n'as pas de petit copain alors ?

— Non.

— Tu n'as fait pas semblant de ne pas me connaître quand tu m'as croisé en bas de chez toi ?

— Mais non, enfin ! Pourquoi je ferais une chose débile ?

— Et ce matin, tu n'es pas non plus venue chez moi avec Costume chic pour visiter mon loft ?

— Costume Chic ? répète-t-elle, les sourcils froncés.

Son air innocent et son regard perdu ne m'atteignent pas. Je suis trop en colère.

— C'est dans mon appart' qu'il compte t'installer et venir te voir chaque fois qu'il aura envie de tirer un coup ? Je suis désolé de te le dire Merveille, mais des filles comme toi, ce genre de type en ramasse à la pelle. Le parfum des billets de banque est une véritable drogue pour certaines, et les mecs blindés comme lui n'ont qu'à claquer des doigts pour renouveler leur stock de nibards. J'espère que tu en es consciente car aujourd'hui c'est toi, mais demain une autre te remplacera sauf bien sûr si tu te montres particulièrement gentille et inventive avec lui, ce qui d'après moi ne devrait te poser aucun problème.

Elle blêmit. Je me dis que j'ai touché une corde sensible, alors je continue, implacable et en même temps, malheureux à en crever parce que je sais que je suis en train de la perdre.

— Tu crois sincèrement que ce type va te rendre heureuse princesse ? Mais c'est sans doute le cadet de tes soucis. C'est tellement plus simple de se mettre des œillères et pendre ce qu'il y a à prendre avant de trouver un autre pigeon à plumer.

Hors de moi, je freine in extremis le poing que j'allais abattre sur la table. Elle a un geste instinctif de recul qui m'arrache un grognement. Elle ressemble à cet instant à une gamine effrayée. Je lui ai foutu la trouille et malgré l'envie terrible qui me tenaille de la prendre dans mes bras pour la rassurer, je reste immobile. Si je craque, je suis mort ! Elle me fixe avec une expression d'incompréhension qu'on pourrait presque croire sincère et je me contente de la regarder comme si ça pouvait la faire émerger de son mutisme. J'aurais vraiment préféré que cette putain de discussion ait lieu ailleurs que sur son lieu de travail et je m'en veux salement de ne pas l'avoir attendue à l'extérieur. Je m'étais pourtant promis de ne pas m'énerver, mais là…

— Noah, tu… Tu m'as confondu avec Armonie, finit-elle par articuler d'une voix à peine audible.

— Ta sœur imaginaire ? Ah oui, bien sûr. Laisse tomber ! Tu ne veux pas clarifier la situation, OK, c'est ton choix mais ne compte pas sur moi pour rester là à t'entendre débiter toutes tes salades. Tu te sens bien avec lui, tu te sens protégée, à l'abri, eh bien reste avec lui ! Moi, je me tire d'ici avant de faire une putain de connerie.

Je me lève brusquement et enfile mon cuir à la hâte. J'ai urgemment besoin de mettre un maximum de distance entre elle et moi avant de péter les plombs, parce que si ça se produit, les tables risquent de voler dans tous les sens et va y avoir bagarre avec monsieur Wayne. Je plonge la main dans la poche de mon jean et jette un billet sur la table pour régler les cafés. Je m'apprête à tourner les talons lorsqu'elle m'arrête par le bras. Des larmes roulent à présent sur ses joues pâles et ses lèvres tremblent.

— Attends, dit-elle entre deux sanglots.

— Laisse tomber, dis-je en saisissant mon casque.

— Noah, je t'en supplie, écoute-moi. Pourquoi refuses-tu de me croire avec autant d'obstination ? Je te jure sur ce que j'ai de plus cher dans ma vie que j'ai vraiment une sœur jumelle. Elle s'appelle Armonie et elle va se marier à Vérone cet hiver avec celui que tu surnommes Costume Chic. C'est elle que tu croises de temps en temps et qui t'ignore, mais c'est normal puisqu'elle ne te connaît pas. C'est elle aussi qui était chez toi ce matin pour visiter ton appartement que son mec aurait apparemment acheté si j'en crois ce qu'elle m'a dit. Toutes tes réflexions, tes accusations, je ne sais pas comment j'ai pu ne pas faire le rapprochement avec elle. Sans doute parce que nous ne sommes pas très liées, elle et moi, mais si tu avais été un peu plus clair dès le départ, nous n'en serions certainement pas là aujourd'hui. Je ne t'ai jamais menti Noah, je ne suis pas une femme captivée par l'argent comme tu sembles le croire. Je ne me suis jamais moquée de toi... Jamais.

Elle marque une pause et s'essuie les joues du revers de la main. La douleur que je ressens face à son désespoir est si intense qu'elle comprime ma poitrine.

— Et tu sais pourquoi ? continu-t-elle d'une voix étranglée.

J'ai soudain le pressentiment que ce qu'elle s'apprête à me dire va bousiller ma vie parce que jamais je ne l'ai crue plus sincère qu'à cet instant précis. C'est comme si je commençais à chuter du haut d'un avion sans parachute. Je pousse un long soupir et reprends ma place face à elle.

— Je ne t'ai jamais menti simplement parce que je t'aime, m'avoue-t-elle en plongeant ses magnifiques prunelles cobalt au fond de mes yeux. Enfin si, pour être totalement honnête avec toi, je t'ai menti une seule fois, et c'est quand je t'ai dit que je n'étais plus vierge, dit-elle d'une voix morte. Mais si face à toi, cette nuit-là, je me suis sentie honteuse et anormale, la virginité a toujours représenté pour moi un véritable défi face à la société hypersexualisée qu'est la nôtre. Je la perdrai certainement avant le mariage, mais je ne l'offrirai jamais à un homme qui ne m'aime pas, qu'il brasse ou pas des centaines de milliers d'euros.

Premier palier. Manque d'oxygène.

— Ça fait des mois que j'espère un signe d'encouragement de toi et tout ce que tu as su me proposer, c'est une nuit de baise. Voilà, je l'ai dite ma vérité, et tant pis pour moi si je suis tombée amoureuse d'un idiot qui ne sait même pas me différencier de ma peste de frangine ! Pourtant, si tu savais à quel point nous sommes différentes, souffle-t-elle, une nouvelle rivière de larmes déferlant sur ses joues.

Deuxième palier. Suffocation.

Elle sort alors de sa poche un petit portefeuille aux couleurs pastel et en sort une photo qu'elle pose sur la table face tournée vers le bas, avant de se lever pour rejoindre le bar. Je la vois dire deux ou trois mots à Batman, puis elle disparaît derrière une porte. J'hésite quelques secondes à retourner la photo parce qu'au fond de moi, je sais ce qu'elle va révéler. La vie m'a appris que nous sommes constitués d'une addition d'expériences qui nous conduisent parfois là où on ne voulait pas forcément se trouver et ce soir, c'est précisément le cas pour moi. À cet instant, je donnerais n'importe quoi pour repartir une heure en arrière. Le cœur en déroute, je prends une profonde inspiration et retourne la photo. Bordel ! Elles sont indifférenciables physiquement et aujourd'hui, j'ai appris à mes dépens que leur ressemblance s'arrête là.

Troisième palier. Asphyxie.

16
Merveille

Hier soir, Noah a réduit tous mes espoirs le concernant en cendres et après avoir passé toute la nuit à pleurer toutes les larmes de mon corps, ce matin je me découvre plus déterminée que jamais à lui faire comprendre que puisqu'il n'a pas voulu de moi, d'autres amours sont à vivre ailleurs. J'en ai assez que mon idéalisme me rende si malheureuse. S'il ne veut pas de moi, eh bien soit ! Mais lui et moi avons signé un contrat et j'entends bien ne pas le résilier avant d'avoir obtenu mon fichu permis.

Après m'être douchée et habillée, je m'installe sur mon lit avec mon téléphone portable et envoie un message à Armonie pour lui demander si elle serait libre pour déjeuner avec moi. Je n'ai pas oublié ce que m'a hurlé Noah au sujet d'Alessandro et les recherches que j'ai menées sur internet sont bien loin de me tranquilliser. Partout, Alessandro est décrit comme un séducteur patenté qui multiplie les conquêtes, et pas des moindres ai-je pu observer en reconnaissant certains noms du monde de l'audiovisuel. Je n'y connais peut-être pas grand-chose aux hommes, mais je n'ignore pas que les séducteurs ne sont pas du genre à faire de l'amour d'une femme leur seule source de bonheur et que leur conquête du moment n'est qu'une parmi tant d'autres. Armonie est ce qu'elle est, mais malgré tout, elle reste ma sœur et je ne voudrais pas qu'elle souffre. Cela dit, rien ne prouve qu'Alessandro n'ait pas eu un véritable coup de foudre pour elle. Il lui a tout de même offert un fabuleux diamant.

Dans le bus qui m'emmène à l'auto-école, je continue inlassablement à me répéter que je ne dois plus laisser mon attirance pour Noah me dominer. J'ai les mains moites et ce n'est dû ni à la chaleur étouffante qui règne dans le bus, ni au soleil qui brille de mille feux dans le ciel. Je n'arrête pas de me demander quelle va être sa réaction lorsqu'il me verra débarquer. Je lui ai quand même avoué mon amour et raconté dans la foulée que je suis toujours vierge et il ne s'attend certainement pas à me voir aujourd'hui. Mais moi, je n'ai strictement rien à me reprocher, contrairement à lui. J'arrive finalement devant l'auto-école. Sa moto est garée sur le parking à côté d'une de ses voitures. Il doit donc être là. Mon cœur bat si vite que j'en ai la nausée.

Sois plus forte que ça, concentre-toi sur l'essentiel, murmure la petite voix qui me parle du plus profond de mon âme.

Je prends une grande inspiration et pousse la porte d'une main hésitante. Il n'y a personne. L'instant d'après, je vois débouler Lili de la petite salle d'eau attenante au bureau. En me voyant, un sourire étire ses lèvres.

— Salut Raiponce. Tu es pile poil à l'heure pour ta leçon, dit-elle en consultant sa montre. On y va ?

— Comment ça, on y va ? Je ne conduis pas avec Noah aujourd'hui ?

— Noah a décidé de revoir le planning et dorénavant, tu conduiras avec moi, m'apprend-elle de but en blanc en attrapant un trousseau de clés.

J'arque un sourcil. Découvrir que Noah ne souhaite plus assurer mes leçons me reste en travers de la gorge. Je devrais me dire que finalement, c'est mieux comme ça, pourtant ma déception est réelle et décuple mon amertume. Prenant mon courage à deux mains, je demande à Lili la raison de ce changement.

— Il n'y a pas de raison particulière. En tout cas, pas que je sache, dit-elle avec un sourire que je qualifierais presque de provocant et qui a pour effet de me désarçonner. Allez, on y va ma belle.

Ce n'est pas un bon jour pour la conduite. Ce n'est pas un bon jour tout court. L'idée que Noah ait pris la décision de me refourguer à Lili sans prendre la peine de m'en informer au préalable me perturbe et ma concentration sur la route s'en ressent comme jamais auparavant.

Surtout qu'en plus de ça, pendant que je roule, ma nouvelle monitrice ne peut s'empêcher de me parler de lui et je la vois se mordre la lèvre quand je passe une vitesse trop brusquement ou que je freine par à-coups. Elle est même obligée d'intervenir sur la double commande pour m'éviter in extremis de m'engager dans une rue en sens interdit.

— Bon sang Raiponce, t'es miro ou quoi ?! crie-t-elle en pointant son index vers le panneau.

Tout va de travers. D'aussi loin que je m'en souvienne, jamais encore, je n'avais comptabilisé autant de conneries sur un seul parcours. On pourrait presque croire que je prends le volant pour la première fois. De retour sur le parking de l'auto-école, je serre furieusement le frein à main et pousse un soupir d'exaspération.

Lili se tourne vers moi et m'interroge d'un air soucieux :

— Allez Raiponce, c'est quoi le problème au juste ?

— Merde à la fin ! Est-ce si compliqué pour toi de m'appeler par mon prénom ?

Le regard médusé qu'elle me jette me fait immédiatement culpabiliser. J'ai l'impression de lui faire payer ma mauvaise humeur. Mais je ne serais sans doute pas si énervée si elle n'avait pas passé son temps à me rabâcher à quel point elle était heureuse de travailler pour Noah, à quel point il était captivant, sexy, tellement différent de tous les hommes qui l'ont blessée, trompée et aussi de tous ceux qu'elle a quittés par ennui... Elle M'ÉNERVE !!!

— Bon écoute... Merveille. Je vois bien que quelque chose te mine, alors si tu veux qu'on en parle, je suis là.

— La seule chose qui me mine, c'est ce foutu permis. J'ai l'impression que je ne vais jamais y arriver.

Une raison bidon, c'est vrai, mais je me vois mal lui dire qu'elle est en train de marcher sur mes plates-bandes et que ça m'agace prodigieusement. Et puis cette façon qu'elle a de vouloir faire amie-amie avec moi... Compte dessus et bois de l'eau ma vieille !

— Tout le monde est capable de l'avoir, m'assure-t-elle. Seulement, pour certains, c'est plus compliqué que pour d'autres. On ne choisit pas la vitesse à laquelle on apprend.

— Je crois que mon véritable problème, c'est le stress.

Elle me fixe du regard et secoue doucement la tête, un étrange sourire au coin des lèvres.

— Le stress, tu dis ? Eh bien permets-moi de te dire que ce n'est pas le stress qui t'a fait vouloir emprunter cette rue en sens interdit. C'est ton manque de concentration et rien d'autre. Tu étais ailleurs durant toute la leçon et par pitié, ne me dis pas que c'est faux, parce que je ne suis pas stupide. D'où la question que je t'ai posée ; quel est ton problème exactement ? C'est ton petit copain qui te fait la misère ?

— Je n'ai pas de petit copain.

— Tu veux essayer de me faire croire qu'une jolie fille comme toi est seule ?

Décidément ! Mon célibat semble surprendre tout le monde.

— Tu sais Lili, je ne suis pas la seule nana sur terre à ne pas avoir de mec.

— Évidemment que non, mais généralement ce sont surtout les moches qui galèrent à trouver un petit ami, pas les belles filles comme toi, rit-elle. Ne me dis pas que tu ne te fais jamais draguer.

— Bien sûr que si, seulement vois-tu, les gros lourdingues aux méthodes de drague douteuses, franchement, non merci ! Et je ne pense pas que toutes les filles seules le soient parce qu'elles sont laides, le célibat est un choix pour beaucoup d'entre elles et mûrement consenti, ça n'a rien d'une défaite contrairement à ce que tu sembles croire.

— Eh ben pardon, mais moi, je trouve ça bien triste. Depuis ma première relation amoureuse, à 15 ans, je ne suis jamais restée seule.

— Combien de fois es-tu tombée amoureuse ?

Elle se marre.

— Tu sais ma belle, aujourd'hui, les relations sexuelles n'impliquent plus nécessairement de l'amour entre deux personnes. Bien sûr, je suis plus heureuse quand je suis amoureuse, mais ne pas avoir d'homme régulier dans ma vie ne m'empêche pas d'avoir de belles histoires.

Je vois, je vois... Elle est du genre à papillonner, tester, explorer et quand ça matche, elle bondit en avant.

— Et en ce moment, tu as quelqu'un dans ta vie ?
— J'avais… J'ai rompu il y a quelques semaines, m'explique-t-elle sans émotion, mais je ne compte pas rester seule très longtemps. J'ai déjà quelqu'un en vue. Noah, justement.

Je m'en doutais, pourtant sa confession m'atteint en plein cœur. Mon ventre se crispe.

— Et il est au courant de ton intérêt pour lui ?
— Disons que je ne lui ai pas caché qu'il me plaisait. Après tout, il n'y a absolument rien de mal à ce qu'une fille fasse les premiers pas, tu ne penses pas ?
— Euh… Je suppose que non, mais je pense que dans une relation, quelle qu'elle soit, il n'est pas bon de forcer les choses. Si Noah t'intéresse, tu devrais peut-être lui laisser le temps d'envisager quelque chose avec toi, non ?
— Oh non ma belle, s'esclaffe-t-elle. La seule chose à faire avec un mec qui nous plaît, c'est de lui faire expressément comprendre qu'on est open. Il faut rayonner de disponibilité. Les hommes aiment le sexe, les femmes qui n'ont pas peur de se dévoiler, qui montrent leurs désirs en les surprenant. Je ne pense pas que Noah fasse exception à la règle et je compte bien lui faire tourner la tête.

Mon sang ne fait qu'un tour lorsque j'imagine leurs corps enlacés. C'en est trop ! J'efface l'horrible image d'un battement de cils et mes doigts s'agrippent à la poignée de la portière. Je ne compte pas m'infliger plus de souffrance en l'écoutant me parler de son projet de séduction. Je suis convaincue qu'elle fera tout ce qu'il faut pour arriver à ses fins et elle en a les moyens. Non seulement elle est jolie, mais en plus, elle n'a pas froid aux yeux, et pour elle, la distinction entre l'amour et le sexe ne semble pas être d'une réelle importance. Nul doute que Noah a dû s'en rendre compte lui aussi.

— Je dois y aller, balbutié-je en poussant la porte de la voiture.
— Bon d'accord, mais on se voit demain pour une autre leçon, ok ?

Je lui fais un signe de la main en guise de réponse. Pour rentrer, je décide de ne pas attendre le bus et préfère marcher. Les huit kilomètres qui me séparent de chez moi me permettront peut-être d'évacuer le dégoût que je ressens. J'ai beau me répéter qu'après la façon injuste dont il m'a traitée hier soir, Noah ne mérite que mon indifférence, l'idée qu'il puisse craquer pour Lili me démoralise. Et je m'en veux ! Oh oui, je m'en veux terriblement d'être incapable de le détester, de le zapper de ma vie comme il me zappe de la sienne. Même après avoir vu la photo de ma jumelle, il n'a pas daigné s'excuser de m'avoir si mal jugée. Je suis toujours plongée dans mes tristes pensées quand la sonnerie de mon téléphone m'annonce l'arrivée d'un SMS. Il est envoyé par Armonie.

« *Salut frangine. Je suis très surprise de ton invitation à déjeuner. Pour te dire la vérité, je suis même très intriguée. Je te propose de me rejoindre vers 13 heures à la Table des Insolents. Je sais que tu vas me dire que la carte est hors de prix, mais ne te fais pas de souci, c'est moi qui régale. À tout à l'heure.* »

Je lui réponds un bref OK et reprends ma marche d'un pas pressé, comme si en marchant vite, je pouvais semer en route les émotions qui obscurcissent mes pensées et empoisonnent mon existence. Arrivée chez moi, je suis carrément en nage et mes idées ne sont pas plus claires. J'éprouve même un désarroi total. Je fonce prendre une douche, puis me rends au métro le plus proche pour aller retrouver ma jumelle.

La Table des Insolents est un restaurant où se retrouvent hommes et femmes d'affaires. L'hôtesse qui me reçoit affiche un sourire courtois.

— Quelque chose ne va pas avec votre table, mademoiselle Delorme ? me demande-t-elle d'un air confus.

— Je pense que vous devez me confondre avec ma sœur jumelle, Armonie. Elle doit m'attendre.

— Oh mais quelle incroyable ressemblance ! s'exclame-t-elle en me dévisageant avec une curiosité à peine voilée. Effectivement, votre sœur est déjà là, suivez-moi.

Lorsque j'aperçois Armonie, je comprends d'autant plus l'étonnement de la jeune hôtesse. Nous sommes toutes les deux vêtues de blanc et avec nos longs cheveux laissés libres, nous ressemblons à deux clones. Mais à l'inverse à moi, ma sœur vit sans compter et évolue à un rythme infernal, sans barrières. Cela explique-t-il qu'elle soit plus épanouie que moi ?

— L'une de nous devrait peut-être songer à raccourcir un peu sa crinière pour qu'on puisse enfin nous distinguer l'une de l'autre, dis-je en m'asseyant en face d'elle, gênée par les coups d'œil furtifs des clients du restaurant.

— J'ai coupé quelques centimètres au cas où tu ne l'aurais pas remarqué, mais contrairement à toi, je trouve follement amusant qu'on nous confonde, glousse-t-elle en dépliant sa serviette sur ses genoux.

Je pousse un soupir d'exaspération. Cette ressemblance, j'avoue que parfois, je m'en passerais volontiers.

— Regarde comme les hommes nous contemplent, sœurette, poursuit-elle, rieuse. À ton avis, combien d'entre eux rêvent d'avoir des sœurs jumelles dans leur lit ?

— Oh mais tais-toi donc, c'est dégueulasse !

— Ah oui, j'oubliais à quel point ma chère sœur est prude, se marre-t-elle en saisissant la carte des menus.

Après avoir passé notre commande, Armonie croise ses mains sur la table et me demande ce que j'ai de si important à lui dire. Je prends une profonde inspiration et vide mon sac. Je lui expose mes doutes sur le sérieux de son futur mari et la raison qui m'a poussée à partir à la pêche aux renseignements sur internet ; ma relation avec Noah. Elle m'écoute attentivement, entre l'entrée et le plat de résistance, sans montrer la moindre émotion, sans s'énerver comme je l'avais redouté. Je suis incapable d'avaler quoi que ce soit, contrairement à elle qui dévore avec un appétit qui me surprend. J'arrive enfin au bout de mon exposé, l'émotionnel en vrac, et tout ce qu'elle trouve à me dire en s'essuyant le coin des lèvres avec sa serviette, c'est :

— Oh toi, tu ne vas plus rester vierge très longtemps !

— Mais enfin, je...

— Mais enfin, tu quoi ? me coupe-t-elle subitement. Pas besoin d'avoir un diplôme en psychologie pour comprendre que ton Noah est raide dingue de toi, et j'imagine à quel point toute cette histoire doit être déplaisante pour lui.

— S'il était dingue de moi, comme tu le supposes, il ne se serait jamais comporté de cette façon.

— Mais tu ne souffrirais pas, toi, si tu apprenais qu'il couchait avec une autre ?

— Parce que tu crois sans doute qu'il se gêne ? Et puis en plus de ça, ce matin il m'a collé dans les pattes de la nouvelle monitrice, alors que c'est toujours lui qui assure mes leçons depuis le tout-début. S'il m'aimait tant que ça, il aurait cherché à me voir, au moins pour s'excuser. Au lieu de ça, il m'a refilé à Lili et je ne lui donne pas deux jours avant qu'elle réussisse à le coller dans son plumard.

— Il ne faut jamais tirer des conclusions trop hâtives, sœurette. Il arrive parfois qu'on aime mal, d'un amour qui fait plus de dégâts que de bien, m'explique-t-elle avec un sérieux qui me fait froncer les sourcils. Mon dieu, je comprends tellement mieux sa réaction le jour où je me suis présentée chez lui avec Alessandro et l'agent immobilier. Et à ce propos, son loft est une pure merveille, tu devrais voir ça ! Je me demande bien ce qui le pousse à se débarrasser d'un tel bijou. Enfin bref... Tu te rends compte, il a cru que sa bien-aimée allait s'installer là avec un autre... ou pour le plaisir d'un autre, glousse-t-elle en levant les yeux au ciel. Quel enfer il a dû vivre ce jour-là, ton Noah.

— Par sa faute ! Il n'avait qu'à me parler au lieu de faire les questions et les réponses !

— Bon, même si sa réaction n'était pas appropriée, il a réagi Merveille et crois-en mon expérience, ça, c'est une preuve.

— Je m'étonne que tu prennes sa défense quand on sait ce qu'il pense de ton futur mari et de ses conquêtes.

— Oh tu sais, peu m'importe ce que les gens pensent du couple que je forme avec Alessandro, sourit-elle. Nous avons tous la possibilité de rendre notre vie intéressante ou pas. J'ai choisi la mienne en toute conscience et j'assume chacun de mes choix.

— Mais ça ne t'ennuie donc pas que ton futur mari soit le genre de mec à sauter sur tout ce qui bouge ?

— D'abord, il ne saute pas sur tout ce qui bouge, mais uniquement sur les belles nanas dans mon genre, plaisante-t-elle, et si tu me connaissais mieux, tu saurais que ce n'est pas aux vieux singes qu'on apprend à faire la grimace. Alessandro est un sérial séducteur, c'est vrai, et tout ce que tu as pu lire à son sujet n'est sans doute pas très loin de la vérité. Les hommes comme lui cherchent la femme parfaite, qui au même titre que le prince charmant que tu espères, n'existe pas. Le problème, c'est qu'une fois qu'ils pensent l'avoir trouvée, ils découvrent rapidement qu'elle n'était parfaite à leurs yeux que tant qu'elle n'avait pas été conquise. Mais moi, je sais précisément ce dont Alessandro a besoin et je sais parfaitement ce que je dois faire pour le retenir.

— Tu l'aimes un peu au moins ?

— Il est gentil, attentionné, et c'est un parfait gentleman mais si tu veux la vérité, quand il n'est pas avec moi, il ne me manque pas. Tu sais frangine, la passion c'est beau, et je ne peux que te conseiller de vivre ce genre de relation avec Noah, mais tu dois apprendre à rester indépendante, à ne pas vivre pour et à travers lui. Sinon, c'est la merde.

Je la regarde sans savoir quoi répondre. Certains aiment avec le cœur, comme moi qui rêve d'un amour authentique, d'autres aiment avec leur tête et Armonie fait incontestablement partie de la seconde catégorie. Ce qui est réellement important dans la relation qu'elle entretient avec Alessandro est sans doute qu'ils y trouvent chacun leur compte. Moi en tout cas, je sais que je ne pourrais jamais concevoir l'amour de cette façon. Je m'apprête à prendre congé quand Armonie m'arrête par le bras.

— La vie n'est pas un conte de fée Merveille, dit-elle en plongeant ses prunelles au fond des miennes, et espérer vivre un amour passionnel qui dure toujours, c'est vivre dans la peur constante de le perdre à chaque instant. Je sais très bien ce que tu penses de ma façon de gérer ma vie sentimentale, mais je t'en prie, essaie de te rappeler ce que je viens de te dire. Tu sais, je ne dis pas seulement que des conneries.

17
Noah

En arrivant à l'auto-école, après une balade à moto un peu sportive, je tombe sur Lili qui revient de sa pause-déjeuner.

— Hey, salut patron, ça boume ? me lance-t-elle, tout sourire.

— Disons que j'ai hâte que cette journée se termine.

— Tu ne te sens pas bien ?

— J'ai mal dormi et je ne me sens pas au top aujourd'hui.

— Une bonne nuit de sommeil et demain, tu auras retrouvé la forme. Au fait, je pensais te voir au Boomer hier soir. Raiponce m'a dit que tu allais y passer, alors j'ai attendu un peu, mais malheureusement, pas de Noah.

— Tu venais de partir lorsque je suis arrivé là-bas.

— Quel dommage, on aurait pu passer une bonne soirée, glousse-t-elle en me balançant un de ses fameux regards sans équivoque.

Sans relever l'allusion, je m'installe derrière mon bureau et fais mine de consulter le planning. Une question me taraude depuis le début de la journée et malgré mes efforts pour la contenir, elle finit malgré tout par passer la barrière de mes lèvres.

— Au fait, comment ça s'est passé avec Merveille ?

Lili s'accoude au bureau et me dévisage, une vague lueur amusée dans les yeux avant de répondre :

— Eh bien, princesse Raiponce m'a enchaîné connerie sur connerie. Elle n'avait pas l'air pas dans son assiette ce matin.

— Ah bon ?

— Ben c'est ce que j'en ai déduit, mais sinon, elle se débrouille. Tu devrais l'inscrire pour l'exam'. Ça fait trop longtemps que ça traine, tu ne crois pas ?

— Tu la sens prête ?

— Elle peut y arriver si elle se concentre uniquement sur sa conduite le jour J.

— Bon alors c'est vendu. On l'inscrit. Sinon, elle n'a pas été trop surprise que ce soit toi qui assures sa leçon ?

Elle secoue la tête en signe de négation et aussitôt, un méchant doute se loge instantanément dans mon crâne. Et si Merveille avait pris la résolution de m'oublier ? À cette idée, mon cœur se serre. Il faut que j'aille lui parler, ne serait-ce que pour m'excuser de l'avoir si mal jugée. Elle a raison quand elle dit que tout ce qui est arrivé est entièrement ma faute. Si je l'avais mise au pied du mur la première fois que je l'ai confondue avec sa jumelle, aujourd'hui, nous n'en serions pas là.

— Elle a semblé ravie de ce changement, poursuit Lili en s'étirant voluptueusement sous mon nez. On s'entend bien toutes les deux, et je pense que nous allons devenir de grandes amies. Du coup, ça serait peut-être mieux que ce soit moi qui assure ses dernières leçons.

Je me sens pris à mon propre piège.

— On dirait que ça t'ennuie, remarque-t-elle.

— Absolument pas. Si tu penses pouvoir faire mieux que moi, alors je t'en prie, ne te gêne pas. L'essentiel, c'est qu'elle ne loupe pas encore une fois son examen.

— Alors c'est parfait, faisons comme ça. Je te garantis qu'elle va l'avoir son permis.

L'arrivée d'un élève clôt la discussion. Quelques secondes plus tard, Lili l'embarque et je me retrouve seul avec mon humeur de dogue. Tout l'après-midi, je passe ma frustration sur les pédales, le volant et les élèves, habitués à ce que je sois plus cool avec eux. Au fond de moi, règne un violent chaos. Ce matin, je n'étais pas encore prêt à affronter ma princesse blonde et je ne sais toujours pas quelle attitude adopter face à elle. Pourtant l'envie de la voir qui m'a tenaillé toute la journée ne cesse d'augmenter et ne m'accorde pas la moindre seconde de répit.

* * *

La journée touche à sa fin et heureusement, car je ne me sens plus le courage pour quoi que ce soit. Je viens de passer les heures les plus noires de toute mon existence. Merveille n'a pas quitté mon esprit une seule seconde. J'aime cette fille depuis que mes yeux se sont posés sur elle et je me suis comporté comme le roi des cons. Pendant des années, je suis resté fermé sur la souffrance que m'a occasionné le départ brutal de Victoire. J'ai voulu gérer et contrôler ma vie affective pour ne plus avoir à souffrir des brûlures de la passion et l'"antidote à ma souffrance a été une consommation sexuelle sans états d'âme. Pas de promesses, pas d'attentes, du coup, pas de déception, ni de crainte de trahison et cette insensibilisation émotionnelle s'est révélée profitable jusqu'à ce que Merveille passe la porte de l'auto-école. En un regard, elle a fait sauter mon armure de protection et si aimer à nouveau, c'est prendre le risque de souffrir encore, je sais que je souffrirai bien davantage si je ne parviens pas à la ramener auprès de moi. Je veux l'aimer, la protéger. Putain, je veux être le prince de son conte de fées, rien de moins. Mes yeux se perdent sur la route et dans notre histoire. Mes pensées partent en vrille. Je revois ses sourires, ses colères, et quand je repense à l'intonation brisée de sa voix lorsqu'elle m'a avoué son amour, aux larmes qu'elle a versées par ma faute, mon cœur se comprime dans ma poitrine et sous l'ordre de mon poignet droit, ma bécane bondit furieusement en avant.

18
Merveille

Ce matin, mon humeur est égale à celle de la veille et de l'avant-veille… Maussade. Il est bientôt huit heures et en m'extirpant de mon lit douillet, j'ai la désagréable sensation que mon corps pèse une tonne. Je suis épuisée, mentalement et physiquement. Heureusement, je suis de repos jusqu'à Lundi et si depuis quelques jours mon travail au Boomer est devenu un palliatif à ma déprime, ce soir, il ne me manquera pas. Je compte bien me coucher tôt et m'obliger à dormir. Après avoir pris une douche et natté mes cheveux, je saute dans un jean, chausse des Converses et enfile le premier tee-shirt qui me tombe sous la main. Demain, je dois rencontrer le futur mari de ma sœur et mes parents ont organisé un dîner en grande pompe pour l'occasion. Du coup, j'ai décidé de m'acheter une nouvelle robe pour ne pas risquer d'entendre ma jumelle critiquer mes choix vestimentaires. Un coup d'œil sur ma montre m'indique que j'ai largement le temps de me dénicher une jolie tenue avant de me rendre à l'auto-école où j'ai rendez-vous avec Lili. C'est fou comme ça m'enchante d'ailleurs ! Lili a beau se montrer gentille avec moi, je ne la sens pas trop, cette fille. Quelque chose me dérange chez elle et ce n'est pas simplement le fait qu'elle cherche à séduire Noah. J'ai encore passé la nuit à penser à lui. Il me manque. Rien, pas même mon amertume ne parvient à l'arracher de mon esprit. J'ai naïvement espéré qu'il pourrait m'aimer, mais comment cela pourrait-il se produire s'il est incapable de donner à quelqu'un quelque chose que lui-même ne veut pas recevoir. Du plaisir et du sexe, pas d'attaches, pas de promesses ! Accommode-toi avec ça… ou pas, Merveille. Ça au moins, il me l'a fait comprendre de façon très claire ! Cupidon m'a décoché une de ses célèbres flèches d'argent, mais plutôt que de me rendre heureuse, sa visée aveugle m'a brisé le cœur. Cet amour restera à sens unique et moi, je voulais tellement que ce soit Noah.

* * *

Cela fait maintenant plus d'une heure que je cours les magasins et je commence sérieusement à désespérer. Pas le moindre coup de cœur, je ne trouve rien à mon goût. Découragée, j'entre cependant dans une énième petite boutique en jurant que ce sera la dernière pour aujourd'hui. Elle ne paye pas de mine, mais elle offre, à ma grande surprise, un remarquable choix de vêtements. Et c'est précisément ici que je déniche enfin la robe dont j'ai besoin ; noire à taille haute, sans manches, elle est évasée et m'arrive à mi-cuisse. En m'observant sous toutes les coutures dans le miroir de la cabine d'essayage, je me dis qu'elle me va comme un gant. Sobre et classe, parfaite, exactement le style de vêtements qu'Armonie adore. Elle ne devrait donc rien trouver à redire. Après avoir réglé mon achat, je me précipite vers la bouche de métro la plus proche. Il me reste à peine vingt minutes pour arriver à l'heure à l'auto-école. Je ne me m'y rends plus avec plaisir depuis que l'espoir qui m'habitait s'est envolé et l'idée de me retrouver coincée avec Lili pendant une heure me démoralise encore plus. Si la date de mon examen n'était pas si proche, je reprendrais mon dossier et j'irais m'inscrire ailleurs.

— Salut Raiponce, me lance-t-elle aussitôt que je franchis le seuil. Pardon, je voulais dire Merveille, se rattrape-t-elle aussitôt.

J'évacue un soupir blasé et affiche un sourire de façade. Je sens que le petit jeu des surnoms l'amuse, mais aujourd'hui, qu'elle prenne un malin plaisir à se moquer gentiment de moi se révèle être le cadet de mes soucis. Noah est absent, comme je m'y attendais. Je ravale ma déception et salue la monitrice.

— Bonjour Lili, comment vas-tu ?

— Je vais bien, merci. Dis donc, tu as une tête de déterrée ce matin, quelque chose ne va pas ?

— Je suis juste un peu fatiguée.

— Dure soirée au Boomer ?

— C'est ça... dure soirée.

— Bon, tu te sens capable de conduire ou bien on annule ?

Je n'ai même pas le temps de répondre qu'elle enchaîne :

— Au fait, je ne veux pas te mettre la pression mais tu devrais prochainement recevoir ta convocation à l'examen de conduite avec la date, l'heure et le lieu de rendez-vous de l'examen.

Mon cœur rate un battement. Une excitation mêlée de peur s'empare de moi. Je me revois soudain derrière le volant, lors du dernier examen, sous l'œil critique de l'inspecteur. Lili m'observe, attendant que je dise quelque chose. La porte s'ouvre soudain derrière moi et lorsque je tourne la tête, mon regard s'échoue dans celui de Noah. Mon cœur s'arrête le temps d'un instant avant de se remettre à battre à un rythme débridé. Un gigantesque flot d'adrénaline déferle dans tout mon corps. Ces yeux anthracite... J'ai l'impression que cela fait une éternité que je ne les ai pas vus. Il semble tout aussi surpris que moi et marque une légère hésitation, mais très vite, il reprend ses esprits.

— Salut Merveille, dit-il en m'offrant un sourire qui fait instantanément palpiter mon cœur encore plus fort.

— Bonjour Noah.

— J'étais en train d'expliquer à Merveille qu'on l'a inscrite en préfecture, intervient Lili en souriant de toutes ses dents.

Noah s'assoit sur un coin du bureau, les bras croisés sur sa poitrine.

— J'espère que cette fois sera la bonne, dit-il.

J'imagine qu'il se sentira soulagé quand j'aurai enfin le St Graal en poche. La présence d'une vierge énamourée dans son sillage ne doit pas particulièrement le ravir et une fois mon permis obtenu, je disparaitrai enfin de son espace. Qu'est-ce qui m'a pris de lui faire cette

confession ? Quelle imbécile ! Pour masquer mon embarras, je prends une grande inspiration et déclare :
— Je crois qu'effectivement, je suis prête.
Il plisse les yeux et penche légèrement sa tête sur le côté.
— Vraiment ? dit-il, un petit sourire narquois au coin des lèvres.
Dans sa question, qu'il adresse plus à la « pucelle » qu'à la candidate au permis, j'entends parfaitement ce qu'il ne dit pas. Les battements de mon pauvre cœur s'accélèrent et je sens mes jambes se transformer en guimauve. Bon sang, si je suis prête ? J'ai carrément envie de lui crier : Mais bordel de merde, qu'est-ce que tu attends ? Tu sais très bien que c'est toi que j'ai choisi ! La voix de Lili me ramène les pieds sur terre, calmant instantanément mes hormones en folie.
— Tu te sens capable de conduire sans moniteur à tes côtés, non ?
— Euh… Oui, je pense être tout-à-fait capable de conduire seule.
— Bon et ben puisque tout est clair, on va pouvoir y aller. On devrait déjà être sur la route, dit-elle en regardant sa montre.
— Elle part avec moi, annonce alors Noah.
De surprise, ma respiration se bloque. Le ton de sa voix a une douceur empoisonnée et mon cerveau active aussitôt le mode alerte.
— Et moi, je fais quoi en attendant ? demande Lili.
— Tu tiens la boutique. On se verra après le déjeuner.
Elle acquiesce en silence, mais tandis que je m'apprête à lui dire au revoir, je vois une lueur tranchante traverser ses prunelles. J'ai plutôt intérêt à l'avoir, mon permis. Je n'éprouve pas la moindre sympathie pour cette fille, alors l'idée qu'elle continue à être ma monitrice ne m'enchante pas le moins du monde.

19
Noah

Je m'installe dans la voiture et glisse mes lunettes noires sur mon nez. Bon sang, j'ai cru rêver en la voyant dans mon bureau. Elle n'était pas inscrite sur le planning, un oubli de Lili certainement. Si j'étais arrivé plus tard de chez Suzuki, nous ne nous serions pas croisés. Une sorte d'euphorie explose dans ma poitrine tandis que la sienne se soulève sous une respiration qu'elle semble avoir du mal à contrôler. Si je ne me retenais pas, je l'embrasserais. Je me damnerais pour la voir s'abandonner à la volupté dans mes bras. Cette idée provoque en moi une telle excitation que je dois faire appel à toute la force de ma volonté pour ne pas risquer de me retrouver dans une position indélicate. Je me demande par où je dois commencer. Lui rendre la photo de sa sœur et lui présenter des excuses serait déjà une bonne chose, mais après ?

— On va où ? demande-t-elle, sans me regarder.

— On va aller prendre un café. J'ai besoin de te parler et je veux que ce soit ailleurs que dans cette voiture.

— Tu veux qu'on le prenne à quel endroit, ce café ?

— Où tu veux, surprends-moi.

Elle me fixe un instant semblant réfléchir, puis démarre et prend la direction de Montmartre, son quartier de prédilection. Je la sens un peu nerveuse, mais sa conduite est souple et fluide.

— Si lundi, tu loupes ton permis, je penserai que tu l'as fait exprès, dis-je en hochant doucement la tête.

— Je ne compte pas le louper.
— Et si par malchance, ça arrivait, tu irais t'inscrire ailleurs ?
— La question ne se pose pas puisque je n'ai pas l'intention de le rater. Je suis fermement décidée à prendre le volant de ma propre voiture.
— Il pleuvait la première fois que tu as mis les pieds dans la mienne pour ta première leçon de conduite, tu t'en souviens ?

Je tourne mon visage vers elle et voit une émotion profonde se peindre sur ses traits. Elle paraît étonnée que je me rappelle ce détail. Si elle savait... Il n'y a rien, la concernant, que j'aie oublié, chaque minute passée avec elle est gravée dans ma mémoire.

— Je suis très surprise que tu te rappelles le temps qu'il faisait ce jour-là, sourit-elle doucement.
— J'ai une excellente mémoire.
— Je vois ça. Moi je me souviens que ce jour-là, tu m'as demandé un nombre incalculable de fois de me détendre.
— Ça me fait mal de le dire, mais c'est peut-être le moniteur qui te rendait nerveuse, tu y as songé ? Ça voudrait dire que je ne te convenais pas.
— Non, tu me conviens parfaitement, Noah. Tu... tu me convenais tout-à-fait, se rattrape-t-elle en rougissant. En aucun cas, tu n'as été responsable de mes précédents échecs au permis.

Nous sommes arrivés dans le rue où elle habite et je fronce les sourcils. La déception s'empare de moi. On dirait bien qu'elle a décidé de se ramener chez elle. Je lui avais demandé de me surprendre, eh bien voilà qui est fait. Elle va sortir de cette bagnole et je ne peux rien faire pour l'en empêcher.

— Je pensais qu'on aurait pu mettre les choses au clair entre nous devant un café, mais si tu penses que ce n'est pas nécessaire, dans ce cas...
— Mon café vaut ce qu'il vaut, et pas grand-chose si on en croit Armonie, mais je t'en offre une tasse avec plaisir. Tu montes avec moi ?

Le soulagement immédiat provoqué par sa question est intense.

— Avec plaisir, mais il faut que tu saches que je ne suis pas un homme facile, plaisanté-je en lui décochant un clin d'œil.

— Ne me dis pas que tu flippes devant une petite pucelle, grimace-t-elle avant d'ouvrir la portière.
— Tu détestes ce mot, n'est-ce pas ?
— C'est un mot comme un autre pour qualifier ce que je suis. Disons seulement que je ne le trouve pas très romantique.
— Et toi, tu l'es…
— Romantique ou pucelle ?
— Les deux.
— Tu connais déjà la réponse, non ?
— Oui, je la connais, je réponds d'une voix éraillé en plantant mon regard dans le sien.
— Je suppose que toi aussi tu te dis que le romantisme est un concept vieillot et ridicule, maintenu au goût du jour par des chocolatiers et des fleuristes pour nous refourguer leur marchandise plus chère le jour de la Saint-Valentin. Sans déconner, se pourrait-il vraiment qu'il n'existe plus aucun mec romantique sur cette planète ?

Je ne sais pas jusqu'où va nous mener cette discussion, mais je ne peux m'empêcher de penser qu'avant de la rencontrer, ça faisait un bail que je ne ressentais plus l'envie de me comporter en gentleman avec une femme. Offrir des fleurs et des chocolats dans une belle boîte enrubannée, on ne peut pas dire que c'était mon truc, pas même au début d'une phase de séduction.

— Je t'en prie, entre et installe-toi, m'invite-t-elle en poussant la porte de son appartement. Pendant que tu continues à réfléchir à ma question, je vais nous faire du café.
— C'est charmant chez toi, dis-je en découvrant son univers empreint de douceur.

La décoration lui ressemble. Féminine et romantique. Le sol est recouvert d'un parquet d'époque un peu grinçant. Le salon, très cosy, s'ouvre sur une petite cuisine aux meubles patinés et blanchis, comme usés par le temps. Partout, des bougies et bouquets de fleurs séchées. Je m'installe sur le canapé et mon regard s'immobilise sur une porte blanche et moulurée. Je me dis que ce doit être sa chambre et je l'imagine ornée d'une literie fine en dentelle, de coussins aux couleurs douces et d'une belle coiffeuse blanche.

— C'est petit, mais ça me suffit, dit-elle en posant un plateau contenant deux tasses de café sur une très ancienne malle de voyage faisant office de table basse.

— C'est très chaleureux, un vrai petit cocon. Au fait, pendant que j'y pense je voudrais te rendre ta photo, dis-je en la lui tendant.

Elle la saisit et la fixe un instant.

— Convaincu… ou pas ?

— Désolé surtout. Pourquoi est-ce que tu ne m'as jamais parlé de ta sœur ?

— Je ne m'entends pas très bien avec elle, et ce depuis l'adolescence. Nous sommes deux branches d'un même arbre, mais diamétralement opposées. On ne voit pas les choses de la même façon et on n'envisage pas la vie de la même manière alors fatalement, les rares fois où nous sommes réunies, ça tourne à la confrontation. Petites, nous nous considérions comme un tout, et puis nous avons commencé à développer notre propre personnalité et c'est là que les choses ont changé.

— Je vois… Et donc, parce que vous avez des idées différentes sur la manière d'appréhender la vie, tu as décidé de ne pas parler d'elle.

— Je te l'ai dit, nous ne sommes pas très liées et je n'ai pas grand-chose à en dire.

Tenant sa tasse à deux mains, elle semble soudain si absorbée par son contenu que même ses cils en oublient de battre.

— Tu te fais du souci pour elle, n'est-ce pas ? je demande doucement.

— Un peu, c'est vrai.

— C'est à cause de ce mariage ? Armonie semblait pourtant très heureuse quand elle est venue chez moi avec Bennelli.

— Je voudrais pouvoir me dire que c'est un véritable coup de foudre qui l'a précipitée dans une course à l'engagement, mais…

Elle a un petit mouvement d'épaule et pousse un énième soupir.

— Mais la réalité est tout autre, dis-je en pensant à ma propre expérience.

— Malheureusement, oui. Ma sœur n'est attirée que par des hommes influents qui peuvent l'introduire dans les hautes sphères sociales et elle a trouvé son bonheur en la personne d'Alessandro Bennelli. Elle ne va pas s'unir à lui par amour mais par intérêt, et j'ai beaucoup de mal à l'admettre. Je préfère ne jamais me marier plutôt que d'épouser un homme que je n'aimerais pas du plus profond de mon cœur.

Je sens bien que la décision de sa sœur la bouleverse. Sa réaction m'en apprend beaucoup sur sa personnalité. Je l'observe un instant, détaillant chaque parcelle de son visage. Sa sœur lui ressemble à s'y méprendre, pourtant l'une est un ange et l'autre un démon. Bien que la métaphore soit sans doute un peu forte pour qualifier Armonie, il n'en reste pas moins qu'elle est à ranger dans la même case que Victoire. Je me demande d'ailleurs si celle-ci a fini par prendre conscience que le bonheur ne se résume pas à la réussite sociale et au fric ou si elle continue habilement à pratiquer les faux-semblants.

— Bon allez, je te propose d'oublier un peu ta sœur. Si tu me parlais plutôt de toi ?

— Je ne vois pas trop ce que je pourrais encore te dire à mon sujet que tu ne saches déjà. Tu connais mon nom, mon âge, le métier que j'exerce… Je t'ai même confié des choses plutôt embarrassantes.

— Eh ben justement, je serais d'avis qu'on en parle de ces choses embarrassantes. Pour avancer, il faut passer du point mort à la première, c'est comme ça que ça marche, non ?

— Sérieusement Noah, tu ne crois pas que si on est ici, tous les deux, c'est qu'on a déjà enclenché la seconde ? réplique-t-elle avec une assurance nouvelle.

Surprenante Merveille.

— Qu'est-ce que tu attends de moi exactement, princesse ?

— Une réaction, un encouragement, que tu te décides à passer la troisième ! Je n'en sais rien moi ! Si tu es monté chez moi uniquement pour me rendre cette fichue photo, tu aurais très bien pu le faire à l'auto-école ou même ailleurs. Alors, sois franc avec moi Noah, pourquoi es-tu là ?

Ses yeux brillent d'une lueur de défi. Mon cœur explose dans ma poitrine. Sa force, sa douceur, sa naïveté ont raison de moi. Je ressens soudain le besoin impérieux de la sentir tout contre moi, de la caresser, la déguster tendrement, goûter la plus infime partie de son corps. Je ne me rappelle plus la dernière fois où j'ai été en proie à une telle excitation. Je n'ai qu'une envie, lui arracher ses vêtements pour la prendre sur-le-champ ! Putain, c'est violent !

— Tu as réellement besoin de réfléchir ?

Sa question me fait sourire.

— Je me demandais juste si tu m'obligerais à t'épouser si je t'emportais dans ta chambre pour te voler ta précieuse virginité, je réponds, avec tout le sérieux dont je me sens capable compte tenu de l'euphorie qui me gagne à l'idée qu'elle soit bientôt mienne.

Ses yeux deviennent des fentes, mais sans lui laisser le temps de répliquer, j'attrape sa main et en moins de temps qu'il n'en faut pour le dire, elle se retrouve dans mes bras. Ma bouche est déjà sur la sienne, impatiente de goûter à ses lèvres. Leur douceur éveille en moi un nouvel élan de désir qui m'arrache un grognement. Je la dévore avec une fébrilité animale, ma langue cherchant la sienne sans relâche. Un frisson me parcourt les reins, intense et brûlant, attisé par mon envie de la posséder mais ma conscience me rappelle subitement à l'ordre. Elle est vierge bordel, tâche de t'en souvenir ! Je presse mes lèvres sur ses cheveux et la repousse délicatement. Je veux que sa première fois soit parfaite, je veux qu'elle s'en rappelle comme quelque chose d'unique et merveilleux.

— Je suis désolée princesse, mais je dois partir.

— Quoi ? Tu comptes vraiment me laisser comme ça, avec ma p'tite culotte toute mouillée ?

Sa réplique, teintée d'impatience m'arrache un rire et manque de donner le coup de grâce à mes bonnes intentions.

— Malgré mon envie de vérifier ça par moi-même, je vais devoir y aller quand même, oui. J'ai quelque chose d'important à faire et je ne peux pas remettre à plus tard. Tu travailles ce soir ?

— Non, je suis de repos jusqu'à lundi.

— Ça te dirait de dîner avec moi ?

— Est-ce que je peux considérer ton invitation comme le premier rendez-vous de deux personnes qui envisagent une vraie relation ?

— Question à deux balles, soupiré-je en secouant lentement la tête.

Son visage s'illumine et se fend d'un large sourire.

— Alors ça veut dire que tu m'aimes un peu, dit-elle en penchant sa tête sur le côté.

— Je suis amoureux de toi depuis le jour où tu t'es pointée à mon bureau.

— Tu te moques de moi, c'est ça, hein ?

— Non, je suis sincère. Tu ne me crois pas ?

Elle semble perplexe. Pourtant, si elle savait…

— Si Antony était encore de ce monde, il t'aurait dit que ça fait des mois que tu me rends dingue.

— Et toi, tu ne me le dis qu'aujourd'hui ? grogne-t-elle. Mais enfin pourquoi ?

— C'est une longue histoire, nous en reparlerons plus tard. Rejoins-moi à l'auto-école vers 20 heures. Nous dinerons chez moi, comme ça tu pourras découvrir la future demeure de ta sœur.

— J'ai hâte de voir ce fabuleux loft dont elle m'a parlé, mais ce qui me plait le plus, c'est de découvrir l'endroit où tu vis, sourit-elle.

— Plus pour très longtemps.

— Je m'en fous.

Je pousse un soupir et l'attire contre moi. L'idée de devoir la laisser me sape le moral comme jamais, et je sens que l'après-midi risque de s'étirer en longueur. J'ai rêvé d'elle pendant un an alors qu'elle était là… faite pour moi. Ses mains glissent lentement le long de mes épaules et elle se met sur la pointe des pieds pour nouer ses bras autour de mon cou. Mon cœur s'emballe à mach 10 et passe le mur du son quand ses lèvres soyeuses se posent sur les miennes. Putain que c'est bon ! Jamais encore, je n'avais connu une femme capable d'embraser mes sens avec une telle violence. Pas même Victoire, en fin de compte. Dieu comme je l'aime. Ce soir, je te ferai mienne, ma douce princesse. En regagnant ma voiture, je me dis que j'aurais peut-être dû lui proposer de m'accompagner sur la tombe d'Antony, mais je n'ai pas envie de voir s'effacer de son visage son merveilleux sourire.

20
Merveille

Il vient à peine de partir que déjà il me manque. Je l'ai vu sourire avant que sa bouche s'écrase sur la mienne et les paroles *d'Alex Karev* de *Grey's Anatomy* me reviennent instantanément en mémoire.

« *Pour qu'un baiser soit bon, il faut qu'il signifie quelque chose, il faut qu'il vienne de quelqu'un qu'on ne peut pas se sortir de la tête et de cette façon, au moment où les lèvres se touchent, on le ressent partout. Un baiser si torride et si fort qu'on ne voudrait jamais reprendre sa respiration.* »

Je n'avais encore jamais rien ressenti de comparable. En deux heures de temps, ma vie a changé. Noah m'aime et je suis la fille la plus heureuse de la terre. Je suffoque presque sous le poids de son aveu. Mon cœur bat tellement fort qu'il me fait mal. Je veux découvrir l'amour avec lui, passer le reste de ma vie avec lui, le voir se réveiller chaque matin et lui dire « bonjour, mon amour », rire avec lui, tout partager avec lui. Je sais que je ne serai plus jamais la même après notre rendez-vous de ce soir, mais je n'ai aucune appréhension. Je sais qu'il se montrera doux et patient. J'ai le cœur si léger que j'ai envie de crier sur les toits ô combien la vie est belle.

Après avoir mis un peu d'ordre dans ma cuisine, emportée par un tourbillon d'énergie positive, je décide d'appeler mes parents. Depuis le temps qu'ils espèrent m'entendre leur annoncer que j'ai rencontré le prince charmant. C'est ma mère qui décroche.

— Bonjour ma chérie, comment vas-tu ?
— Très bien maman. Je ne me suis même jamais sentie aussi heureuse de toute ma vie.

Je n'ai pas besoin de la voir pour savoir qu'elle sourit.

— Quand une fille annonce ça à sa mère, c'est qu'il y a un homme là-dessous, rit-elle. Est-ce que ma Merveille aurait enfin rencontré l'homme de ses rêves ?
— Ouaip. Comme quoi, tout arrive.
— Je suis très heureuse pour toi, ma puce, si tu es sûre de ton choix.
— Je n'ai jamais été plus certaine de quelque chose de toute ma vie maman. Noah est celui que j'attendais.
— Dans ce cas, que dirais-tu de nous le présenter demain ? Recevoir les amoureux de nos filles le même jour nous comblerait de joie, ton père et moi.

Embarrassée, je réponds :

— Euh… je ne sais pas trop. Tu connais Armonie. Elle risque de penser que je cherche à lui voler la vedette et je ne tiens pas à ce que la soirée finisse en polémique.
— Mais quelle polémique mon ange ? Armonie m'a expliqué que son chéri avait acheté l'appartement de ton Noah, est-ce que c'est vrai ?
— Eh ben dis donc, je vois que les nouvelles vont vite !
— Tu connais ta sœur.

Oh ça, pour la connaître… Quelle commère, bon sang ! Est-ce que je raconte sa vie sur tous les toits, moi !

— Je suppose donc qu'elle t'a également raconté le gros malentendu qu'il y a eu entre Noah et moi, à cause de notre ressemblance.
— Tu supposes bien, mais il faut avouer que vous êtes quasiment identiques toutes les deux.
— Physiquement, sans aucun doute, mais pour le reste… Enfin bref ! J'aurais vraiment préféré te parler de cette histoire moi-même.
— Le principal, c'est que tout se soit arrangé entre Noah et toi. Tout le reste n'a pas d'importance mon ange. Allez, amène-nous ce garçon, qu'on découvre enfin le visage de celui qui fait battre le cœur de notre Merveille. D'après Armonie, il est très beau.

— Oui, il est super canon. Mais pour sa venue, je ne peux rien te promettre, maman. Je dois d'abord en parler avec lui.

— Bon eh bien dans ce cas, appelle-moi demain matin pour me confirmer ou pas sa présence parmi nous, d'accord ?

— Promis.

— Ah au fait, où en es-tu avec ton permis ?

— Je devrais prochainement recevoir ma convocation à l'examen. Et cette fois-ci, je vais l'avoir, je te le promets.

— Je l'espère sincèrement Merveille. Ton père est désespéré, tu sais.

— Oui eh ben, je ne le fais pas exprès ! je réplique, agacée.

Je l'entends pousser un soupir.

— Il serait temps que ce soit toi et non ta sœur qui conduises ta voiture, tu ne crois pas ?

— Bientôt maman, bientôt. Bon allez, je dois raccrocher. On se voit demain. Je t'aime.

— Je t'aime aussi mon ange.

Après avoir raccroché, je peste dix bonnes minutes contre Armonie et je suis en train de me dire que demain, elle va m'entendre lorsque je me souviens soudain que j'ai oublié la petite robe noire que j'ai achetée ce matin à l'auto-école. Forcément ! Je ne m'attendais pas à ce que Noah décide tout à coup de remplacer Lili et ça m'a tellement chamboulée que j'en ai oublié tout le reste. Tempêtant à nouveau, mais cette fois-ci, contre moi-même, je m'empresse d'appeler Noah pour lui demander si par hasard il ne l'aurait pas trouvée. Une première tonalité retentit, puis une seconde. C'est finalement la voix mécanique de la boîte vocale qui me répond. Bon, il doit être avec un élève, je vais donc devoir aller la récupérer moi-même. Je rassemble mes cheveux et confectionne un chignon que je fixe avec des épingles, puis attrape mon sac et claque la porte derrière moi.

Il règne une chaleur d'enfer à l'extérieur. En allant vers l'arrêt de bus, je passe devant ma voiture et je lui promets à voix haute que très bientôt, je l'emmènerai faire une jolie balade. Mon téléphone vibre dans ma poche et en voyant le nom qui s'affiche sur l'écran, je me fends d'un large sourire. C'est Margot, ma best friend. Elle s'est installée en Suisse pour suivre des études supérieures dans une prestigieuse école réputée pour former les futurs managers de l'hôtellerie haut de gamme en Europe et à l'international. Elle travaille tellement pour réussir son master qu'elle n'a quasiment plus le temps de venir me voir. Mais je ne lui en veux pas. Je la comprends tellement. Son diplôme en poche, elle partira exercer ses talents dans un palace de New York : son grand rêve, tandis que moi, je continuerai à croupir derrière le comptoir du Boomer. Voilà ce que c'est quand on n'a pas la bosse des études. Nous bavardons comme des vraies pipelettes jusqu'à ce que j'arrive à l'auto-école qui est… fermée. Je m'y attendais un peu, bien que j'aie espéré le contraire tout le long du trajet. Je tente d'apercevoir le sac contenant ma précieuse robe à travers la porte vitrée, sans succès. Avec tout le passage qu'il y a ici, je prie pour qu'on ne me l'ait pas fauchée. C'est que j'ai galéré, moi, pour la trouver, cette robe ! Je décide d'attendre un peu, mais au bout d'une quinzaine de minutes, je commence à me déshydrater. Je me dirige vers un petit café à l'angle de la rue, quand soudain, je me fige. Un petit groupe est installé en terrasse. Deux femmes et deux hommes, dont Noah sur les genoux duquel est assise Lili, un bras jeté autour de son cou. La stupéfaction l'emporte sur la soif. Noah était supposé travailler…

Ainsi, c'est pour être avec Lili qu'il m'a abandonnée le cœur et le corps en feu ?! Apparemment, « se taper » une vierge amoureuse ne semble pas encore être inscrit à son programme. En revanche, une Lili, ça… Je me sens soudain comme la dernière des connes. Il m'a dit qu'il m'aimait et moi je l'ai cru ! Je sens la colère enfler en moi et je me demande s'il existe un moyen pour que je la laisse éclater sans violence. J'entends le rire peu discret de Lili et la vois plonger sa tête dans le cou de Noah. Il ne la repousse pas et j'ai l'impression de mourir tellement la souffrance me ravage. Je me suis bercée d'illusions. J'ai cru qu'il était différent, qu'il était celui que j'attendais. Conneries ! Armonie a sans doute raison quand elle assure que tous les hommes sont pareils. Incapable de supporter une seconde de plus le petit spectacle qu'ils m'offrent sans le savoir, je fais demi-tour et cours vers le métro. J'ai envie de me coller des gifles, tant ma naïveté m'exaspère. Je suis mortifiée, anéantie. Dans ma course folle, mon chignon se défait et mes cheveux se répandent autour de moi, se collant à mon visage comme une immense toile d'araignée. Mon regard accroche alors l'enseigne d'un salon de coiffure et sans réfléchir, je traverse la rue et en pousse la porte. Une heure plus tard, ils sont si courts que j'ai du mal à me reconnaître.

21
Noah

Il est 20h00. J'arrive de Varennes où je viens de passer deux heures avec les parents d'Antony. Avant d'aller leur rendre visite, je suis passé par le cimetière pour chialer quelques larmes et boire une bière sur la tombe de mon pote. C'est son anniversaire aujourd'hui. Il aurait dû avoir trente ans. Je lui ai parlé longtemps, de tout, de rien mais surtout de Merveille. J'avais besoin de lui dire que la peur de la perdre m'a donné le courage de me jeter à l'eau. Je suis sûr que de là-haut, il doit bien se marrer. Il me manque putain !

Tout à l'heure, en revenant de chez Merveille où j'ai bien failli devenir fou, deux de mes anciens élèves m'attendaient devant l'auto-école pour m'annoncer qu'ils avaient eu leur permis le matin même. Pour fêter ça, nous avons été boire un verre chez Gino et j'en ai profité pour leur présenter ma nouvelle monitrice. Puis j'ai confié la boutique à Lili et j'ai pris la route pour Varennes. Tout l'après-midi, j'ai ressenti le manque de Merveille. Je n'ai pas réussi à la sortir de mes pensées une seule minute, comme si elle y était ancrée à vie. Et là, j'éprouve l'impérieuse nécessité d'être avec elle, de la serrer dans mes bras, l'embrasser et entendre son rire résonner. Avant de l'inviter à dîner, j'aurais peut-être dû faire l'inventaire de mon frigo. Si ça trouve, je n'ai même pas un morceau de fromage présentable à lui proposer. Heureusement, il y a une pizzeria en bas de chez moi ; je me ferai pardonner en lui concoctant un vrai repas une prochaine fois. Vivre seul, ça a des avantages mais aussi des inconvénients, comme par exemple, se retrouver comme un con après avoir invité une fille à manger à la maison quand on n'a pas pensé à faire des courses.

20 heures 30. Toujours pas de Merveille en vue. Légèrement inquiet, je dégaine mon portable et en cherchant son numéro dans ma liste de contacts, je découvre qu'elle a essayé de me joindre une heure environ après que je l'ai quittée en début d'après-midi. Elle n'a pas laissé de message. J'appelle. Ça sonne... jusqu'à ce que j'entende la voix désincarnée de sa boîte vocale. Je me dis qu'elle ne va plus tarder. C'est une fille et d'après ce que j'ai pu observer, elles ont quasiment toutes pour habitude de retourner leur dressing et de multiplier les essayages avant leurs rendez-vous.

22 heures. Ça fait un plus d'une heure maintenant que je la bombarde de SMS et de messages vocaux. Je commence sérieusement à m'inquiéter. Elle a peut-être changé d'avis, effrayée de se retrouver seule avec moi.

22 heures trente. La simple idée qu'il ait pu se passer quelque chose de grave me tord le bide. Il faut que j'aille voir chez elle si tout va bien. J'ai déjà trop attendu ! J'enfile casque et blouson, verrouille la porte et saute sur ma moto en priant le bon dieu et tous ses saints qu'il ne lui soit rien arrivé.

22
Merveille

Je me demande ce qu'il doit penser de moi en ce moment. La soirée s'annonçait prometteuse, mais mon euphorie n'aura duré que quelques heures. Les yeux rivés sur mon portable qui n'a cessé de vibrer, je commence à me dire que snober Noah de la sorte n'est pas la solution à mon problème. Deux possibilités s'offrent à moi : soit je décide de l'oublier et je pleure toutes les larmes de mon corps pendant des semaines, des mois et peut-être même des années, soit je fais confiance à mon instinct qui me dit qu'il doit être « ma première fois » et j'en assume les conséquences. Le match qui s'annonce entre le cœur et la raison me fait bien flipper. Demain, Noah me rangera peut-être dans la même case que ses coups d'un soir, pendant que moi je continuerai à me consumer d'amour. Non, non, et mille fois non, ressaisis-toi Merveille Delorme ! me hurle la petite voix de ma conscience. Ta virginité est un trésor à offrir à un homme qui t'aime d'amour, pas à celui qui te trouve juste bonne à baiser ! Est-il réellement possible que je me sois à ce point trompée sur Noah ? J'ai tellement de mal à me dire qu'il n'était pas sincère quand il m'a dit qu'il m'aimait. Pourtant, lorsque je me suis offerte à lui tout à l'heure, il a préféré s'en aller pour rejoindre Lili. Il n'a même pas eu envie de me sauter. Sans doute a-t-il pensé dans un moment de lucidité que je risquais de m'accrocher à lui. J'aurais préféré qu'il ne me donne pas de faux espoirs, nous ne nous serions pas embrassés et je ne serais pas dans l'état d'indécision où je me trouve actuellement. Le vrombissement d'une moto qui remonte la rue me parvient par la fenêtre ouverte et je pousse un soupir à fendre l'âme. Je me demande où peut être Noah à cette heure-ci, ce qu'il fait et avec qui il le fait. Un peu de réconfort s'impose et pour ces moments-là, la crème glacée Dark Chocolate d'Häagen-Dazs est encore ce que j'ai trouvé de mieux pour parer à la mélancolie. Je m'éjecte du canapé sur lequel je viens de passer la soirée à me morfondre, et au moment où je referme le congélo, le précieux pot de glace à la main, la sonnerie de la porte d'entrée me fait sursauter. À cette heure-ci, ce n'est certainement pas ma sœur qui me rend visite et à part elle... Je pense alors au bruit de la moto que je viens d'entendre et les battements de mon cœur s'accélèrent soudain. À pas feutrés, j'avance vers la porte et colle mon œil au judas pour découvrir sans réelle surprise que mon visiteur tardif n'est autre que Noah. L'expression d'inquiétude qui assombrit son visage me cause un choc et je refreine mon envie de lui ouvrir. Je m'éloigne vers la cuisine sur la pointe des pieds, éteignant au passage toutes les lampes. Il ne doit pas savoir que je suis chez moi. Je ne suis pas prête à l'affronter. Adossée au mur, je tente de calmer les pulsations effrénées de mon cœur. Mon histoire avec lui est loin de prendre la tournure que j'espérais, surtout après notre baiser et il me faut un peu de temps pour digérer cette vérité. Mais de toute façon, quoi que je décide de faire, la souffrance sera au bout du chemin. Ma mère m'a toujours dit que pour que ma première fois soit inoubliable, il fallait que je m'abandonne par amour et avec une totale confiance en l'homme que mon cœur choisira... Eh ben moi, j'aime Noah. Je l'aime même du plus profond de mon âme. J'entends soudain le ronflement de sa moto et je me précipite à l'aveuglette vers la fenêtre, heurtant au passage un vase qui se fracasse sur le parquet. Planquée derrière le rideau, je le vois enfiler son casque et enfourcher sa machine du diable. Les mains croisées sur le réservoir de son monstre d'acier, il s'immobilise un instant, comme s'il réfléchissait et j'ai un mouvement de recul lorsque je le vois lever la tête. L'instant d'après, la moto s'éloigne et je me mets à pleurer sans chercher à contrôler mes larmes.

23
Noah

Qu'est-ce qui a bien pu se passer dans sa tête entre le moment où je l'ai quittée en début d'après-midi et ce soir ? Dépité, je traverse la ville sans vraiment savoir ou je vais. Quand je suis redescendu de chez Merveille, comme par hasard, il n'y avait plus de lumière chez elle alors que toutes ses fenêtres étaient éclairées à mon arrivée. Elle a voulu me faire croire qu'elle n'était pas là. Putain, mais à quoi elle joue ? Pourquoi m'a-t-elle laissé à la porte, comme un chien ? Que signifie ce brutal silence radio ? Elle veut une relation sincère ou une relation basée sur le jeu du chat et de la souris ? Toutes ces questions me rendent marteau. J'ai tellement besoin de décompresser que j'engage ma bécane sur l'autoroute pour pousser les gaz. Le rugissement du moteur fend la nuit, atomisant tout sur son passage. J'enrage, mon pilotage s'en ressent et quand il commence à devenir trop dangereux, je prends la première bretelle de sortie et guide ma furieuse vers mon dortoir. Plus j'approche de chez moi, moins j'ai envie de rentrer. C'en devient même angoissant. L'idée d'aller prendre un verre chez Ozzy me titille quelques secondes. Là-bas, je suis certain de trouver quelques amis avec qui je pourrai déguster une bonne bière. Il faut absolument que je me change les idées. Kate, la barmaid qui officie là-bas, vient directement du Texas et elle est aussi la propriétaire des lieux. C'est une fille au caractère bien trempé que j'apprécie beaucoup, comme son établissement d'ailleurs. Là-bas, la carte des boissons est aussi compréhensible qu'un hiéroglyphe éclairé à la lampe torche, mais l'ambiance chauffe en un rien de temps, les rires fusent et l'alcool coule à flot. Kate et ses deux acolytes, Mia et Helen, serveuses équilibristes et occasionnellement danseuses sur le comptoir du bar, savent parfaitement comment animer une salle. Quand on entre au Ozzy, on a toujours l'impression de se retrouver dans le film *Coyote Girl*. Et c'est exactement le genre d'endroit qu'il me faut pour décompresser un peu.

En arrivant devant le pub, je repère tout de suite deux motos que je connais bien garées le long du trottoir. Je béquille la mienne et entre dans le café surchauffé où la musique country me cueille. Accoudés au comptoir, Jordan et Thomas sont en évidente admiration devant la belle brune aux yeux verts qui mène le bar. En scannant la salle du regard, je remarque sans étonnement qu'ils ne sont pas les seuls. Il faut dire que c'est une sacrée bombe, Kate. Vêtue d'un jean et d'un petit top ultra moulant qui ne cache rien de ses formes pulpeuses, elle agite son shaker dans tous les sens tout en se trémoussant sur *Any man of mine* de *Shania Twain*. Elle le vide ensuite dans deux verres à cocktails que Mia s'empresse d'aller servir. Jordan et Thomas me saluent d'une accolade amicale. Kate pose ses coudes sur le bar, ses mains soutenant sa tête.

— Dis donc, ça faisait un bail que je ne t'avais pas vu, beau gosse, dit-elle avec son accent américain. Tu bois quoi ?

— Ce que tu veux, étonne-moi, je réponds sans pouvoir m'empêcher d'évoquer Merveille.

Elle acquiesce avec un sourire et tandis qu'elle recommence la danse du shaker sous les applaudissements de l'assemblée, je me laisse distraire par la conversation de mes deux amis. Quand un motard rencontre un autre motard, qu'est-ce qu'ils se racontent ? Eh ben oui, des histoires de motards ! Ça passe le temps et je me surprends même à rire deux ou trois fois. Kate pousse devant moi un verre contenant une boisson rose qui me fait arquer les sourcils.

— Ne te fie pas à sa couleur ; en vérité, c'est un cocktail diabolique, rit-elle.

— Tu connais ses talents de mixologiste, se marre Jordan en levant son verre.

Nous trinquons et je suis bluffé par les sensations que m'apporte la première gorgée. Je reconnais immédiatement le goût de la téquila, mais le reste des ingrédients demeurera un mystère car Kate est du genre à garder jalousement ses recettes dans un coin de sa tête. C'est tellement bon que j'en redemande. Jordan et Thomas me proposent de finir la soirée dans une boîte de nuit où ils ont fixé rendez-vous à deux nanas rencontrées plus tôt dans la journée, mais je décline leur invitation.

— Allez mon pote, viens avec nous, insiste Jordan en enfilant son blouson. Tu bosses pas demain, c'est dimanche.

— Une autre fois, les gars. Je n'ai aucune envie de tenir la chandelle si vous voyez ce que je veux dire.

— C'est quoi ce prétexte à la mords-moi-le-nœud ? glousse Thomas. Tu sais bien qu'à peine arrivé, une demi-douzaine de greluches vont te tomber tout droit dans le bec.

L'idée de rentrer pour me morfondre ne m'enchante pas des masses, mais je déteste les discothèques. Dans ce genre d'endroits, on a le choix entre danser, et ce n'est vraiment pas ma tasse de thé, et se poser, mais si on envisage de s'asseoir avec l'intention d'échanger quelques mots sympas avec les autres, il vaut mieux avoir un mégaphone à portée de main. On peut boire aussi, mais pour ma sécurité et celle des autres, je m'interdis formellement de boire plus d'alcool ce soir. Quant à la musique qui y passe, alors là… Je passe encore quelques minutes à essayer de leur faire comprendre gentiment qu'ils ne devront pas compter sur ma présence et les deux lascars finissent enfin par me lâcher la grappe. Me revoilà donc seul avec mes idées noires. Mon regard heurte alors celui d'une fille assise à l'autre extrémité du bar mais l'invitation sans équivoque qui émane de ses yeux trop maquillés me laisse de marbre. Je n'ai pas la tête à baiser. Même pour tenter de me sortir une poupée blonde de la tête.

— Hé darling, ça n'a pas l'air d'aller fort, me balance Kate en posant devant moi un verre de mezcal.

— Disons que j'ai connu des jours meilleurs.
— Tu veux qu'on en parle, j'suis douée pour remonter le moral des gens.
— Le mien est au plus bas, limite flippante.
— Double challenge dans ce cas, sourit-elle. Allez vas-y, raconte-moi la raison de cette grise mine.
— Laisse tomber Kate. Je n'ai pas envie de t'embêter avec mes histoires. Mais merci.

Je pousse un soupir et fait glisser la moitié du contenu de mon verre au fond de mon gosier. Putain, ça déchire ! J'avais oublié que cette boisson, c'est du tonnerre de dieu.

Kate éclate de rire.

— Le mezcal, pur qui plus est, se déguste dans les règles de l'art bébé : c'est-à-dire lentement. Au Mexique, on dit même qu'il ne se boit pas à gorgées mais à baisers, m'explique-t-elle en remplissant une pinte de bière.

— J'essaierai de m'en souvenir.

— Bon allez, maintenant, raconte-moi ce qui te chiffonnes. Y'a une fille là-dessous, n'est-ce-pas ?

— On ne peut rien te cacher. Ça se devine donc tant que ça ?

— Tu sais, à force d'entendre la vie des autres au fil des verres qui se vident, je suis devenue une espèce de psychologue de l'ombre. Allez, lâche-toi, je suis sûre que ça va te soulager et peut-être même que je pourrai te filer quelques conseils. Après tout, je suis une femme, sourit-elle.

Malgré le bruit et la clientèle de plus en plus bruyante, Kate m'écoute avec un intérêt qui me fait du bien. De ma rupture avec Victoire et toute la détresse qui en a découlé à ma rencontre avec celle qui provoque chez moi un tel vague à l'âme, au fur et à mesure que je lui parle, je sens fondre ma détresse et mon cœur si lourd en début de soirée a commencé à s'alléger. Kate pousse un long soupir.

— Et c'est quoi le petit nom de cette jolie vierge ? demande-t-elle avec un sourire dans la voix.

— Elle s'appelle Merveille, elle est barmaid, comme toi.

Kate arque les sourcils.

— You've got to bekidding me ! s'exclame-t-elle en croisant les bras sur sa poitrine.

— Pourquoi je me foutrais de toi, Kate ?

— Ta Merveille, c'est bien la sirène du Boomer ?

— Tu la connais ?

— Je connais presque toutes les barmaids de Paname et une seule s'appelle Merveille. Ses cheveux sont si longs qu'elle pourrait presque s'habiller avec. Je lui ai proposé de rejoindre mon équipe, mais elle a refusé. Pourtant, le salaire que je lui proposais était plus intéressant que ce que lui donne Santorio. Le problème, c'était les horaires. Au Boomer, ils ferment à deux heures contre cinq, chez moi, alors forcément...

— Ça t'est déjà arrivé de croiser sa jumelle ?

— Miss Pète plus haut que son cul ? glousse-t-elle. Oui, ça m'est arrivé. Au Boomer justement. Mais si elles se ressemblent comme deux gouttes d'eau, ne t'y trompe pas Noah, la jumelle est une vraie pétasse.

— J'ai cru comprendre qu'elles sont effectivement très différentes l'une de l'autre.

— Bah comme le jour et la nuit. Heureusement que c'est de la gentille sirène dont tu es amoureux. Merveille est vraiment une chic fille. Je te sers un autre verre ?

— Oh non... J'ai multiplié les verres et le mezcal était déjà de trop. J'aurai même pas dû le siffler.

Sur le chemin du retour, je me sens apaisé. J'ai réalisé que plus on se plante dans nos choix, plus on affine ce que l'on veut vraiment, et ce dont je suis sûr, c'est que Merveille est faite pour moi et que je la veux auprès de moi pour l'éternité. Elle a ajouté de la valeur à mon existence, elle m'a appris qu'un échec amoureux n'est pas la fin du monde, qu'on peut toujours aimer après avoir été brisé, et qu'on peut aimer plus fort encore. Pour elle, je suis prêt pour le pire, tout en espérant le meilleur.

24
Merveille

Je remercie encore une fois Alessandro et Armonie de m'avoir raccompagnée à la maison et claque doucement la porte de la Lexus qui s'éloigne dans la nuit. En poussant la porte de mon appartement, ma première réaction est de balancer mes escarpins dans un coin du salon. J'ai un de ces mal de pieds, bon sang ! Il n'y a rien que je déteste plus que de porter des talons. Dans la salle de bains, je fais passer ma robe par-dessus ma tête et m'observe un instant dans la glace. Ma nouvelle coupe de cheveux a été un véritable choc pour mes parents au contraire d'Armonie qui a semblé apprécier mon nouveau look. Eh bien à partir de maintenant, plus personne ne nous confondra plus, a-t-elle déclaré avant d'ajouter un peu gouailleuse : j'en connais un que ça devrait rassurer.

Mes parents ont été un peu déçus que Noah ne soit pas des nôtres et pour expliquer son absence, j'ai dû inventer un mensonge qui n'aurait même pas convaincu un enfant de maternelle. Je soupire et me glisse sous la douche. Sous le jet d'eau chaude, je repense à ma rencontre avec Alessandro. Waouh… Cet homme possède de la classe à revendre, une instruction parfaite et un charisme comme on en voit peu chez les gens fortunés. C'est simple, je ne l'imaginais pas si captivant. Pendant le repas, nous l'avons écouté nous parler de sa famille, de son travail, de ses réussites mais aussi de quelques-uns de ses échecs professionnels. Il nous a même raconté sa plus grosse honte au lycée et son adolescence difficile en Italie. Alessandro est un homme qui s'est fait tout seul et sa fortune, il ne la doit qu'à sa force de caractère et son travail acharné. Ce soir, nous en avons appris beaucoup à son sujet et mes parents semblaient conquis. Je suis sans doute mal placée pour décrypter les sentiments amoureux, mais si je me fie à ce que j'ai pu observer, il semble très épris d'Armonie. Quant à elle, elle était rayonnante et hyper distinguée, comme à son habitude. S'il n'est pas toujours évident de savoir ce qu'elle pense réellement, dans la cuisine où nous nous sommes retrouvées en tête à tête elle et moi, j'ai vu ses yeux emplis de fierté tandis qu'elle me parlait de son futur mari. De fierté, mais aussi d'autre chose... Et si c'était de l'amour ?

Noah me manque à la folie. J'ai relu cent fois tous ses SMS et réécouté en boucle tous les messages vocaux qu'il a laissés sur mon portable. Je ne sais plus quoi penser. Je sais juste que je l'aime. Armonie m'a encouragée à reprendre contact avec lui. Elle dit que si je ne suis pas certaine de ses sentiments, le mieux est tout simplement de lui demander ce qu'il envisage avec moi, que d'être plus directe m'évitera à tous les coups de passer des nuits entières à cogiter, et que sa réponse débloquera la situation. Elle a peut-être raison... ou pas. Il parait que la nuit porte conseil, et je verrais bien dans quel état d'esprit je serais à mon réveil.

Le lendemain, en ouvrant les volets, j'ai la désagréable surprise de constater qu'il pleut. Je déteste la pluie. Je referme la fenêtre, met la cafetière en marche et file sous la douche. Tandis que je me savonne, la sonnerie de mon téléphone me parvient et mon cœur fait un bond dans ma poitrine. Je pense immédiatement à Noah et j'ai décidé de suivre les conseils d'Armonie, je suis prête à lui parler. Dans ma précipitation pour aller décrocher, mes pieds mouillés glissent sur le carrelage et je pars en arrière en moulinant l'air de mes bras. La chute est brutale et la douleur fulgurante. Groggy, je me redresse laborieusement sur mon séant. Évidemment, j'arrive trop tard pour prendre l'appel mais la personne qui a cherché à me joindre laisse un message et peste doublement en découvrant son identité : Lili. J'espère au moins que ce qu'elle avait à me dire valait la peine que je me fracasse le coccyx, songé-je avec agacement en frottant à deux mains mes fesses douloureuses. L'idée qu'elle ait mis la main sur ma petite robe noire me traverse alors l'esprit et je décide de la rappeler.

— Salut Raip... Merveille, se rattrape-t-elle in extremis. Je crois que j'ai quelque chose qui t'appartient.

— Tu as trouvé ma robe, si je comprends bien. Je vais passer la chercher.

— Mais non tête de linotte, l'auto-école est fermée le lundi. Tu devrais pourtant le savoir... depuis le temps que tu la fréquentes, glousse-t-elle.

Dieu, qu'elle m'agace, cette fille !

— Bon, eh bien je passerai demain, ce n'est pas très urgent de toute façon.

— Tu travailles ce soir ?

— Ouaip.

— Dans ce cas, je viendrai te la rapporter au Boomer. Nous pourrons boire un coup et discuter un peu. Qu'en dis-tu ?

— Si tu veux.

— Cool. On se voit ce soir. Bye.

C'est ça... Bon vent ! Je jette mon portable sur le canapé et retourne sous la douche pour me rincer. Je me rends compte qu'avoir les cheveux courts, c'est super pratique. On gagne un temps précieux... surtout en démêlage. Dans la cuisine, face à ma tasse de café, je passe ensuite quinze bonnes minutes à pousser des soupirs en pensant à Noah. Je n'arrive pas à le sortir de ma tête et mes pensées tournent en rond. Est-ce que si, peut-être que... Tout ce rabâchage de questions sans réponses, de doutes et d'espoirs m'épuise. C'en devient si déprimant que si ça continue, je vais finir par me taper une dépression, ce qui, évidemment, ne fera qu'assombrir un peu plus ma vie. Si j'écoutais Armonie, je devrais carrément demander à Noah s'il envisage sérieusement de rester dans ma vie après, je la cite ; notre première partie de jambes en l'air. Elle a tenté aussi me rassurer en me disant que même les séducteurs les plus coriaces peuvent parfaitement être bouleversés par un tsunami passionnel. Je suppose que ça doit être vrai car à la façon dont Alessandro se comporte avec elle, à sa manière de l'observer, il se pourrait bien qu'il ait été mis KO par ma terrible jumelle. J'éprouve malgré-tout le besoin urgent d'avoir un autre avis et je décide d'appeler Margot. Elle me connaît bien, et saura me conseiller. Je lui envoie un SMS pour lui demander si elle a quelques minutes à m'accorder. Je ne m'attendais pas à ce qu'elle m'appelle aussitôt.

— Présente, dit-elle avec un sourire dans la voix.

— Salut ma belle. Je suis désolée de te déranger, mais j'ai vraiment besoin de tes lumières. Cependant, si tu es trop occupée, mes états d'âme et moi, on peut repasser plus tard.

— Quand bien même je serais occupée, rien ne m'empêcherait de parler à ma meilleure amie, surtout si celle-ci a besoin de moi. Je t'écoute, c'est quoi le problème ? Et prends ton temps ma belle, je t'assure que pour toi, j'ai tout le mien.

Lui confier de vive voix les doutes et les pensées qui m'animent me fait un bien fou.

— Alors, qu'est-ce que tu penses de tout ça ? je conclus, en m'installant en tailleur sur le canapé.

Je l'entends inspirer longuement, puis expirer bruyamment.

— Je pense que Noah et toi souffrez d'un manque évident de communication. Dois-je te rappeler que la qualité des échanges est primordiale dans une relation amoureuse ? Si je me souviens bien, il me semble t'avoir entendu me le répéter un tas de fois. Donc, je t'encourage sérieusement à mettre en pratique tes propres conseils.

— Oui mais...

— Il n'y a pas de mais qui tienne, Merveille. Écoute, je te sais assez intelligente pour réaliser que tu es entrain de reproduire exactement le même schéma que ton Noah. D'abord, c'est lui qui s'est fait tout un film en te confondant avec ta jumelle et il a attendu bêtement de péter un câble pour crever l'abcès. Et voilà qu'à présent, c'est toi qui t'imagines le pire le concernant, et plutôt que de clarifier les choses avec lui, tu préfères rester dans ton coin à ruminer tes incertitudes et à douter de ses sentiments. Va lui parler, bon sang ! Il faut arrêter d'attendre que tout vienne de l'autre, sinon voilà le genre de situation à laquelle on s'expose. Si tu penses que c'est lui, n'attends pas, va chercher la connexion et assure-toi de son bon fonctionnement.

Me voilà bien ! Armonie et Margot sont du même avis. Et à bien y réfléchir, elles ont raison, c'est évident. Après avoir salué leur lucidité, je décide donc d'envoyer un message à Noah. Rester chez moi à me morfondre ne fera pas avancer les choses et on pourrait se retrouver quelque part autour d'un verre pour parler. Je prie pour qu'il ne m'envoie pas bouler ; je lui ai quand même posé un sacré lapin samedi soir. Je m'apprête à taper les premières lettres de mon SMS quand j'en reçois un de lui, m'occasionnant au passage un coup au cœur.

« *Salut Merveille. Un verre chez Gino, ça te branche ?* »

Waouh… si c'est pas de la connexion ça ! J'inspire profondément et réponds :

« *Dans une heure, ça te va ?* »

« *C'est parfait.* »

25
Noah

Je viens de vivre les pires heures de ma vie. Courir, même si cela n'a été qu'une trentaine de minutes, m'a un peu calmé. Heureusement pour elle d'ailleurs ! Si elle avait refusé de me voir, je ne sais pas de quoi j'aurais été capable. Je continue à penser à elle tandis que je me glisse sous la douche, mais j'en sors rapidement, frustré par mes délires érotiques dès que j'imagine nos deux corps nus sous le jet. Je suis au bord du pétage de plombs à chaque fois que je pense à la douceur de ses lèvres, à son corps harmonieux que je rêve de faire mien. J'ai envie de la sentir contre moi, la caresser, la goûter, lui faire des choses complètement folles. Ma princesse blonde est dans tous mes fantasmes, mes pulsions, elle est la seule femme que je désire. J'enfile un tee-shirt, un jean et contemple un instant le bordel monstre qui règne dans mon dressing. Il va falloir que je fasse un sacré tri là-dedans, parce que bientôt, ma chambre sera occupée par d'autres. Et quels autres ! La belle Armonie n'a pas caché qu'elle désirait s'installer le plus rapidement possible et j'ai deux mois à peine pour trouver un endroit où poser tout mon fatras. Au pire, il me restera la solution du garde-meubles. Peu importe, l'essentiel, c'est que je me barre d'ici. Un coup d'œil à ma montre m'indique qu'il est temps d'y aller. Comme je n'ai pas envie de m'enfermer dans une voiture, j'attrape mon casque et claque la porte.

Merveille n'est pas encore arrivée lorsque je stationne mon engin devant chez Gino. Je m'installe à une table de la terrasse, chausse mes lunettes de soleil et commande un Coca. Elle a maintenant dix minutes de retard. OK, c'est pas la mort, mais je ne peux m'empêcher de penser qu'elle a peut-être encore changé d'avis et décidé de ne pas venir au rendez-vous. Il vaudrait mieux pour elle qu'elle vienne cette fois, sinon, je ne réponds plus de rien ! J'aperçois alors une silhouette féminine qui traverse la rue en courant. La fille porte un sweat-shirt (un peu trop large pour elle) et son short dévoile une jolie paire de gambettes hâlées qui pourraient d'ailleurs être celles de Merveille. Elle a noué les manches de sa veste en jean autour de sa taille. Je continue à l'observer tandis qu'elle se dirige vers le café et lorsqu'elle s'arrête devant moi, je n'en crois pas mes yeux. Je suis tellement stupéfait par sa transformation que j'en reste sans voix. Merveille a échangé sa chevelure de Barbie contre une coupe à la garçonne, déstructurée et un brin rebelle, qui révèle sa nuque délicate et souligne d'autant plus son beau visage. Elle s'installe sur la chaise en face de moi et passe ses doigts ornés de bagues vintage dans ses courtes mèches blondes. Provocation de gamine, pensé-je aussitôt en souriant intérieurement.

— Qu'est-ce que t'as fait à tes cheveux ?

— Tu n'aimes pas ma nouvelle coupe ? demande-t-elle avec une lueur de défi au fond de ses prunelles bleues.

Je remonte mes Ray-Ban sur le haut de mon crâne.

— Ça change. Pourquoi t'as fait ça ?

— Pour qu'on ne me confonde plus avec ma jumelle, ça te paraît une bonne raison ?

— Sérieux ?

— Mais non, dit-elle en haussant les épaules. J'ai eu un coup de sang et je me suis vengée sur eux, c'est tout.

— Et je peux savoir ce qui a pu t'énerver au point de te faire faire une chose aussi...

— Stupide ? me coupe-t-elle en croisant les bras sur la table.

— Non, je dirais plutôt... inattendue.

— Tu n'aimes pas, c'est ça ?

Je sens de la déception dans le ton de sa voix.

— Est-ce que tu t'es souciée de ce que je pourrais penser quand tu as donné le feu vert au coiffeur et à sa paire de ciseaux ? Dis-moi plutôt ce qui a motivé ta décision.

Elle pince ses lèvres rosées et l'arrivée du serveur nous offre un temps de répit. Plus je la regarde, plus je réalise à quel point je l'aime. Je suis littéralement tombé amoureux de tout ce qu'elle est. Je suis foutu depuis le jour où j'ai posé mes yeux sur elle. Elle se racle la gorge et me pose une question qui me fait froncer les sourcils. Putain, je voudrais tellement qu'elle comprenne que mon cœur est à elle.

— Noah, est-ce que tu étais vraiment sérieux quand tu m'as dit que tu étais amoureux de moi ?

— J'en avais pas l'air ?

— Alors explique-moi pourquoi tu as préféré aller t'amuser avec Lili plutôt que de rester avec moi.

M'amuser avec Lili ? Mais où est-ce qu'elle a été chercher ça ?

— Et ne nie pas, je vous ai vus ici même dans la demi-heure qui a suivi ton départ de chez moi ce jour-là ! lance-t-elle, ses beaux yeux bleus luisants de colère.

Voilà donc la raison de mes deux jours d'insomnie. Une crise de jalousie, un autre malentendu qu'il me faut rapidement dissiper. Je lui explique donc la raison pour laquelle j'étais au café en compagnie de Lili et la rassure sur ce qu'elle a vu et mal interprété.

— Je bosse avec elle Merveille, et c'est vrai que Lili et moi sommes très complices, mais hormis cette complicité, il n'y a rien entre elle et moi. Ce n'est pas parce qu'elle s'assoit sur mes genoux qu'on baise ensemble.

— Mais elle ne dirait pas non si tu lui disais oui, se renfrogne-t-elle.

— Lui dire oui ? Mais tu rigoles ou quoi ? Je t'aime comme un dingue, comment est-ce que je dois te le dire ?

— Il faut avouer que c'est une belle nana, je pourrais très bien comprendre qu'elle ne te laisse pas indifférent, continue-t-elle sans m'entendre.

Exaspéré, je lève les yeux au ciel.

— Sauf que je ne suis pas partageuse et si tu hésites entre elle et moi, je…

Elle n'a pas le temps de terminer sa phrase. Rapide comme un ninja, j'attrape sa nuque fragile et attire son visage vers le mien pour lui fermer la bouche d'un baiser qui est tout sauf hésitant. Je savoure l'instant, la décharge de plaisir qui me traverse. Bordel de merde, ni Lili, ni une autre ne serait capable de me procurer une telle extase. Je ne pensais pas qu'un jour je serais à nouveau capable de ressentir une telle émotion. Quand ma bouche s'arrache enfin à la sienne, elle est à bout de souffle et tente de reprendre sa respiration.

Quand je lui explique la raison celle pour laquelle je me suis rendu à Varennes cet après-midi-là. Ses épaules s'affaissent d'un coup. Elle semble terriblement confuse.

— Tu aurais pu me proposer d'aller avec toi, me reproche-t-elle, doucement.

— J'ai pensé que te rendre là-bas t'attristerait et ce n'est pas ce que je souhaitais.

— Antony était aussi mon ami au cas où tu l'aurais oublié. Et puis si tu voulais y aller seul, tu aurais au moins pu m'en parler, ça m'aurait évité d'imaginer le pire. Il faut vraiment qu'on apprenne à communiquer Noah, soupire-t-elle.

Je meurs d'envie de la prendre dans mes bras pour la garder contre moi jusqu'à ce qu'elle soit complètement rassurée sur mes sentiments. Je lui propose une petite balade moto sur les routes de campagne. J'ai vraiment besoin de passer du temps avec elle, loin de la foule, du bruit, loin de de tout.

— Je n'ai pas de casque.

— C'est une excuse pour éviter de te retrouver seule avec moi ?

— Pas du tout.

— Alors c'est parfait parce que j'en ai justement un à l'auto-école. Attends-moi ici, je vais le chercher, dis-je en réglant l'addition.

Dix minutes plus tard, nous quittons le bitume et le bruit de la capitale pour nous offrir un vrai bol d'air au nord de Paris. Les bras de Merveille autour de moi me procurent un sentiment de bien-être indescriptible, tout comme sentir son corps chaud contre le mien. Un corps qui attend d'être aimé et que je rêve de posséder. Nous traversons des petits villages à vitesse réduite, profitant et commentant les paysages champêtres qui s'offrent à nous. À la sortie d'un petit hameau, j'aperçois un panneau planté sur le bas-côté de la route sur lequel est inscrit en grosses lettres rouge « Maison à Vendre ». Je stoppe ma bécane et relève la visière de mon casque pour observer les environs.

— Tu veux acheter une maison ? demande ma passagère.

— Ta sœur est tombée amoureuse de mon loft, j'ai deux mois pour trouver un endroit où me reloger.

— Deux mois ? C'est court.

— Si je me retrouve à la rue, j'espère que tu m'offriras ton hospitalité.

— Tu n'aurais pas tout à coup l'impression flippante de vivre en couple ? se marre-t-elle. J'imagine à quel point ça pourrait devenir oppressant pour un solitaire comme toi de devoir partager ta salle de bains avec une femme.

— Tu n'es pas n'importe quelle femme, Merveille. La maison doit se trouver au bout de ce sentier, on va jeter un œil ?

— Avec plaisir, souffle-t-elle en enroulant ses bras autour de ma taille.

26
Merveille

L'amour, ce sentiment qui surgit un jour par hasard, qui fait basculer notre vie, c'est ce que je ressens pour Noah et je me sens totalement prête à m'engager avec lui dans l'inconnu. Je ne veux plus qu'il s'éloigne de moi et je ferais n'importe quoi pour que cela n'arrive pas.

— Regarde-moi ça, dit-il avec un enthousiasme évident en coupant le contact devant une longère entièrement rénovée plantée au milieu d'un grand parc arboré.

Les murs de pierre, le toit en ardoise et les innombrables volets gris lui confère un cachet particulièrement plaisant, je dois bien l'avouer. La propriété semble immense. Noah semble sous le charme de l'endroit. Et moi aussi.

— Cette maison est vraiment sublime, dis-je en débouclant mon casque.

— Ça te plaît ?

— Carrément !

— Viens, on va faire le tour, dit-il en attrapant ma main.

Au même moment, la porte de la maison s'ouvre et un homme aux tempes argentées en sort, devancé par un berger allemand de toute beauté mais terriblement inquiétant. Je pousse un petit cri et me mets aussitôt à l'abri derrière Noah. L'homme rappelle l'animal d'un sifflement aigu et celui-ci opère un demi-tour immédiat.

— Ne craignez rien, mademoiselle ; Orus en impose comme ça, mais il n'est pas méchant. C'est le chien de ma petite-fille, Ombrelle. Elle a dix ans. Que puis-je faire pour vous, jeunes gens ?

Ombrelle ? Je ne peux m'empêcher de sourire. C'est la première fois que j'entends un si joli prénom et il est encore plus original que le mien.

— Bonjour monsieur. Je m'appelle Noah Brémond et voici Merveille Delorme.

L'homme écrase les doigts de Noah dans sa large main et saisit ensuite la mienne avec délicatesse.

— Vous portez un prénom qui vous sied à ravir mademoiselle.

— Merci monsieur.

— Veuillez pardonner notre intrusion, poursuit Noah, mais nous avons aperçu le panneau à l'entrée de votre propriété, et nous nous sommes permis de venir jeter un œil.

— Vous avez bien fait, sourit l'homme. J'ai installé ce panneau la semaine dernière mais vous êtes les premiers à venir la visiter. Je me présente : Julien Marchal, médecin généraliste à la retraite. Il fait très chaud, suivez-moi à l'intérieur où nous prendrons un petit rafraîchissement.

— C'est très aimable de votre part, dit Noah en attrapant ma main.

— Je suis surpris qu'un jeune couple désire s'installer dans un coin aussi isolé que celui-ci. Vous venez d'où ?

— Nous habitons actuellement à Paris.

— Et vous cherchez le calme si je comprends bien… Vous faites bien. Le stress généré par la vie en ville a des conséquences sur la santé. Ma fille Alexia, la maman d'Ombrelle, habitait Paris elle aussi. Ses fenêtres donnaient sur une avenue très bruyante et la pauvre avait pris l'habitude de ne plus les ouvrir. Un beau jour, elle n'a plus supporté cette situation et elle a pris la décision de s'installer dans les Alpes avec toute sa famille. C'est justement pour les rejoindre que je veux vendre cette maison, ajoute-t-il en caressant les flancs d'Orus. Vous savez, je suis bien content que ma petite-fille soit élevée au grand air.

Le docteur Marchal est un homme vraiment charmant. Après nous avoir raconté quelques anecdotes sur les travaux de sa maison, il nous propose de faire le tour du propriétaire.

— Faites comme chez vous, dit-il en débarrassant nos verres. Pendant que vous visiterez tranquillement, je vais en profiter pour appeler Ombrelle et lui donner des nouvelle d'Orus. Cette grosse bête lui manque et il lui tarde de la voir débarquer dans ses montagnes.

La maison est grande, lumineuse, bien pensée et la visite m'enchante de bout en bout. Noah semble très emballé lui aussi.

— Tu arrives à te projeter ici et avec moi ? me demande-t-il doucement à l'oreille.

Sa question fait exploser mon cœur d'amour. C'est mon rêve et j'ai envie de lui crier que l'avenir, c'est seulement près de lui que je l'entrevois.

— Est-ce que tu as réellement besoin d'une réponse ?

Sa bouche vient cueillir mes lèvres au moment où elles s'étirent en un sourire de bonheur. J'ai l'impression de la redécouvrir à chaque fois qu'elle se pose sur la mienne. Comment peut-elle me faire autant d'effet ? En quelques pas, nous nous retrouvons dans le bureau du docteur Marchal. Noah me plaque contre le mur le plus proche, et presse son corps sur le mien sans cesser de m'embrasser. Mon corps, assiégé, frissonne d'extase. Mes mains se glissent sous son T-shirt et caressent sa peau, les muscles saillants de son dos puissant, le relief de ses côtes, le quadrillage de ses abdominaux. Nos respirations se font haletantes. Combien de fois me suis-je imaginé vivre cette scène depuis que mon amour pour lui s'est révélé ? Le bruit d'une porte qui claque nous ramène brusquement à la réalité. Noah plaque ses mains sur le mur, de chaque côté de mon visage et appuie son front contre le mien.

— Putain, Merveille... souffle-t-il. Tu me fais perdre la tête, est-ce que tu t'en rends compte au moins ?

— Parce que tu crois que ce n'est pas réciproque ?

— Le doc doit se demander où nous sommes, allons-y, dit-il. Puis il ajoute avec un sourire en coin : ce soir, c'est toi et moi sur l'échafaud bébé !

Main dans la main, nous partons à la recherche du docteur Marchal. Lorsque nous lui faisons part de notre intérêt pour sa maison, il semble soulagé. Noah s'installe avec lui dans le salon et tandis qu'ils parlent affaires, j'en profite pour refaire un tour du propriétaire. Je m'y vois déjà !

Sur le chemin du retour, la pluie s'est remise à tomber finement. Nous passons rapidement chez moi pour que je puisse me changer et Noah me dépose devant le Boomer en me promettant de venir me chercher à la fermeture. La salle est encore calme et ça me permet de boire un bon café chaud. Terry m'accompagne au Martini. Nous sommes en train de refaire le monde lorsque nous voyons entrer Lili.

— Elle est célibataire, ta copine ? me demande Terry à voix basse.

— Ce n'est pas une copine, juste une connaissance.

— Ok, mais elle est seule ?

— Jamais très longtemps d'après ce qu'elle m'a laissé entendre. Pourquoi, tu veux t'enjailler avec elle ?

— Tu penses que j'ai une chance ?

— J'en sais rien moi, pourquoi pas.

Lili s'avance vers nous et ses yeux s'écarquillent. Encore un effet de ma nouvelle coupe de cheveux.

— Waouh ! T'en as eu marre de jouer les Barbie Raiponce ?

— J'ai eu envie de faire des économies de shampooing, je rétorque pince sans rire.

— Cette nouvelle coupe est super cool et c'est incroyable comme elle te change.

— Pourtant, je suis toujours la même.

Elle s'installe sur un tabouret et Terry se met aussitôt en devoir de lui préparer un de ses fameux cocktails dont lui seul a le secret. Elle en profite pour me tendre le sac contenant ma robe.

— Merci. Je pensais que je ne la reverrais jamais, dis-je en le casant derrière le comptoir, à l'abri des regards.

— Ce vêtement ne ressemble absolument pas à ceux que j'ai l'habitude de te voir porter, s'étonne-t-elle.

— Je l'ai acheté pour une occasion spéciale, mais finalement, j'ai dû me débrouiller sans.

Elle se penche en avant et murmure :

— On dirait bien que j'ai une ouverture avec ton copain barman, non ?

— Je crois qu'effectivement, tu ne le laisses pas indifférent.

— Dommage pour lui parce qu'il n'est pas du tout mon genre.

Alors que Noah, oui ! J'ai presque envie de lui crier : « Laisse tomber, ma vieille, Noah s'en balance de toi ! »

— J'ai hâte de reprendre le boulot pour voir Noah, dit-elle. Je sens qu'il est sur le point de craquer.

Je retiens une pique.

— Tu connais le dicton, poursuit-elle, ce que femme veut, elle l'obtient et je veux Noah.

Elle commence sérieusement à me gonfler sévère, la Lili ! Je crois qu'il est temps de remettre les pendules à l'heure.

— Écoute Lili, il faut que je te dise quelque chose.

Elle croise ses bras sur le zinc et m'interroge du regard.

— Noah n'est plus libre. On est ensemble, lui et moi.

Elle accuse le coup sans broncher, mais son regard s'assombrit soudain.

— J'aurais dû te le dire avant, je suis désolée.

— Bon sang, j'y crois pas ! siffle-t-elle. Tu m'annonces ça la bouche en cœur, alors que tu savais pertinemment que j'ai des vues sur lui ?!

— Mais lui en avait sur moi ! je réplique sur le même ton.

— Quand je pense que je me suis confiée à toi ! Tu sais comment on appelle les filles dans ton genre ? Des petites salopes !

Le ton est donné. Terry est bouche bée. J'hésite un instant à sortir de derrière le bar pour lui faire ravaler les mots qu'elle vient de prononcer, mais si je fais ça, Santorio en entendra parler et je risque de me faire virer. J'opte donc pour la diplomatie malgré la féroce envie que j'ai de lui crêper le chignon. Depuis le temps que ça me démange !

— Je pense qu'il serait plus sage que tu t'en ailles, Lili.

— J'ai le droit d'être là, je consomme !

— Très bien ! Mais dans ce cas, tâche de ne plus m'adresser la parole ou je ne réponds plus de rien.

— Tu peux te rassurer, je n'ai pas la moindre envie de continuer à discuter avec une petite salope comme toi.

C'en est trop. Elle dépasse les limites ! Je m'apprête à lui sauter à la gorge lorsque Terry intervient.

— Écoutez les filles, si vous avez envie de vous mettre sur la gueule, allez le faire dehors ! On n'est pas dans une salle de spectacle, c'est compris ?

Quand il est en colère, Terry prend sa voix de Batman et elle en impose ! Lili descend de son tabouret et quitte les lieux après m'avoir jeté un regard assassin et bousculé au passage un groupe de jeunes qui venait de franchir la porte du pub. Dans ma vie, j'ai eu la chance d'avoir été très peu confrontée à la violence et je réalise que j'étais carrément prête à me lancer dans une bagarre. Cette constatation me désarçonne complètement car j'ai toujours pensé qu'on ne résout rien de cette manière. Mais très vite, je me déculpabilise. Je ne suis pas une petite salope, désolée !

Toute la soirée, je garde à l'esprit mon altercation avec Lili et je me demande si je dois en parler à Noah. Terry a revu son intérêt pour elle à la baisse lorsque je lui ai expliqué le fin mot de l'histoire. Ainsi, je n'ai même pas eu à lui dire qu'elle ne le trouvait pas à son goût. Quand Noah franchit enfin le seuil du Boomer, je suis instantanément submergée par une vague de bonheur. L'excitation, l'impatience et l'appréhension de cette fin de nuit qui s'offre à nous m'électrisent de la tête aux pieds.

27
Noah

Mes mains encadrent son visage et quand elle lève ses yeux vers moi, son regard me transperce. Lorsqu'elle me regarde de cette façon, je ne contrôle plus rien, je suis à genoux devant elle. Ses longs doigts fins s'enroulent autour de mon poignet et elle m'attire doucement sous le jet d'eau chaude. Pendant un court instant, elle reste immobile, passive, puis ses doigts se glissent dans ma tignasse mouillée et elle se hisse sur la pointe des pieds pour m'embrasser. Ses seins ronds et pleins s'écrasent sur mon torse et je sens mon excitation monter en flèche. Je la fais légèrement pivoter de sorte à la plaquer contre le mur et place mes mains de chaque côté de sa tête, mon bassin pressé contre le sien, tandis que ses mains à elle remontent le long de mon dos.

— C'est si bon de toucher ta peau Noah, dit-elle d'une voix éraillée.

Mon regard se suspend à ses prunelles enflammées et je me sens vaciller. Elle me fout dans tous mes états, putain ! Elle pourrait me faire jouir rien qu'avec ce regard-là. L'expression de son visage trahit un désir aussi effréné que le mien. Elle me bouleverse au plus profond de moi. Je ne peux plus attendre. Je fais glisser mes mains sous ses fesses bombées et la soulève, l'obligeant à entourer ma taille de ses jambes fines et élancées. Ce moment est important pour elle et mieux vaut sortir de cette douche. Je la dépose délicatement sur le lit et laisse mes yeux dériver sur son corps nu avant d'en embrasser chaque courbe délicieuse, m'enivrant du doux parfum qu'il dégage. Sa peau hâlée a la douceur de la pêche et plus je la caresse, plus j'en deviens accro. Ma bouche part à nouveau à la conquête de la sienne, gémissante. Elle mordille ma lèvre supérieure, puis y promène le bout de sa langue joueuse et câline. J'approfondis mon baiser avec une fougue brûlante avec au fond de moi la certitude que tant que je serai en vie, jamais je ne laisserai un autre homme conquérir cette bouche.

— Comment tu te sens ? je demande en parsemant le creux de ses épaules d'une myriade de baisers.

— Je me sens à ma place.

— Tu es sûre que c'est ce que tu veux ?

Ses magnifiques yeux bleus plongent dans les miens.

— Je n'ai jamais été plus sûre de ma vie. Fais-moi tienne, Noah.

La tendresse de son sourire se reflète dans la caresse de sa main sur ma joue. Cet amour que je sens en elle me fait un effet incroyable. L'adrénaline court dans mes veines, dévaste tout sur son passage. Après tout ce temps passé à compter les mois, les semaines, les jours et parfois même les heures que je parvenais à tenir sans elle, elle est enfin dans mes bras, prête à s'abandonner. Je ne parviens pas à détacher mon regard du magnifique spectacle qui me nargue outrageusement et je ne désire plus qu'une chose ; lui offrir ce qu'elle attend de moi. Son corps est secoué par un léger tremblement.

— N'aie pas peur mon ange. Je veux que tu me fasses confiance, que tu te sentes en sécurité.

— Est-ce que ça va faire mal ? me demande-t-elle en faisant glisser ses doigts aventureux jusqu'à mon bas-ventre, menaçant de me faire sombrer.

— Peut-être un peu, mais je te promets de faire attention, soufflé-je en sentant mon cœur fondre d'amour pour elle.

Je l'embrasse avec toute la passion qu'elle m'inspire puis ma bouche glisse sur la peau tendre de son cou gracile que je mordille avec délectation. Elle tourne légèrement sa tête pour me faciliter la tâche, et je la serre plus fort contre moi. Je ne veux plus jamais la lâcher, je veux passer le reste de ma vie dans ses bras, je veux qu'elle m'appartienne, corps et âme. Avec adoration, je lui fais lentement découvrir les zones érogènes de son corps. Je l'embrase avec ardeur, la découvre avec ma bouche, mes doigts et tout est si nouveau pour elle que la moindre de mes caresses suffit à la transporter. Je suis déconcerté, mais plus que jamais déterminé à me retenir. Peu à peu, elle s'enflamme, gémit, respire de plus en plus fort. Elle n'est plus qu'un pôle de sensations sous mes caresses et quand elle me lance un regard brûlant, mon rythme cardiaque se retrouve au bord de l'explosion. Je la sens prête et m'installe avec précaution entre ses cuisses pour la faire mienne avec toute la douceur qu'elle mérite. Le petit cri de douleur qu'elle pousse vient mourir sur mes lèvres. Ses ongles s'enfoncent furieusement dans mon dos et ils pourraient m'en arracher toute la peau que je m'en ficherais complètement. Le bonheur et la passion qui me transportent à cet instant sont sans précédent.

— Tu n'auras pas mal longtemps mon ange, le plaisir viendra ensuite, la rassuré-je d'une voix cassée par l'émotion en parsemant son visage d'une myriade de baisers.

— Ne t'inquiète pas, ça va, souffle-t-elle en s'accordant à mes mouvements lents et prudents.

Le monde pourrait s'écrouler autour de moi que je ne m'en rendrais pas compte tant je suis absorbé par les expressions de son visage. Elle est si belle, si proche de la jouissance que je m'applique à faire naître en elle que je redouble d'efforts pour l'amener là où je veux qu'elle aille. Je pourrais faire durer ce moment des heures, des jours entiers, me concentrer uniquement sur ce qu'elle ressent, ce qu'elle aime. Je veux qu'elle se souvienne de sa première fois jusqu'à l'ultime jour de sa vie. Je veux lui donner un putain de premier orgasme.

— Noah… gémit-elle.

— Je suis là ma princesse, laisse-toi aller… La clé du paradis, c'est l'abandon et la confiance. Tu me fais confiance ?

— Oui…

Son regard embrumé et ce oui fiévreux m'arrache un soupir de pur bonheur. Mon seul désir à cet instant est de la combler. Je veux la rendre heureuse. Je veux qu'elle comprenne qu'on s'appartient l'un à l'autre pour le restant de nos jours. À chaque mouvement de mon corps, je me demande combien de temps je vais encore pouvoir me contenir. Putain Noah, déconne pas ! Ma bouche cueille chacun de ses soupirs, se régale de ses gémissements et soudain, elle s'accroche à moi comme si elle avait peur de tomber. Elle me regarde les yeux grands ouverts, et je la sens comme entrainer dans une spirale vertigineuse. Au moment où elle gémit mon nom contre ma bouche, j'ai l'impression que mon corps se désintègre en mille morceaux. Le temps s'arrête et nos cœurs battent à l'unisson pendant que nos deux respirations ne font progressivement plus qu'une. Mon regard chevillé au sien, je presse mon front contre le sien et murmure :

— Je t'aime ma princesse…

Elle sourit et me fait basculer sur le dos.

— Voilà un dépucelage rondement mené, conclut-elle, espiègle en se pelotonnant contre moi.

Sa réflexion m'arrache un sourire. J'embrasse le sommet de son crâne et la serre plus fort.

— Comment tu te sens maintenant ?
— La même que ce matin, mais en mieux.
— Tu n'es pas fatiguée ?
— Je suis morte, souffle-t-elle doucement.
— C'est normal.
— Quelle heure est-il ?
— Cinq heures.
— Waouh ! Ça dure toujours aussi longtemps ? demande-t-elle en faisant aller et venir sa main sur ma poitrine.
— Euh… Disons que ça dépend du résultat qu'on veut obtenir.
— Et tu es content de ce que tu as obtenu de moi ?
— Tu ne peux même pas t'imaginer ce que je ressens, je réponds en caressant l'arrondi de sa hanche.

Elle a tant de choses à me donner encore. Bien plus que du sexe. Elle pousse un long soupir et se blottit plus étroitement contre moi. Ébloui, le cœur battant, je la regarde s'abandonner à la douce torpeur d'après l'amour.

— Je t'ai attendu si longtemps, Noah…

Sa voix est à peine audible. Elle est sur le point de sombrer dans le sommeil. Ses yeux se ferment. J'en profite pour la contempler en priant que cette vision soit la même tous les matins de ma vie. Son souffle se fait plus profond, plus régulier, elle s'est endormie et je n'ose même plus bouger de peur qu'elle se réveille et m'échappe.

28
Merveille

J'ouvre un œil, puis l'autre. Doucement je me réveille, m'étire entre des draps sombres. Une chaleur accablante filtre par la fenêtre. Je suis nue au milieu d'un lit chiffonné. Celui de Noah. Je me redresse et promène mon regard à travers la chambre, ébahie par la hauteur sous plafond et la modernité de la décoration. Le lit est orienté vers une immense fenêtre en acier par laquelle j'entrevois un magnifique bout de ciel. Lorsque mes pieds foulent le sol en béton ciré, je suis surprise par la sensation agréable que me procure cette matière que j'avais toujours imaginée froide. Je cherche un vêtement à enfiler et le premier qui me tombe sous la main est le tee-shirt que Noah portait la veille. Le parfum qui s'en dégage éveille mes sens et j'enroule mes bras autour de mon corps comme si c'était lui que j'étreignais. Il me manque. Je l'aime, il m'aime et le bonheur que je ressens s'amplifie au fur et à mesure que je me rappelle ce qui s'est passé entre nous. Eh voilà… J'ai perdu ma virginité. Il m'aura fallu attendre d'avoir quasiment 20 ans pour découvrir ce qu'est l'amour physique, l'orgasme et le sentiment de plénitude qu'il procure. Après tout ce que j'ai lu sur « la première fois », je suis encore plus heureuse d'avoir attendu « cette bonne personne ». L'amour, la patience et l'expérience de Noah ont fait de moi une nouvelle femme. J'ai franchi un cap et c'est comme si j'avais grandi d'un coup. C'est une sensation étrange et euphorisante à la fois.

Le loft est immense. Il est aussi d'une classe folle. Je comprends parfaitement qu'Armonie en soit tombée amoureuse. Dans la cuisine, je découvre un mot de Noah.

Salut Marmotte,

Je suis parti travailler. Appelle-moi quand tu seras réveillée, j'ai besoin d'entendre ta voix. Si tu es libre, on pourrait peut-être déjeuner ensemble chez Gino, vers 13 heures. Qu'en dis-tu ? De toute façon, dans mon frigo, tu ne trouveras rien à te mettre sous la dent. Les courses et moi... Je t'aime, mon ange.

Je me précipite sur mon téléphone. Malheureusement, je tombe sur sa boîte vocale. Il doit être avec un élève. Je lui laisse un message où je lui confirme ma présence chez Gino à l'heure qu'il m'a indiquée et je regarde autour de moi. C'est marrant, mais je n'imaginais pas du tout Noah dans ce genre de décor. Surtout après l'enthousiasme qu'il a montré pour le style campagne lors de notre visite de la maison du docteur Marchal. Après avoir pris une douche et m'être habillée, je découvre sur les draps la preuve de mon récent « dépucelage » et décide de les changer. Je mets un certain temps à dénicher le linge de lit, et j'opte pour une parure de coton blanc à liseré gris clair. Puis dans la cuisine, je me prépare un café et une fois la dernière gorgée avalée, je place le mug dans le lave-vaisselle déjà plein. C'est la première fois de ma vie que j'utilise ce genre d'équipement. Je n'en ai jamais vu l'utilité. Je remplis la cuve de liquide vaisselle et le mets en marche tant bien que mal.

En sortant du métro, je pique un sprint, mais j'arrive malgré tout chez Gino avec dix minutes de retard. Sur le trajet, j'ai croisé les doigts de toutes mes forces pour que Lili ne soit pas présente. Elle passe déjà trop de temps en compagnie de Noah et je suis sûre qu'elle va redoubler d'astuces pour tenter de l'attirer dans ses filets. Mais j'ai confiance en lui, je refuse de me sentir menacée, de me laisser envahir par ce sentiment idiot et mesquin qu'est la jalousie. J'éprouve cependant un vif soulagement quand j'aperçois Noah installé sur la terrasse... seul. Il est vêtu d'un jean et d'une chemise bleu pâle dont il a retroussé les manches. Lorsqu'il me voit, son premier réflexe est de se lever et je me jette dans ses bras. Je suis tellement heureuse de le retrouver que je me sens fondre comme un glaçon au soleil.

— Comment va la huitième merveille du monde ? me demande-t-il en caressant ma joue.

— La huitième, seulement ?

— Oui, mais la plus belle à mes yeux.

— C'est vrai, ça ?

— Oh oui, c'est vrai. Tu es même ce que j'ai de plus précieux au monde, dit-il dans un souffle en soulignant ma clavicule du bout des doigts. Est-ce que tu as bien dormi ?

— Oui… Comme un bébé. Et toi ?

— Très peu à vrai dire.

— Tu dois être fatigué. Moi je pourrai faire une petite sieste après le déjeuner, mais toi tu devras retourner travailler.

— J'aime ce genre de fatigue. Je pourrais m'en accommoder sans problème.

En voyant ses yeux s'assombrir de désir, je sens mes joues et mon corps s'embraser. Il m'entraîne vers la table et tire une chaise pour que je m'y installe.

— Tu as mangé quelque chose ce matin ? me demande-t-il en s'asseyant à son tour.

— Je… Non. J'arrive de chez toi et…

— Bon sang, tu dois être affamée. Il faudra que je pense à faire des courses plus souvent. Tu sais ce qu'on dit sur les mecs qui vivent seul…

— Je me suis fait un café. Mais j'avoue que je me sens capable d'avaler un mammouth.

— Il n'y a pas de mammouth au menu du jour, mais peut-être trouveras-tu ici de quoi satisfaire ton appétit, sourit-il en me tendant la carte.

— Qu'est-ce que tu vas prendre, toi ?

— Ce qui me rassasierait n'est pas inscrit sur la carte, mais je me rattraperai plus tard.

Un frisson remonte le long de mon épine dorsale. Le message est parfaitement clair. Le souvenir de nos ébats me revient en mémoire et je pique un fard. Le sourire malicieux qu'il affiche m'indique qu'il a clairement perçu mon émoi.

— C'est magnifique chez toi, dis-je alors en m'agitant un peu sur ma chaise.

— Merci. Mais je suis plutôt content d'aller m'installer ailleurs. Ce loft représente un épisode de ma vie que je souhaite effacer définitivement de ma mémoire.

Il s'assombrit brutalement. Un changement si rapide et si spectaculaire que je me mets à regarder autour de nous, persuadée de trouver la raison qui vient de jeter cette ombre sur ses traits. Je demande à Noah s'il souhaite en parler.

— Je comptais le faire, mais pas ici. Et puis il faut que tu saches que j'ai décidé d'acheter la maison du docteur Marchal. Je l'ai appelé ce matin pour l'en avertir et je suis déjà en train de faire les démarches nécessaires pour que l'on puisse s'y installer le plus vite possible.

Je retiens mon souffle et le contemple, interdite.

— Noah… Tu as bien dit « on » ?

— Ce n'est pas ce que tu souhaites ? Parce que moi, oui, et je pensais que c'était clair entre nous, dit-il en enserrant mes mains dans les siennes.

Mon cœur dégringole de ma poitrine et tombe aux pieds de Noah qui me dévisage à cet instant avec une attention soutenue.

— Tu sais bien que c'est ce que je souhaite le plus au monde, soufflé-je d'une voix rendue rauque par l'émotion.

— Cool ! On sera bien, tu verras.

— J'ai plutôt intérêt à réussir mon examen de conduite cette fois-ci, parce que rentrer du Boomer ne va pas être du gâteau si je dois prendre les transports en commun.

— Tu pourrais arrêter de travailler. Je m'en sors bien financièrement, et si tu n'as pas des goûts de luxe comme ta sœur, on devrait pouvoir s'en tirer, sourit-il.

— Tu sais bien que je ne suis pas comme elle, mais je ne suis pas non plus le genre de femme à rester à la maison sans rien faire d'autre que la cuisine ou le ménage. Sans doute que je changerai d'idée quand j'aurai des enfants.

— Quand NOUS aurons des enfants, rectifie-t-il en fronçant les sourcils.

— Oui, deux ou trois… mais pas moins, dis-je, lui rappelant ainsi que je n'avais pas oublié la discussion que nous avons eue ensemble au sujet de son idéal féminin.

Je le vois sourire. Son regard passionné me remue, tout comme le concret de ma vie. J'ai encore du mal à réaliser tout ce qui m'arrive. L'arrivée du serveur interrompt la discussion et nous reportons notre attention sur la table où l'homme vient de déposer deux gros hamburgers maison qui me mettent immédiatement l'eau à la bouche.

Après le déjeuner, j'accompagne Noah jusqu'à l'auto-école. Quand il me propose de venir me chercher à la fermeture du Boomer, je décline sa proposition.

— Ce n'est pas que je n'aie pas envie, mais tu as besoin de te reposer.

— Je me reposerai d'autant mieux si tu es dans mes bras, insiste-t-il.

— Mais…

— Pas de mais, princesse, car même une invasion de dangereux aliens ne m'empêcherait pas de dormir avec toi cette nuit… et toutes les suivantes.

Son regard qui m'hypnotise fait naître en moi une vague de chaleur et de bien-être.

— Bon, puisque tu insistes, c'est d'accord. Je t'attendrai.

29
Noah

Je me demande ce qui se passe avec Lili. Elle a été d'une humeur massacrante toute la journée et quand je lui ai proposé un verre après le boulot, elle a décliné l'invitation et s'est empressée de partir. J'espère qu'après une bonne nuit de sommeil, elle sera dans de meilleures dispositions. Je n'ai aucune envie de voir ses problèmes personnels perturber l'ambiance positive qui règne ici et qu'apprécient les élèves. Deux gamins sont venus discrètement se plaindre à moi de l'irritabilité de ma nouvelle monitrice et je n'aime pas ça. Après avoir jeté un dernier coup d'œil sur le planning de demain, j'enfile mon blouson et attrape mon sac à dos avec l'intention d'aller faire deux ou trois courses. Je veux que demain matin, Merveille puisse prendre un petit déjeuner équilibré. Je suis heureux, positif et terriblement impatient de la retrouver.

En pénétrant dans ma cuisine, je vois mon lave-vaisselle qui vomit de la mousse et bordel, il y en a partout ! Une vraie marée. Mais que s'est-il passé, nom de dieu ?! Je ne mets pas longtemps à comprendre. Il faudra que je songe à dire à Merveille que le liquide-vaisselle ne doit pas être utilisé pour la machine. Je retire mes baskets et mes chaussettes, relève mes manches et commence à nettoyer. Je ne peux pas m'empêcher de me marrer en imaginant la tête qu'aurait fait ma princesse blonde si elle était rentrée avec moi. Il me faut presque deux heures pour remettre la cuisine en état et la baignoire dégueule à présent de serviettes de bains dégoulinantes. Je range ensuite mes petites courses et me réjouis à l'avance à l'idée de boire un petit verre du délicieux rosé que je viens d'acheter. J'ouvre la bouteille et sors quelques biscuits apéro du placard. L'interphone retentit au moment où je m'apprête à enfourner une olive. Il est onze heures. Je me demande qui cela peut bien être. La vidéo de contrôle m'annonce une visiteuse. Et même de dos, je la reconnaîtrais parmi des milliers d'autres femmes. Le choc est violent. Lorsque je me retrouve face à elle, une marée de souvenirs déferle dans ma tête. Putain, elle est toujours aussi belle. Ses yeux d'un bleu d'azur forment un contraste saisissant avec les boucles brunes qui encadrent son visage aux traits parfaits. Elle est vêtue d'une petite robe blanche ceinturée à la taille qui met magnifiquement ses formes en valeur, et elle porte des sandales argentées à talons. Victoire est le genre de femme éblouissante capable de faire perdre la tête à n'importe quel homme. Et moi, je n'ai pas fait exception à la règle. Je l'ai aimé au point de gober tous les mensonges que sa jolie petite bouche d'ange m'a débités avec une facilité écœurante. J'ai partagé avec elle des expériences érotiques qui ont dépassé mes fantasmes les plus fous et je pensais dur comme fer que nous deux, c'était du solide, que notre amour était ancré dans le temps. Tu parles d'une putain de douche écossaise ! Elle m'a mis à terre et même plus bas que ça et voilà qu'elle ose se pointer chez moi.

— Bonsoir Noah, dit-elle d'une voix mal assurée.

Je la regarde avec méfiance. Qu'est-ce qu'elle est venue foutre chez moi ?

— Qu'est-ce que tu veux, Victoire ?

— Je peux entrer ?

J'hésite un instant et ignorant la sonnette d'alarme qui retentit dans ma tête, je m'efface. Dans le salon, face à face, nos regards s'affrontent.

— Bon, je t'écoute. Pourquoi es-tu là ?

Ma voix est cassante. Elle soupire profondément et me répond :

— J'ai fait le point sur ma vie.

— Et c'est pour me dire ça que tu te pointes chez moi à onze heures du soir ?

— Tu n'aurais pas quelque chose à boire ?

— Non !
— S'il te plaît, Noah…

Je sais que je ne devrais pas, mais je lui sers un verre de rosé et siffle le mien cul sec avant de le remplir à nouveau.

— Bien, je ne vais pas y aller pas quatre chemins, dit-elle. Je suis revenue parce que je n'arrive pas à t'oublier.

La réponse inattendue de mon ex me fait instantanément arquer les sourcils.

— Pardon ?
— C'est la vérité. Je t'aime toujours Noah.
— Et tu as eu besoin de deux années de réflexion pour t'en convaincre ?

Ma colère s'allie à mon impatience.

— J'avais terriblement peur de revenir après la manière dont je t'ai quitté.
— Ne me prends pas pour un con, Vicky ! Qu'est-ce qui s'est passé ? Il t'a virée ton vieux ? Il t'a déjà remplacée par une autre ? C'est quoi le problème ? Ne me dis pas que tu l'as foutu sur la paille quand même.
— Rien de tout ça, souffle-t-elle. Le confort financier ne fait pas forcément le bonheur, et je l'ai appris à mes dépens. Pour te dire la vérité, j'ai quitté Maxime au bout de deux mois et je suis partie m'installer au Portugal où j'ai emménagé dans un petit deux-pièces au cœur de Lisbonne.
— Je m'en fous de ta vie.
— Je t'en prie Noah, laisse-moi finir. Grâce à des amis que je me suis faits là-bas, j'ai rapidement trouvé du travail.
— Sans blague ?! Tu travailles, toi ?
— Oui, je travaille ! Et si tu veux tout savoir, il y a cinq mois, j'ai rassemblé mes petites économies et j'ai monté mon agence immobilière.
— Je te félicite. Au moins maintenant, tu claques ton propre fric ! lancé-je avec ironie.
— J'ai changé.
— Eh bien tant mieux pour ton prochain mec. Il sera sans doute moins à plaindre que les précédents, et je m'inclus dedans !

— Je suis seule depuis que j'ai quitté Maxime. Je n'ai jamais, jamais cessé de penser à toi, Noah. Je n'ai éprouvé d'attirance pour aucun autre depuis toi. Tu es la personne la plus importante, la plus sincère et la plus authentique qu'il m'ait été donné de connaître.

Je pousse un soupir bruyant en passant la main sur mon visage. Si elle pense sérieusement que je vais avaler ça…

— Eh merde ! dit-elle, fondant en larmes, j'ai déconné, c'est vrai, mais nous avons vécu des moments uniques et ressenti des choses extraordinaires ensemble. Tu ne peux pas nier ça.

Je ne réponds pas. Je ne peux pas le nier, mais je refuse d'y repenser et j'ai besoin d'un remontant. J'ouvre le bar, attrape une bouteille de whisky, un verre et les dépose sur la table basse devant le canapé où je me laisse choir, l'esprit enfumé. Victoire m'observe. Des larmes coulent de ses yeux battus.

— Tu vis toujours au Portugal ? je demande en remplissant mon verre.

— Oui, mais j'ai quitté Lisbonne pour le sud où j'ai situé mon agence. Nous y avons passé de merveilleuses vacances. Tu as même dit qu'un jour tu t'y installerais, tu t'en souviens ?

Je n'ai pas du tout envie de rentrer dans son petit jeu, aussi j'élude sa question.

— Tu t'en sors financièrement ?

— Oui, renifle-t-elle. L'immobilier portugais attire massivement les investisseurs étrangers. Ils sont beaucoup à se laisser tenter par le climat idyllique du pays et du coup, les affaires marchent bien. Et toi, comment ça se passe avec l'auto-école ?

— Je n'ai pas à me plaindre.

— Et comment va Antony ?

— Il est mort.

Elle me fixe un instant, ses élégants sourcils froncés, comme si elle s'attendait à m'entendre dire qu'il s'agit d'une plaisanterie de mauvais goût, puis comprend rapidement que ce n'est pas le cas. Je m'en veux un peu de lui avoir annoncé ça sans la moindre précaution.

— Comment est-ce arrivé ? demande-t-elle tristement.

— Un accident.

— Tu aurais pu m'avertir !

— Oh je t'en prie Vicky, pas de ça avec moi, tu veux ! Si tu te souciais réellement de lui, tu aurais gardé le contact ! Tu as non seulement fait une croix sur moi, mais aussi sur toutes nos connaissances communes.

— Et je le regrette ! s'écrie-t-elle. Tu n'imagines pas comme je le regrette.

— Il est trop tard pour les regrets, tu ne penses pas ?! Écoute, si c'est pour me dire ça que tu es là, il vaut mieux que tu t'en ailles. Il se fait tard et demain je me lève tôt.

— Je t'en prie Noah, laisse-moi une chance. Je suis venue te livrer mon cœur, est-ce que cela ne fait rien ?

— Il se trouve que moi, j'ai gardé le goût amer de ton abandon dans le mien pendant trop longtemps, et comme un con naïf, j'étais même persuadé que je ne pourrais jamais parler de nous au passé, mais ce n'est plus le cas.

— Je suis consciente que j'ai tout abîmé, sanglote-t-elle, mais si tu voulais bien me laisser une chance de tout réparer…

— Il n'y a rien à réparer. Rentre chez toi Vic, je réplique en remplissant à nouveau mon verre d'une dose d'alcool que je siffle cul sec pour tenter de refouler le flot de souvenirs qui soudain m'assaille.

— Je suis venue directement de l'aéroport et comme je n'ai pas eu le temps de réserver une chambre à l'hôtel, je…

— Même pas en rêve !

— Mais il y a trois chambres ici ! s'offusque-t-elle.

— Et quand bien même il y en aurait une demi-douzaine, c'est non ! Cherche-toi un hôtel.

— S'il te plaît, Noah… Je suis épuisée, tu ne le vois donc pas ? Tu ne vas quand même pas me mettre à la rue en pleine nuit ? Je te promets de partir demain à la première heure, mais laisse-moi rester ce soir.

La lassitude et la fatigue se lisent effectivement sur ses traits, mais la simple idée de la voir évoluer dans cette maison me donne des sueurs froides. Malgré tout…

— Ok. Tu peux dormir ici cette nuit, mais demain, tu mets les voiles !
Elle semble soudain déconcertée, abattue.
— Tu as quelqu'un dans ta vie, n'est-ce pas ? demande-t-elle tristement.
— Oui.
— Je me sens très stupide tout à coup. Elle n'habite pas avec toi ?
— Pas encore mais cela ne saurait tarder. J'ai vendu le loft et acheté une maison en dehors de paris. Nous nous y installons prochainement.
— En somme, une nouvelle maison pour une nouvelle vie.
— C'est exactement ça. Bien, les choses étant claires entre nous, tu peux aller te coucher.

Elle acquiesce lentement de la tête, lèvres pincées. Une fois qu'elle est montée à l'étage, j'attrape la bouteille de whisky et la porte à mes lèvres. L'alcool dévale la pente de mon gosier comme Heidi les prairies des montagnes. La présence de Victoire sous mon toit me fait un putain de drôle d'effet. Maintenant que je connais les intentions qu'elle avait en venant chez moi, même si je n'avais pas Merveille dans la peau et dans le cœur, l'hypothèse qu'elle dorme ailleurs que dans la chambre d'amis était exclue. Je me remémore chaque moment passé avec elle, tout me revient en mémoire. Le bonheur, l'espoir, puis la souffrance, la dépression… Assommé, je m'allonge sur le canapé, un bras replié derrière la tête. Mes yeux se ferment. Demain, elle sortira à nouveau de ma vie, et pour de bon cette fois.

* * *

J'ouvre péniblement les yeux… et les referme aussitôt. J'ai la bouche pâteuse, mon estomac fait des siennes, j'ai l'impression que ma tête est prise dans un étau, et plus mes idées s'éclaircissent, plus les battements qui pulsent à mes tympans augmentent. J'ouvre à nouveau les yeux et mon regard se pose sur le sac à main qui trône sur le fauteuil en face de moi. Je pousse un grognement de déplaisir. Putain, ce n'était donc pas rêve. Mon cerveau se remet lentement à fonctionner. La réapparition de

Victoire m'a fichu un sacré coup. Toute la soirée, les souvenirs de nous deux ont assailli mon esprit sans que je ne puisse rien y faire et je n'ai rien trouvé de plus intelligent à faire que de descendre une bouteille de whisky pour essayer de les noyer. J'ai espéré son retour pendant des mois et voilà qu'elle débarque et qu'elle prononce les mots que j'ai tellement rêvé d'entendre. Mais ils arrivent trop tard et je me souviens le lui avoir clairement fait comprendre. Avec tout ça, j'ai manqué à la promesse que j'avais faite à Merveille. Je ne suis pas allé la chercher au Boomer et j'imagine qu'elle doit terriblement m'en vouloir. Bordel de merde, je me sens comme le dernier des connards sur la Terre ! Je me redresse laborieusement et me mets à tâtonner entre les coussins à la recherche de mon téléphone. Je découvre alors les SMS qu'elle m'a envoyés. Dans le dernier, qu'elle m'a adressé, elle me prévient qu'elle va prendre un taxi pour rentrer chez elle. Je suis prêt à l'appeler quand je réalise qu'il est à peine 6h00 du matin et qu'elle doit dormir, aussi je décide de passer chez elle une fois que Victoire aura quitté les lieux. Et le plus vite sera le mieux !

30
Merveille

Ce matin, l'envie de faire une surprise à Noah me sort du lit bien avant l'heure que j'avais programmée sur mon réveil. La veille, enfin, ce matin, j'ai dû rentrer du Boomer en taxi. J'ai attendu Noah pendant plus d'une heure mais il n'est pas venu et tous les SMS que je lui ai envoyés sont restés sans réponses. J'ai fini par me dire qu'il avait certainement dû s'endormir. Là, je n'ai qu'une envie, le voir, l'embrasser et lui dire à quel point il m'a manqué. J'expédie ma douche et m'habille rapidement puis claque la porte derrière moi. L'auto-école ouvre à 10h00 et si je me dépêche, nous aurons le temps de prendre le petit déjeuner ensemble avant qu'il ne parte travailler. Pour éviter de perdre du temps dans le métro, j'ai fait appel à un Uber et le chauffeur m'attend déjà en bas devant mon immeuble. Je lui communique l'adresse de Noah et me cale confortablement sur le siège en cuir de l'Audi. Il est 7h00 et déjà, Paris grouille, vibre et prolifère. Sur les trottoirs, des hordes de piétons pressés et imprudents, sur les routes, des automobilistes hargneux et stressés par les premiers ralentissements de la journée… Toute cette agitation ne me manquera pas quand je serai installée à la campagne. Le Uber arrive bientôt à destination. Je me souviens alors que trouver quelque chose à se mettre sous la dent chez Noah, c'est compliqué pour ne pas dire impossible. Je demande alors au chauffeur de me déposer devant la boulangerie qui se trouve à quelques mètres de chez lui et m'empresse de faire le plein de viennoiseries. Je suis si heureuse à l'idée de le retrouver que c'est à peine si mes pieds touchent le trottoir. Au moment où j'arrive en vue de son domicile, je vois Noah en sortir... et il n'est pas seul. J'ai l'impression de recevoir un coup de poignard en plein cœur et ma première réaction est de me faufiler entre deux voitures pour ne pas qu'il me voie. Une fille qui sort de chez lui à cette heure-ci, c'est édifiant ! Voilà donc pourquoi il n'est pas venu me chercher au Boomer, et pourquoi il ne s'est même pas donné la peine de répondre à mes textos. Mon cœur se désintègre, dans ma tête tout fuse, se chevauche et le constat est sans appel : il doit se faire chier avec moi. Cette évidence me laisse un goût amer dans la bouche. Mes illusions s'effondrent comme un château de cartes. Je les vois discuter ensemble quelques minutes, puis arrive un taxi à l'intérieur duquel la fille monte. Les mains dans les poches de son jean, Noah la regarde s'éloigner puis rentre chez lui. De rage et de dégoût, je jette mes viennoiseries dans le caniveau et cours vers la bouche de métro la plus proche, le visage ruisselant de larmes. Espèce d'enfoiré ! Je m'attache, je m'investis, je me donne comme une conne à un homme en qui j'avais placé ma confiance et ce salaud, après avoir obtenu ce qu'il voulait de moi, m'a aussitôt rangée dans la case « coup d'un soir » ! La honte s'infiltre, pénètre ma peau, des larmes acides flouent mes joues... Bon sang ! Comment ai-je pu m'égarer à ce point ?

Je passe le reste de la matinée recroquevillée dans un coin du salon, totalement hermétique à ce qui m'entoure, détruite. Je devrais me secouer, mais c'est au-dessus de mes forces. Le regard dans le vague, je reste assise là, prostrée, dans la même position. La vision de cette fille sortant de chez Noah me poignarde le cœur sans interruption. Jamais durant ma courte vie je n'avais encore ressenti une telle souffrance, un tel sentiment de trahison et d'humiliation, une telle envie de vengeance... Sur la table basse, mon téléphone portable se met à vibrer. Je me lève péniblement, et découvre que c'est Noah qui cherche à me joindre. Je repose mon mobile en soupirant. C'est terminé. Je ne le laisserai plus jouer avec moi. Et s'il s'attend à me voir m'accrocher à lui, il se fourre le doigt dans l'œil, et jusqu'au coude encore ! Les vibrations de mon téléphone m'annoncent l'arrivée d'un SMS.

« *Où es-tu ? Je n'arrive pas à te joindre. Je suis désolé pour hier soir. Je me suis bêtement endormi. Pardonne-moi. Fais-moi signe bébé, tu me manques. Je t'aime. Noah.* »

S'il s'est endormi, c'est certainement dans les bras d'une sirène brune ! Je suis incapable de me calmer. J'ai trop mal. Je ne supporte pas qu'il se soit fichu de moi comme ça. Pas après ce qui s'est passé entre nous, pas après tout cet espoir qu'il a fait naître en moi. Armonie m'avait bien prévenue pourtant. Les princes charmants, ça n'existe que dans les livres pour petites filles ou au rayon biscuits des supermarchés. Finalement, peut-être n'est-elle pas de si mauvais conseil. Je décide de l'appeler.

— Incroyable, je pensais justement à toi, s'exclame-t-elle en entendant ma voix.

— Eh ben tu vois, les grands esprits se rencontrent.

— Tu es chez toi ?

— Oui. Tu veux bien venir prendre un café avec ta jumelle chérie ? J'ai besoin d'un conseil.

— Hé, tu es sûre que ça va, toi ? Tu passes ta vie à rabâcher que mes conseils sont à chier.

— Oui eh ben, il n'y a que les imbéciles qui ne changent pas d'avis. Alors, tu viens ou pas ?

— Bien sûr que oui. Est-ce que je pourrai repartir avec ta voiture ?

— Je suis étonnée qu'Alessandro ne t'ait pas encore offert une belle bagnole.

— C'est prévu pour mon anniversaire, c'est-à-dire…

— Une semaine, je sais.

Je l'entends rire à l'autre bout du fil.

— 20 ans, ça se fête ma vieille ! Est-ce que tu as prévu quelque chose avec Noah ?

— C'est justement de Noah dont je voudrais te parler. Tout est fini entre nous, ça y est.

Un silence accueille la nouvelle.

— Je serai chez toi dans moins d'une heure sœurette, dit-elle enfin avant de raccrocher.

Le bruit de moteur d'une puissante moto sportive qui déboule soudain au coin de la rue me fait courir vers la fenêtre. C'est Noah. Je le vois béquiller sa moto sur le trottoir et l'instant suivant, il s'engouffre sous le porche de l'immeuble. Il sonne et frappe à ma porte. Plusieurs fois. Sur le canapé, je ramène mes genoux contre moi et la tête basse, je sanglote. Je ne lui ouvrirai pas. Ni ma porte, ni mon corps ! Pour l'instant, je ne peux dire que je ne lui ouvrirai pas mon cœur puisqu'il y est déjà, mais je l'en sortirai, coûte que coûte. Un nouvel SMS tombe. Heureusement que j'avais mis mon téléphone sur vibreur, car je sais qu'il est toujours derrière ma porte.

« *Mais où es-tu bon sang ?! Je commence à penser que tu fais la gueule à cause d'hier soir. Ne me laisse pas comme ça. Je suis en train de péter les plombs Merveille. Je t'en supplie, appelle-moi.* »

J'ai envie de lui répondre d'aller se faire foutre, de se dégoter une autre pauvre fille à torturer, à dépuceler ! J'ai tellement honte ! Je sais qu'il y a des jours de ma vie dont je ne me rappellerai jamais, mais il y en a au moins deux que je ne risque pas d'oublier. Quand j'entends la moto repartir, je pleure tellement que tout mon corps tremble.

La sonnette de la porte d'entrée me tire soudain du sommeil où la fatigue émotionnelle m'a plongé. Ma première réaction est d'aller vérifier que la moto de Noah ne se trouve pas sous mes fenêtres. Comme elle n'y est pas, je pense alors à Armonie. Le visage qui apparaît dans l'œilleton de la porte me fait soupirer de soulagement.

— Eh ben, tu en as mis du temps à m'ouvrir ! grogne ma sœur en s'engouffrant chez moi à la manière d'un courant d'air.

— Je t'en prie, entre… soupiré-je en refermant doucement la porte.

— J'ai ramené du bon café, dit-elle en brandissant un paquet au-dessus de sa tête.

— Eh ben j'espère que tu as pensé à ramener aussi le moulin pour le moudre ton BON café, parce que sinon, tu devras te contenter du mien.

Elle fixe un instant son regard sur ce qu'elle a ramené, puis lève les yeux au plafond en soupirant d'un air blasé.

— Oh merde ! Je me suis trompée.

— J'ai du thé si tu préfères.

Elle acquiesce et me rejoint dans la cuisine.

— Bon alors, que se passe-t-il avec Noah ? me demande-t-elle en s'adossant contre le mur. Vu la tête que tu as, j'imagine que c'est violent.

Je lui raconte. Je pleure. Je lui raconte encore. Je pleure plus fort. Et pendant que je vide mon sac, pas un seul instant je ne vois de compassion dans son regard. Tout ce qu'elle trouve à me dire, c'est :

— Je t'avais prévenue.

— Je suis déjà plus bas que terre, est-ce que tu as vraiment besoin d'en rajouter ?!

— Mais qu'est-ce que tu crois, ma belle ?! Que le prince charmant existe vraiment ailleurs que dans tes rêves ? Les hommes sont comme ça... La plupart d'entre eux ne s'intéressent qu'au sexe, et même si on attend dix ans avant de coucher, dès qu'ils ont obtenu ce qu'ils veulent, ils repartent à la chasse. Tu ne me croyais pas, eh bien maintenant tu sais que c'est vrai !

— On dirait presque que ça te fait jubiler.

— Détrompe-toi. Ce qui t'arrive me fait beaucoup de peine au contraire. On a beau être jumelles, je te considère comme ma petite sœur et... et j'ai envie de lui casser les dents à ton Noah ! siffle-t-elle en serrant les poings. Oh mon dieu ! Je pense à un truc. Est-ce que tu t'es protégée au moins ?

— Oui, oui... Noah m'a... enfin il...

— Merveille... s'impatiente-t-elle.

— Il m'a montré, voilà !

— Mais il t'a montré QUOI ?

— Pas la peine de t'égosiller, hein ?!

— Eh bien alors dis-moi.

— Bah... comment lui mettre un préservatif ! soufflé-je en rougissant.

Elle pousse un soupir de réel soulagement et éclate de rire.

— Tant mieux. Je préfère ça, dit-elle, une fois calmée.

— Tu penses bien qu'il n'a pas oublié ! Il ne voulait certainement pas courir le risque de me voir tomber enceinte !

Je suis en colère et terriblement malheureuse, mais je parviens à me consoler un peu en me disant que pour ma première fois, Noah était l'homme de la situation, qu'il m'a rendue heureuse et que j'ai aimé chaque seconde de notre corps à corps. À présent, si je dois continuer ma route sans lui, je dois essayer de faire contre mauvaise fortune bon cœur.

— Que comptes-tu faire ? me demande Armonie.

— Que veux-tu que je fasse ? Je ne suis pas une héroïne de téléfilm. Je peux difficilement prendre un billet d'avion pour l'Irlande, louer une maison plantée sur les hauteurs d'une falaise vertigineuse et passer mes journées à regarder l'océan en pleurant sur l'homme de ma vie.

— Du déjà vu, lu et écrit, grimace-t-elle. Aujourd'hui, tu te dis que tu ne pourras jamais oublier Noah, mais tu verras... tu vivras d'autres amours. Tu dois blinder ton cœur et ton âme, sœurette, mais je ne dis pas que tu doives pour autant te désensibiliser.

— Comme toi ?

Elle écarquille les yeux, amusée.

— Tu trouves que je suis insensible ?

— Bah... l m'arrive parfois de me le demander.

— On peut être pragmatique, matérialiste et très sensible, tu sais, rit-elle.

— Mouais... Peut-être que tu as raison.

— Bon, je dois filer. Tu me files les clés de ta Roll's Royce s'il te plaît ?

Elle perd pas l'nord la jumelle !

— Tu comptes me la ramener quand ?

— On verra. De toute façon, tu ne peux pas t'en servir alors...

Je retiens une pique et hausse les épaules. Armonie a vraiment le chic pour me démoraliser.

31
Noah

À présent, il est 21 heures et depuis mon réveil, plus les minutes défilent, plus ma crainte de ne pas réussir à ramener Merveille à moi grandit. Elle ne répond à aucun de mes textos et refuse tous mes appels. Bon sang, l'amour n'ira-t-il donc jamais sans peur, sans souffrance ou danger ?! Cette situation est en train de me rendre fou. J'imagine qu'elle doit m'en vouloir à mort de ne pas être allé la chercher au Boomer comme je le lui avais promis, surtout qu'elle a tenté de me joindre au téléphone et envoyer des SMS auxquels je n'ai pas répondu. Dans quelques minutes, je pousserai la porte du pub, déterminé à la délivrer des incertitudes qui doivent à tous les coups la tourmenter. Son silence m'a torturé toute la journée. Ce que je ressens pour elle me dépasse totalement, me remplit à tel point qu'il n'y a de place pour rien d'autre. J'ai l'impression d'avoir été frappé par la foudre, je ne contrôle plus rien.

Enfin, j'arrive devant le Boomer. Je béquille ma bécane et m'empresse de retirer mon casque. J'inspire longuement et plusieurs fois l'air frais de la soirée. Ça me fait un peu de bien. J'angoisse terriblement à l'idée qu'elle refuse de me parler. Elle est tellement bornée parfois. Je pousse la porte du pub et la cherche du regard. Dès que je l'aperçois, je ne la lâche plus du regard. La musique est assourdissante, il y a beaucoup de monde et elle met un moment à se rendre compte de ma présence. L'endroit est vraiment mal choisi pour avoir une explication, mais quoi qu'il arrive, je ne partirai pas d'ici sans elle. Si elle m'envoie sur les roses, nul doute qu'elles seront chargés d'énormes épines tranchantes. Je prends place sur un tabouret et salue d'un signe de tête le roi du cocktail, qui me rend mon salut de la même façon. Merveille vient vers moi. La chemise sans manches qu'elle porte est trop échancrée et laisse entrevoir la naissance d'un sein emprisonné dans un soutien-gorge noir en dentelle. Ma mâchoire se crispe et un pic de jalousie me transperce quand j'imagine les idées que peut faire éclore un spectacle aussi sexy dans la tête de tous ces types assis au bar.

— Salut Noah, me lance-t-elle avec un sourire radieux qui me fait hausser les sourcils. On fait comme d'habitude ?

Je l'interroge du regard, ma main caressant mon menton.

— J'ai le feu vert pour t'étonner ?

— J'ai eu ma dose de surprises pour aujourd'hui. Un café fera l'affaire.

— Comme tu veux, répond-elle avec un haussement d'épaules désinvolte.

Je suis surpris. Elle n'a pas l'air contrariée. C'est comme si rien ne s'était passé. Elle pose une tasse devant moi et s'accoude au comptoir.

— Je suis contente de voir, dit-elle, souriante. Tu t'es bien reposé ?

— Je suis désolé de ne pas être venu te chercher hier. Je me suis…

— Endormi ? me coupe-t-elle. Ne t'inquiète pas, ce n'est pas grave. Tu étais fatigué.

— Tu m'as attendu longtemps ?

— Une heure environ.

Je pousse un grognement de contrariété. L'idée qu'elle m'ait attendu, seule dans les rues peu sûres de Paris me fait gravement chier. Il aurait pu lui arriver n'importe quoi et cela aurait été de ma faute.

— Je suis désolé, j'ai merdé.

— C'est pas grave, répète-t-elle avec un sourire qui me chavire. Bon, excuse-moi, mais j'ai pas mal de boulot. Tu restes un peu ?

— Jusqu'à la fermeture. Tu rentres avec moi, ce soir.

— Tu ne vas quand même pas rester ici jusqu'à deux heures du matin. C'est ridicule.

— Ridicule ? je répète, agacé.
— Bah oui, glousse-t-elle. Il n'y a rien à faire ici, à part boire évidemment.
— Hé miss, je pourrais avoir une bière, lance soudain un type de l'autre côté du bar.
— Tout de suite mon loulou, répond-elle à l'importun. Puis se tournant à nouveau vers moi : Désolée, je dois t'abandonner, le boulot…
Je fronce les sourcils, agacé.
— Loulou, c'est comme ça qu'il s'appelle, ce type ? lui demandé-je avec un signe tête désignant l'importun.
— Non, il s'appelle Martin mais…
— Mais toi tu l'appelles « mon loulou »
— Il vient souvent ici, alors à force… dit-elle avec un haussement d épaule désinvolte qui m'énerve prodigieusement. Surtout quand elle ajoute : Excuse-moi, je dois y aller.
Je retiens mon envie de la saisir par le bras pour lui dire le fond de ma pensée. Je la regarde servir le dénommé Martin, la mâchoire crispée. Le type doit avoir le même âge qu'elle. Il a les cheveux qui tombent sur ses épaules et ressemble à un surfer, avec sa chemise bariolée et la multitude de bracelets qui ornent ses poignets. Je m'attends à ce que Merveille revienne vers moi et j'ai un sacré coup de sang lorsqu'elle se met à discuter avec lui, semblant avoir oublié ma présence. Je prends mon mal en patience et tente de maîtriser la jalousie qui commence à se distiller en moi. Si la dose est homéopathique pour le moment, il y a des chances pour que ça ne dure pas car après Martin, c'est au tour d'un Mister.J de retenir l'attention de Merveille, puis Paul, Pierre, Jacques… Autant dire que je commence sérieusement à me demander ce que je fous là. Son comportement est inhabituel. On dirait qu'elle m'évite délibérément. Une bande de jeunes décérébrés, qui manifestement n'en sont pas à leurs premiers verres, entre et s'installe bruyamment à une table. L'un d'eux vient s'avachir sur le comptoir, près de moi. Il pue la clope et la transpiration, je déteste ça. Merveille revient enfin vers moi et avec elle le doux parfum de la fleur d'oranger.

— Tu veux boire autre chose ? me demande-t-elle.
— Donne-moi un autre café s'il te plaît.
— Mais tu ne vas pas dormir de la nuit à ce rythme.
— C'est justement mon intention.

Elle me jette un regard brillant et au moment où elle s'éloigne, le gamin tend son bras vers elle.

— Hé, mais y'a l'air d'avoir du beau monde là-dessous, dit-il en voulant écarter les pans de sa chemise.

Mon sang ne fait qu'un tour. Je m'apprête à lui sauter dessus avec l'intention de lui casser le bras, mais plus rapide, Merveille agrippe son poignet et le repousse violemment. Terry intervient illico avec une voix de stentor que je ne lui connaissais pas encore et le menace de la pire des sanctions s'il ne calme pas ses ardeurs. Un bon point pour lui.

— J'te demande pardon Merveille, s'excuse le gamin, penaud.
— Tu ferais mieux de rentrer chez toi, Sébastien, dit-elle calmement. Je crois que tu as assez bu ailleurs et franchement, venir te finir ici, c'est pas une bonne idée. Si tu décides de rester, je te conseille de te faire tout petit, toi et ta bande de copains, et on ne vous servira pas d'alcool ce soir. Est-ce que c'est clair ?

Sa voix est assurée, incisive, et je suis agréablement surpris par sa capacité à gérer la situation. Si elle n'avait pas eu cette réaction, j'aurais expédié le gamin aux urgences sans le moindre remords.

— Reçu cinq sur cinq, maman, répond-il avec un soupir de frustration.
— Tu tripoterais les nibards de ta mère, toi ?
— Putain, NAN, c'est dégueu ! s'écrie-t-il en grimaçant.
— Alors ne m'appelle pas comme ça et tiens-toi tranquille.

Une fois qu'il s'est éloigné, Merveille m'apporte mon expresso.

— Je suis désolée que tu aies eu à assister à ça, s'excuse-t-elle.
— Je suppose que ce n'est pas un cas isolé.
— On en a déjà parlé.
— C'est vrai et je me sentirai bien mieux quand tu arrêteras de bosser ici.

— Il y a beaucoup de chômage en France, Noah, et même si ce n'est pas un travail de tout repos, il paye mes factures. Et puis quand j'aurai mon permis, je pourrai sans doute trouver mieux.

Son visage s'assombrit soudainement.

— Voilà de la compagnie pour toi, dit-elle en m'indiquant l'entrée du pub d'un geste du menton.

Curieux, je me retourne et vois Lili venir dans ma direction. Elle affiche une mine radieuse, ce qui me surprend agréablement, étant donné son humeur de la veille. Merveille s'éloigne. J'ai bien compris qu'elle ne porte pas Lili dans son cœur.

— Salut Noah, lance gaiement ma monitrice en croisant ses bras sur le comptoir.

Comme tous les tabourets sont occupés, je lui propose le mien.

— C'est gentil, me remercie-t-elle en grimpant dessus.

Je surprends le regard noir de Merveille, et elle détourne les yeux aussitôt. Je ne suis même pas étonné que ce soit Terry qui vienne demander à Lili ce qu'elle souhaite boire.

— Tu sembles avoir retrouvé ta bonne humeur, dis-je pour amorcer la discussion. Si quelque chose te chiffonne et si je peux t'aider de quelque manière que ce soit…

— C'est vrai que j'encaisse en ce moment quelque chose d'un peu… duraille, et je sais que je n'y suis pas allée avec le dos de la cuillère avec certains élèves. Mais je tiens vraiment à ce que tu saches que ce n'est pas dans mes habitudes de mêler ma vie personnelle à mon travail. Je me suis juste laissé déborder par mes émotions, et je tâcherai de m'excuser auprès de chacun d'entre eux.

— Je pense que c'est effectivement une bonne idée. Est-ce que je peux t'aider ? Tu veux qu'on en parle ?

— C'est gentil, mais à vrai dire, il n'y a pas grand-chose que tu puisses faire, Noah. Seul le temps arrangera mon problème, sourit-elle en posant délicatement sa main sur la mienne.

Son geste me prend un peu au dépourvu. Mon regard cherche instinctivement celui de ma princesse blonde, le trouve et comme je m'y attendais, il me foudroie littéralement. Pourtant, la seconde suivante, elle m'adresse un sourire qui détonne étrangement avec ce que je viens de lire dans ses magnifiques yeux bleus. Lili me tient compagnie encore une heure, puis lève le camp. J'avais vraiment hâte de la voir s'en aller, ayant beaucoup de mal à me concentrer sur sa conversation, trop occupé à épier les moindres gestes d'une autre femme. Elle assure d'ailleurs comme une pro dans son rôle de barmaid et je ne suis pas surpris que Kate ait souhaité la débaucher. Mais si la voir travailler ici m'agace déjà profondément, l'imaginer au Ozzy me donne carrément des sueurs froides. Je veux absolument qu'elle arrête de bosser dans les bars. L'année prochaine, si tout se passe comme je l'espère, j'envisage d'ouvrir une deuxième auto-école et si elle souhaite vraiment travailler, elle sera parfaite en secrétaire commerciale. Nous en parlerons ensemble le moment venu. Il est presque minuit. Je commence à en avoir marre d'être ici. Je n'ai qu'une hâte : rentrer chez moi avec elle, lui faire l'amour et la regarder s'endormir dans mes bras. Mon téléphone vibre dans la poche poitrine de mon blouson. Je ne reconnais pas le numéro et je me demande qui cela peut être à une heure aussi tardive. Je décroche.

— Noah ?

Je reconnais aussitôt la voix suave de Victoire.

— Qu'est-ce que tu veux, Vicky ?

— Je voudrais qu'on parle un peu, mais j'entends beaucoup de bruit autour de toi.

— Je croyais qu'on avait mis les choses au clair entre nous.

— Je t'en supplie, Noah…

Elle semble tellement désespérée que je n'ai pas le courage de lui raccrocher au nez. Je préviens Merveille que je vais passer un coup de fil dehors et je sens son regard sur moi tandis que je traverse la salle. Après quelques minutes au téléphone avec Victoire, je la sens au bout du rouleau. Si j'étais un salaud, je me réjouirais de ce retournement de situation. Elle est loin d'ignorer à quel point elle m'a fait souffrir. Elle était le centre de mon monde et elle l'a fait exploser en un claquement de doigts. Maintenant, elle veut recoller les morceaux, mais pas moi.

— Sans toi, je n'y arrive pas, continue-t-elle d'une voix défaite. En venant te voir, je cherchais à obtenir la confirmation de ce que je sais depuis longtemps. Tu es l'homme de ma vie, je n'ai jamais cessé de t'aimer.

Sa rengaine achève de m'irriter. Je n'en peux plus !

— Tu aurais dû revenir quand il était encore temps Vic, à présent c'est trop tard, dis-je d'une voix cassante.

— J'ai eu peur, j'avais honte. Je ne savais pas quoi faire et puis le temps a passé, je me suis lancée à fond dans le boulot pour développer mon affaire.

— Voilà ce que je retiens, moi ; tu as préféré recommencer ta vie ailleurs au lieu de rentrer à la maison. Je t'aurais sans doute pardonné parce que j'étais pitoyable de dépendance. Mais finalement, c'est mieux comme ça.

Je l'entends pleurer et ça me remue. Je pousse un profond soupir. J'ai aimé cette femme à la folie et aujourd'hui, il ne reste rien de cet amour.

— Elle s'appelle comment ? demande-t-elle d'une voix brisée.

— Arrête de te faire du mal, Victoire. Je vais raccrocher maintenant.

— Noah…

— Quoi encore ?!

Il y a un silence et je me dis qu'elle a dû raccrocher, puis j'entends :

— Non… rien.

La tonalité à l'autre bout du fil m'annonce qu'elle a raccroché.

32
Merveille

Ce que je ressens au fond de moi est puissant, ça me prend au ventre. Il n'a pas le droit de me traiter comme il le fait. Malgré tout l'amour que je ressens pour Noah, je suis toujours folle de rage contre lui et je n'ai pas la moindre intention de rentrer avec lui pour lui servir de doudou cette nuit. Ni celle-ci, ni aucune autre d'ailleurs. Je ne suis pas un pion qu'il peut déplacer au gré de ses envies. Je le vois revenir et reprendre sa place au bar. Il a l'air bizarre, comme si le coup de fil qu'il est allé passer dehors l'avait chamboulé. Il pose son téléphone sur le comptoir et souffle légèrement en passant ses doigts dans ses cheveux indisciplinés pour les ramener vers l'arrière. Je m'approche de lui.

— J'imagine que tu dois en avoir assez de m'attendre, non ?
— Ce n'est pas de t'attendre qui me pèse princesse, c'est de t'attendre ici, dans cet endroit survolté, le cul planté sur ce putain de tabouret. Heureusement, il n'y en a plus pour très longtemps, souligne-t-il en consultant sa montre. J'ai vraiment besoin de me retrouver au calme avec toi.

Il m'adresse un sourire que je ne sens pas vraiment sincère. Qui que ce soit, la personne à qui il vient de parler lui a sapé le moral et je me demande de qui il peut bien s'agir. Une femme ? Ça m'étonnerait beaucoup puisqu'il a l'air de ne s'y intéresser que dans un seul but : le plaisir sexuel. Bon sang, j'enrage à l'idée qu'il ait eu le culot et l'indélicatesse de me mettre dans le même sac que toutes ses conquêtes. Soudain, une fille entre dans le pub, et les mains en porte-voix, crie :

« Avis au propriétaire de la grosse cylindrée garée devant la bouche d'incendie. Il y a des flics dehors qui menacent de la faire enlever. »

— Je suppose que c'est la mienne, grogne Noah. Je reviens.

Il fonce vers sa moto. Mon regard se pose sur son portable resté sur le comptoir et après quelques secondes d'hésitation je m'en saisis et rappelle le dernier numéro entrant.

« *Oh Noah... Tu as changé d'avis ? Est-ce que tu as envie de me voir ?* »

La voix de la fille est chaude, passionnée, écœurante. Mon cœur m'envoie une fulgurante décharge qui se propage le long de ma colonne vertébrale en d'incontrôlables frissons glacés. Je raccroche, les mains tremblantes et repose le diabolique objet à sa place. Quelques secondes s'écoulent pendant lesquelles je peine à respirer, puis un SMS tombe. Mes doigts tremblent légèrement lorsqu'ils agrippent à nouveau le téléphone. J'hésite, je ferme les yeux et quand je les rouvre mon cœur fait un bond lorsque je découvre les mots affichés sur l'écran :

« *Ce n'est pas grave. Demain est un autre jour. Belle nuit mon amour.* »

Je suis dégoûtée et à la limite de fondre en larmes. Quoi que je dise ou pense, j'aime Noah. Il m'aime peut-être vraiment lui aussi, mais pas suffisamment pour ne se consacrer qu'à moi. Si au début de notre relation, il ne peut pas s'empêcher de conquérir d'autres femmes, je n'ose même pas imaginer ce que ce sera par la suite. Il en trouvera toujours une autre plus attirante que la précédente. Mon cœur se serre. Je n'ai rien à attendre de lui. Une fois pour toute, mets-toi ça dans le crâne, Merveille !

— Les flics ont été assez conciliants, j'ai simplement dû la déplacer, m'explique-t-il en revenant.

Durant un instant, je me perds dans la force tranquille émanant de ses traits, puis je me détourne. Bon sang ! Pourquoi suis-je incapable de lui dire d'aller se faire voir.

— Tu n'as pas l'air bien, reprend-il avec de l'inquiétude dans la voix.

— C'est vrai, tu as raison. D'ailleurs, je pense qu'il vaut mieux que tu rentres chez toi. J'ai une migraine épouvantable et je ne pense pas être d'une compagnie très agréable cette nuit.

Il redresse mon menton en fronçant les sourcils.

— Merveille… que se passe-t-il ?

— Je viens de te le dire. Je ne me sens pas très bien. Je pense qu'après une bonne nuit de repos, ça ira mieux.

Son corps se fige, se tend. Une pointe de douleur jaillit dans ses prunelles.

— C'est vraiment la seule raison qui fait que tu ne veux pas rester avec moi ce soir ?

— Naturellement, dis-je en mordant l'intérieur de ma joue pour retenir tout le flot de reproches que je crève de lui balancer.

— Tu sais bien que je déteste les mensonges.

Ah tiens ! Il n'aime pas qu'on lui mente, pourtant lui ne se gêne pas. Il utilise même le mensonge avec une facilité déconcertante, et ça déclenche un vent dévastateur dans ma poitrine.

— Tu crois que je n'ai pas remarqué que tu as cherché à m'éviter toute la soirée ? Tu m'as à peine adressé une demi-douzaine de mots en trois heures. Si c'est à cause d'hier, je mérite certainement une bonne engueulade, et je ne pourrais pas t'en vouloir pour ça, mais pas cette punition que tu m'infliges. Je me suis suffisamment puni moi-même en passant la nuit sur mon canapé alors que j'aurais pu la passer dans tes bras.

Mon cerveau bouillonne. Des bras, il s'en est apparemment présenté des plus confortables puisqu'il les a préférés aux miens.

— Merveille… Un jour tu m'as dit qu'on devait apprendre à communiquer, tu te souviens ?

Oui, je m'en souviens et c'était quand je pensais qu'il avait une aventure avec Lili. Je me suis fait des idées cette fois-là, mais je suis certaine de ne pas me tromper cette fois-ci ! À quoi bon continuer ? Je ne pourrai jamais me résoudre à partager ma vie avec un homme en qui je n'ai pas pleinement confiance. Le doute, la suspicion, la peur, la méfiance, l'insécurité, je refuse de vivre avec toutes ces épées de Damoclès au-dessus de ma tête. Son téléphone se met à sonner. J'imagine qu'elle le rappelle. Je me dis que c'est un signe, qu'il faut que je lui parle, que je lui dise que notre histoire s'arrête ici. Il attrape son mobile et fixe l'écran quelques secondes avant de refuser l'appel.

— C'était peut-être important, dis-je, une douleur lancinante me perforant la poitrine.

Il prend mes mains entre les siennes et les caresse délicatement du bout de ses pouces, son regard rivé au mien.

— Il n'y a rien qui soit plus important que toi, déclare-t-il. Je commence à te connaître Merveille, et je n'ai qu'à te regarder pour me voir confirmer que j'ai des raisons de m'inquiéter.

Il semble si sincère. Je crois même distinguer de la douleur dans ses yeux devenus plus sombres. Je n'arrive plus à réfléchir. Je me sens au bord de la rupture. J'ai peur de craquer, peur de recommencer à souffrir demain, peur de ne jamais réussir à l'oublier. Le pub s'est presque vidé. Anja et Louise demandent du renfort pour rentrer les tables de la terrasse et c'est ce qui m'empêche de m'effondrer en larmes sous le bar.

— Tu ne me feras pas quitter cet endroit avant de m'avoir expliqué pourquoi tu m'ignores de cette façon, poursuit-il. Tu es à deux doigts de pleurer et je veux savoir pourquoi ! Tu n'imagines pas ce que je suis en train d'endurer, Merveille. Parle-moi, putain ! Ne me laisse pas comme ça, sans explication !

Son téléphone se remet à tintinnabuler avec insistance. J'ai l'impression que la sonnerie se répercute sur tous les murs de la salle, comme un écho. C'en est trop.

— Tu devrais peut-être répondre, je lance, cinglante.

Tandis que je m'éloigne, je l'entends demander un double scotch à Terry. Je n'aime pas l'idée qu'il boive de l'alcool avant d'enfourcher sa moto et qui plus est, dans l'état d'esprit où il se trouve. L'idée qu'il puisse lui arriver malheur avec sa machine diabolique me terrifie et me donne juste envie de courir me pelotonner dans ses bras. Les néons extérieurs s'éteignent, annonçant la fermeture du pub. Les derniers clients quittent les lieux, ainsi qu'Anja et Louise, éreintées. Je me retrouve seule avec Noah et Terry.

— Je te ramène chez toi ou tu rentres avec ton copain ? me demande ce dernier.

À quel moment j'ai pris la décision de rentrer avec Noah, je ne sais pas, mais au moment où j'ouvre la bouche pour le dire à Terry Noah me devance et ce qui sort de la sienne me coupe les jambes.

— Ramène-la Bruce, je crois que c'est mieux.

Il se lève, vide son verre, saisit son casque et sort sans se retourner. Le nœud que j'ai dans la gorge se serre au maximum, me faisant presque suffoquer. Pourquoi a-t-il changé d'avis au dernier moment ? Est-ce qu'il a finalement décidé d'aller la rejoindre ? J'entends le rugissement de sa moto qui s'éloigne et je sens mon cœur se briser.

— Est-ce que tu sais pourquoi ce mec m'appelle Bruce ? me demande Terry.

— Parce que tu lui fais penser à Batman.

— N'importe quoi ! réplique-t-il en secouant la tête.

Terry me dépose devant chez moi et attend que la lampe à détecteur de mouvements du porche se déclenche avant de redémarrer. Je n'ai pas pipé un mot de tout le trajet. Je n'ai pensé qu'à Noah. Noah dans les bras d'une autre femme…

J'ai un petit sursaut quand la minuterie s'éteint dans la cage d'escalier et que je me retrouve dans l'obscurité. Je monte les dernières marches à tâtons, pas rassurée du tout. En arrivant sur mon palier, ma cage thoracique se vide d'un coup et je pousse un cri de frayeur en distinguant la silhouette d'un homme adossé contre le mur dans le couloir.

— N'aie pas peur, c'est moi.

En reconnaissant la voix de Noah, mon cœur bondit dans ma poitrine. Je ne compte plus le nombre de fois où il a été mis à rude épreuve depuis le début de la soirée. Ma main tâtonne le long du mur et tombe enfin sur l'interrupteur. La lumière jaillit et face à mon visiteur, mes paupières se mettent à palpiter.

— Tu as failli me faire mourir de peur, Noah, dis-je avec anxiété. Je pensais que tu étais rentré chez toi.
— Il faut qu'on parle.
— Si c'était pour venir me retrouver chez moi, tu aurais pu me ramener.
Nos regards s'affrontent, sa mâchoire se contracte, me communique sa colère. Parfait, au moins nous sommes deux !
— Bon, tu l'ouvres ta porte où on continue à animer le palier ? s'impatiente-t-il en ramassant son casque par terre.
Je plonge ma main dans mon sac fourre-tout pour y prendre mes clés. Il est trois heures du matin, je suis épuisée physiquement, émotionnellement et je me demande avec anxiété comment cette nuit va se terminer. Je réalise également que malgré mes doutes et mes incertitudes, tapis dans un recoin de mon cerveau, subsiste encore le minuscule espoir d'une vie heureuse avec Noah.
À peine la porte refermée, il m'attrape par la nuque, me colle au mur et s'empare de ma bouche. Instinctivement, j'enroule les bras autour de son cou et le baiser devient brûlant, sauvage. Je m'agrippe à lui comme à un roc alors que nos langues se mêlent, glissent l'une contre l'autre en une danse envoûtante. Au souvenir de tout ce qu'il m'a fait ressentir lorsque nos peaux se sont effleurées la première fois, d'irrésistibles frissons me font frémir de la tête aux pieds. Mon cœur résonne sous ma poitrine, cogne jusqu'à mes tempes, mon sang bat vivement dans mes veines. Sa bouche descend vers mon oreille pour murmurer :
— Tu as bien failli me faire mourir ce soir.
J'ai la tête qui tourne et ma température corporelle fait un bond vertigineux. Je meurs soudain d'envie qu'il me caresse avec ses mains comme il me caresse à travers son regard. Plus rien n'existe autour de moi, plus rien sauf lui. Mes mains font tomber son blouson de moto vers l'arrière et il s'en débarrasse promptement, laissant le chemin libre à mes doigts fébriles qui s'immiscent sous son T-shirt. Ils suivent le dessin de ses abdominaux, savourent les muscles de ses pectoraux et je soupire de contentement. Mon corps et mon cœur s'enflamment, toutes mes incertitudes s'évaporent. Mais soudain, Noah interrompt

délicatement notre étreinte. Je soupire, frustrée. Il pose sa main sur ma joue, son pouce caressant doucement mes lèvres. Je sens qu'il s'apprête à me dire quelque chose. J'ai peur soudain.

— Tu te souviens de la raison qui m'a poussé à vendre mon loft ?
— Tu as dit qu'il faisait partie d'un épisode de ta vie que tu souhaitais oublier si je me souviens bien. Tu as dit aussi qu'on en reparlerait, mais l'occasion ne s'est jamais présentée.

Il m'observe longuement, avec précision, pose finalement un baiser sur mon front, puis m'offre sa paume contre laquelle je pose ma main.

— On va parler un peu, dit-il en m'entraînant sur le canapé.

33
Noah

Malgré les larmes d'apaisement qui coulent le long de ses joues, je vois encore tellement d'inquiétude dans son regard que ça me brûle de l'intérieur. Je soupire et je tente de gérer le flux d'émotions qui m'envahit. Je la prends dans mes bras et la serre de toutes mes forces afin qu'elle comprenne que je suis là et que je ne l'abandonnerai jamais. Mes doigts se perdent dans ses boucles blondes et nous restons ainsi un long moment.

Le visage enfoui dans mon cou, elle murmure :

— La simple idée de te perdre me tue et je ne peux pas m'empêcher de me dire que ça doit être dur pour Victoire.

— La vie est faite de choix, Merveille, et certains sont bien sûr plus importants et plus décisifs que d'autres. En me quittant, elle a fait le sien en son âme et conscience.

— Que comptes-tu faire ?

Lentement, je lui relève la tête, pose mon front contre le sien, et les yeux plongés dans la profondeur de ses iris, je lui réponds l'évidence :

— Construire l'éternel, mon ange.

Son regard se fait incandescent. Mes doigts emprisonnent sa nuque fragile et j'attire son visage vers le mien pour l'embrasser comme je l'aime : passionnément. Je suis décontenancé par la tournure que prend ma vie, surpris et tellement rempli d'espoir. Tout ce qui compte pour moi est sous mes yeux. L'amour de Merveille a refermé la brèche laissée béante dans mon cœur par Victoire et je lâche enfin la bride à des émotions refoulées depuis trop longtemps. Dans ce morceau de jour qui se lève, mes yeux plongés dans les siens, je lui fais l'amour dans un mélange de tendresse et de force dont elle semble avoir besoin autant que moi.

Je me réveille bien après l'heure à laquelle je suis censé avoir donné ma première leçon de conduite de la journée. Merveille est blottie contre moi, sa tête repose sur mon épaule. J'attrape mon téléphone sur la table de chevet et compose un SMS à l'intention de Lili.
« *Panne d'oreiller. Désolé. Tu gères ?* »
Sa réponse tombe quasi immédiatement.
« *Salut Noah. Je ne suis pas encore capable de me dédoubler, il y a donc eu un petit embouteillage ce matin. J'ai décalé l'heure d'Estéban à demain. Est-ce que tu comptes arriver bientôt ou bien dois-je continuer à décaler les rendez-vous ?* »
« *J'arrive Lili, t'inquiète* »
« *Pendant que j'y pense, une nana est passée ici ce matin. Elle m'a dit s'appeler Vicky et qu'elle repasserait dans la journée. Je n'ai pas pour habitude de dire que les filles sont belles mais là… j'avoue que je ne peux pas m'en empêcher. Tu la connais bien ?* »
« *À tout à l'heure…* »
Victoire. Belle à couper le souffle et expérimentée, le sexe n'avait aucun tabou pour elle. Je l'ai désirée à en perdre la tête et aujourd'hui, c'est elle qui me désire. Ce que je ressens pour Merveille n'est en rien comparable à ce que j'ai pu ressentir pour Vicky. J'ai passé des mois à aimer Merveille, à la désirer sans jamais me résoudre à la toucher alors que le seul cul sur lequel je fantasmais, c'était le sien. Je savais au fond de moi qu'elle pourrait changer ma vie et ça me foutait les jetons parce que je ne voulais pas me retrouver bousillé encore une fois. Quand je la regarde, quand je la touche, je ne peux m'empêcher de me dire que cette merveille est mienne, qu'elle a été créée spécialement pour moi, et dieu qu'ils ont été longs tous ces jours sans elle ! Je sens soudain ses doigts qui remontent délicatement le long de ma

cuisse. Sa main est chaude, elle m'effleure à peine. Ses yeux sont toujours fermés, mais un sourire coquin étire ses jolies lèvres pulpeuses. Elle semble décidée à déclencher quelque chose que je ne suis pas décidé à stopper malgré mon retard. Les yeux fermés, je jette ma tête en arrière sur l'oreiller, et laisse le pouvoir de ses caresses mettre le feu à mon corps tout entier. Ses doigts aventureux cheminent subtilement, adroitement, glissent sur mon ventre et mes abdominaux tendus. Sa main se fait de plus en plus câline, plus précise. Mais qui est cette créature délicate, qui me caresse et me fait cet effet ? Elle a pris un peu d'assurance et ça me fait sourire. Quelques minutes plus tard, je ne tiens plus et la plaque sur le lit. Après avoir exploré tour à tour le corps de l'autre, nous faisons l'amour jusqu'à atteindre les limites de notre plaisir, les yeux dans les yeux. Je suis carrément en retard mais je m'en fous. Rien ne me parait plus important que ces moments avec elle. Elle cale sa joue sur ma poitrine et je la serre plus fort. Je ne peux imaginer ma vie sans elle, c'est impossible. Je la veux à mes côtés tous les jours, tout le temps.

— Ton cœur bat si vite, souffle-t-elle.
— C'est pour toi qu'il bat, princesse.
— C'est aussi à moi qu'il appartient, n'est-ce pas ?
Je pousse un soupir, la serre plus fort.
— Tu as changé ma vie, Merveille. Un beau jour, tu y es entrée avec ta crinière de soie, tes fichues Converse et tes robes à volants, et depuis, tu n'es plus jamais sortie de ma tête. Tu m'as mis à nu, donc oui… je suppose que mon cœur t'appartient.

Elle se redresse d'un bond, l'air renfrogné. Je sais déjà ce que va me reprocher ma princesse blonde. Je m'empresse donc de rectifier le tir en lui embrassant le bout du nez.

— Je voulais dire… oui, il t'appartient à cent pour cent.
Elle feint de ronchonner, puis finit par sourire.

J'arrive avec deux heures de retard à l'auto-école. Après un debriefing rapide avec Lili, qui en ne me voyant pas arriver a dû se résoudre à décaler l'heure de conduite d'un autre élève, on part chacun de notre côté. Toute la matinée, ou plutôt ce qu'il en reste, je réfléchis à ce que je vais pouvoir dire à Victoire pour qu'elle arrête définitivement de se faire des illusions sur le redémarrage de notre histoire. Je profite de l'heure du déjeuner pour la rencontrer chez Gino. La discussion tourne en boucle de son côté. Moi, je n'ai rien de nouveau à lui dire qu'elle ne sache déjà. Comment peut-elle continuer à espérer quelque chose de moi alors que je viens de lui annoncer que la femme qui partage aujourd'hui ma vie est la personne à qui je tiens plus que tout au monde ? Le « Nous deux, c'est terminé ! » ferme et définitif que j'assène en tapant du poing sur la table ne semble pas la décourager.

— On dirait que tu prends plaisir à me rabaisser Noah, souffle-t-elle en allumant nerveusement une clope.

— Je pensais que tu me connaissais mieux que ça. Je voudrais simplement que tu comprennes que pour qu'une relation marche, elle doit être bilatérale.

— Mais qu'est-ce qu'elle a de plus que les autres, cette fille ? Tu as dû en baiser des tas depuis notre séparation.

— Tu n'imagines même pas !

— Alors, pourquoi elle ?

— Parce qu'aucune n'était la femme que je voulais, et puis surtout parce que quand je l'ai rencontrée, justement, je n'ai pas eu envie de la baiser comme toutes les autres. J'ai immédiatement voulu plus, sans même l'avoir jamais touchée.

Elle plisse légèrement les yeux et me regarde avec un étonnement non feint.

— Tu es donc réellement tombé amoureux ?

— Je suis fou d'elle.

— Tu l'étais aussi de moi, murmure-t-elle.

— Tu viens de le dire toi-même, Victoire... Je l'étais.

— Eh bien moi je t'aime toujours. C'est comme ça, je n'y peux rien.

Je soupire longuement.

— Aimer quelqu'un, c'est vouloir son bien.

— Attends, tu es en train de me dire que ce n'est pas ce que je souhaite pour toi ?

— Si c'est réellement ce que tu souhaites, alors laisse-moi tranquille une bonne fois pour toutes parce que nous deux, je t'assure que c'est terminé. Il n'y a pas de possible retour en arrière.

— Bien. Nos chemins se séparent donc ici, conclut-elle avec un soupir.

Elle se lève et nous sortons du café. Sur le trottoir, elle me fait face et bien qu'elle ne puisse cacher sa détresse, elle tente un sourire.

— J'espère qu'un jour tu pourras me pardonner Noah. D'ici là, je continuerai à t'attendre.

— Écoute Vicky, je…

— Non, ne dis rien, je t'en prie, m'interrompt-elle, les yeux inondés de larmes. Prends bien soin de toi.

Ce disant, elle tourne les talons et s'éloigne sans un regard en arrière. Je reste un long moment sur le trottoir à regarder sa silhouette qui s'amenuise peu à peu. Malgré toute la souffrance que cette femme m'a causé, je ne peux m'empêcher de lui souhaiter d'être heureuse. Cependant, malgré tout le bonheur que je lui souhaite, en ce qui me concerne, la page est définitivement tournée.

Je m'apprête à rejoindre Lili à l'auto-école quand je sens les vibrations de mon téléphone contre ma poitrine. Je reconnais immédiatement son numéro. Elle est en larmes et peine à parler.

— Nom de Dieu Lili, que t'arrive-t-il ?

— Il faut que tu viennes… vite, Noah. Je t'en prie, viens vite.

— T'es où ? Au bureau ?

— Oui.

— Je suis à côté, j'arrive.

Je traverse la rue en courant et c'est rempli d'appréhension que je parcours les derniers mètres qui me séparent de l'auto-école. Lorsque j'arrive, je trouve la porte fermée à clé. Je tambourine comme un forcené dessus et au bout de ce qui me paraît être une éternité, Lili vient m'ouvrir. J'ai un choc en la voyant. Son mascara a coulé, formant une traînée sombre sur ses joues ; ses cheveux vermillon sont en vrac et son T-shirt est déchiré à l'encolure. Putain, mais que lui est-il donc arrivé ? Elle se jette dans mes bras, pleurant toutes les larmes de son corps. Je patiente quelques secondes, puis attrape son visage entre mes mains et plonge mon regard dans le sien, angoissé.

— Lili, je t'en prie, calme-toi et explique-moi ce qui t'est arrivé.
— Je… j'ai été agressée, hoquète-t-elle entre deux sanglots.

Mon sang ne fait qu'un tour.

— Agressée ? Mais par qui ?

Sa tête retombe à nouveau contre mon torse et ses pleurs redoublent de violence. Ses bras s'enroulent plus fort autour de moi, comme si elle craignait de tomber dans le vide si je la lâchais. Elle semble terrorisée et m'apparaît soudain comme une petite chose fragile, bien loin de la femme forte que j'ai appris à connaître et apprécier. Quand je sens qu'elle commence à se calmer, je l'écarte doucement de moi et la guide vers le fauteuil du bureau où je la force à s'asseoir. Puis je griffonne rapidement « fermeture exceptionnelle » sur une feuille que je scotche sur la porte avant de la verrouiller et d'abaisser les stores. Les élèves qui ne vont pas tarder à arriver seront certainement agacés de découvrir qu'ils ne pourront pas effectuer leurs heures de conduite, mais peu m'importe. Pour l'instant, il y a plus urgent.

Je passe les minutes suivantes à écouter Lili, et dans ma tête, c'est l'explosion quand elle m'avoue qu'en réalité, elle vient d'être victime d'un viol. Je jure entre mes dents, puis lui demande.

— Qui t'a fait ça, Lili ? Donne-moi son nom !
— Tu ne le connais pas Noah, répond-elle d'une voix morte.
— Justement, ça peut s'arranger ! Donne-moi son nom, je vais me charger de lui faire passer l'envie de recommencer.
— Non, tu ne dois pas t'approcher de lui, c'est un mec dangereux et je ne veux pas que tu aies des ennuis par ma faute, sanglote-t-elle.

Je m'accroupis devant elle et prend ses mains entre les miennes.

— Dangereux ou pas, il doit payer pour ce qu'il a osé te faire, Lili. Tu ne peux le laisser s'en tirer comme ça, alors je te le redemande : qui s'en est pris à toi ? Si tu ne veux pas me le dire, allons au moins chez les flics.
— Cela ne servira à rien d'aller voir la police Noah.
— Le viol est un crime et le mec qui t'a fait ça doit payer !

— Ce mec… c'est mon ex, m'avoue-t-elle en évitant de me regarder.

Surpris, je marque un temps de réflexion mais je me reprends très vite.

— Ex ou pas, ça ne change rien au fait qu'il a commis un crime abject et tu vas immédiatement aller porter plainte contre ce connard.

— Non ! crie-t-elle en s'éjectant du fauteuil.

— Mais nom de Dieu, qu'est-ce que t'as dans la tête ? Tu vas laisser ce fumier s'en tirer à si bon compte sans rien faire ? Et qui te dit qu'il ne recommencera pas avec toi ou avec une autre ! Bordel Lili, tu dois mettre ce type hors d'état de nuire.

— Puisque je te dis que parler aux flics ne servira à rien, crie-t-elle. Je suis déjà passée par là et… je ne leur fais pas confiance. Lui aussi s'en sortira de toute façon.

Je fronce les sourcils et la dévisage, espérant avoir mal compris ce qu'elle vient de dire. L'affreuse pensée qu'il ne s'agisse pas d'une première fois traverse mon esprit en une fraction de seconde, balayée par une colère froide.

— Qu'est-ce que tu ne me dis pas, Lili ?

Elle ferme les yeux et pousse un long soupir.

— J'ai… J'ai été violée quand j'étais ado et porter plainte contre mon agresseur n'a servi à rien. Ça sera la même chose aujourd'hui.

Je serre les dents. Bon Dieu, mais qu'est-ce qu'ils peuvent bien avoir dans la tête, ces enfoirés, pour commettre des actes aussi barbares ! Je pourrais le tuer si un tel animal osait poser ses sales pattes sur Merveille.

— Ma première expérience sexuelle, je l'ai connue dans une cave des catacombes de Paris, m'explique-t-elle en se laissant glisser le long du mur. Il s'appelait Alex. Il avait seize ans et moi quinze. J'étais amoureuse de lui mais je voulais encore attendre avant de sauter le pas, mais j'ai eu beau dire non, le repousser, je me suis malgré tout retrouvée plaquée sur le sol avec tout son poids sur moi. J'ai mis un mois avant de réaliser vraiment qu'il m'avait violée, souffle-t-elle en glissant ses doigts dans ses cheveux pour les ramener vers l'arrière. Pour ne pas accepter l'horrible réalité de ma première fois, j'ai préféré penser qu'il avait agi ainsi par amour, que j'avais tout fait pour qu'il en arrive à me désirer au point de ne plus pouvoir se contrôler. C'est en parlant avec une fille sur Facebook que j'ai pris la décision de porter plainte, mais l'affaire a été classée sans suite. Nous étions jeunes, on était sortis ensemble et mon violeur s'est débrouillé pour me faire passer pour une ex revancharde. Il s'en est tiré, et heureusement, il ne m'a pas détruite. Ne dit-on pas que tout ce qui ne nous tue pas nous rend plus fort ?conclut-elle avec amertume.

— Je suis sincèrement désolé.

— Merci, mais ne t'inquiète pas, je me suis blindée depuis.

Elle pousse un soupir. Son regard s'assombrit un peu plus. Elle fait peine à voir et je ne peux pas me résoudre à ce que les choses en restent là.

— Écoute Lili…

— Non, toi écoute, m'arrête-t-elle aussitôt. Je sais ce que tu vas me dire, mais c'est inutile, je n'irai pas voir la police. Je vais gérer comme une grande fille que je suis devenue, ne te fais pas de soucis. Je n'aurais pas dû t'appeler, c'était une erreur, mais sur le coup, je me suis sentie si perdue…

— Si tu ne veux pas te rendre chez les flics, dans ce cas, donne-moi le nom de ce salopard. Je vais aller lui dire deux mots et m'assurer qu'il ne t'embêtera plus.

— N'insiste pas, je t'en prie. Je te l'ai dit, il est dangereux et je n'ai aucune envie de lire ton nom dans la rubrique nécrologique. Je m'en voudrais toute ma vie s'il t'arrivait quelque chose, et Sébastian le bras long… très long.

— Sebastian ?

Devant son air alarmé, j'insiste :

— Sebastian comment ? Donne-moi son nom, bon sang !

Elle hésite un moment et finit par lâcher le nom de son agresseur. Sebastian Lodewijk. De surprise, j'en avale ma salive de travers. Propriétaire de plusieurs clubs privés à Paris et à Caracas, Lodewijk fait régulièrement la une des tabloïds quand il n'est pas dans le collimateur de la police. Ce type est un mafieux de la pire espèce et m'en prendre à lui physiquement ne servira à rien. Les représailles seront terribles et je ne veux pas prendre le risque de faire courir le moindre danger à Merveille et Lili. Par quel mystère, ma monitrice-t-elle pu se retrouver entre ses mains ?

Je l'interroge du regard.

— Tu ne sais pas tout à mon sujet Noah, souffle-t-elle, penaude.

— Je commence à peine à le réaliser, en effet. Bon, va te passer un peu d'eau sur le visage, ensuite nous irons discuter ailleurs.

Elle acquiesce d'un signe de tête et se lève pour aller dans la petite pièce d'eau attenante au bureau. J'ai mis un temps fou à me décider d'arrêter la clope et ça fait des mois que je n'ai pas fumé. Mais aujourd'hui, mes bonnes résolutions volent en éclats et la première chose que je vais faire en sortant d'ici, c'est m'acheter un paquet de cigarettes.

34
Merveille

Le pub est fermé depuis quelques minutes. Noah ne devrait plus tarder et j'espère qu'il n'a pas essayé de me joindre car je viens de me rendre compte que mon téléphone s'est éteint. Plus de batterie.

— Tu n'aurais pas ton chargeur sur toi par hasard ? je demande à Terry en brandissant mon iPhone.

— Non, désolée. Mais qui veux-tu qui t'appelle à cette heure-ci ? se marre-t-il.

— Bah Noah par exemple !

— Il n'est pas supposé venir te chercher ?

— Si. Il ne devrait pas tarder d'ailleurs.

— Eh ben dans ce cas, relax ma belle.

Il a raison. Je finis de nettoyer la machine à café lorsqu'il me demande :

— Ça te dit un shot ?

Sans attendre ma réponse, il dégaine une bouteille de tequila qu'il pose sur le zinc avec deux petits verres.

— Tu crois que Santorio serait content de nous voir picoler à l'œil ? je glousse en m'accoudant au bar.

— Si tu savais comme je m'en tape de ce qu'il peut penser… Citron ?

— Je veux bien, merci.

J'avale la tequila d'un trait, lèche le sel que je viens de saupoudrer sur le dos de ma main et mords dans la chair juteuse du citron vert. Waouh ! Ça décoiffe !

— Un autre ? demande mon ami en pouffant de ma grimace.
— Tu veux me faire rouler sous le bar ou quoi ? Tu sais pourtant que je ne tiens pas très bien l'alcool.
— Oh allez, lâche-toi un peu Merveille, raille-t-il gentiment. Parfois, je te trouve un peu trop sérieuse.
— C'est vrai ?
— Carrément !

Je le regarde, un large sourire aux lèvres. Oh et puis zut à la fin ! Tant pis si je me mets à tituber d'un coin à l'autre de la salle. Dans quelques minutes, Noah sera là et j'ai envie de chanter, de danser, de crier au monde entier à quel point je suis heureuse, à quel point ma vie a changé depuis que nous sommes ensemble. Plus les jours passent, plus je l'aime. Il suffit qu'il soit près pour que je me sente entière. J'ai toujours su qu'il était la bonne personne pour moi et je ne peux m'empêcher d'avoir une pensée pour chaque fille encore vierge de la planète. Le premier conseil que je leur donnerais est de ne jamais se précipiter. Ma première fois n'a pas été un acte qui m'a uniquement permis d'être comme les autres, mais plutôt la poursuite de la découverte de celui que j'aime. J'ai sauté le pas uniquement par amour et je souhaite à toutes les filles de connaître le bonheur intense que j'ai ressenti à me livrer corps et âme à l'homme que j'ai choisi. Noah m'a fait sienne dans la tendresse, dans les mots doux, en prenant le temps, tout le temps qu'il faut. Il me donne le goût de vivre ma sensualité, de la nourrir et de l'enrichir. Je sais que c'est avec lui que je veux avancer, construire ma vie, avoir des enfants et chacun de nos rires, nos regards, nos discussions et nos baisers prouvent à quel point j'ai bien fait de l'attendre.

Terry me sort soudain de mes pensées amoureuses.
— Cul sec, partner !

Ce faisant, il porte son verre à ses lèvres et la tequila dégringole au fond de son gosier. Puis il m'encourage d'un signe du menton à le suivre. Ce que je fais, le sourire aux lèvres pour me retrouver la seconde suivante la gorge en feu.

— Oh la vache ! je m'exclame en écrasant violemment mes mains à plat sur le comptoir. Mais comment font-ils pour en avaler dix d'affilée ?

— Je suppose qu'ils ont de l'entraînement, s'esclaffe-t-il. Un autre ?
— Euh… non, merci. Je crois qu'il pourrait m'être fatal.

Je le vois jeter un coup d'œil à sa montre.

— Si tu veux rentrer chez toi, je ne m'en formaliserai pas, tu sais, dis-je en rinçant nos verres.

— Je préfère m'assurer que ton mec va bien venir te chercher cette fois. Sinon, je te ramènerai. De toute façon, personne ne m'attend chez moi.

— Pourtant, d'habitude, tu es plutôt pressé de rentrer. Qu'est-ce qui a changé ?

— Je ne suis pas fatigué ce soir et l'idée de me retrouver seul me fait chier d'avance.

— Tu sais, je me demande souvent comment un garçon comme toi peut être célibataire. Tu as toutes les qualités pour faire rêver une femme.

— Tu trouves ?

— Tu es beau gosse, gentil, bosseur… Avec toutes les filles qui passent au Boomer, je trouve étonnant qu'il n'y en ait pas une seule à t'avoir ravi le cœur.

— Détrompe-toi, il y en a bien une, mais apparemment, je ne suis pas trop son type de mec.

Intriguée, je l'observe avec attention puis lui demande si je la connais. Il me sourit et joue avec ses sourcils qu'il monte et descend plusieurs fois d'affilée.

— Tu la connais effectivement. Il s'agit de Lili, m'avoue-t-il avec un petit soupir.

Mince alors ! Si je m' attendais… J'étais persuadée qu'il ne la portait plus trop dans son cœur depuis notre altercation au sujet de son attirance pour Noah.

— Je sais que tu ne l'apprécies pas des masses, poursuit-il, mais moi, j'ai craqué pour elle. Malheureusement, elle ne semble pas être fan de Batman. De toute façon, bien qu'il soit un super héros, hormis quelques romances rapides, Bruce Wayne n'a pas vraiment de vie amoureuse, tente-t-il de plaisanter en fendant l'air avec sa main.

— Mais peut-être que la belle Lili a juste besoin de connaître un peu plus le personnage. Est-ce que tu as au moins songé à l'inviter à dîner ?

— J'y pensais, jusqu'à ce que je découvre qu'elle en pince pour un autre. Je n'ai pas la moindre envie de me considérer comme un second choix, pourtant si elle disait oui, je t'assure que je ne dirais pas non. Chaque fois qu'elle se pointe ici, j'ai le palpitant qui s'emballe.

Au moment où je m'apprête à lui conseiller de se jeter à l'eau avec Lili, le grondement furieux d'une moto lancée à vive allure nous parvient.

— On dirait bien que ton chevalier arrive sur sa monture et bon sang, maintenant que j'y pense, heureusement que tu n'as pas trop picolé, sinon je ne sais pas comment tu aurais pu tenir sur la moto de ton super héros, glousse Terry.

L'instant d'après, la porte du pub s'ouvre, livrant passage à l'homme de ma vie, tout de noir vêtu et qui n'a même pas pris le temps d'ôter son casque. Mon cœur s'affole dès que mon regard se pose sur lui. Tout en traversant la salle, il déboucle son Shoei Neotec puis referme ses bras autour de moi. Le baiser passionné dont il me gratifie me liquéfie littéralement sur place. Je n'ai plus qu'une seule envie, rentrer et lui montrer dans l'intimité à quel point je l'aime.

— Tu veux un truc à boire avant que vous partiez ? lui propose Terry.

— File-moi un truc costaud Bruce, répond Noah en se détachant de moi.

— Whisky sec, ça te va ?

— Parfait.

Je trouve un peu étrange que Noah préfère s'attarder, mais je ne m'en formalise pas pour autant. Terry lui sert une dose d'alcool, puis me demande d'un air ironique si je les accompagne.

— Tu as déjà oublié que je dois monter à califourchon derrière Noah ? je rétorque d'un air faussement fâché.

Le silence de Noah me surprend. Je l'observe avec attention et à son air absent et la façon dont il fait rouler son verre entre ses mains, je comprends immédiatement que quelque chose le tourmente. Je le connais bien mon super héros. Je surprends le regard de Terry et devine à ses sourcils froncés qu'il pense la même chose que moi. Il croise les bras sur le comptoir et tente la plaisanterie.

— Un problème, Robin ? Tu sais qu'en cas de besoin, tu peux compter sur ton pote Batman.

— C'est pas moi qui ai un problème Bruce, c'est Lili, lâche Noah d'un air sombre.

Je vois Terry se décomposer sur place.

— Quel genre de problème ? demande-t-il d'une voix anxieuse.

Je n'aime pas beaucoup Lili et je meurs souvent d'envie de lui arracher ses cheveux rouges un à un, mais à en juger par la mine sombre de Noah, quelque chose de grave se passe avec elle. Ses doigts se crispent soudain autour de son verre.

— C'est pas à moi de vous en parler, dit-il.

— Tu en as déjà trop dit mec, alors balance le morceau, s'énerve Terry.

Noah l'assassine du regard et j'interviens aussitôt pour que ça ne dégénère pas entre eux. Si ces deux-là en venaient aux mains, pas une table du pub n'y survivrait. Un ouragan ferait moins de dégâts.

— Terry est amoureux de Lili, Noah, alors c'est normal qu'il réagisse mal à ce que tu viens de nous annoncer, dis-je en posant une main sur son bras pour tenter de l'apaiser. Quoiqu'il se passe avec elle, je vois bien que ça te mine et ça signifie que c'est grave, alors je t'en prie, parle-nous. On pourra peut-être faire quelque chose.

Il m'attire contre lui et me serre si fort que je commence à craindre le pire.

— ACCOUCHE ! lance Terry en tapant du poing sur le comptoir. Tu ne vois donc pas dans quel état tu m'as mis, putain ! C'est quoi le problème avec Lili ?

Noah vide son verre et nous raconte ce qui est arrivé. J'ai l'impression de faire un saut dans le vide. Terry quant à lui s'est figé, pâle comme la mort.

— Est-ce que tu sais qui lui a fait ça ? demande-t-il après s'être servi un autre verre de whisky qu'il a dégommé cul sec.

— Oui, elle a fini par me donner son nom. Mais ce que je vais te dire ne va pas améliorer ton humeur, je préfère te prévenir à l'avance.

Comme Noah quelques heures plus tôt, Terry et moi découvrons à notre tour le côté caché de la vie de Lili. Elle ne se contente pas d'apprendre à conduire aux gens, elle est également gogo danseuse au Raspoutine, un club très privé du 8ème arrondissement. Fantasmé et interdit aux individus lambda, il faut montrer patte blanche pour pouvoir y entrer. Et quand on sait qui en est le propriétaire, on peut se demander si Lili avait bien toute sa tête quand elle a accepté de travailler pour Sebastian Lodewijk. Le pire arrive à présent pour Terry. Découvrir que la femme dont il est épris est l'ex petite amie de ce truand le met à genoux. Mais son asthénie est de courte durée. Il redresse soudain les épaules et écrase violemment son poing sur le comptoir. Dans son regard, je vois quelque chose que je n'avais encore jamais vu : le feu de la haine. Il flambe dangereusement au fond de ses prunelles, semblant le carboniser tout entier.

— Je vais le démolir, marmonne-t-il entre ses dents.

— Je te déconseille fortement de jouer les super héros avec ce type, grogne Noah.

— C'est pas ton problème !

— Essaye de te calmer, on parlera après !

— Je me calmerai seulement quand je lui aurai arraché la tête à ce fumier ! Comment va Lili ?

Il pousse un soupir et grommelle :

— Putain, quelle question idiote…

— Elle refuse d'aller voir la police, poursuit Noah. Je ne suis pas parvenue à la raisonner mais il va falloir qu'on fasse quelque chose, parce que Lodewijk refuse de la laisser quitter le Raspoutine ; il va donc nous falloir trouver une solution pour qu'il change d'avis.

— Moi, je n'en vois qu'une seule ! réplique Terry.

Noah pousse un soupir et passe sa main sur son menton. Je n'ose rien dire. Je pense à Lili. À ce qu'elle a subi… à cette double vie dont elle s'est bien gardée de nous parler. Je l'imagine soudain en train de danser à moitié nue sur des talons vertigineux sous les regards lubriques d'un tas d'hommes et aussitôt, un frisson déplaisant me parcourt l'échine. Il faut avoir un sacré mental pour faire ce métier… enfin, si on peut appeler ça un métier ! Il m'est arrivé de regarder des reportages sur les gogo danseuses dans les boîtes de nuit et chaque fois, les filles se plaignent de la même chose : on les prend trop souvent pour des prostituées.

— Ne va pas te mettre dans les embrouilles Terry, dit Noah en sortant un paquet de cigarettes de la poche de son blouson.

J'écarquille les yeux de surprise. Depuis quand fume-t-il ?

— Je ne compte pas rester sans réagir, contrairement à toi ! éclate Terry, les yeux brillants. Si ce qui lui est arrivé ne te touche pas, moi, ça me tue !

Noah lui attrape illico le col de chemise et le tire vers lui.

— Ne me parle pas comme si j'étais le roi des lâches, souffle-t-il contre son visage. Avec des types comme lui, on ne peut pas agir à la légère. Il faut réfléchir, putain !

Terry ferme les yeux et hoche piteusement la tête. Noah relâche sa prise et marmonne quelque chose d'inintelligible avant d'allumer sa cigarette.

— Peut-être qu'à nous trois, nous réussirons à faire changer d'avis Lili pour qu'elle aille porter plainte. Si elle persiste dans son refus, eh ben nous aviserons, conclut-il en exhalant nerveusement la fumée de sa Marlboro.

Noah et moi sommes les premiers à quitter le Boomer. Terry a décidé de rester encore un peu pour finir son verre. Je ne le sens pas. J'ai peur qu'il fasse une bêtise, et ce mauvais pressentiment ne me quitte pas. Il y a à peine une heure, je flottais sur un petit nuage, je naviguais dans le doux cocon de mon amour pour Noah. J'étais heureuse et pleine d'espoir, mais le ciel a brusquement tourné à l'orage et je ne peux m'empêcher de penser au calvaire de Lili. Je pense que je serais tout à fait capable de tuer l'homme qui oserait me faire subir une chose si dégradante.

35
Merveille

Noah est souvent d'humeur massacrante depuis que Terry a manqué à sa promesse de se tenir tranquille avec Lodewijk. D'ailleurs, je me demande ce qui lui est passé par la tête lorsqu'il est allé défier Sebastian Lodewijk sur son propre terrain. Inutile de dire qu'il s'est fait refouler avec virulence aux portes du club. Cependant, les menaces des cerbères du temple de la nuit n'ont pas suffi à le dissuader et il s'est mis à traiter Lodewijk de violeur directement sur la page Facebook du Raspoutine. Il n'a fallu que quelques heures pour créer un buzz phénoménal. Les journalistes se sont aussitôt mobilisés pour tenter de décrocher un nouveau scoop sur le patron le plus en vue des nuits parisiennes. Le Boomer a été pris d'assaut par les caméras, et Santorio, loin de me surprendre, a semblé voir tout ce battage d'un très bon œil, un peu de publicité gratuite ne pouvant pas faire de mal à son établissement. Le nom de Lili a fini par sortir et elle s'est retrouvée en moins de temps qu'il ne faut pour le dire traquée du matin au soir par les paparazzis de la presse à scandale. Au bout du rouleau, effrayée par la tournure médiatique qu'ont pris les évènements, elle a décidé de faire un démenti, signifiant aux journalistes qu'il ne s'était jamais rien passé entre elle et le patron du Raspoutine, qu'elle ne comprenait pas pourquoi le barman du Boomer avait inventé cette histoire de viol et qu'elle irait jusqu'à porter plainte contre lui s'il persistait à traîner son nom dans la boue. Noah et moi sommes tombés des nues et Terry a été anéanti. Depuis, il ne vient plus travailler et je me retrouve seule à gérer le bar avec Anja et Louise. Santorio continue à compter sur le retour de Terry, mais je ne suis pas sûre qu'il réintègre son poste et je me fais un sang d'encre pour lui.

J'en veux terriblement à Lili de nous avoir menés en bateau. Je ne comprends toujours pas ce qui l'a poussée à se faire passer pour une victime. Elle a mis les voiles et nous ignorons où elle est partie. Mais peu importe. Où qu'elle soit, qu'elle y reste ! Dans cette histoire, elle s'en tire plutôt bien, contrairement au pauvre Terry qui a été sauvagement violenté par les videurs du Raspoutine et malmené par la presse. Il va lui falloir un sacré bout de temps pour oublier ces dernières 72 heures.

Il est 22 heures. Le Boomer est plein à craquer. Je suis sur tous les fronts et je n'ai jamais eu autant la rage après les clients. Heureusement, Noah ne devrait pas tarder à venir me tenir compagnie. Rien que sa présence rassurante et aimante apaisera le bouillonnement de sentiments divers et variés qui affluent dans mon âme. Et puis je me sentirai plus rassurée de le savoir prêt à intervenir en cas de pépin avec un client « chargé ». J'ai prévenu Santorio qu'au moindre incident, je lui rendrais mon tablier sans la moindre hésitation étant donné qu'il ne fait rien pour assurer ma sécurité et celle des serveuses. Sérieux, non mais quel picsou ce mec ! Embaucher un intérimaire ne lui coûterait pas grand-chose. Un petit fils à papa se pointe soudain au comptoir et commence à me draguer lourdement. Je soupire et l'ignore tant que je le peux, mais quand il se permet de dépasser les limites de la bienséance, je l'affronte du regard et lui grogne :

— Je vais te le dire une dernière fois : Ramasse tes cliques avant de prendre des claques !

Il arque les sourcils et s'apprête à répliquer, le doigt menaçant, quand une main s'abat violemment sur son épaule, lui faisant plier les genoux.

— Tu as entendu ce que vient de te dire cette jeune femme ?

Le gamin lève les yeux vers le géant d'un mètre quatre-vingt-dix, et après les avoir clignés plusieurs fois, décampe sans demander son reste. Il faut dire que Sebastian Lodewijk en impose. Je ne l'avais jamais vu ailleurs qu'à la télé ou sur les pages glacées des magazines people et le voir en chair et en os me fiche un sacré coup. Dire qu'il est bel homme est un euphémisme, force m'est donnée de l'admettre. Une vive intelligence et une chaleur des plus troublantes brillent dans son regard aux prunelles d'un bleu étonnant, surmonté par des sourcils aussi sombres que ses cheveux. Contrastant avec le pantalon de ville et la chemise blanche qu'il porte, sa chevelure un peu ébouriffée ajoute un plus à son élégance désinvolte. Lentement ses lèvres s'étirent en un sourire entendu. Il sait très bien que je n'ignore pas qui il est. Je suis immédiatement sur la défensive.

— Monsieur Lodewijk, que nous vaut votre présence dans ce modeste pub ? je demande en essayant de ne pas trahir mes émotions.

— J'ai entendu dire qu'une jolie fleur œuvrait en ce lieu et comme je suis toujours à la recherche de belles plantes pour mes clubs, j'ai pris la décision de venir me rendre compte par moi-même. Je dois reconnaitre que votre réputation n'a nullement été exagérée.

— Merci pour le compliment, mais si c'est du travail que vous me proposez, je n'en ai pas besoin. Néanmoins, merci quand même.

— Je peux vous offrir une place de premier choix mademoiselle… Pardon, mais j'ignore votre prénom.

C'est ça ouais. Mon œil ! songé-je.

— Je m'appelle Merveille Delorme.

— Merveille, murmure-t-il, la tête légèrement penchée. Ça me plaît.

— Vous buvez quelque chose monsieur Lodewijk ?

— Je vous prie, appelez-moi Sebastian.

— Je ne préfère pas.

— Pourquoi donc ? Moi je trouverais ça plus sympa, non ?

— Écoutez, j'ai beaucoup de travail comme vous pouvez le constater. Donc, si vous ne souhaitez rien boire, je vais vous prier de m'excuser.

Je m'apprête à le planter là, quand il me demande un scotch avec deux glaçons.

— Il ne travaille plus ici ce barman qui m'a fait toute cette mauvaise publicité ?

— Terry est... il a été obligé de s'absenter quelques jours pour des raisons familiales, je réponds avec méfiance.
— Ah ! Rien de grave au moins ?
— Je ne sais pas. Il ne m'a rien dit. Qu'est-ce que vous lui voulez au juste ?
— Je veux simplement lui parler et m'assurer qu'il ne recommencera pas à jouer avec mes nerfs. Je pourrais me montrer moins conciliant la prochaine fois qu'il me fait du tort.

Je me rappelle ce que m'a dit Noah sur Lodewijk. Il est dangereux et fricote avec le grand banditisme. Comme je ne veux pas lui laisser voir mon inquiétude, je rétorque :
— Vous ne devriez pas le menacer devant témoins !

Sans tenir compte de ma remarque, il poursuit d'un ton maussade :
— Franchement, est-ce que j'ai la tête d'un violeur ?

Franchement ? J'ai soudain beaucoup de mal à imaginer un homme tel que lui forcer une femme. Malgré tout, je lui réponds :
— Un agresseur sexuel n'a pas de physique particulier, vous savez. Il n'appartient pas à une catégorie socioprofessionnelle particulière, n'a pas de couleur de peau spécifique ou de religion particulière.
— Mais vous, pensez-vous sincèrement que j'aurais pu violer Adéliane ? C'est du délire !

Je concède qu'effectivement, c'est du délire... Le délire de Lili.
— Je ne vous connais pas, monsieur Lodewijk.
— Je ne suis certes pas un modèle de droiture et ce serait vraiment stupide de ma part d'essayer de vous faire croire le contraire, mais je n'ai jamais fait le moindre mal à une femme. Dieu m'en préserve !
— Pourquoi vous torturer encore avec cette histoire puisqu'à présent, tout le monde connaît la vérité ?

Il soupire et plonge son regard dans le mien.
— Ce genre d'accusation, même infondée, laisse des empreintes et bien qu'elle n'ait pas obtenu ce qu'elle espérait de moi, Adéliane m'a causé beaucoup de tort. Vous devriez vous méfier d'elle. Elle non plus, vous ne la connaissez pas, m'assure-t-il en se penchant vers moi comme s'il voulait donner plus de force à ses mots.

— Vous si, je suppose !

— À l'évidence ! Adéliane et moi avons eu une relation qui a duré un peu plus de six mois et croyez-moi, je n'ai pas eu besoin de la violer pour obtenir d'elle ce que je désirais. Si j'avais réellement fait ce dont elle m'accuse, elle n'aurait pas hésité une seule seconde à porter plainte contre moi.

— Pas si elle vous craint.

Il rit. Un rire franc et massif qui fait se tourner les têtes vers lui. Je surprends les regards de quelques nanas et ils en disent long sur ce qu'elles pensent du beau ténébreux qui me fait la conversation. Je ne veux même pas m'imaginer l'état de leurs petites culottes !

— Lili n'a peur de personne, jolie fleur. Elle ne craint qu'une seule chose : la solitude. Elle n'a pas digéré notre rupture et c'est ce que j'ai essayé d'expliquer à votre ami le barman, mais en plus d'être buté, c'est un idiot. On ne s'attaque pas à moi impunément et si je n'étais pas intervenu, mes hommes lui auraient cimenté les pieds avant de le jeter dans la Seine.

Dans les yeux de Lodewijk, crépite un feu diabolique. Je sens ma gorge se serrer et le dévisage, sidérée. Sous le choc de ses paroles, l'air déserte mes poumons et je dois certainement ressembler à un poisson hors de l'eau.

— Respirez mademoiselle Delorme, je ne faisais que plaisanter, rassurez-vous. En cas de récidive, votre ami risque tout au plus une assignation pour diffamation mais je peux vous certifier que mon avocat ne lui ferait pas le moindre cadeau. Dites-le-lui de ma part.

— Vous devez l'excuser pour ce qu'il a fait. Dois-je vous rappeler qu'il avait des circonstances atténuantes ? Il est simplement tombé amoureux et...

— Et regardez où ça l'a mené de faire confiance à Adéliane... Laissez-moi donc vous raconter comment les choses se sont réellement passées. Cette charmante créature est venue dans mon bureau pour m'annoncer qu'elle m'accuserait de viol si je persistais à ne plus vouloir d'elle comme petite amie exclusive. Naturellement, je l'ai envoyée au diable et elle a alors tenté de me soutirer quelques milliers d'euros pour pouvoir aller se la couler douce au Canada, son grand rêve. Pour finir, je l'ai jetée hors de mon club en la menaçant du pire si elle osait y remettre les pieds. Vous voyez le genre de femme qu'est votre sympathique amie, jolie fleur ?

— Elle n'est pas mon amie et je vous saurais gré d'arrêter de m'appeler jolie fleur !

Il rive son regard au mien jusqu'à ce que je baisse les yeux, un peu gênée par son intensité et carrément perturbée par ce qu'il vient de me raconter. Je ne devrais même pas m'en étonner car depuis ma rencontre avec Lili, je n'arrive pas à lui faire confiance. Quand je pense à la scène de cinéma qu'elle a jouée à Noah... Mais quelle garce !

— Vous baissez les yeux facilement, dit-il.

— Détrompez-vous, je réplique en relevant la tête.

Je vois alors Anja derrière lui. Elle me fait les gros yeux, et pointe du menton le bar ou trône son plateau que j'étais supposée recharger il y a dix bonnes minutes. Mince ! Je me sermonne mentalement et me dépêche de consulter la commande qu'elle m'a fournie avant de faire le nécessaire. Sébastian sourit. Je m'efforce d'avoir l'air calme, mais je ne le suis pas.

— Je vous distrais dans votre travail, pardonnez-moi, dit-il.

— Vous ne me distrayez pas.

Avec un petit rire, il réplique :

— Si vous le dites... Si l'idée de vous débaucher m'a effleuré l'esprit un instant, je ne vous imagine finalement pas du tout dans l'un de mes clubs. Vous baissez les yeux facilement quoique vous disiez et je peux affirmer sans le moindre doute que vous vous feriez dévorer toute crue par ma clientèle.

— De toute façon, je ne suis pas danseuse de pole dance, donc...

— Je pensais plutôt à une place de chef barmaid, mais vous découvrir en danseuse érotique ne me déplairait pas. Ça pourrait même être très agréable.

— C'est quelque chose qui ne risque pas d'arriver ! ricané-je en décapsulant une bouteille de bière que je fais adroitement glisser sur le zinc en direction d'un homme assis en bout de bar.

Je sens les yeux de Lodewijk sur moi. Je lui lance un regard furtif et vois l'ombre d'un sourire ironique planer sur son expression. Je me raidis à l'idée de ce qu'il peut avoir en tête. Je sens mon estomac se nouer, mais je ne sais si c'est parce que je suis nerveuse ou en colère. Je me racle la gorge et lui décoche un sourire poli. Du genre : va te faire voir !

— Au cas où ça vous aurait échappé, l'idée de travailler pour vous ne me viendrait jamais à l'esprit.

— Dommage, souffle-t-il avant d'avaler une rasade de scotch.

— Lili travaillait depuis longtemps au Raspoutine ?

— Bientôt deux ans. Elle était une de mes danseuses vedette. J'ai craqué pour cette belle fleur, mais elle était malheureusement pleine d'épines. Mais vous, non et ça me ravit.

— Vous paraissez bien sûr de vous.

L'un de ses sourcils se soulève imperceptiblement. Il a l'air franchement amusé.

— Lorsque j'affirme que vous êtes une fleur sans épines ? demande-t-il.

— Oui.

— Je connais assez bien les femmes pour être certain de ce que j'avance, mais libre à vous d'essayer de me convaincre du contraire.

Il m'observe à présent avec un regard un brin malicieux et j'ai du mal à retrouver ma contenance. Bon sang de bois, je sens mes joues devenir brûlantes.

— Je paierais cher pour savoir ce qui vous trotte dans la tête à cet instant, dit-il d'un air narquois.

— Rien.

Il hausse les épaules, un peu perplexe, puis descend de son tabouret.

— Bien. Je crois qu'il est temps que je m'en aille.

— Je crois qu'effectivement c'est une bonne idée, je réplique en sentant mon cœur s'affoler à la vue du motard qui vient de passer le seuil du Boomer.

Noah semble soudain aux aguets, en alerte comme une sentinelle, son casque à la main.

— Je repasserai vous voir, jolie fleur.
— Ne vous sentez surtout pas obligé, dis-je avec ironie.
— Nous reprendrons notre discussion une autre fois car il me semble que c'est votre petit ami qui vient d'entrer. À bientôt mademoiselle Delorme.

Comment est-il au courant pour Noah et moi ? Lorsqu'ils se croisent, ils se jaugent du regard et je me surprends à croiser les doigts pour qu'ils poursuivent leur chemin sans s'arrêter. Je peux enfin glisser mes bras autour du cou de Noah. Sa chaleur m'enveloppe toute entière. Dieu qu'il m'a manqué.

36
Noah

Mon sang n'a fait qu'un tour quand je l'ai vu avec Merveille et je suis momentanément incapable de relâcher mon étreinte autour de sa taille. Voir ce truand rôder autour d'elle me file des aigreurs d'estomac. Les sourcils froncés, je demande à ma princesse blonde ce qu'il était venu foutre au Boomer.

— Eh bien en fait, il cherchait Terry.

— Pourquoi ?

— Pour s'assurer qu'il se tiendra tranquille. Il n'a pas été menaçant si c'est ce qui t'inquiète. Enfin… pas trop, quoi.

— Comment ça, pas trop ?

— Il a dit qu'il porterait plainte pour diffamation et que son avocat n'était pas le genre à plaisanter avec la réputation de son client.

— Et c'est tout ?

— Euh… Oui, c'est tout, répond-elle, un peu hésitante.

Je lui attrape doucement le menton pour l'obliger à me regarder.

— Écoute mon ange, je veux que tu me le dises s'il revient traîner ses guêtres par ici, d'accord ?

— Oui, c'est promis.

— Et comment va Terry ? Est-ce que tu as des nouvelles ?

— Pas la moindre. Tous mes appels sonnent dans le vide. Sa boîte vocale doit être pleine car elle ne se déclenche même plus et je sais qu'il ne lit pas les SMS que je lui envoie. Je finis par me demander s'il ne se serait pas parti à New York pour se changer les idées.

— Pourquoi New York ?

— Tu l'ignores mais Terry est né là-bas. Il y a ses parents et une partie de sa famille.

— J'ignorais qu'il était américain, dis-je surpris.

— Tu ne pouvais pas savoir, il n'a pas d'accent. Terry est né aux Etats-Unis, mais ses parents ont vécu en France jusqu'à ses 18 ans. Après le lycée, il a décidé de ne pas les suivre lorsqu'ils sont repartis pour les états unis.

— Tu as leur numéro de téléphone ?

— Absolument pas et des Campbell, tu imagines bien qu'il doit y en avoir un paquet à Big Apple.

— Campbell ? Putain, il était destiné à devenir barman ce mec, gloussé-je. Rassure-moi, il n'a rien à voir avec le fameux whisky du même nom ?

Elle me regarde, ne semblant pas le moins du monde amusé par ma petite plaisanterie. Je comprends, elle se fait bien trop de souci et moi-même, je ne suis pas tranquille. Le silence de Bruce résonne dans ma tête et plus les heures passent, plus le bruit qu'il fait s'amplifie. Putain, fait chier ! Jamais je n'aurais pensé me faire un jour du souci pour Batman. Je dépose un baiser sur le haut du crâne de ma princesse et vais m'écrouler sur un tabouret inespérément libre.

— Et toi, tu as des nouvelles de ta copine ? me demande-t-elle en croisant ses bras sur le zinc.

— Ma copine ? je répète, un peu surpris par le reproche que j'entends dans sa voix.

— En tout cas, cette agitée du bocal n'a jamais été la mienne ! Oh et puis zut ! Je ne sais même pas pourquoi je te pose la question étant donné que je me fous royalement de ce qui peut lui arriver.

Je pose mes coudes sur le comptoir et mes mains soutenant ma tête, je me mets à l'observer. Elle semble à cran. Ses traits sont tirés et ce n'est pas surprenant ; elle se fait du mouron depuis que son pote Batman a disparu de Gotham city. Elle dort mal depuis des jours et elle est obligée de doubler la cadence au Boomer parce que son empaffé de patron refuse d'embaucher quelqu'un pour l'aider.

— Non, je n'ai pas de nouvelles de Lili et je pense que nous n'en aurons plus, dis-je en captant son regard. Je lui ai signifié son renvoi par lettre recommandée ce matin.

— Tu as bien fait. Je ne la sentais pas cette fille, et apparemment, j'avais bien raison de me méfier d'elle. Elle a été fabriquée un soir d'orage, c'est sûr !

— OK, c'est vrai que tu t'es montrée plus intuitive que moi. Je n'ai réellement vu en elle que son professionnalisme, pas son pète au casque.

— Ouais ben tu parles d'une complicité ! Elle s'est bien moquée de toi alors dorénavant, je te conseille de mieux choisir tes employés.

Je riposte froidement, froissé par son attaque.

— Personne n'est à l'abri d'une erreur, Merveille.

Elle soupire profondément et prend mon visage en coupe entre ses mains.

— Je sais. Excuse-moi, je ne sais pas ce qui m'as pris de te parler sur ce ton, murmure-t-elle avant de déposer sur mes lèvres un baiser furtif.

Je passe le reste de la soirée à bavarder avec elle dès qu'elle a une seconde pour souffler. Si le Boomer est un endroit qui marche bien en temps normal, il ne désemplit plus depuis qu'il a fait la une de la presse. Tout le monde semble se donner rendez-vous ici, espérant obtenir un shoot d'adrénaline. C'est qu'il en a dans le futal, le chef barman, pour avoir osé s'attaquer publiquement à Sebastian Lodewijk ! doivent-ils se dire. Bruce est devenu célèbre et je ne serais pas étonné qu'on finisse par lui demander de signer des autographes. En attendant, il demeure introuvable et ça ne me rassure pas des masses.

— Noah, tu pourrais aller amener ça aux deux nanas là-bas ? me demande soudain Merveille en me tendant deux verres à cocktail remplis d'un liquide bleu électrique.

— Pas de problème, mais pourrais-tu te montrer plus précise car des nanas, il y en a des dizaines ici ?

— La troisième table sur la droite en partant du juke-box, dit-elle avant de courir à l'autre bout du bar.

Agitation, musique électronique au volume outrageusement poussé à fond et bousculades, voilà le lot de cette soirée que je suis pressé de voir se terminer au calme. Un peu avant l'heure de la fermeture, je me vois contraint d'intervenir pour encourager quelques clients rebelles à se diriger vers la sortie. Anja et Louise semblent bien rôdées face à ce genre d'énergumènes, mais je les sens plus fatiguées que d'ordinaire. Forcément, avec tout ce monde…

En quittant le Boomer, Merveille insiste pour passer chez Terry.

— Il y aura peut-être de la lumière chez lui, argumente-t-elle en bouclant son casque.

— Il est presque trois heures du matin mon ange. S'il est chez lui, il doit certainement dormir.

— Eh bien pour en être sûre, j'irai frapper à sa porte ! J'ai la trouille, Noah. Imagine qu'il ait fait une bêtise ou que Lodewijk s'en soit pris à lui malgré qu'il m'ait assuré du contraire, suppose-t-elle d'une voix étranglée.

Je ne peux m'empêcher de penser que si Lodewijk avait réellement quelque chose à voir dans la disparition de Batman, il ne serait pas allé parader au Boomer devant une salle remplie de témoins. Mais Merveille semble si anxieuse que je prends le chemin du domicile de Batman, guidée par ma passagère. Les routes sont désertes. À cette heure avancée de la nuit, Paris ressemble à une ville fantôme à la grandeur et la solitude impressionnantes. Je ressens toujours la même émotion lorsque j'y roule loin de la foule habituelle qui rapidement se met à grouiller dès les premières lueurs du jour. C'est presque surréaliste de pouvoir observer les fabuleux monuments mythiques qui font fantasmer des milliers de personnes à travers le monde, et les remarquables architectures des hautes tours illuminées par des gigantesques panneaux publicitaires. J'avoue que j'aime Paris et sa dynamique, mais je suis loin de regretter mon choix de la quitter pour aller respirer l'air pur de la campagne. J'attends même ce moment avec impatience. J'ai de la chance que ma princesse blonde apprécie l'idée de vivre au vert. Avec Victoire, ce déménagement aurait été inenvisageable… Mais peut-être a-t-elle réellement changé. Ne m'a-t-elle pas annoncé qu'elle s'était installée dans une maison au bord de la mer ? Et son nouveau lifestyle semble tout à fait lui convenir. Nous arrivons finalement devant l'immeuble où habite Terry, dans le quartier chinois du 13ème. Je viens souvent ici pour manger, ou acheter des produits exotiques. Dans ce véritable Chinatown, il y a un même un McDonald's avec son nom inscrit en chinois sur la devanture. Je coupe le contact de ma bécane et Merveille en descend illico.

— Tu viens avec moi ? me demande-t-elle en débouclant son casque.

— Tu poses de ces questions ! Bien sûr que je t'accompagne.

— Il n'y a pas de lumière chez lui, mais nous allons monter quand même dit-elle en levant la tête vers l'immense tour bétonnée devant nous.

— Quel étage ?

— Onzième. Espérons que l'ascenseur ne soit pas en panne, parce que je ne sens plus mes jambes.

— Je te porterai sur mon dos, t'en fais pas, je souris en attrapant sa main.

— Sérieux ? Waouh… Un autre que toi m'aurait certainement rétorqué que grimper les escaliers, ça galbe les cuisses et raffermit les fesses. Tu es vraiment parfait Noah Brémond, déclare-t-elle en se pendant à mon cou avant de m'embrasser avec passion.

Quelques minutes plus tard, nous sortons de l'immeuble, bredouilles. Batman semble réellement avoir déserté Gotham.

— Si demain il n'a pas réapparu, j'irai voir la police, Noah.

— Tu ne fais pas partie de sa famille et il est majeur et vacciné. Ils te diront qu'il a « fugué » quelques jours et qu'il ne faut pas s'alarmer. Tu sais bien comment ça se passe.

— Moi je te dis qu'ils réagiront parce que Terry s'est attaqué au patron du Raspoutine, assure-t-elle. Tu as bien vu tout le tapage qui s'en est suivi. Sa disparition est suspecte et je serais vraiment étonnée qu'ils ne pensent pas comme moi.

— Tu as peut-être raison, suis-je obligé d'admettre. Demain, nous aviserons, mais pour l'heure, nous allons tâcher de dormir un peu. Tu dois être exténuée et je le suis aussi.

Nous reprenons le chemin de mon loft et à peine déshabillée, elle s'endort. Assis sur le rebord du lit, je l'observe. Elle n'est pas sereine et ça se voit jusque dans son sommeil. Je donnerais n'importe quoi pour pouvoir la rassurer au sujet de son ami. Mais s'il s'avère qu'il a simplement décidé de s'offrir quelques jours de vacances sans prendre la peine de la mettre au courant, il va prendre cher ! Et même très cher ! Malgré la fatigue que je ressens, je ne parviens pas à m'endormir. Bordel de merde, j'espère que Lodewijk n'a pas fait disparaître Batman sous une chape de béton. Lili s'est-elle seulement rendu compte que son mensonge avait directement placé le pauvre Terry dans son viseur ? Ce type serait prêt à aller très loin pour sauvegarder sa réputation. Je pensais avoir fait le tour de la psychologie féminine mais je dois me rendre à l'évidence que j'ai encore des lacunes. Je me suis lourdement trompé au sujet de Lili et je m'en veux terriblement. J'ai de plus en plus de mal à raisonner calmement.

37
Merveille

Il est 11 heures. Ce matin, je me lève avec la même angoisse que celle que je trimballe depuis que je suis sans nouvelles de Terry. Deux jours viennent encore de s'écouler sans qu'il donne le moindre petit signe de vie. Je suis allée voir la police, mais pour le moment, et contrairement à ce que j'escomptais, sa disparition n'est pas encore jugée inquiétante et aucune enquête officielle ne peut être ouverte. La première chose avancée par l'officier qui m'a reçue dans son bureau, serait que Terry aurait peut-être pris la décision de se mettre quelque temps au vert après le buzz qu'il avait déclenché. D'après lui, il n'y a pas encore réellement de souci à se faire, il est persuadé que Terry va refaire surface dans peu de temps. Eh bien je l'espère sincèrement parce que sinon… Je me vois bien en créer un autre de buzz et la police risque fort d'en prendre pour son grade. Énervée contre l'apathie manifeste des forces de police, je m'apprête à me glisser sous la douche lorsque la sonnerie de mon téléphone me parvient. Je me dépêche d'aller décrocher pensant qu'il s'agit de Noah. Entendre sa voix me fera le plus grand bien. Mais je me fige instantanément en reconnaissant celle de mon interlocuteur ; grave, chaude et profonde, au rythme lent et au timbre savamment éraillé.

— Bonjour mademoiselle Delorme, me salue Sebastian Lodewijk.

Ma première réaction est de lui demander comment il a réussi à se procurer mon numéro et je l'entends rire doucement à l'autre bout du fil.

— Ce n'est pas important, jolie fleur. Je vous appelle pour vous demander si vous seriez libre pour déjeuner en ma compagnie.

J'écarquille les yeux. Déjeuner avec lui ? Et puis quoi encore ! Je m'apprête à l'envoyer paître quand il m'annonce :

— Une voiture vous attendra devant le loft de Brémond, soyez prête pour midi.

Il raccroche et je reste là, comme deux ronds de flan, mon iPhone scotché à l'oreille. Gonflé le bonhomme ! Je n'ai même pas eu le temps de lui donner ma réponse, mais de toute façon, quelque chose me dit que je n'avais pas vraiment mon mot à dire. Revenue de ma surprise, j'envoie un SMS à Noah pour lui signaler que je ne serai finalement pas libre pour déjeuner avec lui. Sa réponse ne se fait pas attendre.

« *Tout va bien, mon ange ?* »

« *Oui, ne t'inquiète pas. Je dois voir Armonie pour parler du mariage. Tu sais comme elle peut être insistante parfois.* »

Je me sens effroyablement mal. Noah déteste tellement le mensonge.

« *Mais tu pourrais la voir plus tard dans l'après-midi, non ? J'ai terriblement envie de t'embrasser.* »

« *Je te promets que je me rattraperai ce soir.* »

« *Bon, très bien. Tu me manques bébé* »

« *Tu me manques aussi. Je t'aime.* »

« *Je t'aime aussi.* »

Je pousse un long soupir, terriblement contrariée de lui avoir menti. Je n'ose imaginer sa réaction si un jour il l'apprend. J'ai le sentiment que je m'apprête à faire une énorme connerie mais l'envie d'en découdre avec Lodewijk au sujet de la disparition de Terry est plus forte que la raison. Le cœur lourd, je me glisse sous la douche en me demandant ce que peut bien me vouloir le patron du Raspoutine. Pour le rencontrer, je choisis de porter la petite robe noire que j'avais achetée pour le dîner organisé par mes parents, le jour où j'ai enfin pu faire la connaissance du fiancé de ma sœur.

À midi pile, une limousine noire stationne devant chez Noah. Dieu du ciel, s'il me voyait grimper là-dedans, il m'arracherait les yeux de la tête. Je m'installe à l'arrière, sur les banquettes en cuir de la luxueuse voiture et le chauffeur, un bloc de béton au visage inexpressif, referme délicatement la portière puis s'installe derrière le volant. Il ne parle pas, ne sourit pas, l'ambiance est surréaliste. Peut-être est-il muet… Quelques minutes plus tard, la voiture s'arrête devant La Table des Insolents. Décidément, cet endroit à la côte ! Je me surprends à souhaiter y croiser ma jumelle, histoire qu'elle puisse témoigner de ma rencontre avec Lodewijk au cas où je viendrais à disparaître mystérieusement à mon tour. Le chauffeur descend pour venir m'ouvrir la portière et quand il m'annonce que son patron m'attend à l'intérieur de l'établissement, je découvre enfin le son de sa voix ; grave et caverneuse avec un accent dont je suis incapable de déterminer l'origine. La fille de la réception m'accueille avec la même amabilité que la dernière fois, mais elle ne semble pas me reconnaître. Je suppose que ma nouvelle coiffure y est pour quelque chose et effectivement quand je lui donne mon nom, elle s'exclame :

— Mademoiselle Delorme ? Mon dieu, sans vos magnifiques cheveux, on a du mal à vous reconnaître. Au moins, je ne risque plus de vous confondre avec votre sœur, glousse-t-elle.

Je me demande malgré tout si par hasard, elle ne serait pas en train de me confondre avec Armonie. Bref, passons…

— J'ai rendez-vous avec…

— Oh oui oui, je sais. Monsieur Lodewijk est déjà arrivé. On va vous mener à sa table, dit-elle en faisant signe à un serveur d'approcher.

Sebastian se lève en me voyant. Il porte un costume sans cravate, et les deux premiers boutons de sa chemise sont défaits. Il est d'une élégance irréprochable et je suis décontenancée par les mini-décharges électriques qui fourmillent soudain sur ma peau. Mes joues s'embrasent et je le vois sourire, comme s'il s'en était aperçu. Je me sens stupide. Mais vraiment stupide.

— Je suis très heureux de vous revoir mademoiselle Delorme, dit-il en prenant ma main pour y déposer un baiser appuyé qui me secoue malgré moi. Je vous remercie d'avoir accepté mon invitation.

Sa voix m'enveloppe, me pénètre, et la manière dont ses yeux fixent les miens me chamboule plus qu'elle ne le devrait. Il faut absolument que je me reprenne, songé-je en retirant un peu brusquement ma main de la sienne avant de répliquer :

— Est-ce que vous m'avez donné le choix ?

— Je tenais à passer un peu de temps en votre compagnie, jolie fleur, ce n'est pas un crime.

— J'apprécierais que vous ne m'appeliez pas ainsi, comme il me semble vous l'avoir déjà dit.

— Ce petit surnom vous ennuie donc tant que ça ?

— Profondément, oui !

— Très bien, sourit-il en haussant les épaules.

— Et pendant que j'y pense, vos désirs ne sont pas forcément les miens.

— Ce qui signifie ?

— Ce qui signifie que je n'ai pas pour habitude d'obéir comme un vulgaire petit toutou, alors dorénavant, merci de ne plus me donner d'ordre.

— Je ne vous ai donné aucun ordre, dit-il en tirant une chaise à mon attention. Si vous ne souhaitiez pas répondre à mon invitation, il suffisait de me le dire.

— Encore aurait-il fallu que vous m'en laissiez le temps !

— Il suffisait de renvoyer le chauffeur, j'aurais compris.

Bon, il marque un point. Du coup, je m'arrête, exaspérée. Je me demande si cet homme est simplement capable de laisser quelqu'un d'autre que lui avoir le dernier mot. Pas sûr.

— J'espère que vous avez faim. Personnellement, je suis affamé et en vous attendant, j'ai pris la liberté de commander pour vous. Cela ne vous ennuie pas trop ?

Si je réponds oui, est-ce que cela changera quelque chose au fait qu'il se soit permis de décider à ma place ? Aussi je préfère répondre :

— Je ne suis pas difficile et je me suis laissé dire que tout était délicieux.

— Bien, dit-il d'un air ravi en faisant signe à un serveur.

Celui-ci hoche la tête et s'empresse de ramener un seau rempli de glace dans lequel trône une bouteille d'un champagne coûteux. Tandis qu'il se charge de l'ouvrir, Lodewijk pose un coude sur la table, le menton dans sa main et me demande :

— Vous aimez le champagne, mademoiselle Delorme ?

— Je ne connais pas grand monde qui ne l'apprécie pas, mais ce que j'apprécierais vraiment, c'est que vous m'expliquiez la raison de ma présence ici.

— Je vous l'ai dit… J'avais envie de passer un petit moment en votre compagnie.

Il saisit sa coupe remplie du liquide pétillant et me décoche un clin d'œil ravageur en m'encourageant à le suivre d'un mouvement de la tête. Ce que je fais, non sans l'avoir dévisagé quelques secondes. Cet homme possède une beauté virile redoutable, mais je ne dois pas oublier que ce n'est pas la seule chose qui soit dangereuse chez lui.

— J'ai appris que vous étiez allée voir la police, dit-il.

Son regard accroche le mien et mes pulsations cardiaques augmentent légèrement.

— Vous êtes bien renseigné.

— En effet et je ne vous cache pas ma déception.

Il plisse les yeux et je n'avais encore jamais vu une expression aussi dure sur son visage.

— Il s'en passe de drôles de choses dans cette jolie tête, dit-il en secouant la sienne. Pensez-vous sérieusement que j'aie quelque chose à voir dans la disparition de votre ami ?

— C'est à vous de me le dire !

— Je n'ai pas pour habitude de faire assassiner les gens à la moindre contrariété qu'ils m'occasionnent chère mademoiselle. J'ai mauvaise réputation, c'est un fait, mais je ne suis pas un assassin, vous pouvez être rassurée sur ce point.

Je pousse un soupir. Il semble si sincère…

— Avez-vous eu des nouvelles d'Adéliane ? me demande-t-il.

— Non. Noah l'a renvoyée et j'espère ne pas la revoir de sitôt ! Cette fille a créé un bordel monstre dans nos vies et…

— Et vous ne vous êtes jamais dit que votre ami barman pouvait se trouver avec elle ? me coupe-t-il avec un sourire narquois qui me fait arquer les sourcils.

— Suggestion ou affirmation ?

— Affirmation, chère mademoiselle. Vous sembliez tellement inquiète pour la sécurité de Campbell que je me suis mis à sa recherche dès le lendemain de notre rencontre au Boomer. Je savais que j'obtiendrais rapidement des résultats car il se trouve que j'ai un très bon réseau d'informateurs, m'explique-t-il sans que cela ne me surprenne vraiment. Puis il ajoute : désirez-vous encore un peu de ce délicieux champagne ?

— Je… Oui, je veux bien. Merci.

Je me sens fébrile et ultra nerveuse. J'ai besoin d'un petit remontant. Il remplit mon verre et je descends son contenu d'une seule traite. Il me ressert : aussitôt servi, aussitôt englouti. Il a du mal à réprimer un sourire.

— Allez-y doucement. Je ne voudrais pas vous ramener complètement ivre à votre petit copain, me sermonne-t-il doucement.

— Mais pourquoi Terry ne nous donne-t-il pas de nouvelles ? Ça fait des jours que je me ronge les sangs.

— Je suppose qu'il a ses raisons et croyez bien que j'ignore lesquelles mais je peux vous assurer qu'il va très bien. Il est actuellement en Espagne en compagnie d'Adéliane avec qui semblerait-il, il file le parfait amour.

Je le regarde fixement, pas très sûre d'avoir bien entendu.

— Qu'est-ce qui m'assure que vous n'êtes pas en train de me raconter des salades ?

— Nos deux tourtereaux fugueurs ont pris une chambre à l'Inter-Continental de Madrid. Appelez-les si vous souhaitez vous en assurer.

Parce que j'ai le sentiment qu'il dit la vérité, je reste silencieuse quelques secondes, assommée. J'essaie de digérer l'information… Ma déception aussi. Comment Terry a-t-il pu tout planter et nous laisser nous faire autant de soucis ? Tout ça, pour une nana qui s'est si mal conduite avec lui. L'amour rendrait-il vraiment aveugle ? Je pousse un long soupir, puis murmure :

— Non, c'est inutile. Je vous crois.

Je lève les yeux sur lui et constate qu'il me fixe avec intensité. Captivée, je suis incapable de réagir lorsque je vois sa main s'approcher de mon visage mais je sursaute violemment en sentant ses doigts frôler ma joue.

— Vous n'avez rien à craindre de moi jolie fleur. Je ne vous ferai jamais le moindre mal, m'assure-t-il d'une voix un peu rauque.

— Je ferais certainement mieux de m'en aller, dis-je en faisant reculer ma chaise.

— Je vous en prie, proteste-t-il, finissons de déjeuner tranquillement. Vous me devez au moins ça, non ?

— Je ne vous dois rien du tout !

— Grâce à moi, vous dormirez sur vos deux oreilles cette nuit, alors ça mérite tout de même un petit remerciement de votre part, vous ne pensez pas ?

— Très bien… Merci monsieur Lodewijk ! Mais je ne vous ai rien demandé. C'est de votre propre initiative que vous êtes parti à la recherche de Terry ! C'est votre décision, tout comme celle de me tenir au courant de vos… de vos investigations.

— Asseyez-vous ! m'ordonne-t-il d'un ton cassant.

Le ton employé ne souffre pas de refus et son regard encore moins. J'obéis donc, le cœur battant à tout rompre dans ma poitrine. Au même moment, le serveur refait son apparition, poussant devant lui un plateau avec deux assiettes sous cloche.

— Merci Philippe. Voudrais-tu nous apporter la bouteille que j'ai fait mettre au frais ? demande Lodewijk à l'employé tiré à quatre épingles.

— Je vous l'apporte immédiatement, patron.

Je hausse les sourcils. Patron ? La Table des Insolents lui appartiendrait ?

— Oui, ce restaurant m'appartient, déclare-t-il en dépliant sa serviette, comme s'il lisait dans mes pensées.

— Surprenant.

— Pourquoi ?

— Eh bien, je ne vous imaginais pas propriétaire d'un établissement comme celui-là. Votre truc, c'est plutôt le monde de la nuit, non ?
— Je suis un homme d'affaires avant tout et je ne suis pas du genre à mettre tous mes œufs dans le même panier.
— Je vois… Vous avez d'autres surprises ?
— Il ne tient qu'à vous de le découvrir.

Un sourire se dessine sur ses lèvres. Ses yeux me défient, j'ai la tête qui tourne et je ne sais plus trop ce que j'éprouve. Je préfère fixer mon attention sur le contenu de mon assiette : tagliatelles fraîches à la crème et au saumon.

— Vous aimez le saumon ? demande mon hôte, attentif à mes réactions. Si ce plat ne vous convient pas, je peux vous en faire apporter un autre. Vous n'avez qu'un mot à dire.
— Non, ça ira, je réponds en saisissant mes couverts.

Pendant le repas, l'ambiance se détend un peu entre nous et je me débrouille pour orienter la discussion vers Lili. J'ai soudain envie d'en apprendre un peu plus sur celle qui chamboule la vie de mon ami. J'apprends ainsi qu'elle n'est absolument pas stable dans sa relation avec les hommes. Mais je n'en suis pas étonnée.

— Vous pensez qu'elle dit vrai quand elle raconte avoir été violée à 15 ans ? je demande, un peu mal à l'aise.
— Oui, elle ne ment pas, m'assure-t-il avant de s'essuyer délicatement les coins de la bouche avec sa serviette. Et je pense que ses problèmes avec la gent masculine viennent même de là, poursuit-il d'un air désolé. Adéliane est à la recherche du grand amour depuis toujours et elle se nourrit de ses fantasmes. Elle est le genre de femme à mettre toute sa vie dans une histoire, elle devient étouffante, il n'y a pas de juste milieu avec elle. Forcément, ses relations sont toujours vouées à l'échec; soit elle quitte ses amants parce qu'elle ne trouve pas chez eux ce dont elle a besoin, soit c'est eux qui finissent par la quitter parce qu'elle leur bouffe tout leur oxygène.
— Comme vous…
— Oui… Comme moi, souffle-t-il. L'amour doit faire du bien au cœur et au corps, mademoiselle Delorme.

— Vous étiez amoureux de Lili ?

Il pousse un soupir en se frottant le menton.

— Notre séparation ne m'a pas affecté, dit-il. Ce que je ressentais pour elle n'était pas de l'amour au sens propre du terme, sinon, elle serait avec moi. Et vous, êtes-vous amoureuse de votre motard ?

— Oui.

— En êtes-vous certaine ?

Je fronce les sourcils face à son air dubitatif et rétorque :

— Mais oui et je ne vous permets pas d'en douter. Noah et moi, c'est pour la vie !

— Pour la vie, dites-vous ?

Il arque un sourcil et son sourire narquois me déstabilise un peu. Jugerait-il la passion que j'éprouve pour Noah risible ?

— Mademoiselle Delorme, ne trouvez-vous pas un peu ridicule d'espérer que votre histoire soit éternelle ?

Je redresse vivement la tête :

— Pas du tout ! Le monde d'aujourd'hui est rempli de Don Juan, d'obsédés, de sceptiques qui ne croient plus au véritable amour. Les femmes doivent plus que jamais faire le tri si elles veulent rencontrer la bonne personne. Et je suis très heureuse d'avoir rencontré Noah !

— Vous êtes vraiment captivante, s'esclaffe-t-il. Puis il ajoute : Captivante au point que je commence sérieusement à vous trouver très attachante.

— Ah oui ? Et comment c'est possible, ça ? le défié-je, un brin agacée.

— C'est pourtant la vérité.

— Écoutez monsieur Lodewijk…

— Appelez-moi Sebastian, c'est beaucoup plus simple à prononcer. Votre repas vous a-t-il plu ?

— Euh, oui c'était délicieux, je réponds un peu décontenancée par la façon qu'il a de me regarder.

— Un petit dessert ?

— Non merci. Je dois rentrer.

— Mais vous ne travaillez qu'à partir de 21 heures.

— Il se trouve que j'ai des choses à faire.
— Comme quoi par exemple ? demande-t-il en me dévorant du regard.

Je me lève, déterminée à mettre les voiles et marmonne :
— Je ne pense pas que cela vous regarde.

Il pose sa serviette sur la table, se lève lentement, avec des gestes contenus. Il est en colère mais ne veut pas le montrer. Je n'aime pas du tout la tournure que prend cette rencontre. Son regard s'assombrit et devient presque menaçant.

— Puis-je au moins vous déposer quelque part ? me propose-t-il sans me lâcher des yeux.

— Non merci, ça ira. Merci pour ce déjeuner. Je… Il faut vraiment que j'y aille.

Je m'apprête à foncer vers la sortie lorsque deux bras puissants me ceinturent la taille, stoppant instantanément ma fuite. Un petit cri de surprise s'échappe de ma gorge. Sebastian penche la tête et sa bouche sème une traînée de baisers dans mon cou, tandis que je suis incapable de réagir. Lorsqu'il me fait délicatement pivoter vers lui, ses yeux bleus plongent au fond des miens et dès que mon sang recommence à irriguer mon cerveau, je chuchote d'un ton menaçant :

— Lâchez-moi immédiatement ou je fais un scandale dans votre restau.

— Je ne suis pas à un scandale près, jolie fleur, répond-il avec insolence en faisant délibérément glisser ses mains jusqu'à ma chute de reins.

Quelques regards se tournent vers nous et dans celui des femmes, je décèle de l'envie. Eh ben qu'elle le prenne ! Ce que je veux, moi, ce sont les bras de Noah.

— Laissez-moi partir, ne gâchez pas tout Sebastian.

En m'entendant prononcer son prénom, un petit sourire incurve ses lèvres et la pression de ses mains sur le bas de mon dos diminue, jusqu'à ce qu'il me libère complètement.

— Loin de moi cette idée, jolie fleur, murmure-t-il en passant son index sur l'ovale de mon visage.

Je me retrouve à nouveau incapable de bouger, comme subjuguée par son regard électrique. J'y lis du désir, mais aussi une soudaine vulnérabilité qui me remue jusqu'au plus profond de moi.

— Qu'attendez-vous donc pour aller rejoindre votre amour éternel ? dit-il alors en retournant s'asseoir à table.

Complètement chamboulée par ce qui vient de se passer, je tourne les talons et me dirige d'un pas lent vers la sortie du restaurant. Je ne me rappelle pas avoir pris le bus pour rentrer chez moi. C'est comme si je m'étais endormie entre le moment où j'ai quitté Sebastian et celui où je me suis effondrée sur mon canapé. Allongée sur le dos, un bras replié derrière la tête, je repense à notre discussion, à ses gestes, ses regards, ses sourires, aux différentes émotions qui m'ont assaillie et un énorme nœud commence à se former dans mon ventre. Que m'arrive-t-il, bon sang ?!

Vers 20h00, je suis en train de me changer pour aller au Boomer lorsque j'entends la moto de Noah débouler au coin de la rue. Je suis aussitôt prise d'un tremblement incontrôlable. Je m'apprête à mentir à l'homme que j'aime et ça me détruit. J'ai passé l'après-midi à me demander si je devais lui parler de ma rencontre avec Sebastian et de ce qui s'est passé entre lui et moi, et puis j'ai finalement décidé de ne rien lui dire par peur de sa réaction. Noah ne comprendrait pas. Il n'acceptera jamais que je lui aie menti et encore moins qu'un autre homme ait posé ses mains sur moi. Alors Sebastian Lodewijk... Le connaissant, il foncerait au Raspoutine et Dieu seul sait ce qui pourrait se passer. Je me sens terriblement mal. J'éprouve la désagréable sensation d'être dans la peau d'une femme adultère et j'ai l'impression que ma faute transpire par tous les pores de ma peau. Je n'aurais jamais dû me rendre à ce rendez-vous. Bon sang, oui, j'aurais dû refuser ! Et puis soudain, je pense à Terry. Sans ce déjeuner, j'en serais encore à me demander s'il était toujours en vie. D'ailleurs, maintenant que j'y pense, qu'est-ce que je vais bien pouvoir raconter à Noah la prochaine fois qu'il me demandera si j'ai enfin eu des nouvelles de lui ? Si au moins Terry pouvait sortir de son silence. Et s'il pouvait le faire là, tout de suite.

J'ouvre la porte à Noah et il m'arrache du sol pour me faire tourbillonner dans les airs.

— Tu n'imagines pas à quel point la journée m'a paru longue sans toi, dit-il en me faisant doucement glisser le long de son corps.

Je le dévore des yeux, m'attardant sur chacun de ses traits si familiers pour moi. Ses lèvres se posent sur les miennes et je sens mon cœur bondir d'amour pour lui.

— Tu m'as terriblement manqué toi aussi mon amour, dis-je en interrompant notre baiser. Comment ça s'est passé aujourd'hui ? J'imagine que tu n'as pas dû avoir une minute à toi.

— Non, c'est vrai. Mais demain, ça ira mieux. On m'envoie un nouveau formateur.

— Bonne nouvelle. C'est un homme si je comprends bien.

— Oui.

— Eh ben tant mieux !

— Comment s'est passé ton rendez-vous ?

Je me raidis dans ses bras. Il fronce les sourcils et son regard se fait interrogateur, peut-être même un peu inquiet. Soudain, j'ai un sursaut, en comprenant qu'il fait allusion à Armonie. La culpabilité que je ressens est telle que j'ai oublié l'espace d'une seconde qu'elle m'avait servi de couverture pour mon déjeuner avec Sebastian.

— Ne me dis pas que ta sœur s'est encore montrée déplaisante avec toi ?!

— Oh non... Non, rassure-toi.

— Alors que vient donc faire ce vilain sillon de contrariété, juste ici, me demande-t-il en appuyant doucement son index sur mon front.

— Je ne suis pas contrariée Noah. Un peu fatiguée peut-être.

— Tu es sûre qu'il n'y a rien d'autre, princesse ?

— Non, je t'assure. Il n'y a rien d'autre, je réponds en me blottissant contre son torse.

— Au fait, tu n'as toujours pas reçu ta convocation pour ton examen au permis ?

— Toujours pas.
— Elle ne devrait plus tarder et il serait peut-être judicieux que tu conduises un peu.
— Oui, tu as raison. D'ailleurs, tu pourrais déplacer ma voiture dans la soirée ? Ça fait un moment qu'elle n'a pas bouger d'un centimètre.
— Tu sais ce qu'on va faire ?
— L'amour ? je m'exclame.
— Je pensais plutôt à prendre ta Ferrari pour te conduire au Boomer, histoire de la faire rouler un peu, se marre-t-il.
— Remarque vu l'heure qu'il est, grimacé-je, un peu déçue.

Noah me regarde alors avec une expression qui me fait bouillonner le sang de désir. Il jette un coup d'œil rapide à sa montre et un petit sourire remonte les coins de sa bouche.
— Je crois qu'on a le temps, dit-il en crochetant l'arrière de mes genoux pour me soulever dans ses bras et m'emmener vers ma chambre.

Nous faisons l'amour avec douceur, sans hâte. Je m'offre à lui avec fièvre, en proie à un ouragan d'émotions, comme à chaque fois qu'il me touche.
— Tu es si belle, murmure-t-il dans mon cou. Si belle et à moi. Tu n'imagines pas comme je t'aime Merveille. Promets-moi que tu ne laisseras jamais aucun autre homme te toucher. Promets-le-moi.
— Je te le promets, Noah.

Ses yeux étincellent. Je sens un désagréable pincement au cœur et j'ai soudain peur de fondre en larmes. Lentement, il porte ma main à ses lèvres et dépose un baiser au creux de ma paume avant de me serrer très fort contre lui.

38
Merveille

Santorio se présente au Boomer une heure après l'ouverture. Il n'arrive pas seul. Sebastian l'accompagne. En le voyant franchir le seuil, mon cœur rate quelques battements. Heureusement, Noah est reparti chez lui pour manger un morceau et se doucher. Mais il va revenir plus tard et j'espère que d'ici là, Lodewijk aura la bonne idée de s'en aller. Ce soir, il a laissé son costume au placard. Il est vêtu d'un jean brut et d'un simple T-shirt bleu marine qui ne cache rien de sa musculature impressionnante et laisse entrevoir des tatouages tribaux. Il est plus sexy que jamais et j'ai terriblement honte de l'admettre. Du coin de l'œil, je l'observe tandis qu'il s'installe avec mon patron à une table du fond. De là, Sébastian a une vue directe sur le bar et nos regards finissent par se croiser. Un instant, il reste de marbre, puis sa bouche s'incurve en un petit sourire tandis que les coins de ses yeux se plissent. Agacée, je lui fais à mon tour mon plus innocent sourire en battant exagérément des paupières, ce qui a pour unique effet de le faire se lever et venir vers moi.

— Mademoiselle Delorme, je suis ravi de vous revoir, déclare-t-il en se plantant devant le bar, les mains enfoncées dans les poches de son pantalon. Deux fois dans la même journée, c'est presque inespéré.

— Je vous rappelle que je travaille ici.

— Vous ne me rappelez rien.

— J'ignorais que vous étiez un ami de mon patron.

— Je ne le suis pas.
Il sourit quand il me voit arquer les sourcils.
— Avez-vous appelé votre ami le barman ?
— Non.
— Vous avez donc choisi de me faire confiance. C'est plutôt étonnant de la part d'une femme qui me prenait pour un criminel de la pire espèce il y a encore quelques heures. Vous ne cessez de me surprendre jolie fleur.
— Qu'est-ce que vous fichez avec Santorio s'il n'est pas votre ami ?
— Je suis en train de négocier le rachat de son pub, répond-il le plus naturellement du monde.
J'en reste bouche bée. J'ignorais que le Boomer était à vendre.
— Vous vous fichez de moi, n'est-ce pas ?
— Pas du tout. Une fois que j'aurai pris la direction de cet endroit, il me rapportera le triple de ce qu'en tire Santorio aujourd'hui. Je ne m'y serais sans doute jamais intéressé s'il n'y avait pas eu tout le raffut causé par votre ami Terry.
— Et Santorio est prêt à signer ?
— Il semblerait, oui.
— Mais pourquoi acheter un pub ? Vous avez déjà tellement de boîtes, tellement d'argent.
— Je vous l'ai déjà dit ; je suis un homme d'affaires.
— Un manager compulsif, vous voulez dire ! Combien de sociétés possédez-vous ? Cinq... sept... huit peut-être.
— Un peu plus, mais ce n'est pas très important de le savoir.
— C'est une manie chez les gens riches : en vouloir toujours plus ?
— Vous n'aimez pas l'argent, mademoiselle Delorme ? demande-t-il avec un petit sourire narquois.
— Non ! J'en ai juste besoin. Dormir sur un matelas bourré de fric n'est pas l'objectif de tout le monde vous savez ! De plus, l'argent ne fait pas forcément le bonheur !
— Non, mais il y contribue grandement et c'est toujours plus agréable de pleurer sur un yacht, sous le soleil des Caraïbes, vous ne pensez pas ?

— Je pense surtout qu'on n'affiche pas sa valeur grâce à ses possessions.

Il soupire, puis me demande :

— Que feriez-vous si par un coup de baguette magique, vous deveniez soudain très riche ?

C'est quoi cette question pourrie ? Comme si une telle chose pouvait arriver !

— J'arrêterais de travailler la nuit déjà ! Je libèrerais tout mon temps pour le passer avec ceux que j'aime.

— Vous voyez… sourit-il. L'argent permet aussi non seulement de se faire du bien, mais d'en faire également aux autres.

— Je vous suis, et je rajoute qu'il est aussi une véritable aliénation pour beaucoup de personnes ! Il y a un proverbe allemand qui dit que Dieu règne au ciel et l'argent sur la Terre.

— Aussi triste que cela puisse être, il est le moteur de toutes les actions humaines, chère mademoiselle. C'est l'argent et le sexe qui mènent le monde au cas où vous l'ignoreriez.

— Et je le déplore.

— Si vous étiez avec moi, vous n'auriez pas besoin de travailler. Ni la nuit, ni le jour. Vous auriez tout le temps pour des occupations bien plus agréables.

Il me regarde droit dans les yeux car cette dernière phrase est lourde de sens. Je déglutis. Ce mec peut certainement avoir toutes les femmes qu'il veut d'un simple claquement de doigts, et c'est sur moi qu'il ait jeté son dévolu. Je me racle la gorge et tente de reprendre contenance.

— À quoi pensez-vous, jolie fleur ? demande-t-il d'un ton taquin.

Je me sens très contrariée à la pensée d'être aussi transparente pour lui.

— Je me disais que vous devriez rejoindre Santorio, je crois qu'il s'impatiente.

— Faites-nous apporter deux whiskys sans glace s'il vous plaît, se marre-t-il visiblement ravi du trouble qu'il vient de m'occasionner.

Il s'éloigne et je dois me retenir pour ne pas courir me passer la tête sous l'eau froide. Je ne comprends pas ce qui m'arrive. Je suis folle de

Noah, je l'aime, j'en suis certaine et je ne devrais ressentir d'attirance pour aucun autre que lui, pourtant... Je pousse un long soupir. J'ai honte.

Lorsque Noah passe le seuil du Boomer, je me sens immédiatement rassurée. Mon cœur s'emballe directement à sa vue et je dois réprimer une folle envie de sauter par-dessus le bar pour courir me jeter dans ses bras. Il pose son casque sur un coin du comptoir et se penche vers moi pour m'embrasser.

— J'ai l'impression que ça fait une éternité que je n'avais pas goûté à tes lèvres, sourit-il.

Je passe mes bras autour de son cou et par-dessus son épaule, je surprends le regard de Sebastian.

Il m'adresse un grand sourire amusé et reprend sa discussion avec mon boss.

— Toujours pas de Batman en vue, si je comprends bien, grimace Noah.

Dans ma tête, ça tourne à toute vitesse. Est-ce que je dois lui dire, ne pas lui dire... Et puis finalement :

— Non, toujours pas.

Je ne devrais pas continuer sur ce chemin-là. Noah ne tolère pas le mensonge. Je le sais pourtant.

— Je me demande où est-ce qu'il a bien pu passer, poursuit-il en secouant la tête.

— Je... J'en sais rien, mais il va m'entendre à son retour.

— Ne t'étonne pas si je lui fous mon poing dans sur la gueule quand il réapparaitra.

Son attention se porte soudain sur le fond de la salle.

— C'est pas Lodewijk là-bas, avec Santorio ? me demande-t-il, d'un ton irrité.

— Si. Ils... ils sont en train de parler business d'après ce que j'ai compris.

— C'est-à-dire ?

— Eh ben d'après ce que j'ai compris, Sebastian va racheter le Boomer, je réponds en essuyant nerveusement un verre déjà sec.

Noah tourne son visage vers moi et m'observe un instant, puis je le vois froncer les sourcils d'"une manière qui m'alarme aussitôt.

— Tu appelles ce truand par son prénom maintenant ?

— C'est comme ça qu'il s'appelle, non ? je rétorque, en essayant de freiner la déferlante de mauvais pressentiments qui commence à se former dans mon cœur.

— J'ignorais que le pub était à vendre.

— Je l'ai appris comme toi, ce soir et c'est Seba… c'est Lodewijk qui m'en a informé.

Je sens mes jambes trembler. Les yeux de Noah se font inquisiteurs. Il n'a pas l'air content du tout. Il fouille dans les poches de son blouson et pousse un grognement quand ses mains en ressortent bredouilles.

— Vous ne vendez pas des clopes ici ?

— Non. Et je suis désolée, je n'en ai pas non plus. Je fume uniquement au Boomer et d'habitude, quand ça me prend, c'est Terry qui m'en donne.

— Je vais aller en acheter. Peut-être que ce mec sera parti lorsque je reviendrai, dit-il en indiquant le fond de la salle d'un signe de tête.

— Je ne comprends pas pourquoi tu le détestes autant, Noah. Il n'a rien fait à Lili pourtant, tu le sais aussi bien que moi.

Il me regarde, l'œil assombri, comme si je venais de dire une énorme connerie.

— Tu le défends maintenant ? Pourtant, il n'y a pas si longtemps, tu étais persuadée qu'il avait flingué Batman Terry.

Il me jette un regard noir et attrape son casque. Il prend ensuite mon menton entre son pouce et son index et rapproche son visage du mien.

— Ne laisse pas ce type s'approcher de toi, Merveille, dit-il froidement, les prunelles luisantes de colère.

— Oui, d'accord, ce n'est pas la peine de t'énerver, dis-je en le repoussant.

Ma réaction le surprend. Son regard anthracite s'assombrit davantage. Je me sens encore plus mal, plus coupable. Si j'ai pu penser quelques minutes qu'il valait mieux que je lui avoue que j'avais déjeuné avec Sebastian, c'est totalement exclu à présent. Et je commence même à prier pour qu'il ne l'apprenne jamais. Pourtant, la sensation que je vais foutre en l'air notre belle relation s'agrippe à mon cœur comme… ouais, comme une putain de moule à son rocher ! Mon cœur percute à nouveau violemment ma poitrine quand j'aperçois Armonie passer le seuil du pub. Je suis instantanément prise d'une incontrôlable panique, sa vue me tétanise, je suis incapable de bouger. J'ai l'impression de suffoquer et que toute la salle entend le martèlement de mon pouls contre mes tempes. Je suis fichue.

— Salut, s'exclame-t-elle en se plantant devant nous. Je passais dans le coin et je me suis dit que je pourrais venir boire quelques verres à l'œil. Alors Noah, ajoute-t-elle, est-ce que tu as commencé à faire tes cartons ? Je ne te cache pas que je meurs d'envie de m'installer dans ce sublime loft.

— Et moi d'en partir, sourit-il.

— Bon eh bien si tout le monde est d'accord, c'est parfait. Je suis contente de vous voir tous les deux. Ça serait sympa de s'organiser un petit dîner à quatre pour faire plus ample connaissance. Qu'est-ce que tu en dis, Noah ?

— C'est une excellente idée.

— Cool ! J'ai l'impression que tu t'apprêtais à partir, tu ne restes pas ? Pour une fois que nous avons l'occasion de bavarder un peu, c'est pas de chance.

— J'allais juste acheter des cigarettes.

— Alors reste, j'en ai, dit-elle en faisant jaillir de son sac à main Vuitton un paquet de Camel filtre.

Puis se tournant à nouveau vers moi :

— Dis donc sœurette, ce soir, j'ai dîné à la Table des Insolents avec Alessandro juste avant qu'il ne s'envole pour Genève où il doit signer un gros contrat, et figure-toi qu'on m'a rapporté que ma jumelle avait déjeuné là-bas en compagnie du célébrissime Sebastian Lodewijk. C'est impossible, n'est-ce pas ?

Je retiens ma respiration durant un long moment. Ça y est, c'est dit et rien ne pourra changer ça. Sans s'en douter, ma jumelle vient de déclencher le compte à rebours de ce qui s'annonce être la plus terrible soirée de toute ma vie. Je pensais avoir le temps de lui parler discrètement… même pas. J'ai soudain l'impression qu'on braque un projecteur sur moi et le sol s'ouvre sous mes pieds en même temps que mon regard accroche celui de Noah. J'y vois passer de la surprise, de la colère, de la tristesse… et pire que tout, de la déception. Je m'effondre totalement.

— Réponds à ta sœur Merveille, dit-il en tournant la tête vers le fond de la salle, où Sebastian est toujours en grande conversation avec Santorio.

Sans se douter de l'apocalypse qu'elle vient de déclencher, Armonie intervient, rieuse.

— Mais bien sûr que c'est impossible, enfin ! déclare-t-elle en balayant l'air de sa main. Et c'est ce que j'ai dit à Clarisse, la fille de l'accueil. Je ne vois pas par quel miracle mon ingénue de sœur aurait pu rencontrer Sebastian alors qu'il fait partie des proches amis d'Alessandro et que moi-même, je n'ai pas encore eu cette chance.

Je voudrais pouvoir parler, mais je reste muette, incapable de surmonter les émotions qui me chamboulent. Les mots restent coincés dans ma gorge, m'étouffant presque.

— Dis-donc sœurette, ça n'a pas l'air d'aller, tu es pâle comme la mort, poursuit Armonie d'un air un peu inquiet. Aussi, depuis le temps que je te dis qu'il faut que tu changes de boulot ! T'as vraiment l'air au bout du rouleau ce soir. Tu n'es pas de mon avis, Noah ?

— Tu veux rencontrer Lodewijk ? Demande donc à ta sœur de te le présenter ! dit-il, d'une voix cassante avant de tourner les talons et de se diriger vers la sortie.

Son départ me foudroie littéralement. Pendant un instant, je suis tiraillée entre mon envie de lui courir après et le constat évident de ma nullité. Armonie le regarde s'éloigner et ses sourcils sont férocement froncés lorsqu'elle se retourne vers moi. Elle parait si surprise qu'elle en oublie Sebastian.

— On dirait que tu viens de te prendre une volée de bois vert, dit-elle. Vous vous êtes engueulés avant que j'arrive ou quoi ?

Je refuse de fondre en larmes ou de perdre mon sang-froid parce que je sens le regard de Sebastian sur moi. Pourtant, je suis anéantie, pétrifiée. J'ai perdu Noah et de la manière la plus horrible qu'il puisse exister. Il n'aura fallu qu'une dizaine de minutes pour tout détruire entre nous. Et ce n'est même pas la faute de ma sœur finalement. C'est uniquement la mienne. J'ai fait à l'homme que j'aime la pire des choses: Je l'ai trahi.

— Qu'est-ce qui s'est passé, Merveille ? insiste Armonie.

— J'ai merdé, voilà ce qui s'est passé, soufflé-je tremblotante en me servant un shot de tequila que je dégomme cul sec.

— Bon d'accord, mais picoler ne te servira à rien sinon à te sentir très mal demain matin. Et puis ça fait un peu désordre ! Allez, raconte-moi ce qui s'est passé.

— Écoute Armonie, je n'ai pas très envie de parler et puis comme tu vois, je n'ai pas trop le temps pour ça non plus.

— Mais toi et Noah…

— Il n'y a plus de moi et Noah.

— Mais enfin pourquoi ? Qu'est-ce qu'il y a entre vous ?

— Il y a… Il y a un déjeuner avec l'homme assis à la table du fond. Voilà ce qu'il y a entre Noah et moi, lui expliqué-je en refoulant les larmes qui me brûlent les yeux.

Armonie tourne la tête vers Sebastian et pousse un soupir.

— Alors c'était vrai…

— Oui.

— Et Noah l'ignorait.

— Oui. Tu m'as servi de couverture.

— Tu lui as dit qu'on était ensemble à midi ? s'exclame-t-elle, furax.

— Eh ben oui !

— Mais pourquoi ne m'as-tu pas briefée, bon sang ! Je n'aurais jamais fait cette grosse gaffe ! Je me sens responsable maintenant et… franchement, ce n'est pas cool du tout.

— Je n'ai pas eu le temps. Tu ne viens presque jamais au Boomer et là…

— Eh ben oui ! Et là… PAF ! Bon sang, mais quelle boulette !

Mais qu'est-ce que tu fichais avec Lodewijk, toi aussi ! Bon, je reconnais que ce mec est beau comme un dieu, mais Noah n'a strictement rien à lui envier, et ce n'est certainement pas sa fortune qui t'intéresse, alors quoi ?

— Je t'expliquerai tout, mais plus tard. J'ai déjà un mal fou à ne pas m'écrouler en larmes alors si je dois poursuivre cette conversation avec toi, il vaut mieux que ce soit après le boulot.

— D'accord sœurette, je comprends. Bon écoute, comme Alessandro est à Genève, je pourrais peut-être dormir chez toi ce soir. Nous pourrions bavarder calmement à ton retour et essayer de trouver une solution à ton problème. Je me sens terriblement responsable de ce qui vient d'arriver… Je suis désolée, vraiment.

— Ne le sois pas car l'unique responsable de cet épouvantable désastre, c'est moi.

— Allez, donne-moi les clés de chez toi sister. Je t'y attendrai.

— Tu ne souhaitais pas rencontrer Sebastian ? Profite, il est juste là…

— C'est un ami d'Alessandro, il y aura d'autres occasions et puis avec ce qui vient de se passer, franchement, ça ne me dit rien vois-tu. Tu prends un taxi pour rentrer ou tu veux que je vienne te chercher ?

— Je prendrai un taxi, ne t'en fais pas.

— Il est vraiment temps que tu décroches…

— Mon permis. Je sais.

Armonie s'en va. Je sens qu'elle est vraiment touchée par ce qui vient d'arriver. Elle se sent coupable, mais elle n'y est pour rien. Il est 23 heures et le pub est bondé. Santorio m'a rejoint derrière le bar pour me filer un coup de main. Moi, j'ai surtout envie de lui filer un coup de pelle pour avoir pris la décision de vendre le Boomer à Lodewijk. Je ne pourrai bientôt plus travailler ici et je vais devoir repartir à la pêche à l'emploi. Et vu la motivation qui va m'animer les prochains jours…

Sebastian vient s'asseoir au bar. Son regard bleu intense plonge au plus profond de moi.

— Votre petit copain vous a planté on dirait, dit-il.

Je refuse de parler de Noah avec lui, alors je préfère éluder.

— Vous voulez boire quelque chose ?

J'ai soudain très envie de lui servir un cocktail à base de mort aux rats.

— C'est tentant, mais je crois que j'ai assez bu pour aujourd'hui.

Dommage ! Le poids de la culpabilité continue à écraser mes épaules. Mon cerveau nage dans la douleur. Pourquoi est-ce que je lui adresse encore la parole, alors qu'à cause de lui, je viens de perdre Noah…

— Dans ce cas, veuillez m'excuser mais j'ai du travail, dis-je d'une voix étranglée.

— Vous n'avez pas l'air bien, ça ne va pas ? m'interroge-t-il en attrapant ma main.

— Je suis juste un peu fatiguée, je réponds en la reprenant d'un mouvement brusque.

— Ne mentez pas, jolie fleur. Voulez-vous que je vous ramène chez vous ? Je peux aussi vous appeler un taxi si vous préférez.

— Pourquoi ne pas vous contenter de me foutre la paix ? Ce n'est pas parce que je viens de me faire larguer que je vais coucher avec vous !

— Noah vous a laissé tomber ? s'étonne-t-il. Quel fou. Rassurez-vous jolie fleur, je n'ai rien de tel à l'esprit. En tout cas, pas ce soir.

— Je préfère vous le dire tout de suite : ça n'arrivera jamais ! Et pour votre information, Noah ne m'aurait pas larguée si je n'avais pas accepté de déjeuner avec vous aujourd'hui !

À nouveau confronté à l'évidence, c'est plus fort que moi, je n'arrive plus à gérer mes émotions et je me mets à pleurer.

— Ne me rendez pas responsable d'un choix que vous avez été seule à faire mademoiselle Delorme. Considérez plutôt le champ des possibilités qui s'ouvre à vous et séchez vos larmes.

Je m'essuie les joues avec rage, furieuse. Furieuse contre lui mais cent fois plus contre moi-même. Santorio agite soudain un shooter sous mon nez.

— Bois un coup gamine, et reprends-toi, grogne-t-il.

Sans réfléchir, je m'enfile d'un trait le liquide transparent. L'alcool brûle ma gorge. Mes yeux s'arrondissent. Mon visage vire au cramoisi et une grimace déforme mes traits en même temps que je claque le petit verre sur le comptoir. Bordel, mais c'était quoi ça ! Je surprends le regard amusé de Sebastian et la moutarde me monter au nez.

— Plutôt que de vous moquer de moi, prenez donc un verre de ce truc. Vous allez voir, c'est d'une rare violence !

— En tout cas, ça vous a redonné des couleurs.

Il fait signe à Santorio de me resservir la même chose. Celui-ci acquiesce d'un signe de tête.

— Je ne pense pas que ce soit très sérieux, dis-je en m'obligeant à ne plus penser à Noah pour ne pas me donner en spectacle.

— Je ne résiste pas à l'idée de vous voir grimacer à nouveau, se marre-t-il en croisant les bras sur le comptoir.

— Croyez-vous que mon patron voie d'un bon œil que sa barmaid s'enfile des shots au lieu de les servir à la clientèle.

— C'est moi votre patron, alors, je vous en prie, faites-vous plaisir.

— Oh… C'est donc officiel ?

— Oui. Venez donc vous asseoir à ma table, dit-il en saisissant les deux petits verres que Santorio vient de nous apporter.

— Mais je suis en plein boulot au cas où vous ne l'auriez pas remarqué.

— Ce que j'ai à vous dire concerne votre travail justement, alors suivez-moi. Franck s'en sortira très bien tout seul.

Enfer et damnation. Qu'est-ce qu'il me veut encore ! Je prends mon courage à deux mains et m'installe donc en compagnie du nouveau big boss.

— J'ai une proposition à vous faire mademoiselle Delorme.

Il colle son dos au dossier de la chaise et croise ses jambes.

— Voilà, le Boomer va fermer quelques jours car je vais faire effectuer des travaux pour le moderniser. À sa réouverture, je vais avoir besoin d'une personne capable d'assurer un poste de responsable et j'ai naturellement pensé à vous. Santorio semble d'accord avec moi sur le fait que vous êtes la mieux placée pour endosser ce rôle. Vous continuerez à exercer votre métier de barmaid mais d'innombrables avantages viendront s'y greffer, notamment une hausse conséquente de votre salaire et la possibilité de primes de rendement mensuelles. Je vous propose également une voiture de fonction pour que vous ne dépendiez plus des transports en commun.

Waouh ! Je ne m'attendais pas à ça. Je suis tellement déconcertée par sa proposition que j'en reste muette.

— Qu'en dites-vous ? me demande-t-il en décroisant ses jambes pour venir poser ses bras sur la table.

— Je ne sais pas… Quel sera mon salaire si j'accepte ? je demande, un peu embarrassée de parler argent avec lui.

— 4500 euros par mois et à cela viendront s'ajouter les primes si toutefois, elles sont méritées, rit-il. Quant à la voiture de fonction, vous la choisirez vous-même. Bien sûr, vous disposerez également d'une place de parking réservée à l'année et payée par mes soins.

Eh ben ! Contrairement à Santorio, Sebastian lui, n'a pas des oursins dans les poches. Nul doute que ça changerait mon quotidien et plus de problème pour payer mon loyer et mes factures. À côté de ça, il y a Noah… Noah et son aversion pour Sebastian. Je l'ai déjà tellement déçu… D'un coup, je me rends compte que cette discussion avec Lodewijk ne rime à rien. Je ne travaillerai pas pour lui. Je me prends même à espérer qu'en allant trouver Noah pour tout lui expliquer, il me pardonnera de lui avoir menti. J'inspire un grand coup et avale le contenu de mon shot. La mystérieuse boisson brûle à nouveau ma gorge et j'ai l'impression de me consumer de l'intérieur. Bordel, je ne sais pas ce que c'est que ce machin, mais je suis certaine que ça pourrait faire décoller une fusée.

— Votre offre est très intéressante, dis-je en toussotant, mais je vais la refuser.

Il fronce les sourcils.

— Puis-je vous demander la raison de ce refus ? demande-t-il en me dévisageant.

— Je refuse simplement de travailler pour vous monsieur Lodewijk, mais je suis persuadée que vous ne manquerez pas de trouver rapidement une personne qui satisfera vos attentes.

— Prenez le temps de la réflexion Merveille. Vous connaissez parfaitement le fonctionnement du Boomer et sa clientèle, aussi, vous êtes la candidate idéale pour ce job. Nous pouvons en rediscuter dans quelques jours si vous le souhaitez.

— Comptez-vous reprendre Terry ?

— Non, je suis désolé, pas après tout ce qu'il a colporté à mon sujet ; et puis de toute façon, en imaginant que je lui pardonne ses paroles déplacées, je doute fortement qu'il accepte de revenir travailler ici. Mais… êtes-vous en train de me faire comprendre que vous pourriez changer d'avis si j'acceptais de le voir réintégrer son poste ?

— Non…

— Vous refusez donc catégoriquement de travailler pour moi si je comprends bien.

— Oui.

Il pousse un long soupir. Visiblement, il est contrarié. À son tour, il ingurgite le contenu de son verre.

— J'espère au moins que vous vous montrerez assez professionnelle pour continuer votre job jusqu'à la fermeture temporaire du Boomer, dit-il, d'un air ennuyé.

— Pour vous dire la vérité…

— Je vous en prie, me coupe-t-il en me raccompagnant au bar, c'est une question de quelques jours.

Je m'arrête, soudain inquiète sur l'avenir d'Anja et Louise. Je sais à quel point elles ont besoin de ce job pour payer leurs études de droit et leur loyer à Paris. Inquiète, je lui fais face.

— Qu'avez-vous prévu pour les filles ? Est-ce que vous comptez les virer ?

Il me dévisage un instant, comme s'il réfléchissait.

— J'ai bien peur que ça ne dépende que de vous, finit-il par déclarer avec un étrange sourire au coin des lèvres.

— Expliquez-vous.

— Eh bien soit je garde l'équipe actuelle, soit…

— Mais c'est dégueulasse ! je m'exclame en comprenant où il veut en venir. J'appelle ça du chantage et…

— Appelez ça comme cela vous chante, jolie fleur, me coupe-t-il. La balle est dans votre camp et vous avez jusqu'à la fin de la semaine pour me faire part de votre décision. Passé ce délai…

Prise de colère, je le gifle à toute volée. Quel salaud !

L'empreinte de mes doigts laisse une trace visible sur sa joue avant de virer au rouge écarlate. Je n'y suis pas allée de main morte et j'ai envie de recommencer. La baffe est passée inaperçue de tous, sauf de lui. C'est le principal.

— Vous avez de la chance que je sois un gentleman, murmure-t-il calmement en passant sa main sur sa joue. Sinon, je vous rendrais illico la monnaie de votre pièce.

Je le foudroie du regard et tourne les talons pour aller reprendre ma place derrière le bar. Mon humeur est massacrante et Santorio reste prudemment à l'écart. Quant à Anja et Louise, elles continuent à se donner à fond, ignorant l'épée de Damoclès qui flotte au-dessus d'elles. Cette soirée n'en finit plus de me ratiboiser le moral. Et Noah… Où est-il à cette heure-ci ? Bon Dieu, quel gâchis !

39
Noah

Ça fait maintenant deux jours que je traîne ma rancœur et mes désillusions comme des boulets. Pour la première fois depuis qu'on est ensemble, je réfléchis sérieusement à l'éventualité qu'entre Merveille et moi, ça ne puisse plus fonctionner. Hier, elle m'a envoyé un SMS chargé de regrets dans lequel elle m'expliquait la raison qui l'a poussée à accepter de rencontrer Lodewijk. Je sais à présent que Batman va bien, que Lili et lui filent le parfait amour à Madrid pendant que je crève loin de ma princesse. Je ne peux pas m'empêcher de lui en vouloir. Je n'arrive pas à m'ôter de l'esprit qu'elle m'a menti pour retrouver ce chien de Lodewijk. Assis contre le mur de la cuisine, une bière à la main, je ne sais pas depuis combien de temps je suis là, prostré, à penser à ce qui s'est passé. Vivre sans elle est un véritable cauchemar, mais je lui en veux tellement, putain ! Jamais je n'aurais pu m'imaginer qu'elle allait me prendre pour un con, pas elle. Avant de la rencontrer, hormis la promesse d'ébats brûlants au pieu, rien d'autre ne m'intéressait chez une femme. Après ce que m'avait fait endurer Victoire, je pensais dur comme fer que plus jamais je ne me laisserais entraîner sur ce versant dangereux qu'est l'amour, je refusais catégoriquement de m'enliser dans les sables mouvants de la passion. Et voilà où j'en suis… Je suis en train de devenir complètement dingue. Je souffre comme un damné.

Il est bientôt deux heures du matin. Je suis incapable de dormir, comme la veille et l'avant-veille. L'idée d'aller cueillir Merveille à la sortie de son boulot me fait soudain sauter sur mes jambes. Ça ne sert à rien de continuer à ruminer dans mon coin, parce qu'au fond de moi, je refuse de voir ma relation avec elle comme un échec. J'éprouve soudain l'impérieuse nécessité de l'entendre me confirmer que ma décision de croire en nous deux est la bonne. Il faut que je la voie, que je la touche, que je la respire. Je suis comme un drogué en manque sur le point de péter un câble. J'enfile mon blouson à la hâte, attrape mon casque et me lance vers le box qui abrite ma bécane. Le cœur battant, je propulse ma Suzuki sur la route et j'avale les kilomètres, déterminé à régler cette situation qui va finir par me rendre complètement barge. Alors que j'arrive en vue du pub, je freine férocement. Là, à quelques mètres devant moi, j'aperçois Merveille s'engouffrer dans une berline de luxe et Lodewijk en refermer la portière avant de s'installer à son volant. Mon palpitant dégringole de ma poitrine et se fracasse en mille morceaux sur le bitume. Plus que de la colère, je suis submergé par une déception comme jamais encore je n'avais ressenti. Elle est brûlante, dévastatrice et je ne peux m'empêcher de repenser à la ferme et inébranlable confiance que j'avais placée en Merveille. J'en suis désormais à éprouver un dégoût immense pour cette femme que j'avais mis sur un piédestal. Elle n'est finalement pas celle que je pensais… que j'espérais. Merveille n'est pas différente des autres, de sa sœur, de Victoire. Elle m'a ébloui, secoué, bouleversé, mais je me suis planté sur toute la ligne et si j'avais encore un petit espoir en venant la retrouver pour débloquer la situation entre nous, elle vient de le foutre en l'air en montant dans la bagnole de ce type. J'hésite un instant à les suivre, puis j'abandonne cette idée grotesque. Si Merveille se plaît en compagnie d'un homme tel que Sebastian Lodewijk, grand bien lui fasse ! Mais bordel de merde, qu'elle m'oublie et disparaisse de ma vie… définitivement ! Ce type ne possède pas une once de vertu et hormis sa belle gueule et son pognon, je me demande sincèrement ce que les femmes peuvent bien lui trouver. J'avais pourtant l'impression de la combler. Son amour était-il réellement si fragile pour qu'il ne dure pas… ou si peu ? Mon moral se balade quelque part dans les affres de l'enfer lorsque je pousse la porte de chez moi. Incapable de me coucher sur le lit où les draps portent encore son odeur, je préfère m'écrouler sur le canapé.

***

Le lendemain, je suis réveillé par la sonnerie insistante de l'interphone. Je suis cotonneux, épuisé. J'émerge difficilement et me redresse sur un coude, complètement désorienté. Un coup d'œil à ma montre m'indique qu'il est à peine sept heures du matin. Pas étonnant que je sois HS. Je m'extirpe du canapé et titube jusqu'au visiophone. En découvrant l'identité de ma visiteuse, je pousse un soupir d'agacement. Je déverrouille ma porte et elle m'apparaît, belle et distinguée comme à l'accoutumée.
— Bonjour Noah.
— Je pensais que tu étais repartie au Portugal. T'as raté ton avion ?
— Je peux entrer ?
— Je t'en prie, dis-je en allant vers la cuisine, tenaillé par l'urgence d'avaler un café pour me remettre d'aplomb.
— Tu as mauvaise mine.
— J'ai mal dormi.
— Et tu as même dormi tout habillé si je ne m'abuse.
J'élude.
— Tu veux un café ?
— Je veux bien, merci, répond-elle en posant son sac à main sur un coin de l'îlot central.
J'allume une clope et souffle la fumée. Elle grimace.
— Tu as repris la cigarette ?
— Comme tu peux le constater.
— C'est dommage.
Je pose devant elle une tasse de café fumant.
— Pourquoi es-tu encore là Vicky ? je demande en écrasant ma Marlboro dans un cendrier à moitié plein de mégots. Et par pitié, ne me ressors pas la même chanson.

— Ce n'est pas mon intention, rassure-toi.
— Alors quoi ?
— J'ai bien compris que tu avais une femme dans ta vie Noah, mais je me suis dit qu'on pouvait peut-être devenir amis et se voir de temps en temps.

Alors, celle-là ! Je passe nerveusement les mains dans mes cheveux emmêlés.

— Non mais tu t'écoutes parler Victoire ? Crois-tu sincèrement que j'aie la plus petite envie de devenir ton gentil copain après le cauchemar que tu m'as fait vivre ? Ma seule envie à l'heure actuelle, c'est que tu déguerpisses de ma vue et de ma vie, chérie ! Si tu n'as rien d'autre à me dire, avale ton café et tire-toi d'ici.

— Bon sang, mais tu me détestes donc tellement ?! s'écrie-t-elle.

Elle se plante devant moi et pose ses mains à plat sur mon torse. Je hausse les sourcils, amusé. Il y a quelques mois en arrière, j'aurais vendu mon âme au diable pour qu'elle soit là, au même endroit, docile et suppliante, mais tant de choses ont changé à présent.

— Mais qu'est-ce que tu cherches exactement ? je grogne en lui saisissant les poignets.

— Toi ! C'est toi que je cherche, Noah.

— Dans quelle langue est-ce que je dois te parler pour que tu comprennes que je ne veux plus de toi dans ma vie ? Je pensais que les choses étaient enfin claires entre nous. Combien de fois vas-tu m'obliger à me répéter ?

— Je n'ai pas pu me résoudre à partir.

— Bon sang, mais je ne t'aime plus, Vicky. Pourquoi refuses-tu de l'accepter ?

— Alors dans ce cas, fais-moi l'amour une dernière fois avant que nous nous séparions.

— Tu es en train de me dire que tu es venue jusqu'ici pour coucher avec moi ?

— Tu as parfaitement compris. J'en ai besoin, Noah, souffle-t-elle.

L'intonation chaude et profonde de sa voix me remue un peu. Ses yeux plongent au fond des miens, brûlants de sensualité. L'invitation qui en émane me chatouille le ventre. Cette femme m'a toujours fait un effet de folie. Avec elle, j'ai brûlé de passion et fondu de tendresse. Une tempête de souvenirs, d'émotions et de sensations s'abat sur moi et j'ai un début d'érection qui me fout carrément en rogne. C'est stupide, du grand n'importe quoi.

— C'est la chose la plus insensée que j'aie entendu depuis longtemps. Je ne veux pas heurter tes sentiments Vicky, mais je n'ai pas la moindre envie de remettre le couvert avec toi, dis-je en l'écartant un peu brusquement.

— Juste une fois, pour que tu sois sûr, m'implore-t-elle, ses yeux si clairs assombris par le désir.

— C'est non ! N'insiste pas.

Elle s'emporte, blessée.

— Mais pourquoi ? Qu'est-ce qui ne te plaît pas… ou plus chez moi ?

— Ce n'est pas la question, je réponds en enfonçant mes mains dans les poches arrière de mon jean.

— Alors c'est quoi ? Je ne te demande pourtant pas grand-chose.

— Me supplier de te baiser, tu trouves que ce n'est pas grand-chose toi ? Putain Vicky, arrête de t'humilier de cette façon. Tu deviens vraiment grotesque !

— Je voudrais juste que tu te rappelles à quel point nous étions sexuellement en phase tous les deux. Personne ne m'a jamais fait l'amour comme toi et… depuis, j'ai l'impression d'être redevenue vierge.

— T'es en manque de sexe ? Ce n'est pourtant pas les occasions qui doivent manquer.

— Je te l'ai déjà dit Noah, je ne suis allée avec personne depuis Maxime. J'en ai été incapable depuis que j'ai compris que tu es le seul à pouvoir me rendre heureuse, alors oui, je suis sûrement en manque de sexe. Mais je suis surtout en manque de toi, souffle-t-elle. J'ai tellement envie de toi que ça devient une véritable torture.

Mon cœur bat plus vite, mais je me raisonne. L'idée n'est pas si repoussante que ça, mais la manipulation qui se cache derrière, si !

Elle avance d'un pas et je recule d'autant. Son petit manège me déstabilise car le mélange d'émotions dans lequel mon cœur navigue depuis des jours ne me permet pas de réfléchir avec cohérence et encore moins depuis que le mot « vierge » est venu impacter mon cerveau. Je refuse cependant de me laisser envahir par les sentiments chaotiques que m'inspire ma princesse blonde. D'ailleurs, puis-je toujours l'appeler ainsi ? En sautant de mes bras à ceux de Lodewijk, Merveille vient de me prouver de la manière la plus cruelle qui soit que j'avais tort de penser qu'une femme s'accroche automatiquement à l'homme à qui elle aura décidé de s'offrir pour la première fois. J'ai toujours fui les vierges comme la peste, justement à cause de cette idée que je m'en étais faite, et voilà que je me surprends à regretter que ce ne soit pas le cas. Quel con je suis ! Je la revois dans mes bras, la première fois, la première nuit... Je nous revois ensemble, quand elle se pelotonnait contre moi avec ce sourire radieux qui effaçait les soucis de la journée, quand nous parlions de notre envie de nous installer à la campagne, de l'aménagement de la maison du doc... Finalement, cette vie que je lui proposais ne la satisfaisait pas autant qu'elle voulait me le faire croire. Lodewijk est sans doute le genre de mec à pouvoir lui offrir la lune si elle le lui demande. Malgré mon amertume, je me console en me disant qu'un jour, je finirai bien par rencontrer une femme qui m'aimera pour ce que je suis. Quelque chose se brise en moi et mes lèvres se retroussent en un sourire désabusé.

— C'est moi qui t'amuse ? me demande Victoire en se collant à moi sans que je ne fasse rien pour la repousser.

— C'est vraiment ce que tu souhaites Vicky ? Que je te baise ?

Elle soutient mon regard, sans ciller.

— Je préférerais que tu me fasses l'amour, mais... si c'est me baiser dont tu as envie, alors baise-moi.

Sa voix est rauque. Elle s'humecte les lèvres et ma respiration s'accélère quand ses lèvres se mettent à suivre la ligne de ma mâchoire pour descendre dans mon cou. Un frisson voluptueux me secoue. Je me perds soudain dans la contemplation de son visage, fasciné par sa beauté. Il faudrait être un saint pour lui résister et aujourd'hui, je ne suis pas certain d'avoir envie d'en être un. Distancé par l'amour, mes démons me rattrapent, je ne cours plus assez vite pour les distancer, je suis fatigué. Mon ventre se contracte lorsque Victoire pose à nouveau ses mains sur mon torse. Je glisse mes doigts dans ses cheveux soyeux et je l'oblige à se mettre sur la pointe des pieds pour mettre son visage à la hauteur du mien.

— Laisse-moi te rendre heureux, Noah.

Ses mots sont un chuchotement, son souffle sur ma joue, une caresse. Je lui laisse le contrôle et elle devient plus impétueuse dans ses gestes et ses caresses. Une émotion incontrôlable m'oblige à déglutir pour déloger la boule qui s'est formée dans ma gorge, brûlante comme l'acide, parce que je sais que je m'apprête à faire une énorme connerie et qu'il est bien trop tard pour faire machine arrière. Je pousse un grognement et mes mains empoignent ses fesses pour la soulever du sol. Ses jambes se nouent autour de ma taille et je presse mes lèvres sur les siennes. Sa langue s'enroule à la mienne, faisant fondre ma raison chancelante et le baiser que je lui inflige est violent, chargé de colère et de tristesse. Je n'aspire plus qu'à une seule chose à présent ; la baiser. Assouvir mon désir... mais aussi le sien. Cette pensée m'excite tellement que je brûle d'impatience de l'emmener dans ma chambre pour lui retirer tous ses vêtements. Sa robe vole rapidement travers la pièce, suivie de près par ses sous-vêtements. Je constate qu'elle est toujours aussi belle, que sa peau est toujours aussi veloutée. Je suis pris d'une émotion violente. Je me souviens, encore et encore... Mon visage glisse vers la vallée de ses seins et ma bouche emprisonne une pointe rosée entre mes lèvres brûlantes. Je la sens vibrer de plaisir... comme avant. Sa voix n'est plus qu'un murmure sensuel, un souffle chaud qui bruisse agréablement à mes oreilles. À cet instant, je ne suis plus capable de me soustraire au plaisir qu'elle me procure. En l'espace de quelques secondes, ses mains me dépouillent de mes fringues et nous roulons sur le lit, nus et enfiévrés. Je n'ai pas oublié comment éveiller en elle ses envies les plus secrètes et la réciprocité m'expédie deux ans en arrière. C'est un délice, une torture. C'est trop tard, une véritable folie, mais tout désir de révolte disparaît en même temps que ma conscience. Je laisse mes bas instincts me guider en me promettant qu'il n'y aura pas de suite à cette partie de jambes en l'air car j'ai déjà assez de blessures à panser pour ne pas m'en créer de nouvelles.

40
Merveille

Je pousse un soupir et referme la boîte aux lettres. Mon cœur bat à tout rompre. Mes mains tremblent. Si je m'attendais à la recevoir incessamment sous peu, la convocation au permis de conduire provoque chez moi un profond sentiment d'angoisse. La date de mon examen est fixée pour le lundi suivant, jour de mon anniversaire. Quel beau cadeau ce serait si je revenais avec le précieux sésame après lequel je cours depuis si longtemps. Pour l'heure, je dois prendre contact avec l'auto-école et donc… avec Noah. J'angoisse à mort. Ça fait maintenant deux jours que je n'ai pas la moindre nouvelle de lui. Il n'a pas répondu au SMS que je lui ai envoyé et dans lequel je lui demandais pardon de lui avoir menti et lui expliquais les raisons qui m'avaient poussé à le faire. Je comprends sa colère et j'ai décidé de respecter son silence, même si j'en crève. Chaque réveil sans lui est un supplice, je n'ai plus goût à rien et depuis ce fameux soir, je continue à me répéter inlassablement que s'il m'aime assez, il reviendra. Mais j'ai la sensation qu'il ne veut plus de moi. J'ai perdu sa confiance. Le cœur lourd, je remonte chez moi et m'écroule sur le canapé. Tout va de travers depuis que j'ai eu la mauvaise idée d'accepter de rencontrer Sebastian à la Table des Insolents. Je voudrais ne l'avoir jamais fait. Cet homme me perturbe et si j'ai accepté de continuer à travailler au Boomer, c'est uniquement pour protéger Anja et Louise. C'est la crise, le nombre de demandeurs d'emploi ne cesse d'augmenter et je sais qu'elles caressent le même espoir que mon amie

Margot. Leur Master en poche, leur vie prendra une nouvelle direction et je commence à me demander si je ne devrais pas songer à reprendre mes études pour me donner une chance d'évoluer ailleurs que derrière un bar. Oh bien sûr, si je décidais de rester au service de Sebastian, nul doute que le salaire qu'il me propose améliorerait nettement mon quotidien, mais s'il me veut à ce poste de responsable, il me veut également dans son lit. Après la gifle de l'autre soir, je pensais qu'il aurait changé d'avis et même qu'il m'aurait signifié mon renvoi sur le champ, mais au lieu de ça, il se montre d'une extrême patience avec moi. Plutôt que de me botter les fesses pour calmer mes insolences, j'ai bien compris qu'il envisage tout autre chose avec et ne s'ennuie pas à me le faire comprendre avec au coin des lèvres toujours le même petit sourire narquois qui m'agace autant qu'il me trouble. Son regard profond et mystérieux me donne envie parfois de découvrir ce qui se cache derrière. Quand il me fixe, ses pupilles se dilatent de désir. Je me sens belle et ultra sexy. Une véritable explosion hormonale qui me fait culpabiliser comme jamais. Bon sang, c'est vrai qu'il me déstabilise, mais pas au point de me laisser complètement hypnotiser et tomber dans ses bras. Coucher pour coucher est sans doute très excitant pour beaucoup de nanas, mais perso, ça ne m'enrichirait en rien. J'ai envie d'une intimité plus que physique, une proximité sur d'autres plans. Hier soir, j'ai pris la décision d'informer Anja et Louise de son petit chantage. D'abord angoissées à l'idée de perdre leur job, elles m'ont ensuite promis de se mettre immédiatement à la recherche d'un nouveau travail pour m'en libérer. Je me suis sentie vraiment soulagée et puis comme le pub va bientôt fermer ses portes pour subir un total relooking, elles vont avoir du temps devant elles. Je me demande à quoi ressemblera le Boomer à sa réouverture. J'espère seulement que Sebastian n'a pas comme stupide projet d'y installer des barres de pole dance.

Après m'être préparé un café, je jette un coup d'œil à la pendule de la cuisine. Il est presque dix heures. Je décide d'appeler l'auto-école, anxieuse à l'idée que ce soit Noah qui décroche. Mon cœur rate quelques battements tandis que je compte les sonneries. Si j'ai terriblement besoin de l'entendre, je suis tout autant effrayée à l'idée de me faire rembarrer. C'est la voix d'un homme qui me répond, et ce n'est pas celle de Noah.

— Euh... salut, je marmonne en déglutissant. J'appelle pour signaler que j'ai reçu ma convocation pour l'examen de conduite. Je m'appelle Merveille Delorme.

— Bonjour Merveille. Moi, c'est Dylan. Je suis le nouveau moniteur.

— Ravie, dis-je par politesse.

— Moi aussi. J'ai ton dossier sous les yeux, dit-il en adoptant d'office le tutoiement. Et effectivement, ton nom et deux autres figurent sur la liste pour l'épreuve de lundi prochain. Très important Merveille, il faudra venir à l'auto-école avec une pièce d'identité en cours de validité sinon, tu ne pourras pas passer ton examen.

— Je suis au courant, soufflé-je, un peu gênée. C'est ma quatrième tentative.

— Cette fois, c'est la bonne, rit-il gentiment. Et pendant que j'y pense, ne sois pas en retard. Le départ de l'auto-école se fera à 9 heures pétantes.

— Pas de souci.

C'est plus fort que moi, il faut que je lui pose la question.

— Noah n'est pas là ?

— Non. Il est avec un élève. Tu souhaites lui laisser un message ?

— Je... Non, ça ira. Merci Dylan, à lundi.

Je raccroche, songeuse. Je me demande comment réagira Noah en me voyant lundi matin. Je m'imagine déjà complètement perturbée et recalée pour la quatrième fois. Ça fait des jours que je n'ai pas touché un volant. Noah était supposé me faire conduire quelques heures avant la date fatidique de mon examen, mais là...

En fin de journée, alors que je suis en train de faire quelques courses, je reçois un appel d'Armonie. Elle vient s'enquérir de mon moral et me prévient par la même occasion qu'elle s'est mise en devoir de nous organiser la plus belle fête d'anniversaire que nous ayons jamais eue.

— Et quel est le plan ? je demande en me dirigeant vers les caisses.

— Je pensais demander à Alessandro de faire privatiser une boîte.

Je lève les yeux au ciel.

— Oh… rien que ça.
— 20 ans, ça se fête royalement, sœurette, glousse-t-elle. Tu as besoin de t'amuser un peu et moi aussi. Je passe un temps fou à m'occuper des préparatifs du mariage et je t'avoue que penser à autre chose n'est pas pour me déplaire.
— N'hésite pas à me demander de l'aide en cas de besoin.
— Ne t'inquiète pas, ça va aller. Pour revenir à notre fête d'anniversaire, j'ai pensé qu'on pourrait organiser une soirée masquée. Qu'en penses-tu ? me demande-t-elle avec une excitation dans la voix qui me fait sourire.
— Pourquoi pas ? Au fait, j'ai reçu ma convocation pour le permis.
— Alléluia ! C'est pas trop tôt ! Quel jour ?
— Eh ben lundi.
— Waouh ! Coïncidence ou bien ? rigole-t-elle. Ce serait un formidable cadeau d'anniversaire.
— Comme tu dis. J'espère que je vais y arriver cette fois.
— Si tu commences à douter de toi maintenant, qu'est-ce que ça va être lundi ! me houspille-t-elle. Tu as quatre jours pour te préparer.
Je range ma carte bleue et mon sac de courses à la main, je quitte le magasin, téléphone collé à l'oreille. Armonie n'en finit plus de me parler de notre future fête d'anniversaire. Elle m'encourage à me mettre d'ores et déjà à la recherche d'un beau loup en velours et d'une jolie robe.
— Mais tu ne m'as pas dit où est-ce que tu comptes organiser cette boum géante.
— Je ne sais pas encore puisque je n'en ai même pas encore parlé avec Alessandro.
— Mais imagine qu'il ne trouve pas ton idée à son goût.
Je l'entends rire à l'autre bout du fil. Bon, OK, Alessandro ne peut rien lui refuser, mais il a certainement dû lui concocter une petite surprise et elle risque bien de tout fiche par terre avec son projet.
— Et si, pour tes 20 ans, ton richissime futur mari avait déjà prévu un vol en jet privé pour vous emmener dîner dans un petit restau des îles grecques.
— Ne te bile pas pour ça sœurette, glousse-t-elle. Nous avons prévu

un petit voyage de quelques jours la semaine prochaine. Alessandro m'emmène visiter l'Ecosse.

— Je vois.

— Et figure-toi que je connais aussi le modèle de la voiture qu'il va m'offrir.

— Laisse-moi deviner… une Audi ? Une Ferrari ?

— Non. Un coupé Mercédès toutes options, rit-elle. J'ai vu traîner le bon de commande dans un tiroir de son bureau. Cette voiture coûte les yeux de la tête.

— Eh ben tout le monde n'a pas la chance d'être fiancée à un multimillionnaire, n'est-ce pas ?!

— Mais je te rappelle que toi aussi, tu pourrais en rencontrer quelques-uns si tu le voulais et tu pourrais même tomber amoureuse.

— Merci… mais non, merci. Je suis déjà amoureuse et…

— Et malheureuse, me coupe-t-elle.

Je pousse un soupir à fendre l'âme. C'est vrai, je suis malheureuse et rongée par une culpabilité énorme. Je pense sans cesse à Noah, je pleure tout le temps et je m'en veux tellement de l'avoir fait souffrir.

— Pas de nouvelles ? me demande-t-elle d'une petite voix.

— Aucune. Noah doit penser les pires choses à mon sujet.

— Ce qu'il pense de toi est sa réalité Merveille, pas la tienne. N'oublie jamais ça.

— Abandonner, voilà ce que je devrais trouver le courage de faire ! Je n'en serais pas là à me poser des questions idiotes et à m'empoisonner l'existence de doutes inutiles.

— Tu penses vraiment que tu peux me faire avaler une telle connerie ?

— J'ai tellement peur qu'entre nous, les choses ne s'arrangent jamais… Je suis persuadée qu'il s'imagine qu'il y a quelque chose entre Sebastian et moi et ça me rend malade.

— Et comment se comporte Sebastian avec toi ?

Je lui explique que Santorio a vendu le Boomer et dans la foulée, le petit chantage pourri de mon nouveau patron pour me garder à sa botte. Pour finir, j'ajoute :

— J'ai vraiment l'impression que je lui plais et qu'il est déterminé à me coller dans son lit, mais il peut toujours courir !

— Que tu lui plaises n'a rien d'étonnant. Tu vas devoir faire très attention car d'après ce qu'Alessandro m'en a dit, Sebastian Lodewijk est le genre d'homme à toujours obtenir ce qu'il convoite. Il te veut, c'est un fait et la distance que tu mets entre vous a réveillé ses instincts de chasseur. Désolée de te le dire mais plus tu te refuseras à lui et plus il te voudra. Les hommes sont souvent attirés par les femmes froides qui agissent comme des chieuses.

— Oui eh ben moi, je ne suis pas une chieuse au sens où tu l'entends et je n'ai aucune envie de le séduire ni d'être séduite ! Anja et Louise sont à la recherche d'un nouveau job et dès que ce sera possible, ciao le Boomer !

— Si tu crois que ça va l'arrêter... Il ne te plaît pas ? Pourtant, il est super canon. Tu devrais peut-être te laisser vivre sans trop te poser de questions, sœurette. Si ça se trouve, tu t'accroches à Noah parce qu'il a été le premier. Laisse-toi embrasser par un autre, Sebastian, pourquoi pas... Tu verras bien. Tu sais, un simple baiser peut déboucher sur une grande surprise et l'amour se cache peut-être là où tu ne l'attends pas, rigole-t-elle.

— N'importe quoi !

— Tu veux vraiment me faire gober que tu ne trouves pas ce type sexy ?

— Il est mignon, c'est vrai mais...

— Mignon ? s'écrie-t-elle. Waouh ! Mais Sebastian est bien plus que ça, et n'importe qui pourrait comprendre que tu te sentes attirée par lui.

— Sauf que ce n'est pas le cas.

Un mensonge qui me brûle la langue et qui ne me rassure pas le moins du monde.

— Il t'attire, toi ? je lui demande alors, curieuse et intriguée par son insistance à me parler de lui.

— Oh mais ma chérie, Sebastian Lodewijk est le genre d'homme capable de faire fondre une armée de nonnes rien qu'avec son sourire, répond-elle amusée. Il est tout simplement à tomber.

— Plus que ton futur mari ?

— Sebastian est un mâle Alpha, sœurette. Place-le au milieu d'une pièce remplie de ses congénères et tu verras qu'il occupe tout l'espace. Il est richissime, puissant, irrésistible, hypersexuel, provocant, et terriblement décadent. Ceci, expliquant donc cela. Comprends-tu sister ?

— Ouais… Ouais, je comprends. Donc, il te plait… Mais Alessandro ?

— Eh ben quoi Alessandro ?! Ce n'est pas parce que je suis engagée avec lui, que je ne dois plus avoir de fantasmes ou d'envies. Il n'y a rien d'anormal ce que je me sente attirée par un autre homme que celui qui partage ma vie, surtout quand il s'agit d'un spécimen aussi fascinant. Mais ça ne fait pour autant de moi une femme infidèle.

Je me sens très mal à l'aise par rapport aux émotions que me provoque Sebastian, mais jamais il ne me viendrait à l'esprit de tromper Noah. Je sais parfaitement qu'il est l'homme de ma vie et que je n'aime que lui.

— Je… Je suppose que tu as raison.

— Naturellement que j'ai raison. Allez sister, sois honnête, il ne t'émoustille même pas un tout petit peu, le diabolique Sebastian ?

Je pousse un soupir et marque une pause avant de lui avouer la vérité sur l'émoi qu'il arrive à faire naître en moi. Elle ne semble pas étonnée.

— Inutile de te flageller pour ça, tu sais. Je ne devrais même pas te le dire mais la première fois que j'ai vu Noah, j'ai eu un orgasme visuel.

— Quoi ?

Là… elle est dure la frangine !

— Oh ben quoi. Il est incroyablement sexy et d'ailleurs, c'est un mâle Alpha lui aussi. Bon… Je pense que tu as besoin que je te secoue un peu.

— Qu'est-ce que tu veux dire ?

Elle s'éclaircit la gorge.

— Merveille, est-ce que tu es certaine que Noah est la bonne personne pour toi ?

— Oui, à cent pour cent.

— Et tu comptes souffrir de cette situation toute ta vie ou bien vas-tu enfin te décider à y remédier ? La vie est bien trop brève pour être pourrie avec des craintes inutiles. Tu veux un bon conseil ?

— Dis toujours…

— Va voir Noah. Disputez-vous et réconciliez-vous sur l'oreiller car plus tu laisses le petit conflit qui vous oppose prendre de l'ampleur, plus tu cours le risque de tomber dans les bras de Sebastian… et si tu franchis le pas, tu perdras définitivement ton Noah.

La mise en garde d'Armonie résonne encore dans mon cerveau lorsque j'arrive chez moi. Je range mes courses en réfléchissant à la manière dont je pourrais m'y prendre pour me retrouver avec Noah et la seule réellement valable qui me vient est de prendre quelques heures de conduite avant mon examen. Est-ce que je vais avoir le courage de l'appeler ? Les secondes s'égrènent, deviennent des minutes. Je repense à ce qui s'est passé ces dernières semaines, le souvenir de l'amour avec lequel Noah s'est appliqué à me faire sienne tourne en boucle dans ma tête. Il me manque tellement. Je consulte ma montre. Il est 14h00. L'heure où il est supposé rejoindre son bureau après le déjeuner. Déterminée, plutôt que de l'appeler sur son numéro perso, je compose celui de l'auto-école, comme n'importe quelle élève lambda. Les tonalités s'étendent à l'infini et me poussent à raccrocher, déçue. Je décide de patienter quelques instants et en profite pour me faire un café ; ma seule nourriture depuis deux jours. Si je ne parviens pas à avaler quelque chose de consistant bientôt, je vais m'écrouler. Lorsque je rappelle, Noah décroche enfin. Le son de sa voix envoie directement une décharge électrique le long de mon épine dorsale.

— Bonjour Noah, dis-je d'une voix étranglée. J'ai reçu ma convocation et je voudrais… je voudrais juste savoir si je pouvais prendre quelques heures pour me préparer à l'examen.

Un silence déconcertant s'ensuit. J'ai tellement peur qu'il me dise qu'il ne veut plus me voir que mon cœur oublie de battre. J'ai envie de pleurer.

— Ne quitte pas, je vérifie mon planning, répond-il finalement d'un ton neutre. Celui d'un moniteur à son élève.

J'ai l'impression de sentir sa main plonger dans ma poitrine pour pulvériser ce qu'il reste de mon cœur déjà en miettes.

— Demain, 15h00 et samedi 10h00. Est-ce que ça peut aller pour toi ?

— Oui... Merci, ça ira parfaitement.

— Dylan m'a dit qu'il t'a déjà briefée, est-ce que tu as d'autres questions ?

— Une seule.

— Je t'écoute.

Je bloque l'espace d'un instant. J'ai la gorge serrée et une énorme boule d'angoisse dans le ventre.

— Est-ce que c'est avec toi que je vais conduire ? Tu sais, je comprendrais parfaitement que...

— Ce sera effectivement moi qui assurerai ces dernières heures, m'interrompt-il alors que je suis au bord des larmes. Bien, rendez-vous ici, demain à 15h00.

41
Noah

Il est 22h00. Je suis en train de dîner en compagnie de Victoire dans un petit restau du quartier quand mon téléphone vibre dans ma poche. En voyant « Armonie » s'afficher sur l'écran, je fronce les sourcils. Que peut bien me vouloir la jumelle de Merveille à cette heure si tardive ? Je m'excuse auprès de mon invitée et décroche, un peu inquiet.

— Noah, est-ce que tu as quelques minutes à m'accorder ? Il faut absolument qu'on parle de Merveille.

Je fronce les sourcils. Victoire mordille sa lèvre inférieure et m'épie avec attention, ses doigts jouant avec des mèches de ses cheveux.

— Ne quitte pas, je te reprends dans deux secondes. Puis m'adressant à Victoire : Excuse-moi, c'est un appel important. Je vais aller le prendre à l'extérieur.

Elle hoche la tête, avec une petite moue résignée.

— Bon, je t'écoute, dis-je une fois dehors. Que se passe-t-il avec Merveille ?

— Elle a besoin de toi, Noah.

— Ce n'est pas mon impression, je réplique, amer.

— Cesse donc de te comporter comme un ado stupide et revanchard !

Elle ne manque pas d'air la p'tite !

— Merveille t'a menti, c'est clair, poursuit-elle, et je t'accorde que ce n'était vraiment pas la chose à faire, mais elle t'a expliqué pourquoi elle avait fait ça. Malgré tout, tu t'entêtes à bloquer sur quelque chose qu'une simple discussion entre vous pourrait clarifier.

— Tu m'appelles pour me dire ça ? Mais est-ce que tu t'es, ne serait-ce qu'une fois, posé la question de savoir si ta sœur n'a pas, comme toi, envie de se taper un multimillionnaire ?

— Putain Noah, grogne-t-elle, ne me fais pas regretter de faire en sorte que les choses s'arrangent entre vous ! Tu sais aussi bien que moi que le fric ne l'intéresse pas. Quant à ce que tu penses de moi, je te le dis, j'en ai rien à carrer !

— Excuse-moi… je suis un peu à cran ces temps-ci.

— C'est parce que je n'en doute pas une seconde que je ne t'ai pas encore raccroché au nez. Ma sœur est raide dingue de toi et elle ne va pas bien du tout depuis que tu l'as jetée sans chercher à voir plus loin que le bout de ton nez. Je sais que tu l'aimes toi aussi, mais maintenant, Sebastian la veut et il semble prêt à tout pour arriver à ses fins. Tu dois agir, et vite.

Que Lodewijk s'intéresse à Merveille, c'est quelque chose que j'ai compris depuis un petit bout de temps, mais apparemment, elle ne fait pas grand-chose pour l'en décourager, ai-je envie de lui balancer. Lorsqu'Armonie m'apprend qu'il vient de racheter le Boomer et qu'il a menacé de virer les deux serveuses si Merveille quittait son poste, je serre les dents pour ne pas jurer à voix haute en pleine rue. Rien qu'à imaginer ma princesse aux ordres de ce sale type, mon pouls s'accélère et le sang se met à couler dans mes veines comme un torrent de lave.

— Anja et Louise sont déjà à la recherche d'un nouveau job, mais je suis sûre que ça ne suffira pas à protéger ma sœur de Sebastian. Et au cas où il serait encore utile de te le préciser, elle ne veut pas de lui.

— Au risque de me faire à nouveau taper sur les doigts, qu'est-ce qui te permet d'affirmer qu'elle ne veut pas de lui ? Ils ont l'air de passer pas mal de temps ensemble.

Je l'entends pousser un soupir d'agacement.

— Noah, en principe, quand on est amoureux, certaines régions du cerveau deviennent particulièrement actives, mais chez toi, on dirait bien qu'elles sont toutes neutralisées. Si Merveille s'était amourachée de Sebastian, crois-tu que nous aurions cette conversation ? demande-t-elle, sarcastique. Elle s'est donnée à toi par amour, et elle est en train de dépérir loin de son prince charmant, trop orgueilleux pour entamer un dialogue indispensable à la situation qu'elle a créée, certes, mais pas pour les raisons que tu imagines. Elle ne sait plus trop où elle en est et devient vulnérable. Donc, si tu veux un bon conseil, bouge tes fesses avant que le beau Sebastian se saisisse d'une petite cuillère pour la ramasser, parce que contrairement à toi, lui ne semble pas prêt à abandonner la partie.

Je ferme un instant les yeux pour permettre au doux visage de Merveille d'envahir mon esprit. Seigneur, comment en sommes-nous arrivés là ?

— Je dois la voir demain, à l'auto-école, dis-je, la voix brisée par l'émotion.

— Parfait. J'espère qu'elle va décrocher son permis cette fois.

J'entends un sourire dans sa voix.

— Je vais m'en assurer.

— Quel meilleur booster d'énergie que de retrouver l'amour de sa vie, pas vrai ?

— C'est sympa de m'avoir appelé, Armonie, merci.

— Inutile de me remercier. Merveille et moi sommes très différentes comme tu as pu le constater. On n'est pas sur la même longueur d'ondes, on se mord, on se griffe, on se critique, bref, on se chamaille tout le temps, mais son bonheur compte plus que tout à mes yeux.

— Je vais bien m'occuper d'elle, tu peux en être certaine.

— Je sais. Bon, j'ai encore un truc à te dire avant de raccrocher.

— Je t'écoute.

— J'organise une réception pour nos 20 ans. C'est une soirée masquée et elle aura lieu lundi soir.

— Où est-ce que tu fais ça ?

— Dans un club privé, mais je ne sais pas encore lequel. Alessandro s'en occupe. Nous vous donnerons l'adresse des festivités dans le courant du weekend et j'espère que d'ici là, tout sera revenu à la

normale entre vous. Je compte sur toi, Noah.
— Tu peux.
Un mélange de sentiments déroutants flotte dans ma tête quand je rejoins Victoire. Elle n'a pas l'air ravie et je peux difficilement lui en vouloir car je viens de passer plus de vingt minutes à arpenter le trottoir devant le restau, téléphone scotché à l'oreille.
— Je suis désolé d'avoir mis autant de temps, dis-je, un peu embarrassé, avant d'avaler une gorgée de vin.
— Tout va bien ? me demande-t-elle avec un regard inquisiteur.
Je m'étire en ramenant mes mains derrière ma nuque, et lui réponds brièvement :
— Ouais, ça va.
— Qui t'a appelé ?
Avec elle, c'est un éternel recommencement. Soûlé, je lui réponds un peu brusquement que ma vie privée ne la regarde pas. Naturellement, elle se braque.
— Je suis juste bonne à baiser, quoi !
Même si j'ai des raisons valables de m'énerver, je me sens un peu comme le dernier des salauds en songeant que le matin même, j'ai laissé ses doigts s'engouffrer sous mon t-shirt et me le retirer sans opposer la moindre résistance, trop excité à l'idée de redécouvrir la sensation de sa peau contre la mienne. Je risque de payer cher ce moment d'égarement.
— Je suis désolé, Vicky. Nous n'aurions jamais dû coucher ensemble, c'était une erreur.
— Il n'y a donc rien de changé, tu n'as pas reconsidéré ta décision, soupire-t-elle.
— En effet, je n'ai pas changé d'avis. Notre histoire appartient au passé.
— Tu n'avais pas l'air de penser la même chose ce matin.
— Je ne nierai jamais que tu m'attires, mais…
— Mais tu ne m'aimes plus et ce qui s'est passé ce matin, c'était juste sexuel.
— Je suis désolé si à un moment, j'ai pu te laisser penser le contraire.

Tu dois me prendre pour un enfoiré.

— Non, rassure-toi. Je ne pourrais jamais penser ça, parce que ce n'est pas ce que tu es Noah. J'avais envie de toi et j'assume complètement ce que j'ai fait, mais j'espérais sincèrement qu'on ne s'arrêterait pas là. Tu sais ce que tu représentes pour moi, n'est-ce pas ?

Je ne réponds pas et me laisse aller contre le dossier de ma chaise, soudain dominé par un sentiment d'intense inquiétude. Celle que Merveille découvre ce qui s'est passé entre moi et Victoire. Me voilà dans une position totalement inédite et j'espère ne pas avoir commis l'irréparable.

— Qui qu'elle soit, elle a beaucoup de chance de t'avoir dans sa vie, dit Victoire en esquissant un sourire qui est tout sauf sincère. Mais… on dirait qu'entre vous, ça n'a pas l'air d'aller très fort en ce moment, je me trompe ?

— Qu'est-ce qui te fait penser ça ?

— Je te connais suffisamment pour affirmer que tu n'es pas le genre d'homme à tromper sa femme, donc, à moins que ton couple n'aille vraiment mal, tu n'aurais jamais accepté de coucher avec moi. Est-ce que tu as envie de m'en parler ?

— Non. Et puis je te l'ai déjà dit : ma vie privée ne te regarde pas. Est-ce que tu prendras un dessert ?

— Un café plutôt, répond-elle en croisant les bras sur la table.

Je fais signe au serveur et lui demande deux expressos. Victoire se penche en avant et murmure :

— Je ne te cache pas que je meurs d'envie d'en apprendre un peu plus sur celle qui m'a évincée dans ton cœur, trésor. Allez, tu ne veux pas me parler un peu d'elle ? Peut-être que nous pourrions nous entendre elle et moi, qui sait…

Je soutiens son regard bleu intense. L'ambiguïté de ses paroles me fait doucement rigoler. On nous apporte nos cafés et j'en profite pour demander l'addition.

— Pourquoi refuses-tu catégoriquement de me considérer comme une vieille copine à qui tu peux te confier ? Je veux bien me faire à l'idée que tu ne m'aimes plus, mais j'aimerais sincèrement que nous restions amis, Noah.

Encore un petit mensonge bien poli qui veut surtout dire qu'elle aurait préféré que rien ne change entre nous.

— Ton insistance commence très sérieusement à m'énerver Victoria. Tu sais parfaitement ce que j'en pense, dis-je en jetant un œil à ma montre. Il se fait tard et je ferais mieux de te raccompagner à ton hôtel.

Elle esquisse une grimace qui est censée ressembler à un sourire.

— Bon d'accord, dit-elle en repliant sa serviette. Mais tu resteras un peu avec moi ? On pourrait prendre un dernier verre.

J'ai vraiment l'impression de parler dans le vide avec elle.

— Non merci. Demain, j'ai énormément de boulot ; je veux me coucher tôt pour être en forme.

— Et… On pourra se voir demain ?

Le ton de sa voix est presque suppliant, ce qui me conforte dans l'idée que j'aurais dû faire preuve d'une plus grande volonté ce matin. Galères en perspective.

— Tu ne devais pas repartir au Portugal ?

— Si, bien sûr. J'ai du boulot qui m'attend, mais mon avion décolle demain, dans la soirée. Pour te dire la vérité, je pensais te proposer de venir passer le weekend avec moi, mais je crois connaître ta réponse. Je suis pourtant persuadée que ça t'aurait fait un bien fou car tu as vraiment une sale mine en ce moment.

— Je vais m'en accommoder et il y aura des jours meilleurs.

Après l'avoir déposée devant son hôtel, je ne résiste pas longtemps à l'envie de faire un détour par le Boomer. Je suis soudain incapable de patienter jusqu'au lendemain pour voir Merveille. Sur le trajet, je repense à tout ce qui s'est passé ces dernières 48 heures ; la colère, le désespoir, Victoire, le coup de fil d'Armonie, puis à nouveau l'espoir et la certitude que le cœur de ma princesse blonde ne bat d'amour que pour moi. Je n'aspire plus qu'à la retrouver. Je veux la serrer dans mes bras, là où est sa place, chaque jour et toutes les nuits à venir.

En franchissant les portes du Boomer, j'ai la désagréable surprise de constater la présence de Lodewijk. À croire qu'il a pris ses quartiers ici ! Il est accoudé au bar et me tourne le dos, en pleine discussion avec Santorio. Je serre les dents et retiens mon envie de faire un carton. Le pub est bondé, comme d'habitude, mais je ne vois pas Merveille. J'attrape le bras d'Anja qui passe à proximité.

— Hé Noah, ça boume ? s'exclame-t-elle, souriante.

Sans répondre à sa question, je lui décoche la mienne.

— Merveille n'est pas venue travailler ce soir ?

— Si. Elle est dans la réserve, mais elle ne devrait pas tarder à réapparaître.

— Merci Anja, dis-je, soulagé. Je compte m'attarder un peu en terrasse, tu pourrais la prévenir que je suis là et lui dire aussi que j'attends qu'elle me surprenne ?

— Pas de problème, dit-elle en faisant danser son décapsuleur au bout de ses doigts.

Il fait chaud et la terrasse est noire de monde, mais j'arrive pile poil au moment où un couple s'en va et je m'installe illico à leur place. J'allume une cigarette et pousse sur le côté de la table les verres vidés par les anciens occupants. Je n'attends pas longtemps avant que ma princesse blonde montre le bout de son nez. En la voyant, si belle et délicate, moulée dans son jean et son top aux couleurs de la Jamaïque, mon cœur flanche. Je suis incapable de détacher mes yeux de son visage. Il y a une telle détresse dans son regard.

— Salut, murmure-t-elle en posant sur la table un cocktail d'une couleur ambrée, décoré de zestes de citrons.

— Qu'est-ce que c'est ?

— Un cocktail de réconciliation, répond-elle, d'une petite voix qui me donne juste envie de la serrer contre moi.

Je porte le verre à mes lèvres et apprécie vraiment la gorgée.

— C'est une de tes créations ?

— Oui. Bourbon, liqueur de jasmin, champagne, un concentré d'herbes et d'épices et quelques écorces d'orange. Tu aimes ?

— C'est vraiment délicieux et… j'aime beaucoup son nom, dis-je en lui adressant un sourire.

— Merci. Je… Je suis contente de te voir, Noah.

— Moi aussi. Je suis venu pour te parler mais j'imagine que tu dois carburer vu tout ce monde.

— Oui c'est vrai, mais…

— Accepterais-tu que je vienne te chercher après le travail ? je l'interromps en priant Dieu et tous ses saints pour qu'elle accepte.

Je vois soudain un filet de larmes se former au ras de ses cils. J'attrape sa main et l'attire sur mes genoux. Quelques regards intrigués se tournent vers nous mais c'est bien le cadet de mes soucis.

— Ne pleure pas mon ange, je murmure contre sa tempe.

— C'est l'émotion Noah. Je… je ne m'attendais pas à te voir ce soir.

— Je suis là et je ne compte plus te laisser. J'ai réagi comme un con, je te demande pardon.

Elle balance ses bras autour de mon cou et éclate en sanglots, le visage enfoui dans mon cou. Je suis si ému par sa réaction que je reste sans voix. Son corps est agité de petits tremblements et je resserre mes bras autour de sa taille fine, respirant à pleins poumons l'odeur familière et sensuelle de son parfum à la fleur d'oranger. Je ne bouge pas. Je me contente de la tenir contre moi jusqu'à ce que ses pleurs se tarissent. Au bout de longues minutes, elle pousse un énorme soupir et se détache lentement de moi.

— Si tu veux, on s'en va immédiatement, je murmure en encadrant de mes mains son magnifique visage à l'expression si désarmante.

— Je… Non, je ne peux pas quitter mon travail comme ça, souffle-t-elle en s'essuyant les joues d'un revers de la main.

— Bien sûr que tu le peux.

— Non, je… ça va aller, Noah. Ils ont besoin de moi.

Je glisse un doigt sous son menton et l'oblige à me regarder dans les yeux.

— Je ne veux plus que tu travailles ici, Merveille.

— Il faut que je tienne encore un peu.

— Pour les filles ?

Elle me regarde, étonnée.

— Je suis au courant, oui.

— Anja et Louise ont besoin de leur salaire pour payer leur loyer et les études qu'elles font leur coûtent les yeux de la tête. De plus, elles sont obligées de bosser la nuit car le jour, elles vont à l'école. Je te promets qu'aussitôt qu'elles auront trouvé un nouveau job, je partirai d'ici, mais en attendant, je ne veux pas les mettre dans la panade.

— C'est tout à ton honneur princesse, mais ...

Ses mains glissent sur mes joues qu'elles caressent avec une douceur qui lui est propre.

— Ça va aller, Noah, murmure-t-elle. Il n'y en a plus pour très longtemps.

Je l'attire à nouveau contre moi, frustré de devoir repartir sans elle.

— Il faut que j'y retourne… mais je meurs d'envie de me retrouver seule avec toi.

— Moi aussi mon ange, dis-je, la gorge serrée à l'idée de la quitter. Je te dois combien pour cet incroyable cocktail de réconciliation ?

— Il n'a pas de prix, alors c'est cadeau, répond-elle avec un petit sourire complice avant de disparaître à l'intérieur du pub.

Je suis désespéré à l'idée de la savoir à nouveau si près de Lodewijk à qui je ne fais pas la moindre confiance. Il se fourre le doigt dans l'œil s'il pense avoir acheté Merveille en même temps que le Boomer. Qu'il ne s'avise pas de la toucher ! Soudain, une idée me percute à la vitesse d'un train lancé à vive allure. Pourquoi n'y ai-je pas pensé plus tôt ! Je termine mon verre et retourne à ma voiture, mais plutôt que de rentrer chez moi, je prends la direction du Ozzy pour parler à Kate. Du boulot, elle pourrait certainement en donner à Anja et Louise.

42
Merveille

J'ai 20 ans aujourd'hui et mon plus beau cadeau a été que Noah n'ait pas souhaité que je retourne chez moi après notre nuit de réconciliation. Il a décidé de me garder près de lui jusqu'à ce que le docteur Marchal libère sa maison pour que nous puissions nous y installer. En l'espace de quelques minutes, entre Noah et moi, tout est redevenu simple, fluide… Les petits papillons que mon amour pour lui ont fait naître dans mon ventre virevoltent encore plus fort.

Ce matin, je suis doublement heureuse. D'une part, Noah m'a annoncé qu'Anja et Louise pouvaient si elles le désiraient se présenter au Ozzy, le pub de son amie Kate, que j'ai la chance de croiser de temps en temps et j'ai enfin décroché mon permis. Comme quoi, dans la vie, il ne faut jamais désespérer. Noah m'a fait conduire plusieurs heures ce weekend et si je n'ai pas payé ces leçons, je m'en suis pris plein les tympans. Il s'est montré dix fois plus exigeant et directif qu'il ne l'avait été auparavant. Pour lui, il était impératif que je décroche ce permis car il n'aimait pas l'idée que je reste bloquée à la campagne pendant qu'il serait à Paris, à l'auto-école. J'ai vraiment hâte d'emménager dans notre belle maison, au milieu des arbres et des fleurs. Notre tour d'ivoire. En attendant, nous sommes en route pour aller déjeuner dans un petit restaurant des bords de Seine pour fêter la fin d'un stress qui a plombé quelques mois de ma vie. Ensuite, nous irons acheter des masques pour la fête organisée par Armonie. Tandis qu'il se gare, sa bonne humeur vole en éclat lorsque je fais allusion à cette soirée. Et pour cause... Elle aura lieu au Saphir, un club privé appartenant à Sebastian. Il serre le frein à main un peu brusquement et se tourne vers moi.

— Ta sœur aurait quand même pu trouver un autre endroit, tu ne crois pas ?

— Elle a manqué de temps et comme Alessandro est un ami de Sebastian, celui-ci lui a proposé le Saphir.

— Et je suis même certain qu'il n'a pas hésité une seule seconde, dit-il sarcastique. Je suppose qu'il sera présent.

— Je n'en sais rien... mais j'imagine que oui, vu que le Saphir lui appartient.

— Reste loin de ce type, Merveille. Il a jeté son dévolu sur toi et je n'ai aucune confiance en lui.

— De quoi as-tu peur, Noah ?

— Je ne veux pas qu'il s'approche de toi, c'est tout !

Je n'avais encore jamais vu sur son visage une expression aussi désespérée. Il a peur... peur que le même scénario que celui qu'il a vécu avec Victoire se reproduise. Il flippe que je le considère un jour comme quantité négligeable, que je me détache et le laisse sur le bord de la route. Comme si une telle chose pouvait se produire !

— Excuse-moi, je me laisse encore submerger par de vieux souvenirs. C'est plus fort que moi, souffle-t-il en passant une main sur son menton.

Je prends sa main et la porte à mes lèvres. Je ne peux m'empêcher de maudire Victoire pour tout le mal qu'elle lui a fait. C'est à cause d'elle s'il peine à me faire confiance bien qu'il affirme le contraire.

— Je ne suis pas comme Victoire, Noah.

— Je sais bien mon ange.

— Alors ne doute pas de moi, ni de mon amour. Je veux que tu croies en nous avec la même force que moi. Peu importe ce que Sebastian s'est mis en tête, il ne m'intéresse pas et ne m'intéressera jamais. Ni lui, ni sa fortune.

En lui disant ces mots, je sens mon ventre se nouer sous l'effet d'un terrible sentiment de culpabilité. Je ne me montre pas complètement honnête et ça me déchire. C'est indiscutable, je me sens bien avec Noah, il est formidable avec moi, attentionné, solide, nous partageons les mêmes valeurs, alors bon sang de bois, qu'est-ce qui cloche chez moi ? L'incompréhensible attirance que je ressens pour Sebastian m'horrifie totalement. Je ne la comprends pas . Je ne sais pas ce qui m'arrive, ça me dépasse complètement. D'un juron silencieux, je stoppe net le fil de mes pensées.

— Allons plutôt déjeuner et commander une bonne bouteille pour fêter mon permis, dis-je en repoussant une mèche de ses cheveux qui vient de retomber sur son front.

Pendant le repas, l'ambiance se détend. Nous rions à l'évocation de mes nombreux échecs à l'examen. Je me sens bien. Si bien que je n'ai pas envie que ça s'arrête et je lui fais comprendre que rien ne nous oblige à nous rendre au Saphir, que l'idée de passer ma soirée d'anniversaire uniquement avec lui m'enchante bien plus qu'une soirée masquée avec un tas de gens que je connais pas. Mais il insiste pour que nous nous y rendions. Il ne veut pas décevoir Armonie qui s'est donné tant de mal.

— Cette soirée est importante pour ta sœur, Princesse. C'est votre anniversaire. La connaissant, j'imagine qu'elle a dû faire les choses en grand et que les invités ont été triés sur le volet.

— Tu connais Armonie et sa folie des grandeurs…

— Je commence à m'y habituer. Tes parents seront présents ?

— Ils ont préféré décliner l'invitation. Ils vont organiser un dîner chez eux pour se faire pardonner leur absence de ce soir. Ce sera l'occasion pour toi de faire leur connaissance. Je suis sûre qu'ils vont t'adorer.

— Pourquoi ne veulent-ils pas assister à cette soirée ?

— Oh tu sais, mes parents ne raffolent pas beaucoup de ce genre de rassemblement mondain. Tu verras, ce sont des gens très simples.

— Et ta sœur ne risque pas de mal prendre leur absence ?

— Je ne pense pas. Tu sais, elle les connaît bien… sourit-elle.

Il pose ses coudes sur la table, ses mains sous le menton et me fixe un long moment, les yeux légèrement plissés.

— La différence entre toi et ta sœur est vraiment incroyable, dit-il enfin.

— Je sais ce que tu penses. Armonie adore les signes extérieurs de richesse, c'est vrai et ç'en est même dérangeant, mais j'ai l'impression qu'au contact d'Alessandro, elle change. Elle devient plus raisonnable et je me dis que cette transformation est uniquement due au fait qu'elle est enfin heureuse.

— Sans doute est-elle satisfaite de la nouvelle vie que lui offre son homme. Mais le serait-elle autant si Bellini n'était pas aussi friqué ?

Sa question me fait lever les sourcils. Je ne peux pas lui en vouloir de douter, mais Armonie semble avoir fait d'une pierre deux coups avec Alessandro, et quelque chose me dit qu'elle est réellement amoureuse de lui. Le regard, ça ne trompe pas ! Elle est super épanouie et elle sourit tout le temps quand elle évoque son futur mari. Le plus amusant, c'est qu'elle a même commencé à acheter des livres de recettes italiennes. C'est édifiant quand on sait qu'il y a encore quelques mois, il était inenvisageable pour elle de se prendre la tête avec les casseroles et les jours de marché.

— Je ne sais pas si elle l'aimerait moins s'il n'était pas ce qu'il est, mais en tout cas, je suis convaincue qu'elle va faire un mariage d'amour et c'est le plus important à mes yeux. Alessandro est un homme d'une grande bonté en plus d'être très attentionné et je pense qu'Armonie en est pleinement consciente. Elle a enfin appris à concilier le cœur et la raison, ô miracle, gloussé-je en joignant mes mains sous mon menton.

— C'est une fille un peu bizarre, mais je l'aime bien et je suis très heureux qu'elle ait trouvé chaussure à son pied. En ce qui me concerne, je n'ai peut-être pas les millions d'Alessandro, mais j'ai pour unique projet de faire de la vie de ma princesse, un véritable conte de fées, déclare-t-il avec un sourire qui me désarme complètement.

Il se penche vers moi et ses doigts se referment sur ma nuque tandis qu'il presse ses lèvres sur les miennes. Je laisse échapper un petit soupir et entrouvre la bouche. Le baiser s'enflamme aussitôt, profond, intense et je sens un frisson courir le long de mes reins. Quand la bouche de Noah se détache enfin de la mienne, je suis hors d'haleine.

Il sourit, enjôleur. Soudain, des notes de musique provenant de mon sac retentissent, et je plonge une main à l'intérieur pour y dénicher mon téléphone. C'est le numéro de ma sœur. Elle veut me voir pour que je l'aide à mettre au point un petit discours qu'elle compte faire le soir même. Je lui donne rendez-vous l'heure suivante dans un petit bistrot de la place des Tertres, à Montmartre. Préférant nous laisser seules, Noah déclare qu'il va mettre à profit ce temps pour tenter de dénicher dans son dressing un costume digne de l'évènement qui se prépare.

Le repas terminé, il me propose de me déposer à Montmartre.

— Pas la peine, je vais prendre le métro, dis-je en me pendant à son cou. Je te retrouve chez toi vers 17h00, est-ce que ça ira pour toi ?

— Parfait, faisons comme ça.

— Oh, pendant que j'y pense… trouve-nous deux masques. Je ne sais pas si j'aurai le temps de m'occuper de ça. Ce soir, on va se la jouer 50 nuances de Grey. Je vais endosser le rôle de ta soumise, gloussé-je en papillonnant des cils.

— Ne perds surtout pas ton objectif de vue, sourit-il en écrasant sa bouche sur la mienne.

La caresse de sa langue sur le sillon de mes lèvres me fait frissonner des pieds à la tête et pour le titiller un peu, je garde ma bouche close.

Heureusement que nous sommes arrivés au parking, parce que je suis tout émoustillée, que ça doit se voir et que la façon dont il me regarde à cet instant n'arrange rien.

— Ouvrez immédiatement votre jolie bouche mademoiselle Delorme, m'ordonne-t-il avec autorité en me faisant reculer jusqu'à ce que mon dos rencontre la carrosserie de sa voiture.

J'obéis, le cœur frappant à toute vitesse dans ma poitrine. Noah tire aussitôt avantage de ma « reddition » et sa langue enlace la mienne, me soumettant à sa volonté. Son baiser a la saveur de la passion et une onde de chaleur irradie aussitôt mon ventre. Bientôt nos souffles n'en font plus qu'un. Une véritable fusion qui me laisse pantelante. Il me rend folle, au sens le plus agréable du terme. Jamais je ne serai rassasiée de lui.

— Il se pourrait bien que je me laisse également tenter par l'achat d'une paire de menottes, me défie-t-il en déverrouillant les portières.
— Vaste programme en perspective.
— Il te branche ?

Le ton qu'il emploie est super sexy et mon esprit se remplit illico d'images troublantes.

— Achète des menottes et je répondrai à ta question, dis-je alors en esquissant un sourire plein de promesses.
— Ne t'étonne pas si je te prends au mot.
— Mmmh, fais-je en lui lançant un regard coquin tout en faisant glisser mes mains sur son torse.
— Mademoiselle s'enhardit, j'adore. Mais par pitié, cesse immédiatement de me regarder avec ces yeux-là, sinon, je ne réponds plus de rien.

Je me mets à rire doucement.

— Bon d'accord… Il faut parfois savoir se montrer raisonnable. Nous reprendrons donc cette discussion plus tard à l'abri des regards. En attendant, si tu pouvais me déposer devant une bouche de métro, je t'en saurais gré.
— Je te déposerais bien ailleurs, mais bon, raille-t-il gentiment.

Trente minutes après avoir quitté Noah, mon rendez-vous avec Armonie ne prend pas tout à fait la tournure qu'il aurait dû. Je ne sais par quel mystère nous en arrivons à parler de Sebastian et de l'attirance que j'éprouve pour lui, et la discussion s'enflamme.

— Comme je te l'ai déjà expliqué, dit-elle, l'amour n'est pas toujours un long fleuve tranquille et c'est normal de se sentir attirée par un autre homme, et parfois de manière très puissante.
— Donc tu trouves ça normal toi, que je sois folle amoureuse de Noah et qu'en même temps, je sois attirée par Sebastian ?!
— Sebastian est un beau mec, viril, puissant, sexuel et toi, bah… T'es une femme quoi ! Ta libido fonctionne à cent pour cent, c'est plutôt rassurant, non ? Et puis tu sais, ce n'est pas parce que tu te sens attirée par ce merveilleux spécimen de la nature que tu dois nécessairement concrétiser. Cette attraction entre vous peut même devenir

une expérience amusante et excitante, l'occasion de stimuler ta vie de couple avec Noah.

— Pff… Tu parles de nous comme si on avait déjà vingt ans de vie commune !

— Dédramatise Merveille, souffle-t-elle. Ce que tu ressens pour Sebastian, c'est juste une attirance sexuelle, une pulsion, un instinct. C'est ton corps qui parle et il a ses raisons, que la raison ne commande pas, alors pitié, n'en fais pas toute une montagne. Je te mets au défi de me trouver une seule femme qui ne soit pas attirée par ce canon. Je suis même certaine que ses stripteaseuses sont toutes prêtes à bosser à l'œil du moment que c'est pour lui. Même moi, je craque, alors tu vois…

— C'est vrai ?

— Mais bien sûr que c'est vrai. Et je t'avoue que même son compte en banque n'entre pas en ligne de compte.

— J'espère que tu ne vas pas…

— Certainement pas ! m'interrompt-elle d'un air offusqué. J'ai rencontré un homme extraordinaire et j'en suis éperdument amoureuse. Je n'ai pas la plus petite envie de le tromper. Alessandro me comble en tous points. Contrairement à d'autres, jamais il n'a reporté une soirée ou un seul week-end prévu en amoureux et ce malgré son boulot épuisant et la fatigue due à ses différents déplacements. Et sur le plan sexuel, alors là… sourit-elle en secouant la main comme si elle voulait se débarrasser d'un morceau de scotch collé à ses doigts.

Sa confession me soulage. J'en étais sûre, elle est enfin heureuse et si son tempérament a changé, si elle est plus agréable qu'avant, plus supportable, c'est bien grâce à l'amour qu'elle ressent pour Alessandro. Je suis ravie, rassurée et super confiante.

— Et Noah aussi est quelqu'un de fantastique, poursuit-elle, alors moi, à ta place, je ne me ferais pas de souci au sujet de ton attirance pour Sebastian. Est-ce que j'ai l'air de m'en faire, moi ? Nous sommes des femmes intelligentes, chérie, alors relax. Punaise, moi qui craignais que tu t'oublies complètement en te dédiant corps et âme à celui qui t'as dépucelée, me voilà bien rassurée.

— Je déteste ce mot !
— Oui bah il veut bien dire ce qu'il veut dire. Bon allez, on a assez traîné ; il serait peut-être temps de s'intéresser d'un peu plus près à ce discours.
— Euh... crois-tu qu'il soit vraiment nécessaire ?
Elle me regarde et face à mon air dubitatif, elle hausse les épaules avant de déclarer :
— T'as raison, allons plutôt faire du shopping !

43
Merveille

Située à quelques pas de l'avenue des Champs-Élysées, dans une rue peu éclairée, l'entrée du Saphir ne paye pas de mine. Devant une porte en ferronnerie noire pas sexy pour un sou, on trouve deux vigiles à l'allure patibulaire. Ici, pas de fumeurs sur le trottoir, pas de file d'attente ni de bavardages. Juste un chuchotement : celui du mot magique pour pénétrer dans les lieux. Plongé dans une demi-pénombre, la salle possède deux petites pistes circulaires équipées chacune d'une barre de pole dance. Autour des tables, les fauteuils club en cuir d'époque sont pour la plupart occupés par des invités masqués sirotant des cocktails présentés dans des verres vintage. Sur les murs, des miroirs dorés et des vieilles peintures encadrées. J'aperçois aussi dans un coin de la pièce un piano ancien. L'atmosphère et la déco sont sans conteste inspirées des bars clandestins de l'époque de la prohibition, mais pas la musique. La techno jaillit des haut-parleurs à un rythme intense, cadencé. Elle remplit l'espace, résonne dans mon corps, électrisant mes reins, à moins que ce ne soit la chaleur de la main de Noah, songé-je avec un petit sourire. Comme il l'avait craint, cette soirée n'est pas seulement une soirée d'anniversaire, elle est aussi un ramassis de people en tous genres. Malgré les masques, je n'ai pas manqué de reconnaître quelques actrices bien connues du tapis rouge du festival de Cannes, ainsi que deux ou trois rappeurs en vogue et même des sportifs de haut niveau. J'imagine sans difficulté que parmi tous ces invités masqués doivent se cacher d'autres grands personnages de la scène médiatique. Je n'en reviens pas de me retrouver au milieu de toutes ces célébrités. Et dire que ma sœur évolue dans cette sphère si privilégiée… Juchée sur des talons vertigineux, elle nous accueille avec un sourire éclatant. Elle est magnifique dans sa robe moulante noire à dentelle.

— Vous êtes superbes tous les deux, nous lance-t-elle, les yeux brillants.

Le champagne sans doute. Et on dirait bien qu'il coule à flots ce soir.

— Le costume te va à la perfection Noah, déclare-t-elle avec une moue admirative.

— Merci, tu n'es pas mal non plus.

— Je suis magnifique tu veux dire, réplique-t-elle, rieuse.

Si elle a raison de le faire remarquer, elle a aussi raison en ce qui concerne Noah. C'est la première fois que je le vois vêtu ainsi et bien que je préfère le voir en tenue décontractée, jamais je ne l'ai trouvé plus séduisant. Quand je l'ai vu sortir de la chambre vêtu de son costume gris anthracite à la coupe impeccable, j'en ai eu le souffle coupé. En sentant ses doigts remonter lentement le long de mon dos, je sens une étincelle s'allumer en moi.

— Où est Alessandro ? je demande en regardant autour de nous.

Elle nous apprend qu'il y a une salle de concert insonorisée au sous-sol et qu'Alessandro doit s'y trouver avec le groupe de rock qu'il a engagé pour animer la soirée. Puis elle s'éclipse, sollicitée par de nouveaux arrivants.

— J'ai hâte qu'on en finisse, me glisse Noah à l'oreille en déboutonnant sa veste.

— On va danser ? je lui propose en battant des cils sous mon loup en velours noir, identique au sien.

— Sur cette musique ?

— Pourquoi pas. Ce soir, on fait la fiesta.

La soirée bat son plein vers 23 heures. Je me retrouve engloutie par une marée humaine et je suis présentée à un tas de personnes que je sais ne jamais revoir de ma vie. Tandis que Noah et Alessandro font connaissance, installés au bar du sous-sol, j'en profite pour observer les danseuses en tenue légère qui ont investi les pistes de pole dancing. Mon verre de champagne à la main, je me mets à observer les deux filles sculpturales qui ondulent et tournoient autour des barres métalliques. Leurs mouvements, parfaitement synchronisés avec le rythme de la musique trip hop, mêlent danse et acrobaties et sont d'un érotisme et d'une sensualité renversante. Je suis soufflée, subjuguée par leur souplesse, leur dextérité et leur capacité à hypnotiser le public. Perdue dans ma contemplation, je sursaute quand une voix grave et envoûtante résonne à mon oreille :

— Elles sont magnifiques, n'est-ce-pas ?

Je me retourne promptement et croise le regard de Sebastian. Comme moi, la moitié de son visage est dissimulée sous un loup noir et il porte un élégant smoking de la même couleur. Je voudrais ne pas avoir à me l'avouer, mais je suis totalement impressionnée par l'aura qu'il dégage.

— Oui. Ces filles sont de véritables gymnastes. J'imagine qu'elles doivent avoir des muscles en acier pour réussir à faire toutes ces figures, je réponds en reportant mon regard sur les danseuses.

— Mes stripteaseuses sont effectivement de grandes sportives.

— Vous voulez dire qu'elles vont se foutre à poil ? je demande en faisant volte-face,

— Non, pas ce soir, dit-il en laissant échapper un petit rire.

— Je préfère ça. Vous venez d'arriver ?

— Oui, et je suis ravi de constater que tout se passe bien.

— C'est une belle soirée, pourtant je ne m'y sens pas à ma place.

— Ah oui ? Et pourquoi donc ?

— Eh bien, je ne connais personne hormis ma sœur et son fiancé, et puis je ne suis pas habituée à évoluer dans les hautes sphères. Ce genre de soirée, c'est pas du tout mon trip si vous voyez ce que je veux dire.

Un petit sourire relève le coin de ses lèvres.

— Je vois, oui. Contrairement à vous, votre sœur s'y sent apparemment comme un poisson dans l'eau. Vous êtes très différentes en ce point, en revanche, votre ressemblance physique est incroyable. D'ailleurs, pendant quelques instants, je l'ai prise pour vous.

— Malgré ses cheveux longs ?

— Eh bien à vrai dire, ça me m'a pas choqué. Je sais que les femmes aiment jouer avec leurs cheveux. Elles changent de coiffure, de coupe, de couleur et j'ai pensé que vous aviez mis des rajouts, m'explique-t-il avec un petit haussement d'épaules.

— Oui, vu comme ça... D'après ce que je me suis laissé dire, vous êtes un très bon ami de son futur mari.

— Alessandro et moi sommes très liés effectivement. Un jour j'ai pris conscience que la plupart des personnes qui réussissaient à trouver leur voie avaient été éclairés et accompagnés par des mentors. C'est ce qu'il a été pour moi, il y a quelques années. Votre sœur a beaucoup de chance de l'avoir rencontré, c'est un homme très bien.

— Je crois qu'elle en est très consciente. Ils forment vraiment un beau couple.

— Je suis tout à fait de votre avis. Et à propos de couple, où est votre petit ami ? Je suis très surpris qu'il ne soit pas scotché à vous, ajoute-t-il d'un air ironique.

Plutôt que de lui faire le plaisir de relever sa réflexion, je lui demande si lui-même est venu accompagné ou en solitaire.

— Ma charmante cavalière est descendue saluer quelques personnes au sous-sol, mais elle ne devrait pas tarder à venir me rejoindre. Désirez-vous un autre verre de champagne, mademoiselle Delorme ?

Je me mords l'intérieur de la lèvre, un poil hésitante. Mieux vaut que Sebastian ne reste pas dans mon sillage car j'appréhende la réaction de Noah s'il nous aperçoit ensemble. Tout va si bien entre nous à présent que je ne veux pas prendre le risque de tout gâcher.

— Non, merci, décliné-je donc poliment. Je crois que je vais plutôt aller retrouver Noah et...

— Allons donc nous asseoir un instant, je voudrais m'entretenir avec vous, me coupe-t-il en plaquant fermement sa main sur le bas de mon dos pour m'obliger à le suivre.

Non mais pour qui se prend-il ? Je n'apprécie ni son geste de dominant, ni sa façon de vouloir m'imposer les choses comme si je n'avais pas mon mot à dire. Je freine donc des quatre fers et installe une distance de sécurité entre lui et moi.

— Mademoiselle Delorme, souffle-t-il en secouant lentement la tête, je n'ai aucunement l'intention de vous manger vous savez, je souhaite juste vous parler.

— Eh bien, ce sera pour une autre fois, monsieur Lodewijk.

— Noah vous accorderait-il donc si peu confiance que vous craignez qu'il ne nous voie ensemble ? ironise-t-il.

Sa remarque me déstabilise et il s'en rend compte. Son regard bleu intense plonge au plus profond de moi, me fragilisant un peu plus.

— Je vous signale quand même que la dernière fois que je me suis attablée en votre compagnie, ça a failli détruire ma relation avec lui, alors permettez-moi de ne pas remettre le couvert !

— Si vous ne lui aviez pas menti pour venir me retrouver, peut-être que sa réaction aurait été tout autre, vous ne pensez pas ? rétorque-t-il avec un sourire empreint d'arrogance aux lèvres. Surtout que rien ne vous obligeait à accepter mon invitation et ce, quoi que vous ayez pu croire. Mais nous en avons déjà parlé.

Sa tirade me laisse bouche bée et mon visage vire au cramoisi. Il a tellement raison que je ne sais que dire. Nos regards se défient et il faudrait que je sois complètement aveugle pour ne pas réaliser qu'il savoure mon trouble.

— Comment savez-vous que je lui ai menti ? je demande en lui lançant un regard noir.

— Je vous rappelle qu'Alessandro est mon ami et que votre charmante sœur est sa compagne. Elle s'inquiétait pour vous, alors ne lui tenez pas rigueur d'avoir eu la langue un peu trop pendue.

Oh Armonie… décidément, tu n'en loupes pas une, pensé-je.

— Je n'imaginais pas qu'Alessandro était du genre à répéter les confidences de sa future femme, dis-je, déçue et très agacée.

— Nous en étions à discuter de votre inquiétude au sujet de la disparition de Campbell et la suite est venue tout naturellement.

D'ailleurs puisqu'on parle de cet énergumène, j'ai pris la décision de lui faire réintégrer l'équipe du Boomer.

Droite comme un « i », je reste un instant dubitative, puis lui demande ce qui l'a fait changer d'avis.

— J'avoue que si j'y ai vu mon intérêt, les barmans avec son expérience ne courant pas les rues, j'ai aussi pensé que c'était grâce à lui et à tout le grabuge qu'il a généré autour du Boomer que je vous ai rencontrée. Du coup, je n'ai pas eu le courage de l'envoyer au diable quand il m'a demandé à reprendre sa place.

— Terry est un bon élément pour le Boomer, vous avez eu mille fois raison de le reprendre, malgré son petit délire. Ils sont donc revenus d'Espagne ?

— Non, mais il sera là pour la réouverture.

— Vous comptez fermer quand ?

— Eh bien en fait, hier soir, après votre départ, j'ai pris la décision de fermer le Pub. Les habitués seront certainement surpris de trouver porte close mais je ne veux pas perdre de temps. Le Boomer rouvrira d'ici un mois si je ne rencontre pas de problèmes avec les travaux que je vais entreprendre. Vous pouvez donc vous considérer en vacances et c'est justement de tout cela que je voulais m'entretenir avec vous, mais j'aurais préféré qu'on le fasse assis confortablement à une table.

— Vous avez pensé à prévenir Anja et Louise au moins ?

— Naturellement, et pendant que nous y sommes, je vous informe que j'ai également décidé de les garder. J'espère que vous êtes satisfaite.

Si je suis satisfaite ? Bien entendu que je le suis ! J'imagine la tête des filles lorsqu'elles apprendront la bonne nouvelle. Mais de toute façon, elles avaient déjà de quoi voir venir puisque Kate était prête à leur donner du travail. Mais ça, je me garde bien de le raconter à Sebastian.

— Je… Oui, j'apprécie sincèrement votre décision, mais…

Il lève gentiment les yeux au ciel en m'interrompant :

— Je sais ce que vous allez me dire, jolie fleur. Vous souhaitez quitter le Boomer, eh bien partez si c'est vraiment ce que vous voulez. Je préfère encore ça à l'idée que vous me détestiez. Vous me plaisez, mademoiselle Delorme et je suis prêt à faire beaucoup de choses pour vous, déclare-t-il en me dévisageant intensément sous son loup.

Ses paroles me saisissent et je reste à nouveau bouche bée plusieurs secondes. L'ombre d'un sourire anime ses prunelles bleues. La tournure que prend cet échange ne laisse plus planer le moindre doute sur ses intentions. Décidément, cette soirée est pleine de surprises, mais toutes ne sont pas appréciables. Sa main enveloppe soudain ma nuque, me brûlant presque. Sans parvenir à esquisser le moindre mouvement de révolte, j'affronte la profondeur de ses rétines qui me scannent.

— Ne me dites pas que cela vous surprend, dit-il.

Son visage affiche sa détermination et les battements de mon cœur s'amplifient dangereusement.

— Et je ne pense pas vous être indifférent, n'est-ce-pas, jolie fleur ?

Cet homme est un véritable démon tentateur. J'entrevois parfaitement dans son regard la facilité avec laquelle il serait capable de m'entraîner dans son enfer. Mais je ne céderai pas ! Jamais ! Je n'ai peut-être pas beaucoup d'expérience en la matière, mais aujourd'hui et grâce à mes différentes discussions avec ma sœur, je suis tout à fait capable de faire la différence entre un sentiment amoureux et une attirance sexuelle. Ce que j'éprouve pour Noah combine les deux à la perfection et si je pourrais vivre sans Sebastian, l'idée de perdre Noah me terrifie. C'est ce que je lui fais comprendre.

— Pour vous dire la vérité, je trouve que vous êtes un homme intimidant, entouré de mystère, indompté et terriblement séduisant. Le fantasme de beaucoup de femmes à n'en pas douter, et à un moment donné, je reconnais que j'ai dû glisser dans le lot, mais ce que je ressens pour Noah dépasse de loin cette petite attirance et je peux même affirmer que ça dépasse les limites de l'imagination.

Il pousse un long soupir en enfouissant ses mains dans les poches de son pantalon.

— Mademoiselle Delorme, d'ordinaire, je ne suis pas un modèle de patience, mais pour vous, je ferai une exception, dit-il d'un ton redoutablement calme en harponnant mon regard.

— Je ne coucherai jamais avec vous Sebastian, je réplique, sûre de moi.
— Vous viendrez à moi… un jour ou l'autre, jolie fleur.
Quel macho narcissique !
— N'y comptez pas trop ! je riposte, avant de tourner les talons, irritée par son assurance.

J'attrape au vol un verre de champagne sur le plateau qu'une serveuse promène parmi les invités et avale le contenu de la coupe sans m'arrêter. Je me dis qu'il faut vraiment que je sois folle amoureuse pour résister à un homme comme lui. Je repense à Lili… Ce n'est pas surprenant qu'elle ait perdu la tête pour Sébastian, et quand je vois ce qu'elle a été capable de faire pour essayer de le garder… Au moment où je m'apprête à emprunter les escaliers en pierre qui mènent au sous-sol, je tombe sur Armonie qui remonte. Et elle fait une drôle de tête. Quand je lui en demande la raison, elle me prend par le bras et m'entraîne vers les toilettes.

— Il faut que je te dise quelque chose, dit-elle en refermant la porte derrière nous.
— Oh j'avais pas compris, dis-je avec une pointe d'ironie dans la voix. Bon alors, qu'est-ce qui se passe ? Tu fais la gueule parce que Beyoncé n'a pas daigné venir à ta fête ?

Elle s'adosse au mur et croise les bras sur sa poitrine.
— C'est ça, fais ta maligne, mais tu vas moins rigoler dans deux secondes.

Là, je commence vraiment à me dire que quelque chose ne va pas.
— Bon eh ben vas-y, lâche la bombe.
— Nous avons une invitée surprise.
— Ah oui ? Et qui ça ?
— L'ex de Noah, lâche-t-elle en épiant ma réaction.

Mon cœur rate quelques battements, mais je me reprends très vite, du moins, en apparence parce qu'à l'intérieur, c'est le bouillonnement des grands jours de tempête.
— Qui l'a invitée ?
— Elle est venue accompagnée de Sebastian.
— J'ignorais qu'ils se connaissaient.

— Eh ben si, tu vois. D'après ce qu'elle m'a dit…
— Ah parce qu'en plus tu lui as fait la conversation !
— Et que voulais-tu que je fasse ? Que je l'ignore ? Je pensais que tu l'avais vu arriver et que c'était pour cette raison que tu ne venais pas nous rejoindre en bas. Qu'est-ce que tu fichais ?
— Je bavardais contrainte et forcée avec le patron du Saphir, mais de toute façon, même si elle est passée à côté de moi, je n'aurais pas su que c'était Victoire. Je ne l'ai jamais vue de ma vie, en revanche, je sais tout le mal qu'elle a fait à Noah ! Sebastian s'est bien gardé de me dire qui elle était lorsqu'il m'a parlé de sa cavalière.
— D'après Alessandro, Victoire et lui sont amis depuis longtemps.
— J'ai dans l'idée qu'elle n'a pas été qu'une amie si tu vois ce que je veux dire.
— Tu as raison frangine, ils ont eu une aventure mais ça n'a pas duré longtemps. Alessandro a paru vraiment très surpris d'apprendre qu'elle avait été la petite amie de Noah.
— Et elle n'aspire qu'à une chose apparemment : le redevenir, grogné-je.
— Dans ce cas, dépêche-toi d'aller lui faire comprendre qu'elle a eu sa chance mais qu'à présent, la place est prise.
— Elle… elle est comment ?
— Tu veux savoir si elle est jolie ? Eh ben oui, elle est même super canon. Elle ressemble un peu à l'actrice Liv Tyler, tu vois qui c'est ?
Je tremble légèrement.
— L'elfe Arwen du Seigneur des anneaux, marmonné-je, terrassée.
— Entre autres, avec les oreilles pointues en moins.
— Je présume qu'elle est en ce moment avec lui.
— À ton avis ?! raille ma sœur en levant les yeux au plafond. Puis elle ajoute très vite : Mais ne t'en fais pas, Alessandro leur tient compagnie.
— Comment réagit Noah ?
— Il est un peu bizarre. Tu devrais te magner d'aller le retrouver sœurette, surtout qu'il picole un peu trop et qu'Arwen semble le trouver fort à son goût.
Mon cœur dégringole au fond de mes escarpins. J'ai une boule

dans la gorge, le ventre noué et je suis soudain sur la défensive, mais je ne sais pas faire autrement. Je n'ignore pas la place qu'elle avait dans le cœur de Noah. Il l'a tellement aimée… Il m'avait assuré que Victoire était définitivement sortie de sa vie, que la discussion qu'ils avaient eue avait scellé leur séparation une bonne fois pour toutes, pourtant, elle est toujours là, dans son sillage et je ne peux m'empêcher d'avoir peur. Je suis tellement chamboulée que je n'arrive plus à réfléchir avec cohérence, mais je tente désespérément de ne pas penser au pire, sinon mon cœur déjà mis à rude épreuve risque d'exploser en mille morceaux. Armonie interrompt le fil de mes pensées.

— Merveille, arrête de cogiter, redresse les épaules et va rejoindre ton mec, insiste-t-elle en relevant ses longs cheveux en un chignon lâche qu'elle fixe avec des épingles qui apparaissent mystérieusement de je ne sais où.

— Viens avec moi, soufflé-je d'une petite voix en sentant mes jambes devenir molles comme de la guimauve.

Elle me regarde, fronce les sourcils et soupire.

— Arrête de flipper comme ça sister, raille-t-elle. Noah est éperdument amoureux de toi. Bon sang, tu devrais voir l'étincelle qui s'allume dans ses yeux quand il te regarde. Ce mec ferait n'importe quoi pour toi, il pourrait décrocher la lune si tu le lui demandais et regarde tout ce qu'il t'a apporté depuis que vous êtes ensemble. Peu importe que Victoire ait compté pour lui à un moment de sa vie, aujourd'hui c'est avec toi qu'il est alors tu vas me faire le plaisir d'aller mettre les choses au clair… et plus vite que ça !

Armonie a raison. J'aime Noah et tout ce qui le caractérise. Depuis que je le connais, je n'ai jamais su comment me passer de lui et j'ai de la chance de l'avoir aujourd'hui à mes côtés. Il fait partie de moi, et si je dois me battre, ce n'est pas contre Victoire, mais pour notre amour.

Lorsqu'Armonie et moi arrivons au sous-sol, j'ai le cœur qui bat à mach 10 et les pulsations s'amplifient encore quand je découvre la sublissime créature assise entre Noah et Alessandro. Bonté divine, comment est-ce que j'ai pu penser un seul instant que je pouvais rivaliser avec une telle femme…

44
Noah

Je ne m'attendais pas à revoir Victoire. Décidément, nos chemins semblent avoir beaucoup de mal à se séparer. Avant ce soir, j'ignorais qu'elle et Lodewijk s'étaient fréquentés. J'apprends même d'Alessandro qu'elle a été sa maîtresse quelque temps, mais je n'en suis pas plus étonné que ça, car j'ai appris à la connaître, notamment son petit penchant pour les clubs privés et leur clientèle très privilégiée. J'imagine donc qu'elle était amenée à rencontrer le big boss des nuits parisiennes, surtout qu'il ne cache pas son goût pour les jolies femmes et que Victoire entre pleinement dans cette catégorie. Je me demande juste si elle s'est envoyée en l'air avec Lodewijk avant ou après notre rupture. Elle ne souhaite pas me répondre quand je lui pose carrément la question d'un air sarcastique, devant un Alessandro plus qu'embarrassé. Elle préfère me dire que c'était une période de sa vie qui appartient dorénavant au passé et qu'elle est à présent uniquement focalisée sur l'avenir. Elle m'aurait avoué qu'elle m'avait trompé que ça aurait été la même chose. La savoir au contact de Merveille me dérange. Elle était supposée prendre un avion pour retourner chez elle et voilà qu'elle se pointe ici avec celui qui semble déterminé à ravir le cœur de ma princesse blonde. Putain, je me demande ce que je fous encore ici. Je n'ai qu'une envie, aller chercher Merveille et quitter cet endroit de malheur pour la ramener chez nous et lui offrir son cadeau d'anniversaire. Cet après-midi, j'ai profité qu'elle était partie voir sa sœur pour courir les bijouteries afin de lui acheter une bague et j'ai mis dix plombes à me décider tant elles me paraissaient toutes sans attraits. Sur les conseils avisés d'une énième joaillière, j'ai quand même fini par me décider pour un splendide solitaire monté sur un anneau en or blanc ; une bague de fiançailles, l'éclat de la promesse d'une vie à deux qu'il me tarde de lui offrir. Elle me manque. Je me demande ce qu'elle peut bien faire là-haut, toute seule.

— Bien, je crois qu'il est temps pour moi d'aller retrouver la femme de ma vie, j'annonce alors en claquant mon verre sur le bar, après l'avoir vidé de son contenu.

— Tu n'as aucune excuse pour ne pas me la présenter ce soir, s'écrie aussitôt Victoire. Je veux absolument rencontrer celle qui t'enlève à moi, trésor.

Elle commence sérieusement à me taper sur le système. Alessandro pousse un soupir discret.

— Personne ne m'a enlevé à toi Vicky, je te rappelle que c'est toi qui m'a laissé tomber. Tu devrais plutôt aller rejoindre ton chevalier servant, je suis sûr qu'il doit s'ennuyer.

Mon ironie se retourne contre moi lorsqu'elle me dégaine :

— Mon chevalier a peut-être rencontré ta Merveille et si ça trouve, ils passent du bon temps ensemble.

Mon sang ne fait qu'un tour. J'ai envie de l'étrangler. Au même moment, j'aperçois Merveille et Armonie au pied des escaliers. Son regard accroche le mien et je devine à son air un peu désarçonné qu'Armonie l'a déjà briefée sur la présence de Victoire. Les présentations, polies mais légèrement embarrassantes, une fois expédiées, je me dis qu'il ne manque plus que Lodewijk au tableau et quand on parle du loup…

— Victoire, je me demandais où tu étais passée, dit-il en prenant sa main pour la porter à ses lèvres.

— Je bavardais en charmante compagnie, comme tu peux le constater, lui répond-elle d'une voix suave.

La complicité entre eux est palpable et je ne m'en étonne pas. Ou tout du moins, je ne m'en étonne plus.

— Bien, puisque nous sommes tous là, trinquons à la santé de ces deux magnifiques jeunes femmes et à leurs 20 ans, dit-il en brandissant une bouteille de champagne.

J'enregistre chacun de ses gestes, chacun de ses regards et ils sont régulièrement attirés par la femme de ma vie, ce qui me fait bouillir. Je ne peux m'empêcher d'affirmer mes prérogatives en resserrant mon bras autour de sa taille. L'ambiance est tendue mais tout le monde semble vouloir y mettre du sien pour que cette insolite rencontre se déroule au mieux. Victoire ne laisse transparaître aucune émotion, mais je sais qu'elle n'en pense pas moins, et je constate qu'elle ne compte pas les verres qu'elle s'enfile. Quelques invités se déhanchent sur un rock endiablé joué par les cinq gamins qui sévissent sur l'estrade. Quand s'égrènent les derniers accords de guitares, Lodewijk se lève et va glisser un mot à l'oreille du chanteur ; celui-ci entame *Nothing Else Matters* du groupe *Metallica*. D'autres invités nous rejoignent et s'installent pour profiter du son, d'autres gagnent le centre de la pièce pour danser sur la célèbre balade. Victoire saute soudain de son tabouret et attrape ma main.

— Viens, on va danser, dit-elle, les yeux brillants. Puis s'adressant à Merveille : Je peux ?

Sans attendre de réponse, elle m'entraîne à sa suite et enroule ses bras autour de mon cou. J'aperçois alors Lodewijk attirer Merveille sur la piste et je serre les dents. Il va me falloir une sacrée dose de patience pour réussir à garder mon calme tout au long de cette soirée. Je n'ai échangé avec lui que quelques mots de politesse, mais son intérêt pour Merveille, loin de passer inaperçu démange mon poing un peu plus chaque seconde et je réfrène comme je peux mon envie de l'envoyer en orbite.

— Comment se fait-il que tu ne sois pas repartie comme prévu ? je demande à ma cavalière, légèrement titubante.

— J'ai eu envie de revoir quelques vieilles connaissances avant de quitter Paris et quand Sebastian m'a proposé d'être son invitée à la petite sauterie organisée pour les 20 ans de la nouvelle petite amie de mon ex, je n'ai pas pu résister et j'ai reporté mon départ de quelques jours.

Je réprime un juron. Ce fils de pute de Lodewijk savait très bien ce qu'il faisait en se pointant ici avec mon ex à son bras.

— Elle est très belle, souffle Victoire contre mon oreille. Mais tu ne la trouves pas un peu trop jeune pour toi ?

— Traite-moi de vieillard tant que tu y es, je réponds sans quitter du regard le couple qui évolue à quelques mètres de nous.

— Tu n'as que trente ans mais parfois, tu fonctionnes comme quelqu'un de plus âgé.

— Et alors ? C'est bien toi, non, qui m'as plaqué pour un mec qui a l'âge d'être ton padré ?

— Pauvre Maxime, j'ai dû énormément le décevoir, regrette-t-elle hypocritement. Sa confiance en lui l'avait rendu très attirant à mes yeux, c'est vrai. Mais tu sais, ça ne date pas d'hier que les hommes matures plaisent aux femmes. Leur virilité, leur maturité ainsi que leur vécu nous attirent comme des aimants.

— Et encore plus quand ils sont pleins aux as…

Mon ironie fait mouche.

— Eh bien, j'avoue que ce détail est effectivement entré en ligne de compte, admet-elle. Professionnellement, Maxime était stable et j'ai apprécié son indépendance financière, pourquoi le nier car après tout, il y a prescription. L'argent confère un certain pouvoir qui ne laisse pas les femmes de marbre, Noah.

— Ouais, enfin ça dépend des femmes, non ? Je me demande souvent comment tu as réussi à tenir aussi longtemps avec un type aussi peu fortuné que moi.

— Tu m'as offert une belle vie, trésor. Je ne manquais de rien avec toi, tu me plaisais beaucoup et tu me plais encore plus aujourd'hui. Tu n'es pas un homme banal Noah, et preuve en est que je n'ai jamais réussi à t'oublier. Ta façon de faire l'amour est ce que j'ai attendu d'un homme toute ma vie et tu ne peux pas nier que nous sommes parfaitement en phase. Nous avons toujours été des amants fougueux, et ne me dis pas que tu n'as pas apprécié ce qui s'est récemment passé entre nous.

— C'était une erreur, ça n'aurait jamais dû arriver, dis-je la mâchoire crispée. Si tu penses qu'une bonne entente au pieu est une raison suffisante pour que deux personnes restent ensemble, pour moi, ça ne suffit pas. Je veux plus que ça, beaucoup plus.

— Et tu veux vraiment me faire croire qu'une gamine à peine sortie des jupons de sa mère est capable de te satisfaire sur tous les points ?

— Ça t'étonne ? Eh bien pourtant, c'est la vérité. Merveille me comble, je réponds en fixant ses prunelles troublées par tout l'alcool qu'elle a ingurgité. Elle est la seule femme à avoir réussi à me réconcilier avec l'amour et la seule qui compte pour moi.

— Je vois, souffle-t-elle en s'écartant légèrement en même temps que la chanson se termine.

Des applaudissements envahissent la salle et le groupe entame un air plus rythmé. Victoire et moi regagnons le bar où Merveille et son foutu cavalier nous rejoignent la seconde suivante. Au bout de quelques minutes, Alessandro et Armonie s'excusent de devoir nous fausser compagnie car ils souhaitent aller voir si au rez-de-chaussée, leurs invités ne manquent de rien. Nous restons donc à quatre et Lodewijk nous ressert à boire.

— Je vais aller me rafraîchir un peu, annonce alors Merveille en saisissant sur le comptoir sa pochette de soirée.

Pour ma plus grande contrariété, Victoire lui emboîte le pas.

— Bonne idée, je vous accompagne, lance-t-elle, guillerette.

Une appréhension dévastatrice pollue soudain mes veines et se fraye un chemin jusqu'à mon cœur qui s'emballe. Je n'aime pas du tout l'idée de savoir ma princesse seule avec Victoire car s'il lui passait par la tête de lui raconter que nous avons couché ensemble, je doute que Merveille encaisse la nouvelle avec le sourire. Pétri de culpabilité, je me sens terriblement mal d'avoir succombé au charme de Victoire car cette petite aventure buissonnière risque de me coûter la confiance de mon ange blond et peut-être même plus que ça. Lodewijk me sort de mes pensées en ouvrant la discussion :

— Vous ne m'appréciez pas beaucoup, n'est-ce pas Noah ?

— Non, effectivement.

— Puis-je connaître les raisons de cette antipathie à mon égard ?

— Je n'aime ni votre réputation, ni le fait que vous vous intéressiez d'un peu trop près à Merveille. Ne vous approchez pas d'elle, c'est un conseil que je vous donne.

Au moins comme ça, il est au courant, je songe en l'atomisant du regard. Moins d'un mètre nous sépare mais il ne se démonte pas. Au lieu de ça, il laisse échapper un petit rire sarcastique. Ma peau se hérisse ; je me retiens de lui envoyer mon poing dans la figure.

— Allons Brémond, conduisons-nous comme des adultes. Merveille me plaît, je ne vous le cache pas, et ce que vous me demandez est tout simplement inenvisageable pour moi. J'ai bien peur qu'à l'avenir, il nous faille nous battre pour elle, déclare-t-il avec une assurance qu'il me tarde de lui faire ravaler.

— Vous allez vous casser les dents sans que j'aie à lever le petit doigt, Lodewijk.

— En êtes-vous si sûr ?

Mon corps se raidit.

— Je connais Merveille.

— Comme vous pensiez connaitre Victoire ?

Ma pression sanguine augmente dangereusement. Je m'apprête à lui fermer sa grande gueule quand Merveille et Victoire reviennent. En voyant le visage décomposé de ma princesse, la douleur me comprime le cœur et je me fige. Elle est effondrée, et je distingue une larme au coin de ses yeux. Je n'ai qu'à observer Victoire pour comprendre ce que cette petite garce a fait. Tandis que je la fusille des yeux, Lodewijk intervient.

— Tout va bien, mademoiselle Delorme ?

— Je… Oui, ça va, réponds-t-elle, hésitante. Je vais juste monter un instant car je dois dire deux mots à ma sœur.

— Je vais avec toi, dis-je, désireux de lui parler en tête à tête.

— Non, reste ici, je n'en ai pas pour longtemps, réplique-t-elle vivement avec un mouvement de recul quand je tente de lui prendre la main.

Sa voix tremble et son regard me fuit. J'encaisse mal. La peur irraisonnée de la perdre brûle en moi. Je suis tellement déboussolé que je la laisse s'enfuir vers les escaliers, mais je me reprends très vite et me lance à sa poursuite.

— Attends, je vais t'expliquer, dis-je en l'interceptant en haut des marches.

— Il n'y a rien à expliquer Noah ! Putain, tu as couché avec elle !

— Sortons d'ici et allons discuter au calme.

— JE vais sortir de cet endroit de malheur et JE vais rentrer chez moi, rétorque-t-elle, cinglante.

— Laisse-moi te ramener chez toi alors.

— J'ai déjà appelé un Uber.

— Merveille, je…

— NON ! me coupe-t-elle en fendant l'air de sa main. Tout acte entraîne des conséquences Noah et…

Elle s'interrompt au bord des larmes et frissonne, comme si elle avait soudain froid. Je voudrais pouvoir effacer la douleur, que je vois dans ses yeux. J'inspire profondément.

— Je suis désolé, dis-je en déglutissant. Ça n'aurait jamais dû arriver, mais ça s'est produit, j'ai plongé comme un abruti que je suis et tu n'imagines pas à quel point je m'en veux.

— Est-ce que tu comptais me le dire ?

— Peut-être, je n'en sais rien, avoué-je en toute sincérité. Je voudrais surtout oublier ce qui s'est passé. Je ne veux pas te perdre bébé, tu comptes plus que tout pour moi.

— Vraiment ? Waouh ! Tu dis que tu m'aimes et pourtant, tu n'as pas pu t'empêcher de coucher avec une autre. Mais c'est vrai qu'elle n'est pas n'importe qui pour toi ! Eh bien laisse-moi te dire qu'elle porte bien son prénom ! Nul doute qu'elle l'a obtenue, sa victoire. Tu l'as toujours dans la peau Noah, alors je t'en prie, reprends ton histoire avec elle là où vous l'avez laissée. Moi, je refuse de m'en prendre plein la gueule et nul doute que c'est ce qui arrivera, parce que je peux t'affirmer qu'elle n'est pas prête à te laisser à une autre.

Je suis au bord de l'implosion. Impossible de parler calmement avec toute cette agitation autour de nous et la musique qui s'échappe des enceintes.

— Arrête de dire n'importe quoi, tu te fais du mal inutilement. J'en ai rien à foutre de Victoire, c'est toi que je veux et c'est parce qu'elle le sait qu'elle…

— Tais-toi ! crie-t-elle. Tu prétends vouloir te fixer avec moi et à la première occasion qui se présente, tu t'emploies à offrir une fabuleuse matinée de baise, ce sont là les mots exacts qu'elle a employés, à ton ex ?! J'imagine que comparée à elle, mon inexpérience en matière de sexe ne pèse pas lourd dans la balance. Je comprends… et tu vois, je pense sincèrement qu'une fille dans son genre te conviendra beaucoup mieux !

— Désolé de te contredire, mais les plats réchauffés, c'est pas trop ma came, je déclare, agacé.

— Oh je t'en prie hein ! Épargne-moi ce genre de conneries.

— La seule connerie, c'est celle que j'ai faite à un moment où je n'étais pas bien dans ma tête. Je pensais que tout était fini entre nous, j'ai perdu les pédales.

— Je l'ai cru moi aussi Noah et ce n'est pas pour autant que j'ai sauté dans les bras de Sebastian ! Pourtant, je peux t'assurer qu' il n'attend que ça !

Touché ! Son regard est devenu noir et je mesure alors toute l'étendue de sa colère. Mais elle n'est pas aussi démentielle que celle que je ressens à l'idée qu'elle puisse envisager une aventure avec Lodewijk. Incapable d'en supporter plus, je lui attrape le bras et l'attire violemment à moi, mais elle se débat farouchement, refusant manifestement tout contact.

— Laisse-moi ! Je ne veux plus jamais te voir, hurle-t-elle.

Un tremblement me parcourt. Je n'ai jamais entendu de mots plus douloureux que ceux qu'elle vient de me balancer avec une froide détermination dans la voix. Elle s'élance vers la sortie, bousculant au passage des corps en transe, gesticulant au rythme de la musique techno.

— Merveille, attends ! je crie derrière elle en essayant à mon tour de me frayer un chemin au milieu de la foule remuante.

Lorsque je parviens à m'en dégager, j'arrive trop tard. À l'extérieur du club, la rue est déserte. Hormis les deux cerbères chargés de la

sécurité du Saphir qui fument leur clope, il n'y a pas âme qui vive.
— Si c'est une jolie blonde aux cheveux courts que vous cherchez, elle vient de monter dans un Uber, me dit l'un d'eux.
La rage au ventre, je fonce jusqu'à ma bagnole et roule jusqu'à Montmartre. Dans ma tête, c'est clair, cette nuit ne se terminera pas sans que je sois parvenu à raisonner Merveille. Je veux lui demander pardon, à genoux s'il le faut, je veux la rassurer, lui dire tout ce qu'elle représente pour moi. Putain, je refuse que ça se finisse comme ça !

45
Merveille

Depuis deux semaines, je broie du noir. Je suis brisée et la blessure s'infecte chaque jour un peu plus. Je voudrais vomir chaque atome de la souffrance que je ressens et que rien n'apaise. Je ne connaissais pas l'homme que j'aimais plus que tout au monde et sa trahison m'a plongée dans un désespoir si profond que j'ai tout plaqué pour venir me réfugier quelques jours chez mon amie Margot, en Suisse. M'éloigner quelque temps de Paris était devenu vital pour moi. Noah me manque chaque seconde de ma vie, pourtant je le déteste. Je suis remplie de colère et de haine, anéantie à l'idée que je ne serai plus jamais heureuse. Depuis cette fameuse soirée au Saphir, je ne l'ai pas revu. Quand je me suis enfuie du club, je ne suis pas rentrée directement chez moi. Je savais qu'il m'y suivrait et je n'avais aucune envie d'entendre ses pitoyables excuses, mais dès le lendemain, j'ai appelé Margot, rassemblé quelques affaires et pris un billet d'avion. Cela va maintenant faire quinze jours que j'ai pris mes marques chez elle. Elle habite un petit appartement-terrasse avec une vue dégagée sur le lac Léman à Lausanne. Margot décrit cette dernière comme une belle ville universitaire, sportive, épicurienne et festive. Un vrai paradis pour la jeunesse, d'après elle, mais il paraîtrait que ça n'a pas toujours été le cas dans les années quatre-vingt où elle était plutôt à fuir comme la peste tant on s'y ennuyait. Sur ses conseils, je passe la plupart de mes matinées à découvrir à vélo les panoramas hors du commun qu'elle offre et une fois éreintée, je rentre au bercail pour m'écrouler sur le canapé et fixer le lac, comme s'il pouvait par magie apporter une solution à ma déprime. Je tente désespérément de faire le deuil de mes désillusions, mais j'ai le cœur déchiré et le sentiment d'échec que je ressens est cuisant. Depuis que je suis gamine, ma mère nous répète à Armonie et moi que l'amour est pur, qu'il est grand et beau. Que nous devons viser une belle relation et la vivre à fond comme elle a vécu la sienne avec papa. Alors avec Noah, je me suis mise à rêver d'une belle histoire d'amour, sans fin, comme dans les contes de fées, je me suis laissé guider, j'ai appris à le connaître, je lui ai fait une place dans ma vie. Mais le réveil a sonné sous la forme d'une ex et m'a brutalement obligée à sortir de mon rêve. Jusque-là, j'avais toujours pensé que Noah était la bonne personne pour moi, que nous nous comprenions comme si nous n'étions qu'un. Je me suis donnée corps et âme à lui. Il m'assurait qu'il n'aimait que moi et je l'ai cru, jusqu'à ce que Victoire me fasse réaliser à quel point j'avais été naïve. J'ai des flambées de haine à l'idée qu'il soit retombé dans ses filets après tout le mal qu'elle lui a fait. Je les imagine ensemble, tout le temps, j'ai des visions à en avoir la nausée, l'impression de devenir complètement tarée. Pour moi la sexualité va de pair avec les sentiments, mais Noah m'a trompée sur son amour et il a cruellement joué avec le mien, comme Victoire l'avait fait auparavant avec lui. Aujourd'hui, celle qui est à ramasser à la petite cuillère, ce n'est pas lui, mais moi. Tout était bidon ; ses mots, ses promesses… Découvrir que Noah ne m'aimait pas assez pour n'aimer que moi m'a détruite et je ne suis pas près de croire encore à l'amour.

Armonie m'a d'abord engueulée d'avoir filé à l'anglaise, puis je l'ai sentie désespérée lorsque je lui ai fait promettre de ne pas dire à Noah où j'étais car pour elle, la fuite n'est jamais une bonne solution. Elle m'appelle régulièrement et m'encourage à entrer en contact avec Noah, mais à chaque fois, elle se heurte à un refus catégorique. Je ne veux plus rien avoir à faire avec un homme pour qui je n'ai été qu'un objet qu'on consomme, une femme de plus dans son sillage, alors qu'il était l'homme de ma vie. Il continue à me bombarder de SMS et autres messages téléphoniques, mais je ne les lis ni ne les écoute, préférant les effacer à peine reçus.

Je suis en train de me préparer un café quand on sonne à la porte. Je vais ouvrir et tombe nez à nez avec un énorme bouquet de roses derrière lequel disparaît presque le jeune livreur en casquette.

— Bonjour, Merveille Delorme, c'est bien ici ? demande-t-il, tout sourire.
— Je… Oui, c'est moi, je bredouille, surprise.
— C'est pour vous, déclare-t-il en me tendant l'ahurissant bouquet.
— Vous êtes sûr que ce c'est pour moi ?
— Vous êtes bien mademoiselle Delorme ?
— Tout à fait, mais…
— Eh bien dans ce cas, ces roses sont pour vous, me coupe-t-il en me tendant un bon de réception à signer.

Je le remercie et lui donne un petit pourboire puis une fois seule, je me penche avec curiosité sur le bouquet. Je finis par dénicher une petite enveloppe renfermant une carte que je m'empresse de lire.

« *Elles ne sont pas aussi belles que vous, jolie fleur, mais j'ose croire qu'elles raviront vos yeux magnifiques. Retrouvez-moi aujourd'hui au Beau-Rivage Palace, vers 20h00. Je vous y attendrai pour dîner. Une voiture passera vous prendre. J'ai hâte de vous revoir mademoiselle Delorme* »

Jolie fleur… Il n'y a qu'une seule personne à me surnommer ainsi. Sebastian Lodewijk a donc réussi à me suivre jusqu'en Suisse. Mais le connaissant un peu et n'ignorant pas le défi qu'il s'est lancé de me faire succomber à son charme redoutable, je suis à peine surprise, songé-je en plongeant mon visage au milieu des roses. Elles sont odorantes, c'est appréciable. Je me mets à la recherche d'un vase mais je n'en trouve pas d'assez grand pour toutes les contenir, du coup, je plonge les longues tiges dans un seau que je place ensuite sur la table du salon. Pas très glamour, observé-je la tête penchée sur le côté, mais il faut avouer que Sebastian a vraiment fait dans la démesure. J'étais persuadée, à tort de toute évidence, qu'il avait abandonné son idée de me séduire car je n'ai jamais daigné répondre à un seul de ses coups de fils depuis ma sortie remarquée de son club. De toute façon, que je lui plaise ou que je ne sois qu'un jeu pour lui, il est hors de question que je le revoie ! Je suis certaine qu'il voit la séduction comme un sport et quoiqu'il s'imagine me concernant, je ne deviendrai jamais un trophée de plus pour lui.

En fin d'après-midi, quand Margot rentre du restau où elle travaille, elle écarquille les yeux face au bouquet géant.

— Waouh ! C'est gentil, mais fallait pas, plaisante-t-elle en inhalant à pleins poumons le parfum des fleurs.

— Désolée, je les ai mises dans un seau, je n'ai pas trouvé de grand vase.

— C'est normal, je n'en ai jamais eu, rit-elle. Personne ne m'a encore offert un bouquet de fleurs aussi balèze. C'est Noah ?

— Euh… non. Mais pourquoi penses-tu qu'elles ne sont pas pour toi ? Ça pourrait être le cas, non ? Tu as peut-être un admirateur secret.

Elle se met à rire.

— Je passe ma vie à étudier et quand je n'étudie pas, je bosse comme une malade pour pouvoir continuer à étudier. Comme tu sais, j'ai une vie méga passionnante. Allez, raconte-moi plutôt qui t'a envoyé ce superbe bouquet au lieu de me faire rêver, vilaine.

Je lui explique brièvement qui est Sebastian Lodewijk et lui raconte les tenants et les aboutissants de notre rencontre. Lorsque j'arrive au bout de mon histoire, un petit sifflement s'échappe de ses lèvres.

— Je pensais que c'était seulement le privilège de ta sœur de fréquenter des gens de cette classe, D'ailleurs, puisqu'on en parle, est-ce que tu es au courant qu'on commence à voir sa tête dans les magazines people ?

— Je ne lis pas ce genre de revues.

— Eh ben moi j'en feuillète distraitement pendant mes pauses au restau et on dirait bien que ton impétueuse jumelle a enfin réussi à décrocher le gros lot.

— Alessandro est un homme vraiment adorable, tu sais Margot. J'ai la chance de le connaître un peu et devine quoi… Armonie a beaucoup changé à son contact. Nous nous sommes beaucoup rapprochées ces dernières semaines.

— Sans blague ?

Je sourie face à son air dubitatif. Elle connait parfaitement le caractère et les idéaux de ma jumelle.

— Oui…Sans blague. Je t'assure que son petit ami a des effets très positifs sur elle.

— J'ai l'impression d'avoir loupé un tas d'épisodes depuis que je suis partie de Paris. C'est dommage que je sois obligée d'aller bosser, sinon, on aurait pu passer la soirée à jacasser, parce que depuis que tu es ici, on ne peut pas dire que tu aies été super causante, se plaint-elle gentiment.

— Je sais et j'en suis vraiment désolée.

— Bah, t'en fais pas, je comprends. L'essentiel c'est que ton moral se porte un peu mieux que lors de ton arrivée. Combien de temps comptes-tu rester à Lausanne ?

Sa question me fait soudain réaliser que je suis peut-être en train d'abuser de son hospitalité. Est-ce que je me suis assombrie à cette idée ? Toujours est-il qu'elle réagit immédiatement :

— Hé… Relax ma poulette. Si je te pose la question, c'est juste pour savoir combien de temps je vais encore pouvoir profiter de ma meilleure amie, sourit-elle. Tu sais bien que tu peux rester ici le temps que tu voudras.

— C'est gentil Margot, soufflé-je, rassurée.

— Tu comptes reprendre ton job au Boomer à sa réouverture ?

Je soupire.

— Je pense que oui. Il faut bien que je travaille pour payer mon loyer.

— Pourquoi tu ne quittes pas Paris ? Les loyers y sont démentiels, c'est abusé. Et puis en plus, maintenant, tu as ton permis. Tu peux tout à fait chercher un appart en dehors de la capitale et peut-être même trouver un nouveau travail.

— J'y ai pensé. Mais Sebastian m'a proposé une sacrée augmentation et… et comme je ne suis plus avec Noah, je…

En prononçant son prénom, je me fige tandis que les souvenirs envahissent mon esprit. J'ai tout à coup une boule si énorme dans la gorge qu'elle m'empêche de poursuivre.

— Oh ma belle… soupire Margot en m'attirant dans ses bras. Je suis tellement désolée de ce qui est arrivé. L'amour est un sujet compliqué que personne ne maîtrise parce qu'il est instinctif et incontrôlable.

— Je ne veux plus jamais tomber amoureuse, ça fait trop mal, je sanglote contre son épaule.

— Est-ce que tu es certaine que les choses ne peuvent pas s'arranger entre toi et Noah ? Je trouve invraisemblable qu'il ait pu te mener en bateau comme ça, surtout après ce que lui-même a vécu. On ne peut pas avoir autant souffert et prendre plaisir à faire souffrir. Plus j'y pense et plus je trouve que quelque chose cloche.

— La cloche, c'est moi tu veux dire !! Noah m'a offert mes premiers orgasmes en même temps qu'il me prenait pour une nunuche, alors je ne vois vraiment pas comment les choses pourraient s'arranger entre nous Margot ! S'il préfère retourner avec son ex, grand bien lui fasse !

— Tu t'es arrêtée à sa seule version, alors qui te dit qu'elle n'a pas…

— Je te garantis qu'elle n'a rien inventé du tout !

— D'accord, mais elle a peut-être tout exagéré.

— Ils ont couché ensemble Margot !

— Et c'était une erreur, d'accord, mais…

— Mais quoi ?! Cette femme l'a mis six pieds plus bas que terre et il a pris le risque de tout casser entre nous pour elle ?! Excuse-moi si je l'ai en travers hein ! Et même s'ils n'ont remis le couvert qu'une seule fois, c'était une fois de trop ! Tu n'imagines pas comme je lui en veux d'avoir fait une chose aussi… stupide !

— C'est clair que c'était complètement idiot, mais parfois, quand la tête ne va pas bien, on fait des choses qu'on est amené à regretter plus tard et je ne peux m'empêcher de penser que c'est ce cruel manque de communication entre vous qui est la source de tous vos problèmes. Il me semble t'avoir déjà dit que le dialogue au sein du couple permet d'ajuster en permanence la relation et qu'il évite pas mal de scènes de ménage.

— Oui eh ben je peux te garantir que cette scène de ménage-là, elle ne risque certainement pas de se terminer par une réconciliation sur l'oreiller. Pas cette fois !

Elle me regarde et pousse un gros soupir avant de s'extirper agilement du canapé.

— Bon, je ne peux pas rester. Je reprends mon poste dans moins d'une heure et je dois encore passer chez une copine lui déposer des bouquins. Est-ce que tu as des projets pour ce soir ? me demande-t-elle en dirigeant son regard vers le bouquet de roses.

— Euh… Non, pas vraiment. Je vais certainement aller me balader sur la promenade du lac. C'est magnifique par là-bas, j'adore m'y poser pour observer le magnifique tableau à ciel ouvert qu'offre le paysage. Avec un peu de chance, j'aurai peut-être droit à un beau coucher de soleil.

— Je serais bien partie me promener avec toi, mais mon patron risquerait de voir ça d'un mauvais œil. J'en ai parfois plein le cul de bosser comme serveuse.

— Patience ma belle. Un jour, tu dirigeras un somptueux palace à l'autre bout du monde.

— J'y compte bien. Mais bon, en attendant, je file au restau pour engranger quelques deniers.

Margot est partie depuis presqu'une heure lorsque je décide de sortir son vélo pour aller me balader. Le chauffeur de Sebastian ne va pas tarder à se manifester et je n'ai aucune envie de me retrouver dans les parages lorsqu'il arrivera ; pour être sûre de ne pas être harcelée, je laisse mon téléphone chez Margot.

J'aime l'odeur des beaux jours et cette petite promenade de fin de journée m'enchante de A à Z. Ville aux multiples facettes et toute en escaliers, Lausanne offre à mon regard un paysage idyllique, où que je me trouve. Elle est attachante, captivante et je m'y sens bien. Le nez au vent, je pédale jusqu'au port d'Ouchy pour y observer un instant les voiliers et la multitude de bateaux sur le lac. C'est un endroit où j'aime particulièrement venir me détendre et flâner sous le regard bienveillant des Alpes. Ici, piétons, cyclistes et amateurs de sports à roulettes se partagent les quais richement fleuris et arborés. Un pur bonheur pour les yeux et je me dis que le travail des jardiniers mérite une vraie médaille. Je m'arrête devant un stand de glaces artisanales et en achète une avant d'aller m'asseoir sur un banc pour la déguster tranquillement en observant les cygnes majestueux évoluer sur les bords du Léman. La nuit commence à tomber. Le soleil jouant avec les nuages dégringole doucement, embrasant l'horizon. Alors que les dernières lueurs du soleil disparaissent dans le lac, je suis prise d'un petit frisson, rattrapée par la tristesse. Elle me sort définitivement de ma contemplation et c'est d'humeur maussade que j'enfourche mon vélo pour rentrer. À cet instant, mon manque de Noah surpasse ma colère et ma déception. Je me demande ce qu'il fait, où il peut bien être...

**

Le lendemain matin, je me réveille fatiguée après un sommeil agité. Margot est déjà partie et son parfum flotte encore dans l'air. Comme un automate, je me dirige vers la cuisine avec l'intention de me faire un café, mais la sonnerie de mon téléphone portable me fait bifurquer vers le salon où je l'ai abandonné la veille. Je reconnais immédiatement la voix de Sebastian et je fais un effort monumental pour ne pas raccrocher. J'en ai assez qu'il insiste encore et encore... et je ne sais plus quoi faire.

— Vous m'avez laissé dîner seul, mademoiselle Delorme. Ça m'a beaucoup attristé de voir revenir la voiture sans mon invitée. Pourquoi n'êtes-vous pas venue ?

— J'avais quelque chose de prévu, désolée. Je vous aurais certainement prévenu si j'avais eu le moyen de le faire, dis-je, de mauvaise foi.

— Un petit coup de fil à la réception du Beau-Rivage et le tour était joué.

Je demande alors, même si je connais d'avance la réponse :

— Je n'y ai pas pensé. Mais que faites-vous en Suisse Sebastian, et comment avez-vu su où me trouver ?

— Je sais tout ce qu'il y a à savoir sur vous jolie fleur. Ça devrait être interdit, des femmes aussi attirantes que vous ; voyez ce que vous me faites faire : j'ai l'impression de vous harceler.

Parce que ce n'est pas le cas peut-être ? je songe, agacée.

— Vous voulez me faire croire que vous êtes ici uniquement pour moi ?

— En grande partie, oui. Mais pour tout vous dire, je dois également honorer quelques rendez-vous d'affaires.

— Oh… Un autre club, ici à Lausanne ?

— Non. Je suis à Lausanne, uniquement pour vous voir. En revanche, la holding spécialisée dans les technologies d'information et de communication que je dirige est basée à Genève où je dois me rendre prochainement. Comme je vous l'ai déjà dit il y a quelques jours, je ne suis pas du genre à mettre tous mes œufs dans le même panier.

— Je vois.

— Bien ! Vous avez décliné mon invitation à dîner, mais j'espère que vous accepterez de vous joindre à moi pour le déjeuner ?

— Je… Je ne pense pas être d'une compagnie très agréable.

— Allons jolie fleur, faites un effort, insiste-t-il. Je voudrais vous montrer les plans du nouvel agencement du Boomer et avoir votre avis.

— Mon avis a-t-il véritablement de l'importance ?

— Il en a bien plus que vous ne semblez le croire en tous cas. Surtout si vous êtes amenée à y retravailler. J'ose croire que c'est le cas.

Je ne réponds pas. Face à mon silence, je l'entends soupirer, puis :

— Écoutez mademoiselle Delorme, je vais devoir m'absenter quelques semaines et j'ai très envie de vous revoir avant mon départ, dit-il d'une voix un peu rauque.

— Vous voyagez beaucoup.

— En effet. Dans quelques jours, je m'envole pour Genève, puis ensuite pour Caracas.

— Toujours pour vos affaires ?

— Toujours, oui. Alors, on déjeune ensemble ?

Ma petite voix intérieure claironne que c'est une très mauvaise idée d'accéder à sa demande, pourtant :

— J'accepte, mais ne m'envoyez pas votre voiture. Je viendrai à vélo.

— Je vous attendrai au Beau-Rivage vers midi, ça vous va ?

— Je… oui, c'est parfait.

Je raccroche, songeuse. Je n'aurais jamais dû accepter son invitation.

46
Noah

Je me réveille brusquement. Je ne sais pas combien de temps j'ai dormi, mais il fait jour et je me dis que la fatigue a fini par avoir raison de ma résistance. C'est la première fois depuis des jours que je ne suis pas réveillé en pleine nuit par des images de ma princesse blonde. Putain, mais où est-elle ? Ma vie tourne au ralenti depuis qu'elle est partie. Je pense à elle tous les jours, à chaque minute, chaque seconde. Je vis un véritable cauchemar. Nous avons déjà traversé des moments difficiles et mon amour pour elle n'a fait que s'amplifier. Elle seule sait m'apporter toute cette douceur, cette tendresse, cette affection dont j'ai besoin. Ce que je ressens pour Merveille est si fort que je ne peux pas vivre sans elle. Elle est la femme avec qui je veux partager le restant de ma vie et je ne peux envisager l'hypothèse qu'elle ne revienne jamais vers moi. C'est au-dessus de mes forces.

Les deux cafés que je m'enfile après la douche ne me requinquent pas comme je l'espérais et je sens que la journée qui s'annonce risque d'être encore très compliquée. Mon manque de motivation et mon impatience avec les élèves sont si flagrants que j'ai décidé d'embaucher un autre formateur pour collaborer avec Dylan afin que l'auto-école puisse continuer à tourner à plein régime. Dans la foulée, une secrétaire commerciale a également rejoint les rangs depuis une semaine. J'ai de plus en plus d'inscriptions de candidats au permis et si comme prévu, je décide d'ouvrir une seconde filiale et peut-être même une troisième d'ici quelque temps, je dois absolument réussir à maintenir le cap au risque de voir tous mes efforts réduits à néant. Ma petite entreprise tourne sans problème pendant que je continue à déprimer au milieu de mes cartons de déménagement. Et à propos de déménagement, le Doc Marchal m'a appelé la veille pour me signaler que le sien aurait finalement lieu aujourd'hui et que la maison était donc libre plus tôt que prévu. Je passe donc la matinée à organiser le transfert de mes meubles à la maison de campagne en appelant les entreprises de déménagement pour en trouver une susceptible d'être opérationnelle dès le lendemain. J'appelle ensuite Armonie et je m'apprête à lui laisser un message vocal, car je m'attends à ce qu'elle ne décroche pas tant je l'ai harcelée pour qu'elle me dise où se cache sa sœur. Je suis donc assez surpris lorsque j'entends sa voix à l'autre bout du fil. Elle semble ravie quand je lui apprends qu'elle peut se préparer à emménager dans le loft, mais elle raccroche rapidement, après m'avoir souhaité une bonne journée. J'imagine qu'elle m'en veut toujours d'avoir flingué sa soirée d'anniversaire et fait du mal à Merveille. Je me sens déplorable et pour tenter d'échapper à mon cafard, je me lance dans le remplissage des cartons, y jetant au hasard tout ce qui passe à ma portée.

En début d'après-midi, j'ai la désagréable surprise de voir débarquer Victoire. Je reste un instant figé sur le seuil, à la regarder. Je ne l'avais pas revue depuis la soirée au Saphir mais mon envie de l'étrangler n'a pas faibli d'un iota.

— Je suppose que tu venue te rendre compte de la merde que tu as réussi à foutre dans ma vie.

— Je… Je suis désolée Noah.

— C'est ça, à d'autres !

— J'admets que j'ai peut-être cherché à lui faire de la peine, mais j'avais un peu bu ce soir-là, je ne savais plus trop ce que je disais, se défend-elle piteusement. Je n'aurais jamais dû faire ça, c'était complètement idiot. Je voulais tellement que tu restes dans ma vie.

— Je croyais avoir été clair sur ce sujet alors rengaine tout ton blabla et barre-toi de chez moi avant que je ne perde patience !

— Laisse-moi entrer un instant… s'il te plaît.

— DÉGAGE !
— Ne me traite pas comme si j'étais de la merde, Noah !
Je la fixe avec dégoût. Quel bel exemple d'ironie ! Elle a la mémoire courte.
— C'est pourtant comme ça que tu m'as traité, souviens-toi !
Je lui claque la porte au nez, fou de rage. Comment peut-elle encore se présenter devant moi après ce qu'elle a fait ?! Comment peut-elle envisager une seule seconde que je puisse lui pardonner ? Jamais je n'aurais dû lui céder. Pour un instant de faiblesse, j'ai saboté toute la confiance que Merveille avait placée en moi et ça me détruit. Quand on joue avec le feu, on se brûle. Je suis tout aussi responsable que Victoire et ma princesse réagit aujourd'hui à hauteur du tourment qu'elle éprouve. Je deviens fou quand je pense au désespoir que doit ressentir mon ange, mon amour car je suis bien placé pour savoir que lorsqu'on aime sincèrement une personne, on ne sort pas indemne d'une épreuve pareille. Quel foutu connard j'ai été !

En fin de journée, des dizaines de cartons s'amoncèlent dans le séjour et j'ai peur d'arrêter cet emballage frénétique qui me permet de me concentrer sur autre chose que ma douleur. Je baisse un peu le volume de la stéréo poussé à fond et me sers une dose de Whisky que j'avale d'un trait. Après avoir pris une douche, je décide d'aller rouler un peu à moto. J'ai besoin de nourrir mon adrénaline et j'éprouve d'énormes difficultés à réfréner mon envie d'accélérer car la douleur que je ressens provoque de la colère et la colère me fait parfois essorer la poignée des gaz au-delà du raisonnable. Sans que je l'aie décidé, ma balade m'emmène jusqu'au Boomer, fermé pour travaux, puis à Montmartre, sous les fenêtres de Merveille. Je me dis qu'elle est peut-être là et avec un élan d'espoir, je grimpe les escaliers quatre à quatre jusqu'à son palier et frappe plusieurs coups à sa porte. Sa voisine sort de chez elle avec un sac poubelle et je la salue, un peu gêné. Ce n'est pas la première fois qu'elle me surprend à tambouriner sur cette porte qui persiste à rester fermée.

— Elle n'est toujours pas rentrée de vacances, m'explique-t-elle d'un air désolé.

— Savez-vous par hasard où elle est partie ?

— Aucune idée, répond-elle avec un petit haussement d'épaules avant d'appeler l'ascenseur.

Le cœur en proie à une immense détresse, je la remercie puis regagne ma bécane pour aller me défouler sur les petites routes de campagne, peu fréquentées à cette heure-ci. Je roule pendant une heure et quand je réalise que je ne suis pas loin de Varennes, je m'arrête à une station pour faire le plein et acheter deux canettes de bière que je coince dans mon blouson. Dix minutes plus tard, je stationne ma Suzuki devant l'entrée du cimetière du village. Face à la sépulture d'Antony, je prends les bières et en dépose une sur le marbre froid.

— Contre le cafard, boire un coup avec son meilleur pote, paraît que c'est un remède infaillible, je marmonne en tirant sur l'anneau de ma canette.

Je ne sais pas combien de temps, je reste là à faire la discussion à une pierre tombale. Antony n'avait aucun secret pour moi et je continue à lui raconter les miens, même s'il n'est plus là pour répondre à toutes les questions que je me pose. Notre amitié était une valeur sûre et je pensais qu'il serait toujours là. Il me manque terriblement et encore plus aujourd'hui. Saloperie de destin !

J'ai peut-être vidé mon sac, mais je ne me sens pas mieux pour autant. La nuit est tombée quand je reprends la route pour Paris où je décide de m'arrêter au Ozzy car la simple idée de me retrouver seul me déprime d'avance. Comme tous les soirs, ça balance chez Kate. Musique rock à fond, bruit des verres qui s'entrechoquent, un véritable écrin de bonne humeur.

— Hey ! m'accueille-t-elle avec son habituel sourire. Comment va le plus beau motard de la capitale ?

Je pose mon casque sur un coin du bar et lui réponds :

— Le plus beau, j'en sais rien mais je peux te dire que je ne suis pas dans un de mes meilleurs jours.

— C'est pour ça que tu ne te rases plus ? Qu'est-ce qui t'arrive ? demande-t-elle, soucieuse, en posant devant moi un petit verre de mezcal avant d'ajouter avec un clin d'œil : Bois-le doucement cette fois.

Je fais glisser une main sur mon menton et pousse un soupir bruyant.

— J'ai déconné Kate.

— Ne me dis pas que t'as flingué Lodewijk, sourit-elle. À ce propos, les deux gamines dont tu m'as parlé ne se sont toujours pas présentées.

— Le flinguer, crois-moi, ce n'est pas l'envie qui me manque. Quant à Anja et Louise, ben, elles ont peut-être trouvé une solution. Je ne les ai pas revues, le Boomer a fermé ses portes pour travaux.

— J'imagine que le nouveau proprio va tout changer là-dedans. Il faut avouer qu'il a les moyens et je ne te cache pas que j'aimerais bien avoir les mêmes. Bon et sinon, qu'est-ce qui ne va pas ?

Il y a des moments dans la vie où il est essentiel de pouvoir se confier à quelqu'un en qui on a confiance et Kate fait sans conteste partie de ces personnes. Pourtant, si je ne suis pas vraiment du genre à déballer ma vie privée, ce soir, j'ai vraiment besoin d'épancher mon cœur et je sais qu'elle m'écoutera sans me juger, sans prendre parti.

— C'est humain de flancher parfois, me rassure-t-elle quelques minutes plus tard, en me regardant avec l'empathie qui lui est propre.

— Peut-être, sauf que là, j'ai couché avec mon ex et Merveille ne me le pardonnera jamais.

— Certes, cette petite incartade est regrettable, mais en aucun cas, elle ne doit remettre en question le couple que tu formes avec elle, Noah. Si tu veux mon avis, dans cette histoire, il y a une part de responsabilité des deux côtés. Vous n'avez pas su comment gérer un moment crucial de votre vie, mais si l'amour est toujours là, rien n'est perdu et vous devez tout faire pour le préserver. Ta copine souffre de ce qui s'est passé et c'est normal puisqu'elle t'aime. En plus de ça, elle était vierge avant de te rencontrer et elle avait placé toute sa confiance en toi, alors j'imagine qu'elle doit se sentir dévalorisée, elle doit penser que Victoire vaut mieux qu'elle. Tu dois la rassurer, lui dire que ce petit moment de faiblesse n'était pas dû à un problème de valeur, que tu étais plein de doutes, que tu souffrais et que tu ne savais plus trop où tu en étais ni où te situer dans sa vie. Comme je te l'ai dit : c'est humain de flancher et si elle n'est pas idiote, si elle te connaît bien, elle devrait le comprendre. Et puis rappelle-toi qu'on pardonne à la hauteur de sa tolérance, de ses convictions et le plus important… de son amour.

Je croise les doigts derrière ma nuque et fixe le plafond un instant pour essayer de canaliser la colère que je ressens contre moi-même.

— Merci Kate, je souffle, conscient de ses efforts pour me ramener à de meilleures pensées… Puis j'ajoute : Mais je connais ma princesse. Elle doit penser que si je l'ai fait une fois, je pourrais recommencer et elle aura trop peur de se projeter dans une vie future avec moi avec ce doute permanent dans le cœur.

— Tu ne le sauras qu'après lui avoir parlé, Noah, et le plus vite sera le mieux.

— Si au moins je savais où elle est…

— Tu as pensé à demander à sa pimbêche de sœur ?

— Oui, mais Armonie persiste à me dire qu'elle l'ignore.

— Mon œil, ouais ! Convaincs-la que tu aimes sincèrement sa jumelle parce que suis certaine qu'elle sait parfaitement où celle-ci se cache. Quant à Victoire, si elle avait réellement changé comme elle veut te le faire croire, tu n'en serais pas là aujourd'hui. On ne peut pas affirmer avec sincérité aimer quelqu'un sans désirer autre chose que son bonheur et Victoire a délibérément fait du mal à Merveille. Cette femme est toxique. Elle veut te récupérer, c'est un fait, mais elle ne pense qu'à elle, comme ça a toujours été le cas, aussi loin que je me souvienne.

Kate ne m'apprend rien de nouveau au sujet de Victoire, malgré tout, je suis content d'avoir son analyse.

— Je te sers un autre verre ? propose-t-elle.

— Non. On trouve rarement la solution à un problème au fond d'une bouteille et tu connais le dicton : deux verres ça va, mais à partir de trois, bonjour les dégâts. Je passe suffisamment de temps à faire la morale à mes élèves sur l'alcool au volant, alors imagine au guidon d'une fusée à roulettes. Sans compter que deux petits verres suivis d'un contrôle de police et hop, tu vois tes points de permis s'envoler. Pas très sérieux pour un moniteur d'auto-école, tu ne crois pas ?

Elle acquiesce en fronçant le nez.

— Bon, ce n'est pas que je m'ennuie avec toi Kate, bien au contraire, mais je pense qu'il vaut mieux que je rentre chez moi. Dès demain, je vais m'employer à suivre ton conseil et tenter de convaincre Armonie de me dire où est Merveille.

— Ne baisse pas les bras, Noah, car le seul amour qui en vaille la peine, c'est celui pour lequel nous sommes prêts à nous battre.

— Et je suis déterminé Kate. Je ne renoncerai jamais à elle. En tous cas, pas tant que je serai convaincu qu'elle tient autant à moi que je tiens à elle.

— Quel dommage qu'il n'existe pas de formule magique pour trouver l'âme sœur, sinon tu peux me croire, moi et mon cœur d'artichaut y aurions recours sans la moindre hésitation, se marre-t-elle. Le monde dans lequel nous vivons aujourd'hui a quasiment obligé les femmes à laisser tomber le fantasme du prince charmant, pourtant …

Elle plonge son regard malicieux dans le mien et penche la tête de côté avant de poursuivre, souriante :

— Quand on observe les mecs comme toi, on peut encore espérer et je me dis que les princesses des temps modernes ne savent vraiment plus ce qu'elles veulent.

47
Merveille

Il est à peine huit heures et je suis d'humeur maussade. Margot est déjà partie travailler. Son appartement ressemble à s'y méprendre à la boutique d'un fleuriste. Il y a des bouquets de fleurs dans tous les coins et ce matin, l'odeur puissante qu'elles dégagent me donne le tournis et me tape sur le système. Impossible de ne pas penser à leur expéditeur. Agacée, j'attrape ma tasse de café et m'installe sur la petite terrasse. Sebastian, avec qui contre toute attente de ma part, j'ai passé énormément de temps ces derniers jours, a pris l'avion pour Genève très tôt ce matin et je me sens soulagée. Malgré l'aura de mystère et de charme inexplicable qui l'entoure, à chacune de nos rencontres, il m'a cependant révélé qui il était dans quelques-unes de ses variations et j'ai énormément de mal à imaginer que son nom puisse de quelque manière que ce soit être associé au grand banditisme. J'ai vu en lui un véritable optimiste qui ne se laisse jamais abattre et ce, malgré les difficultés liées à son travail. C'est aussi un véritable épicurien, amateur de bonne chère et de bons vins. En sa compagnie, j'ai découvert en profondeur la magnifique région du Lavaux. Sa beauté m'a véritablement saisi l'âme. Nos balades au gré des petits villages pittoresques aux rues étroites et bordées d'anciennes bâtisses vigneronnes de caractère ont été un plaisir brut du début à la fin. Nous avons dégusté des vins locaux directement dans les caves des producteurs et depuis le temps que je me promettais d'y aller, j'ai enfin pu contempler au plus près les incroyables et célèbres vignobles en terrasses qui plongent dans les eaux du lac Léman. Hier soir, Sebastian a acheté une bouteille et nous avons pris l'apéro dans les vignes en profitant du point de vue hors pair sur le lac et les montagnes et du splendide coucher de soleil. Je n'ai pas pu empêcher mes pensées de dériver vers Noah. Quoi que je dise, pense ou fasse, mes sentiments pour lui demeurent intacts. Mon cœur lui appartient toujours. Je l'aime, mais je le déteste tout autant. Ces deux émotions diamétralement opposées me déstabilisent complètement et je ne sais plus comment faire pour ne plus les ressentir simultanément, pour ne plus subir ce saccage émotionnel. Je ne pense qu'à lui, à ce vide qui me perfore de part en part et qu'il est le seul à pouvoir combler. Des larmes de frustration roulent soudain sur mes joues et le coup de téléphone d'Armonie finit de m'achever. À peine ai-je décroché qu'elle s'écrie :

— Je suis désolée sœurette, mais il a tellement insisté et… bref, j'ai craqué !

— Mais de quoi tu parles ?

— Eh ben de Noah tiens !

Mon sang ne fait qu'un tour quand je comprends qu'elle a trahi la promesse qu'elle m'avait faite de ne pas lui dire où j'étais.

— Armonie, dis-moi que tu n'as pas fait ça ?!

— Euh… Ben en fait, c'est exactement ce que j'ai fait. Je me suis dit qu'une bonne engueulade dissiperait tous ces non-dits et ces malentendus. Si je t'appelle, c'est parce que je m'étonne de ne pas avoir de tes nouvelles. Je pensais que vous vous étiez parlé mais apparemment, ce n'est pas le cas et c'est très bizarre parce que Noah est à Lausanne depuis deux jours.

Deux jours ? Un nœud se forme dans mon estomac.

— Et c'est seulement maintenant que tu m'appelles pour me le dire ?

— Il m'a fait promettre de ne pas t'avertir de son arrivée. Il avait peur que tu te caches et vu ta réaction, j'ai l'impression que c'est exactement ce que tu aurais fait.

— Tu m'avais fait une promesse toi aussi. Tu t'en souviens au moins ?

— Ouais, mais je te rappelle que tu me l'as littéralement arrachée.

— Et pas Noah, peut-être ! je rétorque, un rire jaune s'échappant malgré moi de ma gorge.

— Non, justement, il n'a pas eu à le faire parce que j'estime qu'il est l'heure que vous ayez une discussion tous les deux ! Ça commence à bien faire toutes ces conneries. Noah s'est montré faible à un moment où il aurait dû être fort, mais tu sais très bien au fond de toi que ce type est fou de toi. Il est temps que vous assumiez vos erreurs pour aller de l'avant.

— Nos erreurs ? je m'étrangle. Mais de quel côté es-tu ? C'est lui qui m'a trompée !

— Et toi alors ! Tu étais bien attiré par Sebastian ! Est-ce parce que tu avais des sentiments pour lui ?

— Quoi ! Pour Sebastian ?

— Nan, pour le bedeau de sainte Mathilde ! se moque-t-elle.

— Mais rappelle-toi ce que tu m'as dit sur l'attirance d'une femme pour un homme.

— Je sais très bien ce que je t'ai dit Merveille, souffle-t-elle bruyamment. Nous en avons suffisamment parlé.

— Alors tu sais parfaitement que c'était juste une simple attirance et qu'elle ne compte pas parce que je ne suis pas amoureuse de Sebastian ! Je n'ai jamais eu envie de coucher avec lui !

Un silence s'installe, puis j'entends à nouveau sa voix :

— Alessandro m'a dit qu'il était à Lausanne lui aussi, est-ce que c'est vrai ?

Même si je n'ai rien fait de répréhensible, je me sens soudain très mal. Ma tension grimpe d'un cran. Je déglutis et refoule à chaque respiration la soudaine culpabilité qui me submerge.

— Plus maintenant, je réponds en posant une main fébrile sur mon front, car ma tête me lance atrocement depuis quelques minutes. Il devait se rendre à Genève et il est parti ce matin.

— Je vois, souffle-t-elle. Est-ce que tu peux imaginer ne serait-ce qu'une seconde la réaction de Noah s'il vous a aperçus ensemble ? D'ailleurs, ça expliquerait parfaitement pourquoi il ne s'est toujours pas manifesté.

J'entends sa contrariété en même temps que la déflagration dans mon cœur. Un frisson glacé me fait tressaillir et mes ongles se plantent dans la paume de ma main. Mes yeux me brûlent de plus en plus. Je ne sais plus quoi dire, les mots restent coincés dans ma gorge tellement je suis remplie d'angoisse à cette idée.

— Écoute sister, Noah a merdé, c'est vrai, on ne va pas revenir là-dessus. Mais il se bat de toutes ses forces pour obtenir ton pardon. Il ne veut qu'une seule chose, remettre votre histoire sur les rails et perso, j'estime que tout le monde mérite une deuxième chance. Victoire ne compte pas, elle a profité d'un moment où il se sentait mal et oui, d'accord, il a baisé cette pouffiasse et je me doute bien du choc terrible que ça a dû t'occasionner. Te connaissant, j'imagine que tu te dis que tu t'es trompée d'histoire, que Noah était un prince pas si charmant que ça, que plus jamais tu ne pourras lui faire confiance, mais tu dois dépasser tout ça sœurette. N'écarte pas de ta vie l'homme que tu aimes à cause de cette seule erreur, tu le regretterais pour le restant de tes jours. Noah est comme le loup, Merveille, et à l'instar de ce magnifique animal, une fois en couple avec son élue, il aura pour toi une fidélité absolue et passera le reste de sa vie à te chérir. En attendant, notre beau loup hurle à la lune et sa souffrance, comme la tienne d'ailleurs, font peine à voir alors qu'il suffirait d'une bonne discussion pour que tout s'arrange. Crois-moi, je connais suffisamment les hommes et ma jumelle pour affirmer que vous êtes faits l'un pour l'autre. Ne gâche pas cette chance d'être heureuse, fais comme moi, saisis-la au lieu de la laisser s'envoler.

Confuse en mon for intérieur, je l'écoute en sentant de nouvelles larmes franchir la barrière de mes cils. Je ferme les yeux et je revois l'expression jubilatoire du visage de Victoire quand elle m'a avoué avoir couché avec Noah. Elle ne m'a épargné aucun détail sur leur incroyable entente sexuelle. J'en ai eu la nausée. Tout se met à tourner dans ma tête. J'ai l'impression de plonger dans un puits de chagrin. Victoire a la beauté du diable et ils ont partagé tant de choses que je ne peux pas m'empêcher de penser qu'elle lui fasse à nouveau tourner la tête. J'ai bien compris que cette manipulatrice est toujours amoureuse de lui et qu'elle ne le lâchera pas sans se battre. Mais la volonté de mon cœur est plus forte que tout et je sens soudain monter en moi une détermination farouche. Je refuse qu'elle continue à accaparer mon esprit, qu'elle continue à s'immiscer dans mon histoire avec Noah.

Après qu'Armonie m'ait indiqué le nom de l'hôtel où il est descendu, je raccroche et je fonce jusqu'à l'arrêt de bus en me répétant mentalement tout ce que je vais dire à Noah. Dans le centre-ville, je trouve rapidement l'hôtel Ibis. J'ai les mains moites, mon cœur bat à tout rompre et j'affiche un sourire bien peu convaincant lorsque je me présente à la réception pour m'enquérir du numéro de la chambre de Noah.

— Monsieur Brémond vient de quitter notre établissement, m'informe poliment la réceptionniste.

Je me mords la lèvre, déçue.

— Quand ça ?

— Il a rendu sa clé il y a quelques minutes, vous l'avez vraiment raté de peu.

Bon, qu'est-ce que je fais maintenant ? Je me lance à sa recherche à travers la ville, à l'instar de Bridget Jones quand elle tente désespérément de rattraper son grand amour, Mark Darcy ? Au moins, moi je ne suis pas en petite culotte et il ne neige pas. J'ai beau faire de l'humour, je suis anéantie. Si Noah a décidé de repartir sans me parler, c'est qu'Armonie a vu juste : il m'a certainement aperçue en compagnie de Sebastian et Dieu seul sait ce qu'il en a conclu. Désespérée, je plonge ma main au fond de mon sac pour y piocher mon téléphone. Je ravale un sanglot lorsque je tombe directement sur sa boîte vocale. J'hésite à laisser un message, puis j'abandonne l'idée parce que tout ce que j'ai à lui dire, je veux le lui dire face à face. Je veux voir ses yeux, son expression, merde, je veux juste le voir lui. Je ne sais plus quoi faire. Bon sang, il était si près… Mon cœur martèle ma poitrine et une boule de plomb tourne lourdement dans mon estomac. Je me laisse choir sur un banc et téléphone à Armonie pour la tenir informée du départ de Noah, mais surtout parce que j'ai besoin de parler à quelqu'un et qu'à l'heure actuelle, elle est la mieux placée pour comprendre ce que je ressens. Mais elle s'enflamme aussitôt.

— Ce mec est con comme un balai, s'époumone-t-elle. Il a préféré tailler la route plutôt que de t'allonger sur ses genoux pour te filer la fessée que tu mérites !

Je m'insurge illico.

— Ah je mérite une fessée, moi ?!

— Oh que oui frangine ! Bien que j'adore Lausanne, tu n'aurais jamais dû t'y rendre. En tous cas pour de si mauvaises raisons ; il aurait franchement mieux valu que tu affrontes Noah sans tarder, mais au lieu de ça, tu as laissé passer deux semaines et voilà le résultat ! Imagine sa déconvenue si par hasard il a vu Lodewijk te raccompagner chez ton amie, s'il vous a aperçu dans les rues, j'en sais rien moi ! Rappelle-toi juste ce que toi, tu as ressenti quand tu as vu cette pouffe de Victoire sortir de chez lui ce fameux matin.

Sa tirade, que je trouve totalement injuste, fait bouillir le sang dans mes veines.

— Dis donc toi, à t'écouter, on dirait que je suis la seule fautive dans cette histoire, suffoqué-je, incapable de retenir mon échauffement plus longtemps. Primo, j'ignorais totalement que Sebastian allait venir me tenir la jambe, je ne lui ai jamais demandé de venir me rejoindre en Suisse et deuxio, je te rappelle quand même que moi, je n'ai couché avec personne d'autre que Noah. Lui ne s'est pas gêné en revanche.

— Je sais parfaitement que tu ne l'as pas cocufié, ça va. Mais si on part du principe que tu l'avais jeté juste avant qu'il ne se laisse bêtement emberlificoter par sa mante religieuse, lui non plus ne t'a pas trompée.

Le ton de sa voix dissimule une pointe de moquerie doucereuse qui me surprend autant qu'elle m'énerve.

— Mais…

— Il n'y a pas de « mais » qui vaille sœurette. Tu sais très bien que j'ai raison.

— Non mais attends, c'est un peu facile comme raisonnement frangine. T'es en train de me faire comprendre que s'il a couché avec elle, c'est uniquement de ma faute ? Parce que si c'est ce que tu penses, laisse-moi te dire que…

— Ce que je dis, me coupe-t-elle, c'est que vous avez déconné tous les deux. Tout ça parce que vous êtes tout simplement incapables de communiquer ensemble, d'avoir une discussion sérieuse quand elle s'impose. C'est même récurrent chez vous. Mais rassure-toi, c'est quelque chose qui s'apprend.

Elle marque un point. Ce problème de communication entre Noah et moi dont tout le monde me rebat les oreilles ne date pas d'hier mais cette fois, il atteint un degré qui nous dépasse complètement. Les yeux larmoyants, je laisse le souvenir de ma première fois investir mon esprit. Je repense à tout ce qui a fait que je l'ai choisi lui et pas un autre pour passer ce cap si important de ma vie de femme. Les réminiscences s'amplifient, tournoyant dans ma tête à la manière d'un kaléidoscope. J'ai l'impression d'entendre les pulsations de mon cœur et les murmures lancinants de mon âme. Ma gorge se noue. Je réalise que j'en ai plus qu'assez de cet exil que je me suis imposé par sottise. J'aime Noah plus que tout au monde, voilà la seule vérité et cette réalité m'explose à nouveau en pleine figure et en plein cœur. Je suis incapable de vivre sans lui, c'est trop douloureux.

— Hé sœurette, souffle Armonie, il n'y a rien de pire que les doutes et les remords, alors ne reste pas avec cette boule au ventre. Rentre à Paris, parle avec Noah et ensemble crevez ce putain d'abcès qui empoisonne votre histoire. Ne le laissez pas la gangréner plus longtemps. Pardonner ne veut pas dire tout accepter et Noah devra sans doute faire un petit bout de chemin pour retrouver ta confiance, mais rappelle-toi qu'un couple qui s'aime aussi profondément que vous peut survivre à tout.

Je raccroche, déterminée à suivre le conseil de ma jumelle. Je prends le bus et retourne chez Margot pour préparer mon départ. Je trouve rapidement une place disponible pour le lendemain, 10h00. Mon retour à Paris va me coûter une blinde sur cette compagnie, mais je m'empresse malgré tout de la réserver.

Après avoir fait un petit peu de rangement, je me pose tranquillement sur la terrasse pour contempler le paysage qui s'étend à perte de vue et réfléchir à la tournure qu'a pris ma vie. Toutes mes pensées me ramènent à Noah et elles sont bien différentes de celles qui obscurcissaient mon esprit la première fois que mon regard s'est posé sur les eaux du majestueux Léman.

En fin d'après-midi, Margot rentre chez elle avec une expression radieuse sur le visage. Ses yeux, d'un bleu profond, brillent intensément lorsqu'ils se posent sur moi.

Elle retire ses sandales et je m'apprête à lui dire que demain, je retourne à Paris lorsqu'elle s'exclame :

— Ce soir, on sort !

— Cool ! On va boire un verre vers l'esplanade de Montbenon ? C'est l'un des plus beaux balcons sur le lac, on pourrait s'y poser tranquillement.

— J'avoue que c'est un endroit magnifique mais j'ai mieux encore, jubile-t-elle.

— Euh… Tu m'as l'air bien joyeuse, dis-je en haussant les sourcils. Tu as gagné au loto ou quelque chose dans ce genre ?

— Pas du tout et c'est dommage d'ailleurs. Je te propose de dîner sur la terrasse donnant sur la promenade du bord de lac du château d'Ouchy, qu'en dis-tu ?

— Un restau gastronomique dans un décor ultra romantique ?! Que voudrais-tu que je te dise sinon… waouh ! On fête quoi ?

— Bah notre longue amitié par exemple. Je suis tellement heureuse que tu sois venue me rendre visite. Ça faisait des lustres qu'on n'avait pas passé autant de temps ensemble.

— C'est vrai et ça m'a fait un bien fou de passer ces quelques jours avec toi. Mais il faut que je retourne chez moi et… en fait… je pars demain matin.

— Oh déjà ? soupire-t-elle tristement.

— J'ai décidé d'aller trouver Noah pour faire la paix avec lui.

Un sourire radieux illumine son visage.

— Waouh… C'est une excellente idée ma belle et du coup, ce dîner au château tombe à pic. On boira même du champagne pour fêter ça.

— Fais gaffe, je pourrais me sentir vexée de te voir si contente de mon départ, dis-je d'une moue boudeuse.

— Genre ! s'esclaffe-t-elle. J'ai réservé pour 21 heures. Ça va être une super soirée et une belle occasion de nous mettre sur notre trente-et-un. Bon, je vais aller prendre une douche et pendant ce temps-là, que dirais-tu de nous préparer un petit cocktail ?
— J'allais te le proposer.
— Génial. Je kiffe tes subtils mélanges.

La bonne humeur de Margot me dynamise et empêche le magma de pensées qui m'a agité toute la journée d'exploser à la surface. Elle va énormément me manquer. Comme on dit, les bonnes personnes existent, les amitiés sincères aussi et la nôtre est authentique, pure, solide, elle ne connaît pas les notions de temps ou de distance. Depuis les premières heures de notre rencontre, nous l'alimentons par la confiance et la sincérité de nos sentiments. Peu importe notre éloignement et nos longues séparations, notre complicité n'en est jamais affectée.

Je prends un soin particulier à me faire belle pour ce dîner car je veux lui faire honneur. Demain, je serai de retour à Paris et je ne sais pas quand Margot et moi pourrons nous revoir mais une chose est sûre ; je ne compte pas laisser passer des mois et des mois avant de lui rendre à nouveau visite. Skype ou FaceTime ne remplaceront jamais le bonheur d'un vrai face à face. Vers 20h00, elle m'annonce qu'elle doit faire un rapide saut chez l'une de ses amies pour lui apporter des notes de cours et qu'elle me rejoindra ensuite au restaurant.

— Mais ça ne pourrait pas attendre demain ?
— Demain, je bosse toute la journée et je n'aurai pas le temps. Je prends la voiture, tu penses que ça ira avec le vélo ? demande-t-elle en fixant mes sandales à talons hauts d'un air amusé. Va pas te gadouiller dans un fossé, hein.
— Je me débrouillerai, ne t'en fais pas. Mais toi, je risque fort de te gadouiller la tronche si tu me laisse dîner seule. Je sais qu'une fois plongée dans tes cours, tu oublies le reste du monde, alors tu n'as pas intérêt à me faire faux bond.
— Aucune chance que ce soir, tu dînes seule ma belle, sourit-elle avant de quitter l'appartement.

Une demi-heure plus tard, je glisse mes chaussures dans mon sac besace, pas très raccord avec ma jolie robe à cocktail mais plutôt avec les Converse que je m'apprête à enfiler pour un pédalage plus efficace. Mon look pique un peu les yeux, mais je ne m'attarde pas dessus et sort le VTT de Margot de son local. J'enfourche acrobatiquement le tout-terrain en pestant contre ma robe que je vois soudain d'un autre œil. Un vélo hollandais aurait été bien plus pratique ! Lorsque j'arrive en vue du château, quelques minutes plus tard, je cherche un endroit où l'attacher et troque mes Converse contre mes sandales avant de m'annoncer à la réception. Le cadre est enchanteur, l'atmosphère très paisible et la décoration intérieure… Waouh… romantique, comme j'aime. C'est vraiment un bel endroit que je ne suis pas mécontente de découvrir. J'imagine naturellement que l'addition va être la hauteur du lieu et de la vue et il est hors de question que je laisse Margot s'en acquitter seule. Mon regard est très vite attiré par le bar. Et il est top ! Il est conçu dans une architecture épurée et en totale adéquation avec un mobilier moderne, rien à voir avec celle du Boomer. Mais j'ai dans l'idée que Sebastian est en train de faire ce qu'il faut pour le moderniser.

— Bonsoir mon ange…

J'enregistre le velours grave de la voix derrière moi comme dans un rêve, figée, retenant soudain ma respiration. Ma peau frémit, mon cœur tambourine contre ma poitrine. Et puis soudain, il est face à moi et je me lève, hypnotisée par l'intensité du regard anthracite qui capture le mien. Il fait quelques pas et ses paumes se plaquent de part et d'autre de mon visage tandis qu'il incline le sien pour embrasser le coin de mes lèvres tremblantes d'où s'échappe son prénom. Noah… Quelque chose se rompt en moi, balayant sur son passage le désespoir de ces derniers jours et ma crainte de l'avoir perdu. Il entoure ma taille de ses bras et me presse contre lui. Il me serre si fort que je comprends immédiatement que notre séparation a également été douloureuse pour lui et je suis émerveillée par la puissance de notre connexion.

— Je… Armonie m'a appelée et… elle m'a dit que tu étais à Lausanne depuis deux jours mais quand je suis passée à ton hôtel ce matin pour te parler, on m'a dit que tu étais parti, bredouillé-je en levant vers lui mon visage. Je… je suis heureuse que tu sois encore là.

— Je suis là parce que pour rien au monde, je ne voudrais être ailleurs mon ange, murmure-t-il en encadrant mon visage de ses mains. Je pense que demain, ton amie Margot s'excusera certainement d'avoir fouillé dans ton portable pour y piocher mon numéro.

Il sourit et mon cœur, mis à rude épreuve depuis des jours, fond littéralement d'amour pour lui et de reconnaissance pour Margot. Je comprends mieux pourquoi elle m'a laissé venir toute seule et je suppose aussi qu'elle ne viendra pas nous rejoindre pour dîner. Mais mon estomac est si noué que je me sens incapable d'avaler quoi que ce soit. À cet instant, je n'ai envie que d'une seule chose : me retrouver seule avec Noah.

48
Merveille

L'amour est la plus belle des aventures et le plus beau des défis. J'en suis convaincue à cent pour cent. J'ai emménagé avec l'homme de ma vie dans notre jolie maison à la campagne. Entre nous, tout est simple, fluide… Je me sens apaisée. La vie est belle, magnifique et surprenante. Noah a d'abord été mon moniteur, mon ami, puis mon amant et presque tout ce temps, il a été mon amour. Notre histoire reprend tout ce à quoi nous aspirons depuis toujours : Un amour véritable, celui qui cultive l'engagement, l'attirance et l'intimité. J'ai perdu ma virginité à l'aube de mes 20 ans avec un homme que j'ai choisi et qui s'est donné pour mission de me faire garder dans le cœur et dans la tête le souvenir de ma première fois. Je suis heureuse d'avoir attendu, même en passant pour une originale, car oui, pour que tout soit parfait, il faut de l'amour, de la confiance et de la délicatesse. Noah m'a offert tout ça et rien n'a changé depuis. Pour un homme qui craignait de voir une vierge s'agripper à lui comme une moule à son rocher, il est plutôt fier d'avoir été le premier et il trouve très romantique de se projeter comme le dernier car quand on aime, on veut rêver, et quand on rêve, on voit loin, dit-il. Le solitaire que je porte à mon annulaire est là pour me rappeler chaque jour qu'il est l'homme de ma vie et aussi l'homme de toutes mes envies. Au début, quand il m'arrivait de penser que mon manque d'expérience au lit pouvait le décevoir, il s'empressait de rassurer la néophyte que j'étais et je peux dire aujourd'hui que ce qui me définit sexuellement est en majeure partie dû à lui. L'attraction que nous éprouvons l'un pour l'autre ne faiblit pas. J'aime quand ses yeux me déshabillent et me caressent d'un battement de cils, quand je me noie dans le doux parfum de son cou, quand je m'abandonne à ses mains exploratrices et habiles. Tout ce que je vis aujourd'hui, avec lui, valait bien la peine d'attendre… De l'attendre. Noah possède toutes les valeurs sans lesquelles je n'aurais pu aimer quelqu'un d'autre que lui. Il est bon, loyal, tolérant et protecteur. Avec lui, je me sens forte, protégée, invincible. En trois mots ; il me comble.

En plus d'être ma meilleure amie, Margot s'est révélée être un véritable ange gardien. Grâce à elle, je n'oublierai jamais ce premier séjour en Suisse ni tout ce que m'a fait ressentir Noah les jours suivant notre réconciliation. Nous sommes aujourd'hui tous deux parfaitement conscients que la confiance, la communication et le respect mutuel dans le couple sont les ingrédients essentiels au succès d'une relation amoureuse. Nous avons longuement discuté à ce sujet et nous nous sommes juré de ne plus jamais enfouir nos sentiments négatifs et prendre ainsi le risque d'accumuler les tensions et frustrations qui l'ont pour sa part amené à faire ce qu'il a fait avec Victoire. Elle est finalement repartie au Portugal et nous n'avons plus de nouvelles. Reparler de ce qui s'est passé entre eux m'a fait très mal. Une réelle souffrance qui m'a longuement fait pleurer, mais je savais que je devais en passer par là pour comprendre celle que Noah a ressentie quand il s'est imaginé que je l'avais laissé pour Sebastian. Mon dieu… quand je repense à tout ce temps perdu… Pour fêter nos retrouvailles, nous avons décidé de prolonger notre escapade en Suisse de quelques jours. Nous les avons passés dans une ravissante petite auberge située au cœur des vignobles de Lavaux. C'est là, après une soirée pleine de romantisme et une nuit d'amour inoubliable que je me suis réveillée un matin avec ce petit mot posé près de moi :

« *Il existe peut-être sept merveilles dans le monde, mais pour moi, et jusqu'à la fin des temps, il n'en existera qu'une seule, avec une majuscule. Tu es la sève de mon corps mon ange, aussi indispensable que l'eau l'est à la vie, le cœur de mes pensées les plus intimes, les plus secrètes. Tu es magnifique, précieuse et rare. Un trésor unique en son genre, inestimable et dont je suis fier d'être la sentinelle. Je t'aime mon ange.* »

Mon cœur a explosé de félicité et plus tard, pendant le dîner, il m'a offert la magnifique bague qui orne mon doigt et que depuis je ne cesse de regarder pour me convaincre que notre projet de mariage est bien réel.

Aujourd'hui, Noah est sur le point d'ouvrir une nouvelle auto-école où le permis moto sera au programme. D'ailleurs, ça fait maintenant six semaines qu'en compagnie de mon moniteur privé, je m'entraîne assidument au guidon d'une 125 KTM sur les petites routes de campagne. Noah ne peut s'empêcher de doucement se marrer quand je clame haut et fort que l'année prochaine, je compte bien décrocher mon permis moto du premier coup et tous les épater. Paris ne me manque pas mais comme il y travaille, je m'y rends plusieurs fois par semaine pour déjeuner avec lui et j'en profite pour rendre visite à Armonie. Elle a enfin intégré le loft de ses rêves avec celui qu'elle va épouser dans un peu moins d'un mois. Alessandro la rend heureuse et je n'en suis pas étonnée car depuis notre première rencontre, j'ai la conviction que c'est un homme bien. Il est très généreux avec elle, mais pas soumis. Mon futur beau-frère est le genre d'homme à ne pas provoquer les conflits, mais si on le cherche, il n'hésite pas à les mener à terme et c'est exactement cette force de caractère et de sympathie qui convient à Armonie. Je suis soulagée à l'idée que ma terrible jumelle ait enfin trouvé un homme à la hauteur de son tempérament. Leur amour est solide, à toute épreuve et quand on les voit ensemble, je me dis que la vie fait bien les choses. Bientôt, nous partons tous pour Vérone célébrer un vrai mariage d'amour, et ça… c'est tellement romantique ! Nous n'avons jamais été aussi proches toutes les deux et il arrive même que certains jours, nous passions d'innombrables heures au téléphone. Nous rattrapons en blablabla des années d'incompréhension mutuelle et notre complicité inédite et inattendue fait la joie de nos parents, ravis également du choix amoureux de leurs deux filles.

J'ai démissionné du Boomer. Apprendre mes fiançailles avec Noah s'est révélé être un sacré choc pour Sebastian. Mais si la déconvenue a un instant déformé ses traits, il n'en a pas pour autant perdu son arrogance, ni sa superbe en me laissant clairement entendre qu'il patientera le temps qu'il faudra et qu'un jour, il obtiendra ce qu'il désire parce que c'est ainsi que ça doit finir. J'avoue que sa tirade, lancée d'un air poliment amusé avec un éclair prédateur illuminant son regard m'a décontenancée un instant, mais très vite j'ai fait front, portée par mon amour pour Noah. Avec son assurance à toute épreuve, Sebastian demeure un mystère pour moi et certainement pour le commun des mortels. Contre toute attente, il a respecté sa promesse de garder Anja et Louise à son service. Kate, la propriétaire du Ozzy, était disposée à les prendre dans son équipe, mais les filles ont préféré garder leurs habitudes au Boomer. De plus, leur salaire a été revu à la hausse et la nouvelle déco du pub les enchante carrément. Il faut avouer que Sebastian en a fait un lieu particulièrement agréable. Le cadre, hyper classe, le service, la carte : tout est d'une grande qualité. Je suis certaine que d'ici peu, le Boomer deviendra le pub le plus « ambiancé » de la capitale. Terry a repris les commandes. J'ai mis plusieurs jours à lui pardonner la peur qu'il m'a occasionnée en disparaissant comme il l'avait fait. Mais j'ai fini par craquer. La rancœur n'est pas une bonne amie et je ne la veux pas avec moi. Pardonner c'est voyager léger et faire preuve de maturité, dit-on. Je me suis aussi rendue à l'évidence que la tumultueuse Lili avait vraiment craqué pour lui. Entre ces deux-là, c'est super sérieux. Ils s'aiment avec force et sérénité et les histoires d'amour, j'avoue que j'adore ça. Il m'a fallu un petit bout de temps pour réapprendre à faire confiance à Lili, mais je suis bien placée pour savoir que tout le monde mérite une deuxième chance. Elle a retrouvé son équilibre auprès de Terry et ils nous rendent régulièrement visite à la campagne. À force, Terry s'est définitivement habitué à entendre Noah l'appeler Batman, Bruce ou monsieur Wayne. Nous passons d'agréables moments tous ensemble. Lili est toujours aussi franche et directe, parfois un peu trop, mais j'ai appris à la gérer. Malgré mes cheveux courts, elle continue à m'appeler Raiponce et moi je continue à l'envoyer sur les roses.

Bien sûr, chacun a sa définition du vrai amour. Je suis parfaitement consciente qu'une belle histoire se fait avec ce que chacun apporte pour qu'elle réussisse. Je sais ce que je veux et je ne veux pas d'un amour liquide et fragile. C'est la raison pour laquelle pendant longtemps, je me suis uniquement contentée d'observer cet extraordinaire et indomptable sentiment à travers la lumière de mes songes. Mais ma rencontre avec Noah me permet aujourd'hui d'en fouiller les moindres recoins secrets. Je suis devenue une archéologue désireuse d'en faire son graal et déterminée à faire tout ce qu'il faudra pour empêcher le lien qui m'unit à Noah de se briser à force d'usure, ou bien parce qu'on ne fait plus l'effort de l'entretenir. Oui, j'ai pris un billet simple pour l'amour sans envisager une date de retour et j'aime ce voyage initiatique et les expériences qui en découlent. Certaines génèrent des émotions gigantesques qui laisseront des marques indélébiles dans mon cœur, d'autres plus furtives mais je suis convaincue d'une chose, l'"amour qui nous unit Noah et moi durera tant que nous en prendrons soin et nous en prendrons soin autant que nous nous aimons.

De la cuisine où je suis en train de préparer le dîner, j'entends le vrombissement de sa moto. Une douce chaleur teintée d'excitation m'envahit quand j'entends sa voix grave et sensuelle juste avant que ses bras encerclent ma taille. Ma respiration s'accélère. Ses lèvres se posent dans le creux de mon cou, puis remontent doucement jusqu'à ma bouche qu'il dévore littéralement. Mes mains se cramponnent à sa nuque, à ses épaules, partout où elles peuvent. Son parfum emplit mes poumons et déclenche en moi une irrésistible envie de lui.

— Tu m'as manqué mon ange, susurre-t-il en posant son front contre le mien.

— Toi aussi, tu m'as manqué.

— Beaucoup ? demande-t-il avec son inimitable petit sourire en coin.

Le prenant par la main, je lui susurre :

— Viens, je vais te montrer à quel point...

Le mot de l'auteure

Merci infiniment de m'avoir lue.

De la même auteure

L'amour à 200 KM/H.
Marie est lieutenant de police. Adrian est un bandit recherché par Interpol. Le hasard va les faire se rencontrer, mais la relation qui s'amorce entre eux est basée sur des mensonges et des malentendus. De plus, Marie n'est pas la seule à tomber sous le charme du séduisant jeune homme. Il va devoir faire un choix… Plus le temps passe, plus la situation se complique. Et ce personnage énigmatique qui se cache derrière un pseudo sur internet, ami ou ennemi ? Des faubourgs de Paris aux environs de Barcelone, ce roman nous entraîne à 200 km/heure dans une aventure aux rebondissements multiples mêlant amour, passion, vengeance et suspense… et où les apparences sont souvent trompeuses

Mon écrivain brut de décoffrage.
Un accident de la route et la vie de Tamara, célèbre top model, bascule dans le néant. À sa sortie d'un long coma, elle est devenue amnésique. Terminé les podiums et les séances de shooting à l'autre bout du monde, elle renaît dans la peau de Kamélia, une illustratrice graphiste sans le sou. Quand Colleen Brooks, une éditrice de renom pour qui elle travaille de temps à autre lui confie la mission de créer la couverture du prochain livre de Deklan Sheppard, le célèbre et énigmatique romancier à qui elle voue une admiration sans bornes,

Kamélia ne croit pas à sa chance. En plus du bonheur de séjourner à New York tous frais payés (ce maître du polar vivant à Manhattan), elle se réjouit de découvrir enfin le visage de celui qui fait fantasmer des milliers de femmes à travers le monde. Mais Colleen ne lui a pas tout dit au sujet du mystérieux romancier et la surprise est de taille… Le passé de Kamélia, celui que son amnésie lui avait permis de fuir n'est plus très loin.

Des kilos d'amour Tome 1 :
Les complexes de Santina.

Après le décès de son frère jumeau, pilote de rallye, Santina et son amie Saskia ont décidé de commencer une nouvelle vie en Australie. Mais tandis que tout semble réussir à Saskia, Santina, frustrée de ne pas trouver de travail, accumule les kilos et commence à perdre confiance en elle… Un jour, tandis qu'elle flâne dans les rues de Sydney, elle aperçoit à travers les vitres d'une agence d'intérim, une annonce pour la garde d'une enfant de deux ans. Avec l'aide de Saskia qui lui fournit de fausses références, elle parvient à se faire engager au service de Mark Lacombe qu'elle reconnaît pendant son entretien d'embauche car il se trouve être le champion du monde du rallye automobile. Confrontée à un patron intransigeant, dont elle va malgré elle tomber amoureuse, Santina ne parvient pas à surmonter ses démons et quand elle rencontre Ana Jenkins, la femme que son patron fréquente assidûment, les choses empirent pour elle.

Des kilos d'amour Tome 2 :
C'est pas bidon les contes de fées.

Ses p'tits kilos en trop, Santina s'en fiche bien à présent ! Elle est devenue une battante.

Ils se marièrent et eurent beaucoup d'enfants ! En effet, " c'est pas bidon les contes de fées ", et la vie de Santina a pris une tournure qui le lui a confirmé ! Elle s'est construit une nouvelle vie qui lui apporte tout ce qu'elle n'avait jamais osé rêver grâce à l'amour indéfectible de Mark. Malgré cela, ses vieux démons ne sont pas tout à fait enterrés, car le chemin est long jusqu'à l'amour de soi. Dans chaque conte de fée, il y a des princes et des princesses, mais on y trouve également des reines maléfiques. La reine Ana n'a pas digéré de voir le Prince Charmant lui préférer Mary Poppins et sa haine pour l'ancienne nounou aux formes arrondies devenue pilote, s'est accrue au fil des mois. Les contes de fée existent mais ils ne sont pas toujours un long fleuve tranquille ! Santina va devoir repartir au combat aussi vaillamment qu'elle pilote sa voiture de course, pour que la ligne d'arrivée soit une véritable victoire !

Achevé d'imprimer par
BoD-Books on Demand, Norderstedt, Allemagne

Dépôt légal septembre 2018